Amor às causas Perdidas

PAOLA ALEKSANDRA

Amor às causas Perdidas

Rio de Janeiro, 2023

Copyright © 2023 by Paola Aleksandra

Todos os direitos desta publicação são reservados à Editora HR Ltda. Nenhuma parte desta obra pode ser apropriada e estocada em sistema de banco de dados ou processo similar, em qualquer forma ou meio, seja eletrônico, de fotocópia, gravação etc., sem a permissão dos detentores do copyright.

Todos os personagens neste livro são fictícios. Qualquer semelhança com pessoas vivas ou mortas é mera coincidência.

Edição: Julia Barreto

Assistência editorial: Marcela Sayuri

Copidesque: Gabriela Araújo

Revisão: Daniela Georgeto e Julia Pateo

Ilustração e design de capa: Carmell Louize Montano

Projeto gráfico e diagramação: Mayara Menezes

Imagens de miolo: Adobe Stock

Publisher: Samuel Coto

Editora-executiva: Alice Mello

CIP-BRASIL. CATALOGAÇÃO NA PUBLICAÇÃO
SINDICATO NACIONAL DOS EDITORES DE LIVROS, RJ

A35a

Aleksandra, Paola
   Amor às causas perdidas / Paola Aleksandra. - 1. ed. - Rio de Janeiro : Harlequin, 2023.
   384 p. ; 23 cm.

   ISBN 978-65-5970-280-0

   1. Romance brasileiro. I. Título.

23-84604
CDD: 869.3
CDU: 82-93(81)

Gabriela Faray Ferreira Lopes - Bibliotecária - CRB-7/6643

Contatos: Rua da Quitanda, 86, sala 218 — Centro — 20091-005

Rio de Janeiro — RJ

Tel.: (21) 3175-1030

Aos que estão perdidos:
se encontrar leva tempo, então aproveite a jornada.

Prólogo
Três anos antes

Os sorrisos forçados que distribuí ao longo da noite estão cobrando um preço alto. Minha mandíbula dói, a cabeça parece que vai explodir, e a cada minuto fica mais difícil ignorar a tensão acumulada em meus ombros. Encaro a aliança de noivado estranhamente larga em meu dedo anelar e sinto os olhos marejarem. Sonhei com este momento por tanto tempo, então por que de repente me sinto uma coadjuvante em minha própria história?

O mezanino lotado, as conversas animadas e a música alta fazem meu peito palpitar. Não é a hora e muito menos o lugar para desempenhar o papel de noiva desequilibrada, então me afasto da mesa sem fazer alarde e corro os olhos pelo bar em busca de uma saída. Dividida entre me esconder no banheiro ou procurar pela área de fumantes, faço uma escolha ao avistar alguém de peruca cor-de-rosa dançando perto do que *espero muito* ser uma janela.

A banda começa a tocar Engenheiros do Hawaii e volto a me sentir como um fio desencapado prestes a entrar em curto-circuito. Ainda mais decidida a não sucumbir ao choro, foco na figura de cabelo colorido e atravesso a pista de dança às pressas, trombando em corpos suados e derrubando ao menos dois copos de bebida pelo caminho.

Com a roupa suja de cerveja, suspiro aliviada ao chegar ao meu destino e encontrar não uma janela, mas sim uma sacada vazia. Afasto as portas de madeira, entro no pequeno refúgio e me apoio na parede gelada de pedra. De olhos fechados, espero que a noite fria de Curitiba acalme meus pensamentos, mas logo caio em tentação e visualizo um cigarro em meus lábios. Ao inflar os pulmões, quase consigo sentir o prazer silencioso da nicotina se assentando em minha corrente sanguínea.

— Atchim! — Ouço alguém espirrar de forma nada discreta e proferir uma penca de frases sem sentido. — Intojo de fumaça dos infernos. Eu devia ter desconfiado que ia acabar preso em uma biboca metida à besta. Ela prometeu que essa merda não ia pinicar!

O cara ganha pontos ao completar as reclamações com uma série de palavrões. Movida pela curiosidade, abro os olhos para encarar o estranho boca-suja e fico paralisada. Esfrego o rosto para ter certeza de que não estou enganada. Talvez eu não devesse passar tantas madrugadas forçando a vista para ler revistas antigas, porque agora parece que a sacada da balada mais descolada da cidade acabou de ser invadida por um coelho gigante.

UM COELHO GI-GAN-TE!

Minha avó me ensinou que é errado ficar encarando as pessoas, mas estou falando de um coelho com no mínimo um metro e noventa de altura! A máscara branca de orelhas pontudas cobre praticamente todo o rosto, deixando à mostra os olhos e uma pequena parte da mandíbula sem barba. A calça branca e fofinha está presa a um suspensório decorado com pequenas pedras de strass prateado — que brilham mais do que as estrelas espalhadas pelo céu. E o peitoral tatuado está totalmente exposto como se o frio de oito graus de Curitiba não o intimidasse nem um pouco.

— Benzinho, volta com essa bunda redonda pra cá, senão vou mandar a Katniss Everdeen buscar você arrastado pelas orelhas!

A drag queen de peruca cor-de-rosa que avistei minutos antes aparece na porta da sacada e começa a gritar com o coelho, mas o cara fantasiado faz pouco caso da reprimenda. Completamente alheios à minha presença, observo a interação silenciosa dos dois. Um bufa, a outra revira os olhos, mas ambos passam um tempo sem dizer nada.

— Já entendi — fala ela após um momento. — Eu venho buscar você caso sua irmã resolva cantar os parabéns.

— Valeu.

Nunca imaginei que uma única palavra pudesse transmitir tanto alívio.

Sei que deveria deixá-lo sozinho, mas não consigo sair do lugar. Reconheço o tremor em suas mãos e a força com a qual aperta o guarda-corpo de madeira da sacada.

No fim das contas, perceber que não sou a única precisando fugir da realidade me faz abrir a boca:

— Ei, cara, por acaso esqueceu a camiseta na casa da Alice?

— Caralho!

Alarmado, ele pula no lugar e me procura em meio às sombras da sacada. Levo as mãos à boca para disfarçar o riso, mas a imagem do coelho saltitante acaba com minha tentativa de neutralidade.

— Cê não tem vergonha de ficar espiando os outros no escuro, não, moça?

— Diz o cara vestido de coelho proferindo uma dúzia de palavrões por minuto. Você entrou na sacada tão rápido que não me viu aqui no canto. — Saio do escuro e dou um passo em sua direção. — Pronto, agora não estou mais me sentindo em um seriado de TV sobre voyeur e zoantropia.

Não era minha intenção levar a conversa para esse caminho, mas não consigo tirar os olhos dele. Meu olhar vaga por sua fantasia estranha de coelho sexy e mordo os lábios para conter todas as perguntas que tomam conta da minha mente.

— Tô com medo de perguntar, mas... zoantropia?

Ele apoia o quadril no guarda-corpo da sacada e se vira na minha direção. O ato faz com que a parca luz banhando a sacada evidencie sua pele branca exposta, levando meus olhos curiosos a encararem com interesse as tatuagens em seu peito. A tinta preta marca todo o lado direito do tórax, subindo pelo peitoral em uma mescla de desenhos que contornam o ombro e descem até a parte superior do braço. O efeito é no mínimo hipnotizante, principalmente se adicionarmos o elemento da fantasia fofinha de coelho.

O desconhecido pigarreia, e, ciente de que passei tempo demais encarando seu corpo seminu, faço o que sempre faço quando estou envergonhada: desembesto a falar.

— Zoantropia é uma síndrome psiquiátrica rara em que o portador acredita na ilusão de ser um animal ou de ter a capacidade de virar um. Tipo o lance do lobisomem na lua cheia, sabe? Só que, no caso, estamos falando de várias espécies de animais.

O cara solta um resmungo e balança a cabeça em resposta. Não faço ideia se o gesto foi em concordância ou dúvida, mas sigo tagarelando:

— É sério! Li um caso de uma mulher que foi parar no hospital porque estava convencida de que tinha virado uma galinha. Ela cacarejava, bicava as coisas e sentia a pele pinicar. Só descobriram o que a coitada tinha depois de ela ter uma convulsão.

— Essa é uma tentativa de fazer eu me sentir melhor ao deixar a conversa mais estranha do que minha roupa?

— Tá funcionando, Pernalonga? Ou prefere algo mais adulto, como o coelhinho da Playboy?

Apesar da estranheza da conversa, ele dá uma gargalhada. Seu riso é espalhafatoso, daquele tipo que parece uma cacofonia de roncos e suspiros constrangedores de tão altos. Eu estaria mentindo se dissesse que o som não me aquece por dentro.

— Ignora o papo nerd — falo quando sua gargalhada vira um sorriso de canto de rosto. — Gosto de ler e sofro de insônia, então às vezes acabo presa em sites de origem duvidosa devorando artigos sobre humanos que acreditam ser animais.

— Só para deixar claro: não sofro de nenhuma psicose, mas bem que eu gostaria de fingir que os últimos dias não passaram de uma ilusão criada pela minha mente de coelho.

Ele ri e brinca com os suspensórios, mas suas palavras carregam um tom sofrido que me pega desprevenida.

— Se quiser, posso entrar na brincadeira e incorporar o Gato Cheshire. Também não me importaria de ignorar o dia de hoje e fugir para o País das Maravilhas.

— Será que estão aceitando currículo? Pensei em me candidatar para a vaga de Chapeleiro Maluco.

Dessa vez sou eu que caio na gargalhada.

— Por falar em *Alice no País das Maravilhas*... — Aponto para suas vestes, curiosa demais para evitar a pergunta. — Por que a fantasia, afinal?

— A versão resumida é que minha irmã está fazendo aniversário, e suas comemorações envolvem muita bebida, música alta e fantasias brilhantes. Não sou do time festeiro, mas minha maninha sempre encontra um jeitinho de me convencer a fazer o que ela quer. Foi assim que acabei vestido de coelho em um dos bares mais famosos do Batel.

— E a versão mais longa?

— Peraí, cê acha mesmo que vou revelar todos os meus segredos em uma única noite? Coelhos também possuem dignidade, moça. — Ele imita meu gesto e aponta para o anel brilhante que não paro de girar entre os dedos da mão direita. — E você, está escondida aqui por quê?

— Quem disse que estou me escondendo? — retruco. Ele cruza os braços na altura do peito e me encara com o que desconfio ser deboche. Posso apostar que, por baixo da máscara de coelho, uma de suas sobrancelhas está arqueada. Suspiro. — Tudo bem, digamos que saí correndo da minha festa de noivado porque não aguentava mais ter que fingir que estou bem.

— Fingir para si mesma ou para os outros?

— Sei lá. — Enquanto penso na pergunta, apoio o corpo no guarda-corpo da sacada e encaro o céu escuro da madrugada, as luzes dos prédios e a movimentação na rua à frente. — Não vejo diferença; é tudo fingimento no final das contas.

— Não acho que seja a mesma coisa. — De canto de olho, vejo-o coçar o queixo e ajustar a máscara de coelho com uma série de resmungos. — Eu minto que estou bem todas as vezes que preciso lidar com as merdas na minha cabeça. Não quero magoar as pessoas que amo, então visto a máscara da indiferença e tento encontrar uma maneira de cuidar das minhas feridas sozinho. Isso é bem diferente de não aceitar que estou sofrendo, principalmente quando só eu sei o quanto estou despedaçado.

— Mas e aquele papo de quem ama não mente? — pergunto ao girar o corpo em sua direção. — Em teoria, o amor deveria libertar, não nos aprisionar. Nossas partes feridas também são dignas de serem amadas.

Eu me sinto nua diante de seu olhar inquisidor. É como se ele conseguisse enxergar todas as máscaras que uso no dia a dia para me manter em pé, e definitivamente não gosto da sensação de ser lida com tanta facilidade.

— O amor absolve, mas o medo de não ser amado enjaula. Talvez seja por isso que todo ser humano crie uma versão melhorada de si mesmo em nome do amor. — Ele dá um passo em minha direção, mas desvia o olhar do meu para encarar o céu estrelado da madrugada. — O problema de fingir para os outros é que, uma hora ou outra, começamos a acreditar em nossas próprias mentiras. Tanto fingimento anula quem somos de verdade, então passamos a viver como um espectro de nós mesmos. Por isso, a pergunta é: estamos mentindo para fugir de um dia difícil ou para criar uma versão idealizada e perfeita das pessoas que *nunca* seremos? Ambas são mentiras, mas apenas uma delas destrói nossa alma.

As palavras são como um tapa. Ultimamente tenho ocultado tantas coisas que já não sei mais o que é real ou não. Por fora, pareço uma mulher de 26 anos que sabe bem o que quer: se casar com o príncipe encantado e construir um final feliz. Mas a verdade dolorosa é que as vozes em minha mente não param de gritar que essa vida de contos de fadas não foi feita para pessoas como eu.

— Cê vai me contar o que tá rolando, ou vou ter que implorar? Vamos, sou só um estranho qualquer vestido de coelho — incita o desconhecido, esbarrando o ombro no meu com leveza, propositalmente me tirando dos meus devaneios.

— Que tal trocarmos um segredo por outro?

— Feito. — Ele me oferece a mão para selarmos o acordo, e fico perdida em meio às sensações estranhas causadas pelo seu toque. — Você começa, moça.

Encaro nossas mãos unidas e penso em tudo o que poderia falar, mas, no final das contas, consigo resumir meus problemas em uma única frase:

— Tô me cagando de medo do futuro.

As palavras saem em um sussurro, mas sei que ele as ouviu porque, depois de um momento, sussurra de volta:

— "Entenda os seus medos, mas jamais deixe que eles sufoquem os seus sonhos."

Ele gira parte do tronco e usa a mão livre para indicar uma das tatuagens em suas costas. Em meio às luzes da balada, fica difícil enxergar os contornos exatos do texto, mas consigo ver o desenho do coelho branco segurando um relógio antigo.

Sou atingida pela nossa proximidade ao encarar a pele marcada pelas tatuagens, então solto sua mão não porque quero, mas porque é o certo a fazer.

— Agora a roupa de coelho e todo esse papo sobre *Alice no País das Maravilhas* começaram a fazer sentido.

— Quando eu tinha 8 anos, morria de medo do escuro. Naquela época, eu tinha certeza de que meus pais iam desaparecer para sempre no exato instante em que as luzes fossem apagadas. Foi mais ou menos nesse período que eles começaram a ler *Alice no País das Maravilhas* antes de eu dormir. O livro me ajudou a descobrir como enfrentar as vozes em minha cabeça. Percebi que, com pílula mágica ou não, eu precisava ser tão corajoso quanto Alice e aprender a enfrentar meus medos. Lembro até hoje do orgulho que senti ao pedir a ajuda de meus pais para lidar com a ansiedade e os pesadelos.

— Palavras escritas têm poder — digo ao recordar todas as noites que passei acordada lendo os poemas escritos pela minha mãe. Foram eles que me ajudaram a enfrentar o luto e a solidão de crescer sem sua presença. — Levou muito tempo para superar o medo de perder seus pais?

— Precisei de quase um ano de terapia para enfrentar o escuro, mas até hoje tenho pavor de perder meus pais de forma súbita. — Ele ri da minha cara de espanto. — O segredo é conhecer seus medos, não se livrar deles, moça. Foi isso que Alice fez ao cair no País das Maravilhas, e é o que eu tento fazer nos meus dias mais difíceis.

— Então você quer dizer que, para enfrentar meus medos, eu devo perseguir coelhos apressados, tomar chás com desconhecidos e comer itens de procedência duvidosa?

— Exatamente. — Ele aponta para a própria fantasia de coelho, dá um salto espalhafatoso, e eu caio na gargalhada. — Amanhã será um dia melhor, e, se não for, lembre de pedir ajuda. Pessoas corajosas sabem que não precisam enfrentar a vida sozinhas. Talvez compartilhar suas dúvidas com alguém alivie o fardo de lidar com o futuro.

— Taí algo que não costumo fazer.

— Pedir ajuda?

— Falar sobre meus medos.

— Cê falou comigo, moça. Sei que a roupa de coelho é irresistível e faz com que as pessoas queiram se abrir, mas qualquer passo em direção à mudança é válido.

Reviro os olhos, e ele ri.

O desconhecido fixa os olhos nos meus, e, pela primeira vez, noto o tom esverdeado deles.

— Quando as coisas ficarem difíceis, lembre do ditado popular que diz: "tudo pode ser, só basta acreditar".

— Cara, isso é uma música da Xuxa.

— É? Bem, o efeito é o mesmo.

Nós rimos e depois, envoltos em um silêncio confortável, encaramos o céu noturno de Curitiba. Deixo toda a conversa estranha e sincera fincar raízes em meu coração e calar meus pensamentos inquietos. No final das contas, é realmente bom falar com alguém, mesmo que seja com um completo desconhecido.

— Obrigada pelos conselhos, Coelho Branco — digo por fim.

— Por nada, Alice. — Ele consulta um relógio imaginário e tenta fazer uma cara de assustado. Óbvio que, graças à fantasia, o efeito é ao mesmo tempo fofo e assustador. — Agora eu tenho que ir antes que minha irmã decida dar uma de Rainha de Copas e mande os guardas cortarem minha cabeça por ter fugido da diversão.

Ele ergue a mão como se fosse tocar meu rosto, mas muda de ideia no último segundo, e, em vez disso, acena e caminha para longe de mim. Observo-o sair da sacada em silêncio, olhando uma última vez para as tatuagens em suas costas.

Com as palavras do livro infantil gravadas em minha mente, levo as mãos até o baixo-ventre, sentindo a vida pulsar dentro de mim. Visualizo o futuro pelo qual passei anos ansiando e abro mão dele de uma vez por todas. Engravidar antes do casamento, do mochilão pela Europa que eu sempre quis fazer e da promoção no trabalho que estou a cada dia mais perto de conseguir definitivamente não estava nos meus planos, mas talvez o segredo de viver seja saber recalcular as rotas.

Com medo ou não, preciso parar de fugir e descobrir qual futuro quero construir.

*Corro para longe do futuro
e me afasto de todos os medos
Então sua voz sussurra em meu ouvido
e volto para os mesmos pesadelos
Deixei-me viver, destino,
cansei de seus enredos*

Matilda Marques

Capítulo 1
Presente

Laura

Sinto um misto de dor e alívio ao andar pela casa silenciosa.

Algumas pessoas são do tipo que precisam de cinco segundos para tomar uma decisão importante, mas infelizmente não sou uma delas. Passei os últimos anos perseguindo sonhos que teimavam em escapar de meus dedos. A questão com sonhos antigos é que eles são como a calça jeans velha que mantemos no fundo do armário: às vezes ela até pode servir, mas isso não significa que continue sendo confortável. Eu queria tanto uma vida digna de contos de fadas que fiz de tudo para merecê-la, mas, quando dei por mim, estava lutando por uma ilusão.

Anos atrás, saí de Morretes e vim para Curitiba na ânsia de ser jornalista. No meio do processo, me apaixonei pelo meu melhor amigo e desde então passei todas as nossas noites juntos planejando o futuro: uma casa grande, crianças para cuidar e almoços de domingo temperados com cumplicidade. Só que eu mudei, meus sonhos mudaram, e, no dia em que tudo ruiu, finalmente entendi que não preciso caber em uma versão antiga de mim mesma só para realizar desejos que não me servem mais.

Se a roupa velha não cabe, é hora de passá-la adiante e abrir espaço para peças novas.

Desbloqueio o celular e corro os olhos pelas últimas mensagens que troquei com meu noivo — ou melhor, ex-noivo. Mal nos falamos desde que Ravi saiu de casa e foi passar as férias do início de ano na casa dos pais. Cancelei a festa de casamento assim que descobri suas mentiras, mas para ele ainda existia esperança. A verdade é que Ravi não queria colocar um ponto-final em nossa história, mas nos últimos dias percebi que eu já havia encerrado esse ciclo faz tempo.

Passei essas duas últimas semanas chorando, gritando e sentindo tanto ódio de todo mundo — do Ravi por me enganar, dos meus avós por ocultarem a verdade sobre meu nascimento e, principalmente, da minha mãe e seus poemas estúpidos — que, no fim das contas, esses dias sozinha estão sendo um alívio.

Já é hora de aceitar que as coisas não vão voltar a ser como antes.

Respiro fundo e reúno toda a coragem para digitar a mensagem que tem me roubado o sono:

> **Laura:** Suas férias terminam quando?
>
> **Laura:** Quero me mudar antes de você voltar.

Meu peito fica acelerado ao ver que Ravi já está digitando. Fito a tela do celular pelo que parecem horas, mas sua resposta nunca chega.

Demorei anos, meses e dias para tomar uma decisão, mas, agora que sei o que quero, resolvo começar a agir, com ou sem a resposta dele.

Procuro nos meus contatos e ligo para o zelador que trabalha no condomínio no turno da manhã.

— Oi, sr. Ademir. Bom dia! Aqui é a Laura da casa 21 — digo assim que ele atende o telefone. — Posso pegar a chave do depósito? Tô precisando das caixas de papelão que guardei lá.

— Bom dia, dona Laura. Pode deixar que eu pego as caixas para a senhora — diz.

— Não precisa, não quero dar trabalho.

— Capaz, cuidar do depósito é um dos meus melhores trabalhos. — Ademir ri, e consigo visualizar bem sua expressão brincalhona. — Estou com o carrinho de jardinagem, então assim que terminar a limpeza pego as caixas e levo aí. Posso deixá-las empilhadas na garagem?

— Lógico, pode sim. Muito obrigada, viu?

— Disponha. Ah — seu tom fica hesitante de repente —, a senhora vai querer todas as caixas ou só algumas delas?

— Vou querer todas, por favor.

— Ah, certo. Todas, é?

Noto a curiosidade em sua voz, mas Ademir é discreto demais para perguntar o porquê de eu precisar de todas as caixas vazias que guardei no depósito meses atrás (depois de comprar um carregamento de revistas antigas em um dos meus sebos favoritos) ou até mesmo para verbalizar as teorias que meus vizinhos fofoqueiros criaram desde que Ravi saiu de casa e anunciei o cancelamento da nossa festa de casamento.

Graças aos meus ex-sogros, moramos em um condomínio fechado localizado em um dos bairros mais luxuosos da cidade. Quando Ravi era criança, seus pais não eram presentes nem emocionalmente estáveis, então o dinheiro sempre foi usado como uma forma de compensação — não que ele enxergasse dessa maneira. Às vezes queremos tanto ser vistos por nossos pais que aceitamos qualquer tipo de migalha como carinho, e ganhar uma casa de presente de noivado pareceu um grande selo de aprovação ao nosso relacionamento.

Eu ainda queria alugar um apartamento, mas Ravi sempre amou a ideia de ter uma casa grande. E, no final das contas, ele ganhou a disputa, e a mim restou a tarefa de preencher cada cômodo da casa com minhas coisas preferidas. Agora, ao olhar os livros de fotografia, as revistas antigas, as samambaias penduradas pela sala e peças decorativas compradas em antiquários, só consigo me perguntar onde é que vou enfiar tudo isso.

— Precisa de ajuda para empacotar alguma coisa? — pergunta Ademir.

— Não precisa. O senhor já vai ajudar muito só de trazer as caixas.

— Tá bem então, dona Laura.

Enquanto agradeço e finalizo a chamada, encaro meu reflexo no espelho antigo pendurado do outro lado da sala e sorrio para a mulher que vejo refletida. O cabelo cacheado está uma bagunça, o rímel está borrado embaixo dos olhos e a pele marrom-clara já esteve mais hidratada. Ainda assim, o brilho nos olhos deixa evidente que, apesar de ter sido partida em mil pedaços, ela escolheu seguir em frente.

Decidida a agilizar as coisas da mudança, começo a andar pelos cômodos, abrindo gavetas, fuçando nos cantinhos da bagunça e juntando todas as tralhas que vou levar. Não faço ideia de onde vou morar, mas a ação robótica de separar coisas aleatórias em pilhas do que quero e o que não quero levar para a hipotética casa nova me ajuda a organizar os pensamentos.

— Cacilda! — exclamo ao abrir o aparador da cozinha e encontrar esquecida no fundo de uma das prateleiras aquela que já foi minha caneca de café favorita.

Sorrio ao encarar a peça colorida estampada com as principais princesas da Disney. Sempre fui apaixonada por boas histórias, principalmente as de amor, e a culpa disso é todinha da minha avó. Ela me fazia assistir a seus contos de fadas favoritos repetidas vezes e vivia comprando coisas da Disney para mim. Foi assim que comecei a colecionar canecas de princesas, apesar de não fazer ideia de onde a coleção foi parar; não via uma delas havia pouco mais de dois anos, desde o dia em que eu e Ravi nos mudamos para esta casa grande e cheia de quartos que deveriam ser preenchidos por crianças arteiras.

Sinto uma pontada no baixo-ventre, mas já estou tão acostumada que logo ignoro a dor. Com a caneca em mãos, vou até a pia da cozinha e lavo a peça empoeirada. Enquanto ensaboo, tento recordar a última vez que deixei minha versão ingênua, sonhadora e colecionadora de canecas da Disney ser livre.

Sinto mais uma pontada, mas dessa vez a dor é diferente. Fecho a torneira e respiro fundo, contando até três para controlar a cólica que parece retorcer minhas entranhas. Só que a dor fica cada vez mais forte, e de repente sinto um líquido quente escorrer por minhas pernas.

Olho para a calça branca de moletom em choque. A sensação de ser cortada ao meio me transporta ao passado, até uma noite em que sangue e morte se uniram para acabar com meus sonhos.

— Merda, de novo não — grito, derrubando a caneca no chão.

Com as mãos trêmulas, tiro o celular do bolso.

Abro a tela de chamadas, mas simplesmente não sei para quem pedir ajuda.

Se os tempos fossem outros, não pensaria duas vezes antes de ligar para Ravi, mas não quero vê-lo e muito menos precisar dele. Também não posso ligar para meus avós; além de estarem longe, em Morretes, são as últimas pessoas com quem quero falar. Minha mãe morreu. Meu pai nunca fez parte da minha vida e só apareceu depois de morto para ferrar com tudo. E minha melhor amiga está em um avião neste exato momento.

Sozinha, estou tão fodidamente sozinha.

O sangue que ensopa minha calça me dá ânsia de vômito. O cheiro de ferro me lembra da dor que não foi cicatrizada, das mentiras contadas e de todas as vezes que eu disse que estava tudo bem quando, obviamente, não estava. Quero acreditar que tudo não passa de um mal-entendido, mas as pontadas de dor que sinto na lombar, a cólica que não passa e o sangue são reais demais para eu fingir que vai ficar tudo bem.

Sentindo-me fraca, balanço a cabeça na tentativa de desanuviá-la. Ignoro o celular e vou até a porta da sala, mas, quando paro para pegar a bolsa, sinto uma fisgada atrás dos olhos e tenho certeza de que vou desmaiar.

Antes de perder a consciência, meu último pensamento é que, todas as malditas vezes que tentei fugir dos meus medos e recomeçar, eles arranjaram uma forma de me encontrar.

*O amor cresce, pulsa, retumba dentro de mim
ele me faz querer tudo o que não posso ter
ele me faz ser quem nunca vou poder ser
ele me faz querer aprender a amar você*

Matilda Marques

Capítulo 2

Laura

Olho para o quarto lotado e de imediato me arrependo de ter deixado Tainá trazer todas as minhas tralhas para cá sem nenhum critério. Eu deveria ter tirado um tempo maior para separar os itens indispensáveis e alugado um guarda-volumes para entulhar as coisas que não quero mais, mas passei as últimas semanas em repouso, então Tainá e seus pais tomaram a frente na mudança. O que explica todas as caixas de papelão espalhadas pela minha nova casa — se é que posso considerar um quarto alugado às pressas como casa.

Não que seja minha intenção diminuir a suíte superluxuosa que minha amiga resolveu me alugar. O problema é que cresci acreditando que casa é onde nosso coração está, e, como o meu foi estilhaçado em milhares de pedaços, acho que estou no direito de reclamar de barriga cheia. Então vou me queixar da cama-tatame horrenda, da TV Frame que vira um quadro do século XIX, das caixas de mudança empilhadas e do silêncio do ar-condicionado. Onde já se viu um ar-condicionado que não faz um mísero barulho?

— Seria pedir demais que ele tivesse caído do caminhão de mudança? — comenta Tainá ao entrar no quarto e encarar o boneco velho e malcuidado do Fofão jogado em cima da cama. — Sério, os olhos dele parecem me perseguir pelo quarto! Como é que você vai conseguir dormir com um troço desse te encarando?

— Ele era da minha mãe, dormi abraçada a esse boneco estúpido por anos. Onde vocês o acharam? Não via a cara dele desde os meus 9 anos, acho.

— Meu pai o encontrou em uma caixa no fundo do seu guarda-roupa, junto com os diários antigos da sua mãe.

Só de pensar em seus textos ou em qualquer coisa que a envolva sinto vontade de chorar. Engraçado como as duas semanas que passei no hospital amplificaram a raiva. O tempo ocioso me fez pensar no passado repetidas vezes, e, quando dei por mim, a enxurrada de emoções contidas voltou com força total: as mentiras de meus avós, a conivência de Ravi, o luto e o peso das escolhas feitas por minha mãe.

Eu estava pronta para seguir em frente, mas agora voltei a me sentir dominada pelo rancor.

— Quer saber? Vamos dar fim a esse carinha — digo ao apontar para o boneco mais velho do que eu. — O que acha melhor: cortar em pedacinhos ou esfaquear o enchimento de pelúcia? Devo ter uma tesoura em alguma dessas caixas.

— Ei, vamos respirar fundo e pensar com calma antes de atentar contra a vida do coitado do Fofão. — Tainá me segura pelos ombros e examina meu rosto em busca de respostas que ainda não tenho. — Você sabe que apagar o passado ou destruir os objetos que foram de sua mãe não vai tornar as coisas mais fáceis, certo?

— Poxa vida! E eu achando que assassinar um boneco me ajudaria a esquecer que passei a vida toda acreditando em uma mentira, que as pessoas que mais amei no mundo escolheram me enganar por anos e que fiquei duas semanas internada em um hospital me recuperando de uma cirurgia.

— Só faltou falar que você cancelou um casamento seis meses antes da cerimônia e que aceitou morar com uma recém-divorciada emocionalmente desequilibrada. — Ela me dá um abraço apertado. — Bem-vinda à crise dos *quase* 30 anos, Laura.

— Infelizmente, os 30 não são a idade do sucesso — digo ao retribuir o abraço, sentindo-me grata por sua amizade incondicional.

Quando me vi sozinha e desacreditada, Tainá estendeu a mão, me acolheu em sua família e não deixou meu corpo e mente sucumbirem ao luto. Ela ficou ao meu lado no hospital, cuidou de mim no pós-operatório e, com uma única frase, me convenceu a morar com ela. Sem sua ajuda, eu estaria sendo consumida pela dor.

Nós nos conhecemos três anos atrás, quando ela foi contratada como supervisora de marketing do Grupo Folhetim de Comunicações — empresa composta por jornal, rádio, TV e mídias sociais voltadas para o compartilhamento de notícias e produção de conteúdo comportamental. Trabalho na revista *Folhetim* desde que me formei na faculdade e, apesar dos meus cinco anos de casa, nunca tinha visto alguém tão novo sendo admitido para um cargo de chefia. Alta, curvilínea, dona de uma linda pele marrom e de um sorriso de quem sabe o que quer, Tainá definitivamente é tão intimidadora quanto competente.

Naquela época, suas habilidades ressoavam por todos os estagiários do Grupo Folhetim, que inventavam fofocas na tentativa frustrada de diminuir sua competência. Tanto burburinho só me deixou mais curiosa para conhecer a novata, então fiquei animada quando fomos escaladas para trabalharmos juntas em uma matéria. Juro que ela ganhou meu coração em menos de cinco segundos de conversa; fazer o que se adoro pessoas que amam futebol e que torcem para o Coritiba.

Muita coisa mudou desde então: fui promovida no trabalho, e Tainá saiu do Grupo Folhetim para abrir a própria empresa de marketing digital; terminei uma pós-graduação, e ela se apaixonou perdidamente; desfiz um noivado às vésperas do casamento, e ela se divorciou. Agora estamos morando juntas e tentando descobrir como seguir em frente.

Minha pergunta sai em um sussurro:

— Você acha que eu deveria ter voltado para casa?

— Você ainda ama o Ravi? Nem que seja só um pouquinho?

— Não.

Dói, mas é a mais pura verdade.

— Então já temos nossa resposta. Quem vive de passado é museu, amiga. Você merece um amor que te encha de alegria e vontade de viver, assim como o Ravi merece.

Ainda com o rosto enfiado em seu pescoço, resmungo que não quero mais saber do amor, e ela ri.

— Você foi muito corajosa em ouvir seu coração, cancelar o casamento e seguir firme na decisão de se mudar.

— Por que sinto que tem um "mas" vindo aí?

— O nome disso é peso na consciência. — Ela afrouxa nosso abraço apenas o suficiente para me olhar nos olhos. — Você não acha que Ravi merece saber o que aconteceu naquele hospital?

— Mas ele já sabe, Tainá. Escrevi uma carta para ele, lembra?

— Como posso me esquecer? Quem vê pensa que estamos em um romance da Jane Austen. Não acredito que você meteu o louco e escreveu uma carta de seis páginas para o coitado!

— Você está do lado de quem, afinal?

— Do seu, amiga. Só que é do Ravi de que estamos falando, o cara que te conhece desde sempre e que praticamente beijava o chão no qual você pisava. Ele errou ao mentir para você, mas ainda merece ouvir a verdade da *sua boca*. Precisamos aceitar que Ravi não é o vilão dessa história. A vida que é.

Tento sair de seu abraço, mas Tainá me aperta com mais força. Minha resistência dura exatos cinco segundos. Primeiro: é bom ser abraçada e reconfortada. Segundo: enquanto minha amiga é feita de um metro e setenta de pura força e definição muscular, não passo de uma baixinha molenga muito feliz em pagar a academia e aparecer uma vez por mês. Terceiro: ela tem razão. Apesar de tudo o que me levou a romper nosso relacionamento, Ravi merecia ter escutado ao vivo o motivo que me fez parar no hospital, não saber por meio de uma carta.

Em minha defesa, eu tinha acabado de passar por uma cirurgia que mexeu com *todas* as minhas certezas. Estava me sentindo solitária, magoada e afastada de quem amo por causa das mentiras que escolheram me contar, então me pareceu muito mais fácil colocar todas as palavras em um papel do que encarar os olhos de Ravi e fazê-lo reviver a noite que, anos atrás, derrubou o primeiro pilar da nossa relação.

— O que estou querendo dizer é que o seu começo de ano foi uma merda, Laura. Coisas ruins aconteceram, e você tem todo o direito de sentir raiva de seus avós, de Ravi, de sua mãe e do universo. Xingue, brigue, assassine bonecos assustadores se precisar, só não esqueça que até mesmo as pessoas que nos amam cometem erros.

— Posso pensar nisso amanhã? Hoje só preciso curtir o ápice da fossa e talvez rasgar alguma coisa de valor. — Olho a caixa aberta com os diários antigos de minha mãe e tenho uma ideia. — Posso queimar algo na lareira? Imagina, rasgar todas essas páginas amarelas que passei anos achando que foram escritas para mim e as jogar no fogo? Meu Deus, só de pensar em queimar esses poemas e textos de merda já me sinto melhor.

— Infelizmente o seguro do apartamento não está em dia, então, por ora, vamos suspender seus planos de destruição. — Tainá finalmente interrompe nosso abraço, mas, em vez de se afastar por completo, aperta minhas bochechas e me encara como se fosse soltar uma bomba. — E desculpa ser portadora de mais uma notícia ruim, mas você está com cara de bunda.

Minha amiga não é conhecida pela sutileza.

— Pelo menos é uma bunda bonita?

— Vejamos: faz dois dias que você não toma banho, só come porcaria cheia de gordura hidrogenada, vive suspirando pelos cantos e ainda trouxe aquele sofá velho horroroso para minha sala. — Ela coloca as mãos na cintura e faz uma careta dissimulada que me diverte. — Não, amiga, você está azeda. E não tô falando só do cheiro!

— Larga mão que meu sofá verde musgo *vintage* é belíssimo — digo em minha defesa. — E até você que é a rainha do "arrume-se comigo" no TikTok vai ter que admitir que estou bem apresentável para quem passou as últimas semanas literalmente em modo sobrevivência.

Ela franze o nariz arrebitado e me olha com indignação. Estou usando uma camiseta velha e esburacada, um calção de basquete do Coritiba que roubei do meu avô, e meu cabelo está preso em um coque que, de maneira vitoriosa, já dura três dias. Para piorar a situação, preciso de um minuto completo para lembrar a última vez que escovei os dentes. Nada de maquiagem, conjuntinhos de alfaiataria e, pelo visto, higiene pessoal. Tainá tem razão, mas eu que não vou dar o braço a torcer.

— Tenho três palavras para você: cara de bunda — repete ela ao me empurrar na direção do banheiro.

Alcanço uma revista em uma das caixas espalhadas pelo caminho e a arremesso em seu rosto bonito. Preciso fingir que não ligo para o fato de que o movimento impulsivo vai amassar uma das minhas preciosas edições de colecionador da revista *IstoÉ*. Sempre sonhei em trabalhar em uma revista de notoriedade nacional, então passei a adolescência toda procurando exemplares antigos dos meus periódicos favoritos nos sebos da cidade. Ainda lembro de chegar em casa e passar a madrugada toda reescrevendo os artigos principais como se fossem meus.

Hoje, não só escrevo para um dos maiores grupos de comunicação do sul do país, como coordeno todo o setor de produção e impressão dos periódicos do Grupo Folhetim. E a vida real nos bastidores de uma revista é de fato bem melhor do que eu poderia imaginar. Amo cada detalhe do meu trabalho porque acredito que as palavras impressas são fonte de transformação — seja de quem lê ou de quem escreve.

— Sério que você acabou de jogar uma revista de 1982 em mim? — Minha amiga pega o exemplar do chão e folheia as páginas com interesse. Tainá até pode julgar o fato de eu ser uma acumuladora de revistas e jornais antigos, mas, assim como eu, ela ama mídias impressas. — Por acaso essa é sua forma de falar que está apaixonada por mim, Laura? Porque eu gosto de mulheres, e você é bem bonitinha, mas tenho uma regra explícita de não me envolver com minhas melhores amigas.

— Só cala a boca, Tainá — digo em meio ao riso.

Ela me ajuda a empurrar as caixas da mudança para os fundos do quarto, e juntas resgatamos a mala de mão com meus itens de higiene pessoal que estava soterrada debaixo de roupas belíssimas. Além de acumular revistas, também coleciono roupas de alfaiataria, sapatos de salto alto e bolsas em textura croco.

— Você acha que seu irmão vai ficar bravo se trocarmos a cama? — questiono ao abrir a mala em cima do colchão ridiculamente baixo e separar tudo de que preciso para tomar banho. — Sem condições de eu dormir neste projeto de colchão.

— Meu irmão é completamente incapaz de ficar bravo comigo, apesar de ele realmente amar essa cama-tatame, sei lá por quê.

Ela observa o móvel com um olhar perdido que deixa meu peito apertado. Apesar do jeito brincalhão, Tainá está sofrendo tanto quanto eu. Faz quatro meses que ela se divorciou, e, apesar de abrupto, o término pareceu ser de comum acordo. Só que as coisas viraram uma bagunça completa quando sua ex-esposa resolveu alugar o apartamento do andar de baixo e concorrer à vaga de síndica do prédio.

— Nós vamos ficar bem. — Dou um soco leve em seu ombro e ganho um sorriso sincero em resposta. — Não hoje e muito menos amanhã, mas uma hora ou outra vamos descobrir como chacoalhar a poeira e dar a volta por cima.

— Enquanto isso, vamos reformar este quarto para deixá-lo a sua cara — sugere ela ao se jogar na cama. — Pelo menos o colchão é confortável.

— Tem certeza de que seu irmão não vai ficar puto ao descobrir que aluguei o quarto dele por tempo indeterminado?

— Relaxa, o Téo não vai voltar para Curitiba tão cedo. Óbvio que seria bom ter conversado com ele antes da sua mudança, mas a culpa é dele por não me atender. Acredita que o babaca não dá sinal de vida há semanas?

Sinto a saudade transbordar de suas palavras. Desde que o irmão mais velho foi fazer faculdade em Minas Gerais, Tainá vive reclamando da falta que sente dele. A faculdade virou residência médica, e, pelo que entendi, os planos dele envolvem abrir uma clínica médica em Belo Horizonte quando terminar a especialização. Bom para mim que ganhei um quarto recém-reformado por uma pechincha de aluguel.

— Dá um desconto para o coitado do seu irmão, ele provavelmente está tão sobrecarregado com o final da residência que mal tem tempo de checar o celular.

— Ou ele está fazendo igual a você e dando um chá de cadeira na família que o ama e que só quer saber se ele está vivo.

— Ei!

Ela realmente não precisava me lembrar que não falo com meus avós desde o começo do ano.

— Se a carapuça serviu, é porque eu tenho razão.

Ignoro suas palavras e vou até o banheiro anexo ao quarto. Posso até contestar o gosto para camas do irmão da Tainá, mas o cara soube transformar este espaço em um refúgio com a banheira vitoriana de chão com pés de ferro, uma ducha dupla, um pequeno jardim de inverno e móveis de madeira ripada. Tudo nesta suíte é muito chique e moderno, a não ser pela cama ridícula. Ainda preciso de tempo para sentir que o espaço é de fato meu novo lar, mas sei que vou chegar lá. Nada como umas samambaias penduradas e revistas espalhadas pelos cantos para eu começar a me sentir em casa.

— É uma verdade universal que médicos não têm tempo para nada — constato ao abrir a torneira da banheira. — Lembra quando sua empresa foi contratada para gerir as mídias sociais daquela clínica chiquérrima de cirurgia plástica no Juvevê? A médica que você namorou respondia suas mensagens uma vez por semana e vivia te dando bolo por conta dos plantões.

— "Namorou" é uma palavra muito forte. — Ela apoia o corpo na porta do banheiro, tira o celular do bolso da calça jeans e começa a digitar algo. — Mando um "oi, sumida" ou o bom e velho "saudade dos tempos em que nos pegávamos na salinha de espera da clínica"?

— É sério que você vai mandar mensagem para ela? *Agora?* — questiono.

Tainá dá um sorriso sacana, e balanço a cabeça em descrença. Ela termina de digitar e só então volta os olhos na minha direção.

— Vou pedir uma tonelada de comida enquanto você toma banho, e depois podemos ver um daqueles filmes de princesas que você tanto amava assistir com a sua avó. Quem sabe assim você fica com saudade e manda uma mensagem para a dona Isis.

— Sério que você quer assistir a um filme da Disney? — pergunto, ignorando a segunda parte.

— "Querer" é uma palavra muito forte... Por mim, partiríamos para algo com tiros, assaltos e muita vingança.

Ela me encara com os olhos pidões.

— Nem vem, nós não vamos assistir *Duro de matar* pela milésima vez!

— Que tal *Noiva em fuga*?

Minha amiga balança as sobrancelhas, como se a sugestão engraçadinha fosse passar despercebida.

— Cedo demais para essa piada, cara.

Tiro a roupa e entro na banheira. A água morna funciona como um abraço apertado de mãe. Não sei o que é ser abraçada por uma mãe carinhosa e amorosa, mas, em contrapartida, conheço bem os abraços calorosos da dona Isis, a mulher que me criou. Sinto saudade da minha avó, de nossas conversas ao redor da mesa e das tardes que passávamos no sofá comendo brigadeiro de colher e assistindo a filmes de princesas sonhadoras.

— Quer saber, cansei dos contos de fadas. Por mim, podemos assistir *História de um casamento* e chorar que nem duas condenadas.

— Quem é que está fazendo piadinhas de mau gosto agora, hein? Nada de filmes sobre casamentos ou divórcios durante os próximos vinte anos, por favor. — Tainá acende uma vela na pia do banheiro e me encara pelo reflexo do espelho. — Apesar de tudo o que está acontecendo em nossas vidas, estou feliz em ter você como colega de apartamento, Laura. Espero que saiba que essa também é sua casa agora, então, quando precisar de algo, lembre que estou na porta ao lado.

— Isso era tudo o que eu queria ouvir. — Tiro um dos pés da banheira, usando o movimento como desculpa para jogar água nela. — Já posso pedir serviço de spa no quarto? Tô precisando de uma massagem nos pés.

— Abusada! Eu aqui oferecendo todo o meu apoio psicológico, e você tirando onda com meus sentimentos. — Ela sai do banheiro resmungando e fecha a porta com um baque dramático, bem do jeitinho Tainá de ser. — Por causa dessa brincadeirinha, vou te obrigar a assistir *Jogos Mortais*!

— Eu também te amo, cara! — grito em resposta, sorrindo de verdade pela primeira vez em um bom tempo.

Em menos de três meses descobri que estava vivendo uma mentira, briguei com toda a minha família, cancelei o casamento dos sonhos, fui parar na UTI após uma cirurgia que me tirou as duas trompas e, logo após receber alta, mandei uma carta de encerramento para meu ex--noivo e aluguei um quarto no apartamento da minha melhor amiga.

Minha vida está de cabeça para baixo, mas quer saber? Pelo menos agora estou livre de todas as expectativas que me sufocavam.

Precisei levar uma rasteira do amor, mas finalmente entendi que é mil vezes melhor viver sangrando por causa de verdades dolorosas do que permanecer presa dentro de uma redoma reluzente, mas tão falsa quanto minha nova certidão de nascimento.

prometo esquecer
esqueço a dor
esqueço o medo
esqueço as fraquezas
e então eu lembro que você permanece dentro de mim

prometo recordar
recordo a dor
recordo o medo
recordo as promessas
e então eu lembro que você vai sempre pensar em mim

Matilda Marques

Capítulo 3

Laura

Espio a tela do celular e levo um susto com o horário: 8h37. Merda, se o motorista do ônibus continuar dirigindo nesse ritmo, vou me atrasar para o trabalho pela terceira vez em menos de uma semana. Antes eu levava exatos dez minutos para chegar à sede da revista em Água Verde (além de morar pertinho do trabalho, eu tinha um noivo matutino que fazia questão de me acordar no horário certo). Agora, perco tempo demais acionando o modo soneca do celular, atravessando o parque Barigui até a estação tubo mais próxima e dependendo de linhas de ônibus tão confusas quanto minha vida no momento.

É assustador o quanto minha chefe tem sido compreensiva desde que voltei ao trabalho, mas odeio abusar da sorte em dias de reunião de pauta. São nesses encontros que definimos várias questões: temas centrais dos próximos editoriais de todo o Grupo Folhetim; assuntos a serem abordados em portais on-line e os que merecerão destaque nos periódicos impressos; nomes da atualidade que valem ou não uma entrevista; os eventos dos próximos meses dignos de cobertura ao vivo; e as bandeiras sociais que queremos levantar em nossos textos. Ou seja, todo o meu trabalho como coordenadora de projetos gira em torno da reunião de planejamento para a qual estou correndo sério risco de me atrasar.

Para piorar meu mau humor matutino, meu celular escolhe este exato momento para começar a tocar. Não preciso nem olhar o nome na tela para saber quem está me ligando. Desde o dia em que saí de Morretes para fazer faculdade de jornalismo em Curitiba, minha avó me liga na segunda-feira de manhã para contar as fofocas cabeludas do momento (nas palavras dela, "fofoca e cidade pequena são que nem queijo e goiabada, nasceram para andar juntos"), e só encerramos a ligação depois de eu prometer que estou me alimentando bem, que vou visitá-los no próximo feriado (o que, sendo sincera, eu raramente fazia) e que não vou contar para ninguém que minha professora do jardim de infância de 60 anos está traindo o marido com um rapaz mais novo que eu. Sinto falta de nossas conversas, de sua voz rouca e animada e, principalmente, da sensação de segurança que o amor de meus avós sempre proveu.

Ignoro a chamada.

Além das ligações de minha avó, também recebi várias mensagens de Ravi. Ele tem tentado falar comigo desde a mudança, mas, por mais que eu sinta falta de nossa amizade, ainda não estou pronta para ouvir suas desculpas e justificativas. A verdade nua e crua é que não quero falar nem escutar ninguém porque sei que eles desejam algo que não estou pronta para oferecer: absolvição.

— Ei. — Uma pré-adolescente de pele rosada e sorriso angelical cutuca meu ombro de forma incisiva. — Acho que tem algo de *muito* errado com a sua roupa.

— Quê?

— Posso tirar uma foto para te mostrar?

— Por acaso essa é uma daquelas pegadinhas para o YouTube? — pergunto ao procurar o celular em sua mão.

Ela revira os olhos em uma tentativa óbvia de comunicar que estou exaurindo seu cérebro jovem.

— E alguém ainda assiste pegadinhas no YouTube? O que estou querendo dizer é que você se vestiu errado, tia.

Jura que ela acabou de me chamar de tia? Que menina insolente! Primeiro se acha no direito de opinar sobre a roupa de uma completa desconhecida, agora me chama de tia. É óbvio que esse sorriso doce em sua cara é mais falso do que uma nota de vinte e cinco reais. O conjunto de três peças em linho que estou usando foi um achado. Ele ficou me esperando no carrinho de compras por meses até eu receber um cupom de desconto de trinta por cento e finalizar o pedido em plena madrugada. Parcelei a compra em dez vezes? Sim, mas pelo menos garanti um look verde-lima belíssimo que chamo de "roupa cura-crise".

— Fica quieta, filha — grita uma mulher, que suponho ser mãe dela, do outro lado do corredor, o que obviamente atrai dezenas de olhares curiosos para nossa direção. — Quantas vezes vou precisar repetir que não é certo botar reparo nos outros? Cristão de verdade não julga o próximo, Maria Clara! Se a moça está feliz com as próprias roupas, quem somos nós para crucificar?

— Caramba, mãe, eu estava praticando uma boa ação! Tenho certeza de que Jesus está feliz com minha atitude.

— Chega. Não quero escutar mais um pio — retruca a mãe, me lançando um olhar cansado ao se levantar do banco e arrastar a menina até o fundo do ônibus.

— Pode ficar brava se quiser, mas alguém precisava avisar o mico que ela tá pagando.

Ai, essa doeu! Minha vontade é gritar para a pirralha — e para os bisbilhoteiros do banco da frente que não param de me encarar — o nome do estilista que assina o conjunto que estou vestindo, mas a patricinha que habita em mim não tem tempo para se defender porque tenho exatos oito minutos para estar em minha sala de trabalho.

Ignorando os burburinhos ao redor, coloco um sorriso empertigado no rosto e saio do ônibus de cabeça erguida. Em contrapartida, começo a correr em direção ao Grupo Folhetim assim que o veículo se afasta do ponto. Marco o ponto digital na recepção do prédio e atravesso o saguão pulando em um pé só, habilmente coordenando a corrida contra o tempo com minha típica troca de sapatos. Gosto de fazer o trajeto para o trabalho de tênis e substituir os pares surrados por um scarpin com um salto de dez centímetros depois de me acomodar em minha sala com uma dose extra de café em mãos, mas ultimamente calmaria e tranquilidade estão em falta.

Já se passaram duas semanas desde a mudança para a casa de Tainá, e até agora o lance de que o tempo cura tudo se provou uma bela de uma mentira. Continuo resmungando pelos cantos, ignorando conversas importantes, chafurdando em minhas dores e chegando atrasada ao trabalho. Pelo menos a raiva passou; agora estou na fase do desânimo letárgico. A sensação é que estou carregando uma tonelada de palavras não ditas nos ombros, mas ando cansada demais para lidar com elas.

Encaro o prédio ao redor enquanto espero o elevador panorâmico voltar do décimo andar. Trabalho no Grupo Folhetim há cinco anos e ainda não me acostumei com a beleza do edifício. Unindo elementos clássicos da década de 1970 a estruturas de vidro espelhadas e ultramodernas, o prédio parece ter saído de uma série de ficção científica. E o melhor de tudo é que o elevador panorâmico e suas portas de vidro garantem ao passageiro uma vista de tirar o fôlego: o piso de lajota vermelha restaurada, peperômias caindo das sacadas internas do prédio e um teto de vidro com vista para a Praça do Japão e suas belas cerejeiras. Talvez seja por isso que, mesmo sem tempo, prefiro fingir que o elevador de serviço não existe.

Um *ping* ecoa, e as portas se abrem. Contudo, em vez de encontrar o elevador vazio, dou de cara com o olhar de águia da minha chefe. Vestida com um conjunto de tweed azul-marinho que evidencia a pele negra retinta e saltos agulha mais altos que os meus, Jordana parece uma personagem de série de TV pronta para solucionar um crime, salvar o presidente ou comandar um exército de assassinos. Minha chefe exala poder, e parte de mim quer ser exatamente como ela quando eu crescer.

— Bom dia, Laura. Está indo para a sala de reuniões? — pergunta ela.

— Bom dia, estou sim. — Finjo tranquilidade ao entrar no elevador. Tecnicamente não estou atrasada, mas todo mundo sabe que Jordana só considera pontual quem chega antes dela. — Só desci para comprar uma dose extra de café antes da reunião de pauta. A máquina de expresso do nosso andar está em manutenção, acredita? Então dei um pulo na cafeteria da esquina.

— E onde ele está?

— Ele quem?

— O café que você *obviamente* não foi comprar.

Eu me forço a pensar em uma resposta lógica, mas um apagão toma conta de meu cérebro. Fingindo não ter escutado minha chefe, encaro o painel digital e rezo para chegarmos ao décimo oitavo andar o mais rápido possível. Infelizmente, não é hoje que minhas preces começarão a ser atendidas.

— Na terça passada, seu ônibus quebrou. Na quinta, sua colega de apartamento precisou ser levada ao pronto-socorro. E hoje a culpa é da máquina de café novinha que compramos no último Natal. — Jordana solta um suspiro de reprovação. — Atrasos, mentiras e vestimenta inapropriada. Se continuar assim, vou precisar notificar o departamento de recursos humanos e solicitar a emissão de uma advertência.

— O que é que tem de errado com minha roupa, afinal?

Eu deveria estar preocupada com a palavra advertência, mas só consigo reviver a conversa constrangedora com a adolescente no ônibus.

— Está do avesso, Laura.

Em choque, encaro o espelho na lateral do elevador e me sinto nocauteada por meu próprio reflexo. Meus cachos pretos estão escondidos em um coque malfeito, a maquiagem foi aplicada de qualquer jeito, os bolsões embaixo dos olhos evidenciam as noites de insônia e, para piorar, as roupas vestidas às pressas exalam incompetência. De repente, me sinto como uma pintura cubista fragmentada que, apesar de unir as diversas figuras na mesma tela, não faz sentido algum.

Dói ainda mais saber que meu caos interno é perceptível aos olhos de Jordana. Lutei anos para ser reconhecida e valorizada por minha chefe, não só porque almejava subir de carreira, mas porque é *ela* — a mulher negra que revolucionou o Grupo Folhetim, que enfrentou preconceitos e avanços digitais e não deixou nossa revista cair em esquecimento, que ganhou vários prêmios por seus artigos e que sempre foi uma fonte de inspiração para mim.

— Sei que está vivendo um momento delicado, mas, se continuar deixando seus problemas pessoais interferirem em seu trabalho, vai perder tudo o que conquistou nos últimos anos. — Jordana toca meu ombro de leve, forçando-me a enfrentar seu olhar inquisidor. — Responda com sinceridade, querida: vale a pena arriscar uma carreira em ascensão por causa de alguém que escolheu não amar você?

O golpe é certeiro.

Jordana é uma das poucas pessoas que conhecem o verdadeiro motivo por trás da briga que tive com meus avós, do término repentino com Ravi e das férias forçadas que precisei tirar. Tive que dar entrada em um pedido de férias de caráter urgente, então contar a verdade acabou sendo o único caminho para ganhar alguns dias de licença. Até o momento não havíamos tocado no assunto, mas ela sempre sabe quando dar o golpe final. Essa é uma das características que mais admiro nela; em um mundo controlado por homens cruéis e manipuladores, minha chefe consegue superá-los em suas artimanhas de olhos fechados. Só é uma merda ver essas habilidades serem usadas contra mim, principalmente quando nós duas sabemos que minha mãe não vale sacrifício algum.

— Sinto muito pelos atrasos e por eles parecerem falta de comprometimento. Caso necessário, eu mesma solicitarei uma advertência formal no RH e compensarei as falhas em horas extras de trabalho — respondo após me recuperar do choque inicial causado por suas palavras. — Prometo que meus problemas pessoais não vão mais interferir em meu trabalho.

— Que bom, querida. — Ela sorri e aperta meu ombro mais uma vez. — Apostei todas as fichas ao te promover e não quero me decepcionar. Sabe o quanto lutei por você, não é mesmo?

— Eu sei, Jordana.

Ela sempre faz esse comentário, e toda vez me pego ponderando o verdadeiro significado por trás das palavras.

As mídias tradicionais quase não resistiram aos avanços da internet, mas o Grupo Folhetim encontrou formas não só de manter a relevância no mercado, como também de seguir com a impressão bimestral de uma revista que é patrocinada por anunciantes locais e distribuída nos principais comércios de Curitiba — o setor pelo qual *eu* sou responsável graças à confiança que Jordana depositou em mim. Com o apoio dela, deixei o antigo cargo como redatora, fiz uma pós-graduação na área de gestão de projetos e assumi riscos altíssimos ao aceitar o desafio de imprimir periódicos em uma era dominada pela internet.

Apesar de ser grata, também sei que conquistei essa promoção depois de dois anos trabalhando doze horas por dia, escolhendo pautas complexas e inovadoras e montando uma equipe de produção extremamente qualificada. Não é à toa que as últimas edições da revista *Folhetim* foram bem aceitas pelos anunciantes, adoradas pelo público e indicadas a prêmios importantes em nível nacional. Conquistei um grande marco em minha carreira porque tive apoio, mas também porque aprendi a confiar em minha capacidade.

— Só quero que entenda que mudanças são como fios soltos em uma rede de pesca. Reclamar dos furos só serve para aumentar a fome. — Enquanto fala, Jordana abre a pasta de couro na mão e tira dali um bloco de folhas impressas. — Você quer voltar a pescar, Laura? Então pare de lamentar e vá costurar os furos em sua rede de pesca.

O apito do elevador soa, e ela me entrega os papéis. Olho para o título impresso no topo da primeira página e sinto o coração acelerar. Folheio o resto do dossiê com o estômago embrulhado. Isso não pode ser real.

— Quando entrarmos naquela sala de reuniões, quero que seus problemas pessoais fiquem do lado de fora. Entendido?

Não faço ideia de como, mas reúno forças para responder:

— Sim, senhora.

— Ótimo, porque os planos para o próximo editorial vão remexer no passado de muitos de nós. Vamos todos precisar engolir alguns sapos durante o processo, mas sei que vai valer a pena — informa minha chefe. As portas se abrem e, apesar de estar prestes a perder a cabeça, imito seus passos decididos ao sair do elevador. — Use o banheiro da minha sala e dê um jeito em sua aparência. Tenho maquiagem na primeira gaveta à esquerda. Também tire um minuto para ler o dossiê. Vai te ajudar a não chegar despreparada para a reunião.

Ela encara os papéis que mantenho abraçados ao corpo com força e, após alguns segundos de silêncio, me entrega a chave da sua sala de conferência.

— Vou adiar a reunião em cinco minutos, e é bom que você esteja lá quando eu anunciar o tema escolhido para a próxima edição da revista. Preciso de seu apoio na aprovação dessa pauta, mas isso não significa que esteja aberta a negociação — declara Jordana, e sinto o corpo hiperventilar ao perceber o peso das palavras. — Quero te ver cruzar a linha que separa um bom jornalista de um escritor excepcional. Mas, para isso, você terá que costurar de uma vez por todas os furos em sua rede de pesca, Laura.

Jordana caminha de cabeça erguida até a sala de reuniões, mas fixa o olhar no meu uma última vez antes de entrar no cômodo.

— Espero que saiba pescar, querida.

— Eu nem gosto de peixe — murmuro em choque.

Volto os olhos para os papéis em minha mão e leio o texto depressa. A palavra adoção ecoa em meus pensamentos como um mau agouro. Pelo visto, minha chefe acabou de decidir que o tempo de fugir do passado acabou e, por conta disso, me jogou em um mar lotado de tubarões tão famintos quanto as cicatrizes expostas em meu coração.

Grupo da Família Dias

Jonas: Estou com saudade, filho. Quando pretende nos visitar?

Bernardo: Será que consegue uma folga no feriado do dia 7 de setembro, Téo? Faz anos que não te vemos!

Tainá: Sem exageros, galera. Vcs viram o garoto no carnaval. E eu que não vejo meu irmão desde o ano passado?

Jonas: Santa Catarina dos professores, olha como somos insensíveis! Nossa filha sofrendo e nós reclamando da vida. Está precisando de algo, filhota?

Bernardo: Quer que eu faça mais marmitas da sua lasanha favorita?

Tainá: Pai, tenho comida congelada suficiente pra anos.

Tainá: *foto do congelador lotado*

Jonas: Então que tal uma visita? Podemos ir pra Curitiba neste final de semana.

Tainá: Sério?

Bernardo: Com certeza! Está precisando de um abraço apertado dos melhores pais do mundo?

Tainá: Sempre! Vou reservar um hotel pra vcs.

Jonas: Não precisa, podemos ficar no sofá.

Tainá: Vamos conversar sobre isso no privado, meu irmão ausente não merece saber o que fiz com o quarto dele.

Tainá: Leu direitinho, Téo? Você acabou de ser promovido ao título de irmão ausente!

Capítulo 4

Téo

Sorrio para a tela do celular, sentindo uma puta saudade de casa. Lido com o sentimento desde o dia em que me mudei de Curitiba para fazer faculdade de medicina na UFMG, em Belo Horizonte, mas nos últimos meses a sensação de estar no lugar errado tem me mantido em constante estado de alerta. Talvez seja porque esse último semestre de residência foi uma merda, ou simplesmente por eu ter percebido tardiamente que os anos estão passando e meus pais envelhecendo. Escolhi fazer medicina para ganhar mais tempo de vida ao lado deles e, no final das contas, passei os últimos oito anos longe de casa.

Dou um jeito de ir visitá-los sempre que arranjo uma folga. Mas nesse semestre não tive tempo para mais nada a não ser estudar, fazer as refeições na sala de descanso entre turnos duplicados, emendar plantão atrás de plantão para juntar uma grana extra, dormir menos do que é recomendado pela associação médica brasileira — *ah, a ironia* —, lavar as cuecas no banheiro para ganhar tempo e repetir esse ciclo milhares de vezes. Por maior que seja a saudade, uma viagem de Belo Horizonte até Curitiba demanda tempo demais e, se tem algo que um residente *não* tem, é tempo.

— Com licença — diz uma senhora de uns 60 anos para mim no meio do corredor lotado. — Pode me ajudar a encontrar o leito do meu pai, por favor? Ele saiu da UTI faz dois dias, mas ainda não decorei o número do quarto. Sabe como é, minha memória já não é mais a mesma.

— Lógico. — Guardo o celular no bolso e volto a atenção para ela. — Qual o nome do paciente?

— João Carlos Barbosa. — Ela sorri ao se aproximar de mim como uma leoa prestes a dar o bote. Dou um pulo ao sentir seus dedos frios apertando minhas bochechas e escuto os risos disfarçados das enfermeiras de plantão. — Você é lindinho, sabia? Um pitel de médico. Posso lhe apresentar minha filha? Ou meu filho mais velho? Devo ter fotos deles em algum lugar por aqui. Me dê um segundo, vou procurar para mostrar.

Ela começa a remexer o conteúdo da bolsa e aguardo, sem reação. Eu deveria interromper a conversa neste instante, mas que mal tem em ver algumas fotos?

Por mais racional que a medicina seja, na minha cabeça o trato com os pacientes e seus familiares raramente segue um modelo comportamental rígido. Pacientes querem conhecer o lado humano dos médicos, assim como os acompanhantes precisam de atenção para não sucumbir por completo ao medo de perder quem amam.

Às vezes, tudo o que precisamos para parar de pensar na morte é de cinco minutos de uma conversa banal e despretensiosa. E de morte eu entendo, já que sou a porra de um médico que sente o coração acelerar toda vez que penso em perder as pessoas que amo.

A faculdade fez um bom trabalho em nos ensinar a lidar com a morte da maneira mais fria e objetiva possível. Mas, nos dias mais difíceis, ainda sinto a respiração acelerar, o corpo tremer e a mente girar ao imaginar meus maiores pesadelos virarem realidade.

— Aqui, achei! — Sua voz animada afasta meus devaneios. Ela me entrega a foto do que imagino ser um feriado em família e aponta para três adultos abraçados ao lado de uma árvore de Natal. — A do meio está noiva, mas os outros dois estão solteiros. Meu filho mais velho acabou de se divorciar, mas ele é um ótimo partido. Sabe cozinhar, dança bem demais para o próprio bem e é um ouvinte excelente. Já a caçula é meio desmiolada, mas tem um coração enorme e é ótima com crianças. Você joga em qual time, meu bem? Só para eu saber em qual deles devo focar as energias.

Sei que não deveria, mas caio na gargalhada mesmo assim.

— Espera, estou sendo desrespeitosa ao perguntar sua sexualidade? — Eu só sorrio, e a senhora corre os olhos por mim de forma avaliadora. — Quantos anos você tem, afinal?

— Trinta e um, mas passo tempo demais neste hospital para ser considerado um bom partido para qualquer um de seus filhos. — Devolvo a foto para ela. — Espere aqui, vou ali confirmar o número do quarto do seu pai e em menos de um minuto estou de volta.

Eu me afasto de seu toque com delicadeza e vou até a ilha de triagem. Na hierarquia do hospital, sou apenas um residente terminando sua especialização, mas nos últimos meses ganhei algumas responsabilidades extracurriculares na ala geriátrica e tenho acompanhado as rondas da equipe médica especializada sempre que posso. Escutar os médicos atendentes me prepara não apenas para o trato com os pacientes, como aumenta minha área de atuação em casos que vão além da minha especialização. É por isso que preciso engolir em seco ao acessar o sistema e ler o prontuário do sr. João.

As palavras "insuficiência renal" piscam na base do prontuário. E rins parando nunca é um bom sinal, principalmente quando o paciente tem mais de 90 anos e acabou de sair da UTI.

— Seu pai está no quarto 12B. Acompanhe-me, por favor — informo após decorar a tela do prontuário. Nessas horas, sou grato pela minha boa memória. — Daqui a alguns minutos a equipe multiprofissional começará a segunda ronda do dia. Aproveite o momento para conversar com a nutricionista a respeito da nova dieta do seu pai e preste muita atenção aos movimentos ensinados pelo fisioterapeuta. Conseguir reproduzi-los vai garantir o conforto do senhor João pelos próximos dias.

— Dias? É só isso que ele tem, doutor?

Seu tom de voz é assustado, e os olhos ficam arregalados ao passarmos pelos quartos lotados da ala geriátrica.

O trabalho que fazemos por aqui é calmo, atento e respeitoso. Uma parte dos leitos é reservada para pacientes com algum nível de falência nos órgãos, e a outra é destinada ao trato de doenças degenerativas neurológicas. Nos últimos anos, graças ao novo médico-chefe do setor de geriatria, passamos a ser referência no cuidado de

Alzheimer, Parkinson, doenças congênitas incuráveis, esclerose múltipla, AIDS e cardiopatias avançadas pela idade. Isso é um dos motivos pelo qual tenho passado tanto tempo no hospital: participar das mudanças no setor fez uma fome por conhecimento crescer dentro de mim, então esqueci do mundo e grudei no médico atendente para absorver o máximo de conhecimento dele.

— Dentro ou fora do hospital, a verdade é que ninguém sabe ao certo quanto tempo de vida nos resta. — Paro em frente ao quarto, observando da porta o paciente com olhos brilhantes e cabelo ralo. Ele está rindo de algo que a enfermeira disse e pedindo para um dos companheiros de quarto aumentar o volume da TV. — A equipe médica de plantão vai explicar melhor como o tratamento seguirá. Garanto que manteremos seu pai medicado o suficiente para não sentir dor, mas a tranquilidade do tratamento dependerá da sensação de segurança que conseguirmos transmitir a ele. Posso contar com a ajuda da senhora?

— Lógico, meu bem. Vou mantê-lo entretido. — Ela entra no quarto e cumprimenta o pai com um beijo na testa. — Também vou mandar uma mensagem para meu filho e pedir para ele vir nos visitar. Qual é o horário do seu turno mesmo? Tenho certeza de que o Bernardo vai adorar conhecer você.

— Não deixe a Mariana te assustar, filho. — João sorri ao me ver entrar no quarto. Ainda não o havia visto após sua saída da UTI, e não consigo deixar de observar o tom amarelado de suas escleras. — Ela adora assumir a função de casamenteira da família, mas até agora só juntou pares errados. Acha mesmo que meu neto e o médico sorridente combinam? Está na cara que ele é bonzinho demais para o Bê.

— Boa tarde, senhores. — Ignoro a conversa completamente inapropriada sobre minha vida pessoal e cumprimento os outros pacientes do quarto lotado. No total, são quatro leitos e seus respectivos acompanhantes, além da equipe de enfermagem. — Como passaram a noite?

Faço uma ronda rápida entre os prontuários enquanto os escuto falar das dores. Esse é um dos quartos barulhentos. Além de os pacientes possuírem domínio da fala e de parte dos movimentos, todos por aqui mantêm o ânimo em viver. Dois deles usam sonda para controle de alimentação e urina, mas no geral os quatro possuem alto índice de força física e mental. Toda vez que entro em quartos como este, penso na volatilidade da velhice; hoje sou recebido com conversas e desabafos calorosos, mas amanhã posso ser recepcionado apenas pelo barulho dos monitores que acompanham seus sinais vitais.

Só de pensar nisso já me vem à mente uma imagem de meus pais sorrindo e o tempo que estou perdendo longe deles.

— Preciso te mostrar algo, doutor.

Seu Miguel, paciente que acompanho desde a entrada no hospital — quatro meses atrás — e com quem sempre converso nos intervalos entre as rondas, me chama com um sorriso alegre no rosto. Ao me aproximar, aproveito para checar sua sonda e conferir como seu corpo tem reagido à nova dieta.

— Como cê sabe, meu neto não pode vir me visitar todos os dias por conta do trabalho, mas ontem ele me trouxe o melhor presente de todos: este celular velho com um monte de gente desconhecida fofocando sem parar! Dá para acreditar nisso, doutor? Os podcasts de crime são meus favoritos, mas tem um programa de relacionamentos que me faz lembrar da minha falecida esposa. A Fátima amava acompanhar radionovelas e vivia pelos cantos lendo histórias de amores proibidos... Sinto tanta saudade dela.

Seus olhos marejam ao olhar o celular nas mãos. Palavras banais não vão fazer muito por ele nesse momento, então ajeito seus travesseiros e acaricio seu ombro em um gesto de conforto.

— É... Então, sei que está ocupado, mas será que o senhor escutaria um trecho comigo? Só cinco minutos, juro! — pede ele.

— Certo, mas só posso ficar até a equipe médica chegar. Depois disso, preciso voltar ao meu posto — respondo ao aceitar o fone de ouvido de sua mão trêmula.

— E a síndrome do residente bonzinho ataca novamente — comenta Augusto, que escolhe este exato momento para entrar no quarto e nos interromper.

— Que culpa eu tenho se meus pacientes me amam? Talvez se você desse um jeito nessa sua cara feia de quem chupou limão, eles te tratassem melhor.

— Nó, cara feia? — zomba ele ao mostrar seu melhor sorriso de protagonista de novela. — Diz o cara que não tem um encontro há anos.

— Arreda daqui, seu folgado. Cê não tá vendo que tô ocupado?

Trocamos farpas usando o tom de voz mais baixo possível, mas é óbvio que Miguel — deitado no leito com um sorriso sabichão estampado no rosto — escutou nossa conversa. Faz dois anos que Augusto e eu trabalhamos juntos (ele como enfermeiro e eu como médico residente) e, desde então, nos aperfeiçoamos na tarefa de zoarmos a cara um do outro. Nesse ínterim, vale dizer que ele também ganhou o posto de meu melhor amigo.

— Não precisa ficar com ciúme, filho. — Miguel dá um tapinha na mão de Augusto, como um pai tentando acalmar os ânimos. — Depois que o doutor escutar esse episódio, vai ser sua vez, prometo.

— Combinado. — Meu amigo verifica a dosagem do soro preso à sua veia e sussurra em seu ouvido em tom conspiratório: — Se alguém perguntar, não fui eu quem contou, mas o senhor já ouviu podcasts sobre livros eróticos?

— Augusto — reclamo ao colocar o fone no ouvido.

— O quê? Minha ex-namorada é leitora, cara. Ela me fazia ler uns romances sensacionais, mas sempre preferi escutar podcasts sobre o assunto. Juro que é tudo muito profissional.

Ele pisca na minha direção e me dá um soco de leve no ombro.

— Pode me passar o nome do podcast, por favor? — pergunta Miguel, como quem não quer nada. — Sabe como é, só para fins de pesquisa.

— Vou fingir que não escutei nada — falo em meio ao riso.

Verifico o relógio na tela do celular e percebo que tenho uns minutos antes da ronda multiprofissional começar; tempo suficiente para agradar um paciente educado. Então me encosto na borda da cama e espero que ele dê play no tal do podcast (torcendo para não ser algo que envolva conteúdo impróprio para maiores de 18 anos).

Após alguns segundos, a voz feminina ecoa pelo fone de ouvido. Seu tom é grave e levemente sintetizado, como se fizesse uso de algum efeito na edição do som. Ainda assim, consigo reconhecer seu típico sotaque curitibano. O episódio está no meio, e demoro um tempo para entender o contexto do programa, mas aos poucos me deixo levar pelo sotaque paranaense da apresentadora e a forma como analisa os relacionamentos alheios.

"Ouvimos sem parar que o amor faz nosso coração acelerar, o corpo entrar em combustão e borboletas mágicas nascerem na base do estômago. Mas será que isso é mesmo amor? Passamos tanto tempo ansiando por um relacionamento capaz de roubar nosso fôlego, quando todos os sinais indicam que o verdadeiro amor surge na calmaria após a tempestade, não no tumulto de sentimentos gerados pelo desejo. Sou uma sonhadora nata. Fui criada para acreditar nos finais felizes; ainda assim, sei a diferença entre dragões e moinhos de vento. E você, consegue identificar se o sentimento nascendo em seu peito é real ou uma causa perdida? Por acaso é capaz de diferenciar amor de paixão? Minha teoria é que no fundo você sabe, mas não quer aceitar a resposta porque ama viver apaixonada muito mais do que lutar para manter um amor verdadeiro."

De repente, me pego pensando nas possíveis diferenças entre amor e paixão. Já namorei algumas vezes, mas tenho a impressão de que nunca nem ao menos me apaixonei. Acredito no amor porque o vejo transbordar do relacionamento de meus pais, mas não sinto que sou capaz de amar alguém dessa forma. Sou tranquilo demais para me apaixonar perdidamente por alguém, então acho que algumas pessoas apenas não são programadas para viver romances dignos de filmes e telenovelas.

— Ela é boa, não é? Mas agora é melhor guardarmos isso, doutor. — Miguel esconde o celular embaixo do travesseiro de forma apressada e aponta para a equipe médica entrando na sala. — O nome do podcast é *Causas Perdidas*. Esse é o nono episódio da terceira temporada, caso queira terminar de escutar depois. É sobre uma médica que só escolhe os homens errados para namorar porque sabe que nenhum deles vai ser capaz de interferir no seu relacionamento com o trabalho. Para ela, a medicina sempre será o grande e único amor.

— Uai, pelo visto todo mundo tirou o dia de hoje para pentelhar minha vida amorosa. Estou começando a desconfiar que o senhor andou conversando com meus pais — digo ao lhe entregar o fone de ouvido.

— Posso estar prestes a morrer, mas ainda consigo ver a solidão em seus olhos, menino. — A tristeza por trás das palavras é palpável. O corpo frágil revela o peso da idade e os meses presos a essa cama de hospital, mas é o tremor nas mãos que denuncia o agravamento de seu quadro de saúde. Todos sabemos que seu tempo está chegando ao fim. — A velhice faz todos os nossos arrependimentos voltarem para nos assombrar, doutor. Então viva enquanto há tempo, porque, aproveitando ou não, uma hora ou outra o dia do acerto de contas chegará.

Antes que eu possa pensar em uma resposta genérica o suficiente para não me comprometer, a equipe multidisciplinar entra no quarto e chama minha atenção para o fato de que preciso assumir o posto na triagem de novos pacientes. Coloco um sorriso no rosto ao me despedir e sair do quarto, mas, ao caminhar pelos corredores do hospital, sinto algumas de minhas certezas desmoronando como um castelo de cartas.

Meu peito fica apertado, e a sensação de que o tempo é curto demais me acompanha por todo o trajeto.

Quando foi que meu trabalho virou meu lar e minha família o ponto do mapa para o qual desejo voltar, mas sigo deixando para trás?

você vai, eu fico
você fica, eu vou
somos duas metades destinadas ao amor

Matilda Marques

Capítulo 5

Laura

— Tainá, cheguei! — grito ao entrar no apartamento e apoiar as compras do mercado no balcão da cozinha.

Depois do dia desastroso que tive, resolvi me mimar com o combo perfeito para afogar as mágoas: tacos picantes, sorvete de caramelo salgado e tequila. Sei que beber em plena segunda-feira não é uma escolha inteligente, principalmente quando prometi para minha chefe que não chegaria mais atrasada ao trabalho, mas dane-se, preciso disso hoje. É por isso que também comprei umas barras de chocolate ao leite para garantir o sucesso da noite. Tudo o que quero é passar quatro horas sentada no meu sofá, assistindo a entretenimento de procedência duvidosa e me empanturrando de comida gostosa sem precisar pensar em absolutamente nada.

— Mulher, eu trouxe comida! Cadê você?

Ouço alguns barulhos vindo do quarto de visitas — espera, do *meu quarto* — e sigo até lá sentindo a animação afastar meu mau humor. Será que minha cama nova finalmente chegou? Ao longo da última semana, redecorei o quarto para deixá-lo com minha cara, mas a cama box *king-size* com direito a *pillow top*, que encomendei em uma loja chiquérrima da região, ainda não foi entregue, o que vem me obrigando a dormir na cama baixa e desconfortável do irmão de Tainá. Se quer saber, tenho certeza de que a culpa de minhas noites maldormidas é dessa cama dos infernos (se alguém me disser que o culpado é o caos emocional que estou vivendo, vou ignorar).

Feliz com a ideia de realizar o sonho da cama própria, abro a porta do quarto mais rápido do que deveria, sem nem ao menos parar para analisar que os sons vindos do cômodo estavam ritmados *demais* para serem apenas móveis sendo arrastados pelo chão.

— Caralho, Laura! Custa bater antes de entrar?

Fico uns bons segundos parada na porta, encarando minha amiga e a ex-mulher emboladas na cabeceira da minha cama nova; para o crédito delas, ao menos a cabeceira e a cama box seguem embrulhadas. E que posição é essa, afinal? Como é que Tainá consegue se equilibrar de ponta-cabeça por tanto tempo? Acho que vou começar a fazer pilates também. Olha toda essa envergadura! Eu nunca conseguiria manter o corpo assim por tempo suficiente para...

— Laura, a porta!

— Opa, foi mal. — Recobro o juízo e fecho a porta com um baque. — Em nome de nossa amizade, vou fingir que não vi nada. Mas bem que vocês podiam ter escolhido o quarto ao lado para o sexo de reconciliação, né?

— E quem foi que falou em reconciliação? — resmunga Josi lá de dentro.

— Benzinho, fica fria que isso aqui é tesão por móvel novo. — Cinco segundos depois, uma Tainá completamente vestida abre a porta do quarto e me encara com um sorriso cínico. — O que tem pro jantar?

— Sério? Essa é a única explicação que vou receber?

— O resumo da história é que os entregadores não estavam conseguindo subir com a cama pelo elevador de serviço, então precisei pedir autorização da síndica nova para subirmos o móvel pela escada de emergência.

— E como é que você e a síndica acabaram se pegando em meu quarto?

— Eu sei do tesão que Tainá tem por móveis novos, então me convidei para uma xícara de café e, sabe como é, uma coisa levou a outra. — Josi, a síndica em questão e ex-esposa de minha amiga, sai do quarto vestindo minha camiseta de dormir mais confortável. — Desculpa, mas precisei pegar uma roupa emprestada, Laura. A outra opção era entrar no elevador só de calcinha.

— Meu Deus, tô com medo de perguntar — digo, encarando seu estado todo desmazelado —, mas cadê sua roupa?

Ela e Tainá trocam um olhar cúmplice e caem na gargalhada. Tento assimilar o que está acontecendo, mas o dia de hoje não está fazendo sentido. Josi é a ex-esposa de minha melhor amiga, a mesma que Tainá jurava não querer ver nem pintada de ouro. Elas não conversavam havia meses, mas de uma hora para outra acabaram atracadas em meu quarto. E, merda, elas praticamente transaram na minha cama nova! Não existe um código de amizade que proíba isso ou algo assim?

A sintonia entre Josi e Tainá sempre foi palpável, então fui pega de surpresa pela forma abrupta com a qual terminaram o casamento. Agora, vendo as duas juntas novamente, percebo o quanto ainda se gostam, mas neste momento não faço ideia de como me portar: fico com raiva por minha amiga ter sucumbido à tentação ou devo comemorar uma possível retomada do relacionamento? Como diria vovó, "em boca fechada não entra mosca", então escolho me manter neutra por enquanto.

— Vai jantar aqui, Josi? Trouxe comida para um batalhão.

Para manter o ar casual, decido voltar para a cozinha e começar a organizar as compras do mercado.

— Quer que eu fique ou prefere que eu vá embora? — Josi devolve a pergunta para Tainá e as duas, de mãos dadas, me seguem pelo corredor.

Cacilda, elas estão de mãos dadas!

Conto mentalmente até dez e ignoro todas as perguntas inconvenientes que pipocam em minha mente. Por mais curiosa que eu esteja, forço o cérebro a aceitar que as escolhas de Tainá não me dizem respeito e que, quando ela se sentir confortável, vai decidir me contar o que diabo está acontecendo.

— Pode ficar para jantar se quiser, mas nada de dormir de conchinha. Precisamos manter os limites preestabelecidos.

— E quais são os limites, *chuchu*? Porque fiquei meio confusa quando você arrancou minha calcinha depois de dizer que estava morrendo de saudade.

— Não força a barra, Josi.

Tento ignorar a conversa entre elas, mas toda essa tensão me deixa em estado de alerta. Fico apreensiva por alguns segundos, mas no final das contas minha amiga emite um suspiro resignado e se senta em uma das banquetas da cozinha.

— Desculpa, só estou um pouco confusa com tudo isso.

— Então somos duas — responde Josi e, talvez na esperança de aliviar o clima da conversa, começa a me ajudar com as compras. — Mudando de pano para a manga, já se acostumou com a casa nova, Laura?

— Ei, pode arrumar a mesa, por favor? — Antes de responder, chamo a atenção de Tainá, que prontamente segue até os armários para buscar copos, pratos e talheres. — Depois do término com Ravi, pensei que não me sentiria em casa em nenhum outro lugar, mas estou amando morar com minha melhor amiga. Apesar de ter flagrado ela transando no meu quarto e tudo mais.

— Em minha defesa — interrompe Tainá —, eu e Josi demos fim na cama-tatame e passamos a tarde toda montando sua cômoda vintage azul-marinho. Ela ficou linda, você não viu?

— Não, não vi, Tainá... Não sei se você lembra, mas desde que cheguei do trabalho não tive muito tempo para avaliar as mudanças feitas no quarto porque encontrei você bulinando meus móveis novos!

— Ninguém mandou ficar olhando para minha bunda arrebitada em vez de prestar atenção ao que realmente importa. — Ela pisca para mim e joga o cabelo longo para trás em uma imitação perfeita daqueles comerciais cafonas de xampu. — Agora que estou perdoada, vamos seguir para o próximo tópico: qual é o motivo por trás da garrafa de pinga e desse tanto de doce em plena segunda-feira?

— Minha chefe me pediu para escrever a matéria de capa da próxima edição da *Folhetim* — desabafo de uma vez.

— Caramba, mas isso é incrível! — exclama Tainá. — Tenho seu primeiro artigo publicado até hoje em meu mural dos sonhos. Você escreve bem demais para reprimir esse talento todo, amiga.

— E, se me lembro bem — emenda Josi —, você vivia reclamando de saudade da época em que passava mais tempo escrevendo do que revisando os textos de seus estagiários.

— Isso foi antes de eu ser promovida ao cargo de gestora de projetos — digo, lembrando os meses infernais que trabalhei como redatora sênior na *Folhetim* e passava horas revisando textos que não eram meus. — Faz dois anos que não escrevo nada e, sinceramente, não sinto nenhuma falta. Escrever esse artigo só vai atrapalhar o ritmo de produção da minha equipe e me colocar em uma posição desconfortável.

— Então por que sua chefe te escolheu? — Tainá pergunta, correndo os olhos por meu rosto em busca de respostas.

Sem saber como responder sem revelar demais, sigo até a mesa da cozinha e nos sirvo de três doses de tequila. Enquanto pego a garrafa e encho os copos, coloco os últimos dois anos de trabalho em perspectiva. Batalhei muito para ser promovida e vista como uma figura de respeito. Apesar de trabalhar em um ambiente majoritariamente feminino na Revista Folhetim, somos a minoria diante de todo o grupo de comunicações. Abri mão de muita coisa para provar minha capacidade e, levando em conta as feridas abertas no meu coração, sei que escrever um artigo sobre adoção em dois meses vai acabar comigo.

Sessenta dias é um prazo considerável para coordenar a produção, edição e impressão de um periódico de noventa páginas. Mas é um prazo muito curto para eu fazer tudo isso e ainda voltar a escrever. Definitivamente não estou pronta para ver uma matéria solo minha sendo publicada, muito menos quando escrevê-la envolve revirar todas as feridas não cicatrizadas que estou lutando para curar.

— Não fui *escolhida* pela minha chefe — digo por fim. Fecho a garrafa de bebida e encaro seus olhos observadores. — Jordana anunciou no meio da reunião de pauta que eu ia escrever um artigo. Não fui consultada, apenas comunicada. Isso sem contar que ela disse na frente de todos os meus colegas fofoqueiros que trabalhar com o tema adoção me ajudaria a lidar com os meus, abre aspas, *problemas pessoais*, fecha aspas.

— Calma lá, ela te pediu para escrever sobre o quê? — pergunta Tainá após vir em minha direção e virar a primeira dose de tequila.

— Beber sem brindar, sete anos sem dar — falo em tom de deboche e levo como resposta um cutucão de Tainá.

— Por mais que eu ame seu humor *a la* quinta série, não adianta fugir do assunto. Você bem sabe que isso não cola comigo.

Ela se senta na cadeira do meu lado e começa a cortar uma dúzia de limões. Não sei o quanto Tainá acha que vamos beber hoje, mas seguindo esse ritmo vou ter que ir trabalhar arrastada amanhã.

— Adoção. — Só de dizer a palavra, sinto o corpo tremer de raiva. — Ela anunciou a adoção como o tema central da edição de junho da revista e, logo em seguida, soltou a bomba de que o artigo principal seria responsabilidade minha.

— Que megera! Nunca gostei daquela sonsa metida a besta — esbraveja minha amiga. É mentira, Tainá sempre admirou a carreira de sucesso construída por Jordana. Mas admiro a completa falta de hesitação para ficar do meu lado. — Pelo menos agora está explicado o motivo por trás da bebida e dos doces cura-fossa.

— Espera aí, sinto que estou perdendo uma informação importante. — Josi equilibra o sal, os tacos e os molhos picantes em uma das mãos e coloca a outra na cintura curvilínea, evidenciando o corpo violão parcialmente coberto com minha camiseta de dormir. — Qual é exatamente o problema em escrever uma matéria sobre adoção para a próxima edição da revista?

Ela olha para mim e depois para Tainá, esperando uma resposta que não quero dar.

— Essa história não é minha para contar, Josi. Então hoje você vai ter que se contentar com migalhas, considerando que a dona Laura aqui — ela empurra uma cadeira em minha direção e me faz sentar — está evitando falar sobre qualquer tipo de assunto doloroso. Na verdade, evitar virou seu nome do meio. Faz um tempão que ela não atende as ligações dos avós, e a última conversa que teve com o coitado do Ravi foi pela carta que escreveu para colocar um ponto-final na história dos dois.

Isso que a história não era dela para contar.

Tainá dá um pulo na cadeira e me olha com um pedido de desculpas estampado no rosto.

— Merda, merda, merda! Foi mal, amiga. Todo esse jantar íntimo com Josi me fez esquecer que não estamos mais casadas.

— Espera, mas você tá brincando sobre esse lance de terminar o relacionamento por carta, né? — Josi ignora o comentário de Tainá e me encara com uma expressão de puro assombro. — Por favor, Laura... diz que é brincadeira.

— Não foi bem uma carta de término, já havíamos conversado sobre isso por mensagens. — Sim, isso é vergonha escorrendo por minhas palavras. — Em minha defesa, a carta tinha seis páginas e é uma obra de arte na categoria Desabafo Raivoso Pós-Trauma.

— Olha, quem sou eu na fila do pão para julgar o relacionamento dos outros, não é mesmo? — Josi aponta para a bebida na mesa e, em sintonia, pegamos o sal, o limão e viramos a tequila de uma vez só. — Não faço ideia de como a briga com seus avós, o término com Ravi e a matéria sobre adoção estão conectados, mas deve ser exaustivo pra caramba lidar com esse monte de defunto do passado voltando para te assombrar a cada segundo do dia.

— Eu só queria resolver as coisas com minha família no meu tempo e sem a pressão de escrever esse maldito artigo. — Sirvo mais uma dose da bebida, completamente ciente de que estou usando o álcool como válvula de escape. — Sempre achei a escrita algo pessoal demais e, por mais que eu não precise transformar o trabalho em um dossiê da minha vida privada, sei que escrevê-lo vai exigir que eu enfrente verdades dolorosas.

Encaro o copo vazio e deixo a mente ser inundada por uma infinidade de lembranças conflitantes. Desde menina, sentia uma conexão absurda com minha mãe; talvez porque meus avós sempre falassem da filha com muito amor ou porque nossa casa fosse lotada de lembranças da garota que ela foi antes de morrer. Seus poemas e diários viviam espalhados pelos cômodos, assim como fotos dela fumando e bebendo em saraus universitários. Matilda era jovem demais para as festas acadêmicas dos anos 1990, mas imagino que seu talento para a poesia tenha aberto portas que deveriam ser trancadas para garotas de sua idade.

Só sei que, quando eu tinha 17 anos, meu maior sonho era ser como minha mãe. Foi mais ou menos nessa época que comecei a fumar, beber e a participar de eventos culturais cheios de pompa. E por muito pouco não acabei perdida em meio aos vícios causados pelo amor doentio que eu nutria por uma pessoa que nunca existiu.

— Acho que sei como ajudar! — Tainá se levanta da cadeira com um salto e corre na direção dos quartos. — Tenho certeza de que guardei aquela matéria em algum lugar.

— Sabe, eu acho que entendo o que sua chefe está tentando fazer. Às vezes, parece que confrontar o que nos machuca é a única forma de encerrar um ciclo. — Josi se serve de um taco, mas, em vez de comer, fica girando a comida no prato. — Só que, se tem uma coisa que aprendi com Tainá, é que o tempo do outro nunca vai ser o mesmo que o nosso. Coloquei meu casamento em risco ao pressionar minha esposa a fazer uma escolha para a qual eu estava pronta, mas ela não. E veja só aonde isso nos levou.

Ela respira fundo e me encara com os olhos marejados. Tem tanta coisa que eu gostaria de falar, mas as palavras simplesmente me fogem. Para mim, essas duas são a prova real de que amar alguém não é garantia de felicidade eterna.

— O que estou querendo dizer é que, se não estiver pronta para escrever esse artigo ou revirar seja lá o que for de seu passado, converse com sua chefe, Laura. — Josi limpa os olhos de forma apressada ao escutar Tainá voltando para a cozinha. — Hoje entendo que ninguém consegue se obrigar a ficar bem só porque o outro cansou de nos ver sofrendo. Independentemente do que sua chefe queira, seu tempo de cura é só seu e de mais ninguém.

— Aqui, encontrei!

Tainá entra no cômodo como um foguete e coloca uma pilha de papéis em minhas mãos. Mesmo assim, continuo encarando Josi na tentativa de transmitir em meu olhar a tristeza que sinto por vê-la sofrer. Ela responde à conversa silenciosa com um leve dar de ombros e finalmente abocanha o taco.

— Ei, Terra chamando Laura! Presta atenção! Acho que acabei de descobrir como ajudar você a escrever um artigo sobre adoção que seja original e, ao mesmo tempo, distante o suficiente para não colidir com sua vida pessoal.

Curiosa, analiso os papéis. No topo deles, encontro uma edição antiga do jornal da cidade de São José dos Pinhais, região metropolitana de Curitiba onde Tainá foi criada. A manchete principal fala sobre o primeiro casal gay a adotar uma criança no Brasil. Segundo o texto, o garoto foi adotado inicialmente por um dos pais e só conseguiu ter o nome dos dois cuidadores na certidão de nascimento — mesmo eles estando juntos havia décadas — depois de anos na justiça.

— É absurdo pensar que a adoção por casais homoafetivos só foi legalizada no Brasil em 2010. — Termino de ler a matéria e só então reconheço os nomes dos entrevistados no final da página. — Ei, são seus pais?

— Sim, a matéria é sobre o processo de adoção de meu irmão. Na época, meus pais decidiram preservar o nome de Téo com medo de possíveis retaliações midiáticas, mas hoje falam abertamente sobre o processo na tentativa de mostrar para o mundo o quanto Téo mudou a vida de nossa família. Foi depois da adoção dele que meus pais começaram a dar aulas voluntárias no Lar Dona Vera, onde me conheceram e descobriram que queriam aumentar a família. — Ela pega a matéria das minhas mãos com um sorriso que transforma seu rosto. — Talvez você possa conversar com Téo e, depois de ouvir a versão dele sobre o processo de adoção, encontrar um rumo para sua matéria.

Espalho os outros documentos na mesa e sou imediatamente atraída pelas fotografias antigas. Reconheço Jonas, Bernardo e a versão mais jovem e emburrada de Tainá com facilidade e abro um sorriso. Apesar de conviver com a família de minha amiga há anos, nunca vi seu irmão pessoalmente, então apenas aceito que o garoto na imagem condiz com tudo o que minha amiga diz sobre Teodoro: tímido, carinhoso, apaixonado por histórias em quadrinhos e definitivamente nerd.

— Eu adoraria ler sobre a realidade por trás das adoções homoafetivas no Brasil. Não tenho dúvidas de que você escreveria um artigo com alma e essência, mas não a preço de sua sanidade emocional, Laura. — Josi encara Tainá com uma pergunta óbvia estampada no rosto, e consigo notar o momento exato no qual minha amiga se fecha. — Você também poderia contar sobre sua versão da adoção, *chuchu*.

— Não gosto de falar da época em que vivi no lar comunitário. — Tainá encara o jornal antigo mais uma vez e depois fixa os olhos nos meus —, mas posso contar como foi ser adotada pelos melhores pais do mundo, se for ajudar.

— Faria isso por mim?

— Óbvio que sim, amiga. E eu tenho certeza de que meu irmão também vai aceitar ajudar. — Minha amiga dobra a matéria de jornal com cuidado e guarda o documento no bolso da calça jeans. — Aquele babaca não está atendendo minhas ligações, mas assim que ele der sinal de vida vou cobrar o favor e obrigá-lo a responder a todas as suas perguntas.

— Nada como coagir um entrevistado em nome da construção de uma matéria legítima — digo ao levantar o copo para um brinde. — Muito obrigada por tudo, Tainá.

Ela brinda comigo, e bebemos mais uma dose de tequila juntas.

— E obrigada por participar dessa noite com a gente, Josi — digo ao encher o copo de nossa convidada e, após outro brinde, virar a oitava dose de tequila.

Ou seria a décima? Eu é que não estou contando!

Agradeço ao fato de que o torpor causado pelo álcool afasta todas as minhas preocupações e, mesmo que por algumas horas, bebo até esquecer de tudo o que me machuca.

É como dizem os sábios: quando a vida lhe der limões, corte-os para beber com tequila.

me olho no espelho
para onde é que eu fui?
perdi-me em seu amor
para onde ele foi?
sem ele e sem você,
quem sou eu a não ser ninguém?

Matilda Marques

Capítulo 6

Laura

Tomo a terceira aspirina do dia e abro o aplicativo de mensagens do celular. Primeiro digito um texto para minha avó. Nada muito complexo, apenas um: "estou com saudade, espero que estejam bem, ligo quando eu estiver pronta". Sei que não é o suficiente para apagar os quase dois meses de silêncio, mas é tudo o que consigo oferecer neste momento. Não faço ideia de quanto tempo leva para curar um coração partido, mas hoje acordei disposta a pelo menos tentar.

Seguindo com o cronograma de pendências pessoais do dia, assino um ofício on-line que autoriza o envio de matrículas patrimoniais (e qualquer outro tipo de papelada burocrática de nome enfadonho) para o endereço da casa de meus avós. Por mais que eu não queira receber a maldita herança, uma hora ou outra terei que assinar a droga dos documentos; pelo menos isso vai me trazer o prazer de finalmente bloquear o número de celular do advogado metido a besta que não larga do meu pé.

Por último, abro as conversas antigas com Ravi e penso na melhor forma de entrar em contato. Será que mando uma mensagem genérica sobre o tempo, um textão de quem está arrependida ou crio vergonha na cara e sugiro marcarmos um café? Não sei como lidar com Ravi, porque, apesar de lamentar a forma como terminamos, não me arrependo de ter colocado um ponto-final em nossa relação. Eu deveria ter aceitado nosso fim muito tempo atrás, quando parei de enxergá-lo como homem e passei a encará-lo como um meio para um fim. Por mais confuso que pareça, a verdade é que eu queria o casamento, não a relação por trás dele.

— Com licença, acabaram de deixar isso na portaria para você. — Mariana entra na sala equilibrando uma caixa de papelão gigante. Ela é poucos centímetros mais alta do que eu, então precisa ficar na ponta dos pés para enxergar algo por cima do embrulho. — Guria do céu, que negócio pesado. Será que tem uma bomba aqui dentro?

Ela deposita a caixa em minha mesa com um baque, fazendo os papéis espalhados pela superfície de madeira voarem pelos ares.

— Bem, se fosse uma bomba, estaríamos mortas neste exato momento — murmuro.

— Deixa de drama, chefe. — Ela ajeita a armação dos óculos que teima em escorregar do nariz adunco e corre os olhos pelo meu escritório bagunçado. — Por acaso passou um furacão por aqui e não fiquei sabendo?

— Um furacão chamado bloqueio criativo.

Levanto-me da cadeira na intenção de abrir a caixa misteriosa, mas tropeço nas embalagens de fast food jogadas aos pés da mesa.

Encaro a sala com olhos críticos e acrescento novas tarefas à lista mental que criei para o dia de hoje: limpar o escritório e jogar fora todos os porta-retratos espalhados pelo lugar. Conto, por cima, oito fotos minhas com Ravi expostas pelo cômodo, todas de antes do nosso noivado, época em que eu amava anunciar aos quatro ventos o quanto estava feliz ao viver meu próprio conto de fadas.

— Jura que o artigo sobre adoção é o responsável por *todo* esse caos? — questiona ela. Balanço a cabeça em um gesto afirmativo, e Mariana assobia. — Sorte a minha que sou apenas a garota do financeiro. Escrever três mil palavras sobre planilhas de planejamento de custo já parece assustador, imagina destrinchar um tema espinhoso. Por falar nisso, precisa de ajuda com os gráficos comparativos do Sistema Nacional de Adoção e Acolhimento? Tenho algumas horas livres antes da reunião de amanhã e posso prepará-los para você.

— Isso seria ótimo, Mari. Passei a manhã vasculhando fóruns de adoção e tudo o que descobri é que não faço ideia de como produzir a revista ao mesmo tempo que escrevo o artigo principal. — Empurro o lixo com a ponta dos sapatos e dou a volta na mesa. — Até tentei preparar os gráficos da apresentação de amanhã, mas entrei em curto-circuito só de abrir as planilhas.

— Não entendo de onde tirou essa ideia de jerico de que precisa fazer tudo sozinha. — Ela começa a resmungar em um idioma desconhecido, mas ao que parece reconheço as palavras *teimosa* e *estúpida* em qualquer língua do mundo. — Nós duas sabemos que o prédio está lotado de gente desocupada que ama falar mal da vida dos outros, mas, caso ainda não tenha percebido, as coisas são bem diferentes neste andar. Por aqui, estamos mais preocupados com o sucesso da próxima edição da *Folhetim* do que com boatos sem sentido.

Enquanto me dá uma bronca, Mari organiza as revistas antigas no arquivo de referências, recolhe todas as embalagens vazias de café que, para minha vergonha, estavam enfileiradas no beiral da janela e apaga o quadro de projetos na lateral do cômodo, aquele que não é atualizado desde as minhas férias. Olho para o quadro de acrílico com anotações em caneta vermelha do ano passado e fico constrangida.

— Sua equipe confia plenamente na qualidade de seu trabalho, então faça isso valer a pena, Laura. — Aparentemente satisfeita com a pequena revolução que causou em minha sala, Mari suspira ao esparramar o corpo pequeno no sofá turquesa que comprei ao ser promovida. — Agora abre essa caixa logo, estou curiosa.

— O que vai fazer depois do almoço? — pergunto ao pegar um estilete. — Não sei se percebeu, mas eu obviamente preciso de ajuda com o quadro Kanban.

— *Sciocco!* Até parece que vou conseguir ignorar o caos desse organograma de projetos. Só vou sair para almoçar depois de preenchermos este troço — ela aponta para o quadro —, então trate de andar logo, você sabe como eu fico quando estou com fome.

Conheço Mari e seu típico mau humor há anos, então definitivamente não quero vê-la pular uma refeição. Sem tempo a perder, me apresso na tarefa de abrir a caixa. A primeira coisa que vejo é meu antigo microfone, a segunda é um papel com meu nome escrito na letra cursiva de Ravi — eu reconheceria esse garrancho a quilômetros de distância. Não entra na minha cabeça um professor ter uma letra tão feia. Mas é o terceiro item dentro da caixa que faz minhas pernas ficarem fracas.

— Mudança de planos — falo ao encarar meu antigo equipamento de gravação. Não o vejo há quase três anos, mais precisamente desde o dia em que perdi meu primeiro bebê. — Podemos voltar ao quadro de projetos depois do almoço, Mari? Vou precisar de alguns minutos para lidar com esse pacote.

Se ela percebe o tom embargado de minha voz, escolhe não dizer nada. Com um aceno rápido, Mariana pula do sofá e vai até a saída. Espero minha colega partir, fecho a porta da sala e alcanço o sapatinho empoeirado no fundo da caixa.

Não recordo o dia exato no qual comprei a peça cor-de-rosa de crochê, mas nunca esqueci da sensação de empurrá-la para dentro de uma mala velha junto com uma dúzia de aparelhos eletrônicos. Por anos, mantive como trabalho secundário um dos podcasts mais escutados do estado, mas, após sofrer um aborto espontâneo no meio de uma gravação, desenvolvi um medo irracional de microfones. Na época, todo mundo dizia que eu era jovem e que logo engravidaria novamente, mas eu não queria um bebê novo. Queria aquele que senti crescer dentro de mim por quatro meses.

O luto silencioso é brutal. Fiz terapia, mas continuava sentindo que uma parte minha havia morrido para sempre junto com meu bebê. E, mesmo após um ano, eu ainda me escondia no banheiro, encarava a barriga desnuda no espelho e desejava segurar minha filha pequenina nos braços.

No final das contas, desisti do podcast, parei de visitar meus avós todos os finais de semana, dobrei a carga de trabalho no Grupo Folhetim e deixei de compartilhar os sonhos com Ravi. Eu sabia que ele ainda queria uma casa lotada de crianças correndo de um lado para o outro, mas eu me sentia vazia demais para sonhar com *esse* tipo de futuro. Engraçado que tanto eu quanto meu corpo teimoso precisamos de dois anos para aceitar que não queríamos mais gestar.

No começo do ano, logo após descobrir que minha mãe nunca me amou e que meus avós, e até mesmo Ravi, passaram anos mentindo para mim, fui internada no hospital por causa de um sangramento que não parava. Descobri tardiamente que eu estava grávida de dez semanas e que a gestação era ectópica rota (um nome difícil para falar que o feto estava alojado em uma de minhas trompas, não no útero). Os médicos até tentaram salvar uma de minhas trompas, mas, diante dos riscos de uma hemorragia interna, acabei saindo do centro cirúrgico sem nenhuma delas nem qualquer chance de engravidar por métodos naturais novamente.

Largo o sapatinho em cima da mesa e desdobro o bilhete de Ravi com o coração acelerado. Respiro fundo e desamasso os vincos da folha, obviamente enrolando antes de tomar coragem para ler a mensagem.

"Laura, passei as últimas semanas escrevendo cartas que nunca vou ter coragem de te enviar. Quando as escrevi, eu estava com ódio de mim mesmo, de você e de como as coisas terminaram entre nós. Mas então fui arrumar as malas e encontrei o sapatinho, seu antigo equipamento de gravação e todos os ultrassons feitos durante a gestação, escondidos no fundo do nosso guarda-roupa. Em sua carta, você me acusou de não te considerar forte o suficiente para lidar com verdades espinhosas, então vou ser completamente franco: você nunca mais foi a mesma desde aquela noite, mas, para ser justo, eu também não. Eu me pergunto se nenhum de nós soube como superar a morte de nossa bebê porque estávamos preocupados demais em seguir o roteiro: noivar, casar, ter filhos e viver felizes para sempre. É por isso que resolvi te enviar essa caixa, porque acredito em sua habilidade de recomeçar. Sei que sente saudade do podcast, então torço para que uma hora ou outra volte a fazer todas as coisas que ama sem medo algum de ser feliz. Por aqui, é isso que estou tentando fazer. Vou adiantar o que seria nossa lua de mel e passar algumas semanas viajando sozinho na tentativa de descobrir o que desejo para o futuro. A essa altura do campeonato, torço para que você já tenha me perdoado pelas mentiras; caso contrário, seguirei pedindo seu perdão. Por favor, me ligue quando estiver pronta para conversar. Posso não ser mais o amor da sua vida, mas sempre serei seu amigo."

Finalizo a leitura da carta com o choro entalado na garganta. Apoio as mãos suadas na mesa e permito que passado e presente colidam. Uma pontada de dor atinge meu baixo-ventre e, ao tocar a pequena cicatriz em minha barriga, deixo que as lembranças me levem ao limite. Curvo o corpo na cadeira em busca de apoio e choro pelos bebês que nunca conheci, pelas pessoas que afastei e pelos sonhos que nunca realizei.

Hoje entendo que alguns casais são feitos para durar, já outros são como Ravi e eu, que precisam seguir caminhos diferentes para sobreviver às quedas da vida. Lutei por anos para me enquadrar nos moldes de nosso antigo relacionamento, mas, quanto mais eu me esforçava para ficar, mais eu percebia que a forma não me cabia mais.

Pego o celular em cima da mesa para digitar uma mensagem e, sem dar tempo de a coragem evaporar, aperto enviar. A resposta chega em menos de cinco segundos, e meu coração se acelera ao ler o texto curto, porém sincero. Por mais que doa dizer adeus ao passado, finalmente estou pronta para deixar esse capítulo da minha vida para trás.

— Então você vai para o Marrocos sozinho?

Ravi balança a cabeça e me guia até uma mesa vazia na lateral do restaurante. Ele foi me encontrar no trabalho após o expediente, e, depois de conversarmos por uma hora no terraço do prédio, cansei de lidar com os olhares curiosos de meus colegas e aceitei seu convite para jantar.

Ao mesmo tempo que é estranho conversar com ele, também não é. O caráter de nossa relação mudou, mas continuamos unidos por duas décadas de amizade. Talvez seja por isso que eu tenha finalmente aceitado seu pedido de desculpas. Nada muda o fato de que Ravi mentiu para mim por anos, mas, por mais chateada que eu esteja, não posso ignorar que ele mentiu para proteger meus avós e as escolhas que fizeram no dia em que nasci.

— Decidi passar alguns dias em Cádiz primeiro — revela ao puxar a cadeira para mim. — Pensei em alugar um carro e conhecer o sul da Espanha antes de ir para o Marrocos, mas só vou decidir o que fazer quando chegar lá.

— Está me dizendo que não vai planejar cada detalhe da viagem como um obcecado por controle? — pergunto ao me acomodar à mesa.

— Exatamente. Nada de listas para check-in de atrativos turísticos, mil aplicativos de viagem e, principalmente, zero redes sociais.

— Uau, agora sim estou impressionada.

— Te falei. Sou um novo homem.

Ele sorri e volta os olhos ao cardápio.

Aproveito para observar sua aparência: a barba desgrenhada marcando a pele branca, o cabelo loiro com mechas grisalhas na lateral, a camisa amarrotada e as rugas ao redor dos olhos. Reviro a mente em busca de qualquer resquício de sentimento amoroso, mas tudo o que encontro é carinho, respeito, preocupação e, sendo sincera, um pouco de raiva ainda.

— Vou pedir o hambúrguer vegetariano. E você, já sabe o que vai querer? — pergunta após alguns segundos analisando o cardápio.

— Estou pensando em provar a costelinha com molho barbecue.

Só de pensar no prato gorduroso e bem temperado sinto água na boca.

— E desde quando você voltou a comer carne de porco?

— Na verdade, eu nunca parei. Só deixei de comer na sua frente — confesso. Ele faz uma expressão de assombro. — Sei que o documentário sobre porquinhos de estimação que assistimos juntos traumatizou você, mas, cara, eu amo bacon! E o de verdade, sabe? Não aquele troço horrível de cogumelos que você preparava no jantar.

— Então deixa eu ver se entendi direito... — Ravi apoia as mãos na mesa e inclina o corpo em minha direção. — Está dizendo que passou anos comendo carne de porco escondida de mim e que odiava o bacon vegano que eu encomendava só porque jurava que você amava?

Assinto com a cabeça, e ele me encara como se eu tivesse encarnado a Medusa.

— Que merda, Laura! Por que não me disse nada disso antes?

— Eu não queria te magoar.

A desculpa parece fraca até para mim.

— Sobre o que mais você mentiu? Se disser que não gosta de tofu, vou ser obrigado a me retirar. — Ele ri, mas o riso não chega aos olhos.

— Espera, esquece que perguntei isso, prefiro manter o orgulho que me resta intacto. Não quero olhar para nossos anos juntos e descobrir que tudo não passou de uma mentira.

— Pelo menos agora você entende como me senti ao descobrir que meu noivo sabia a verdade sobre meu passado havia anos e, ainda assim, nunca pensou em abrir o jogo comigo — digo, um pouco ácida demais.

— Você quer mesmo comparar as escolhas difíceis que eu precisei fazer para proteger o desejo de sua família, todas as noites que fiquei sem dormir e as conversas que tive com sua avó ao fato de você não ter me contado que assassina porquinhos indefesos em suas refeições?

— O que quero dizer é que nós dois enfrentamos muita merda e escolhemos mentir um para o outro como forma de proteção.

Ravi me encara, mas a irritação que vejo em seus olhos é substituída por tristeza e, talvez, resignação. Sei disso porque é exatamente assim que me sinto.

— E no meio de tudo isso nos perdemos um do outro — completa ele.

Engulo em seco. É doloroso dizer adeus aos planos que construímos juntos e perceber que as escolhas feitas nos últimos anos, as mentiras que contei e os medos que ocultei exigiram muito mais de mim do que deixei transparecer. Quis muito amá-lo para todo o sempre e, para isso, calei as vozes novas e assustadoras gritando em minha mente.

— Desculpa, Ravi. É que eu... — Respiro fundo e decido ser completamente sincera com ele. — Faz anos que venho me anulando como mulher, oferecendo a você apenas uma pequena parcela de quem sou e fingindo não me importar com isso. Eu deveria ter dito que amo bacon, que sentia falta das nossas tardes no cinema, que, apesar de você odiar, eu amava ir ao karaoke e que, depois do nosso primeiro aborto, eu corria para o banheiro vomitar toda vez que alguém mencionava a palavra "filhos" ou "gravidez". Guardei tanta coisa dentro de mim que, quando vi, já não sabia mais como te mostrar todas essas novas e estranhas versões de mim mesma.

— Eu sabia que você estava magoada, mas... — Ele recosta o corpo na cadeira e esfrega o rosto com as mãos. — Me desculpa, eu deveria ter sido mais atento. Nós deveríamos ter conversado sobre gravidez e... Porra, eu falava tanto de termos outros filhos porque achava que era disso que você precisava para recomeçar.

— Ravi, olha para mim. — Seguro sua mão e imediatamente me arrependo. O toque é desconfortável, como se algo estivesse fora do lugar. — Desculpa por não ter compartilhado isso com você, por ter mentido e omitido tanta coisa.

— Só queria ter tido a chance de conhecer e amar todas as suas novas versões, Laura. — A dor por trás das palavras faz meu coração apertar. — E queria ter estado no hospital com você depois da cirurgia. Na verdade, tenho pesadelos só de te imaginar sozinha e desmaiada em casa. Se Ademir não tivesse passado por lá, nossa história poderia ser outra.

O alerta sonoro emitido por meu celular me dá a desculpa perfeita para fugir desta conversa desconfortável, mas, depois de tanto tempo, Ravi merece muito mais do que evasivas ou meias-verdades.

— Sabe o que vejo quando me olho no espelho? Um daqueles casos perdidos que eu amava tanto destrinchar em meu podcast — revelo. Ele abre a boca para refutar, mas ergo uma das mãos. — Não converso direito com meus avós desde aquela visita que fizemos ao advogado. Finjo não me importar com a verdade sobre meu nascimento, mas choro toda vez que leio um dos poemas de minha mãe. As coisas no trabalho estão confusas, então ando bebendo demais. E, para piorar, essa semana fui ao mercado e comprei um pacote de cigarro.

Não fumo há anos, mas ultimamente o desejo por nicotina é quase como uma segunda voz sussurrando em meu ouvido. Ainda não abri nenhum dos maços que comprei, mas os deixei embaixo da cama como um lembrete de que, quando eu mais precisar, eles estarão à minha espera. Tenho certeza de que li em algum dos diários antigos de minha mãe que todos os viciados guardam seus monstros embaixo da cama. Pelo visto, finalmente estou me transformando em uma versão confusa da mulher que mais amo e odeio na vida.

— Eu nunca vou esquecer a primeira vez que você disse que me amava. Lembro que as coisas com sua família estavam uma bagunça e que sua mãe tinha pedido o divórcio pela segunda vez em menos de um mês. — Inspiro fundo e reúno a pouca coragem que ainda me resta antes de continuar: — Estava um frio da pega, então nos sentamos em um dos bancos de madeira espalhados pelo Passeio Público e passamos horas abraçados. Eu me sentia aquecida de tantas maneiras, com seus braços ao meu redor e sua voz doce repetindo sem parar que me amava, que eu abafava os ruídos do mundo e trazia paz para sua vida. Juro que fiz de tudo para continuar sendo seu porto seguro, Ravi. Mas hoje consigo ver que uma pessoa perdida é incapaz de ser refúgio para alguém.

— O amor é mutável, Laura. Se ao menos tivesse me dado uma chance, eu juro que teria lutado para ser o *seu* porto seguro. Nunca quis que nossa relação camuflasse o casamento de merda dos meus pais — responde. Então meu celular apita novamente, e, provavelmente por reflexo, Ravi lê em voz alta a notificação. — Teodoro Dias está pedindo seu e-mail. É algo importante? Posso pedir para embalarem nosso jantar para viagem.

— Assim vai ficar parecendo que meu trabalho é mais importante do que esta conversa.

— Eu sei o quanto você valoriza seu emprego, Laura. — Ele tenta disfarçar a decepção, mas o conheço bem demais para ignorar os sentimentos estampados em seu rosto cansado. — Se preferir, podemos marcar de jantar outro dia, talvez depois que eu voltar de viagem.

O pior é que não posso culpar Ravi por esperar que eu priorize meu trabalho em vez de nosso jantar. Nunca saio sem o celular e costumo checar as notificações de cinco em cinco minutos; em parte porque Jordana adora mandar mensagens em horários inoportunos e em parte porque gosto de estar disponível. A graça é que nos dois últimos anos mergulhei no trabalho para fugir do caos em minha mente e, como resultado, ganhei noites sem dormir, relações superficiais e predisposição ao álcool. Ou seja, mais caos.

— Dez segundos e juro que coloco no silencioso — informo ao pegar o celular e abrir o aplicativo de mensagens.

— Essa vou pagar para ver — responde Ravi em tom jocoso.

— É um desafio? Porque, se for, você vai perder.

— Se não tocar no celular até o final do jantar, prometo te levar na sorveteria da esquina e *lotar* seu refrigerador com aquele sorvete de pistache que você ama.

Ele movimenta a sobrancelha em um gesto cômico que me faz rir.

— Só de pistache? Essa aposta está *mui* baixa, meu chapa.

— Tá bem, tá bem... Você pega o tanto de sorvete que quiser, e eu pago a conta.

— Você acabou de se dar muito mal — digo com um sorriso maroto. — Sinto informar, mas minha versão workaholic está de férias por tempo indeterminado.

— Então é bom correr, porque seus dez segundos estão valendo a partir de agora.

Reviro os olhos e volto a atenção para a mensagem enviada por Teodoro. Não levo nem três segundos para responder o texto de forma apressada, desligar o celular e jogá-lo no fundo da bolsa com um floreio. Ravi recompensa minha brincadeira com seu primeiro sorriso sincero da noite e, enquanto chama o garçom e faz nossos pedidos, sinto um peso gigantesco saindo de meus ombros.

Pelo visto, o jogo finalmente está virando a meu favor. Em menos de vinte e quatro horas fiz contato com meus avós, enfrentei uma parte dolorosa de meu passado, pedi desculpa para Ravi e recebi uma mensagem de Teodoro.

Por favor, destino, que o irmão de Tainá saiba nadar!, peço numa prece silenciosa.

Ainda não faço ideia de como costurar todos os buracos em minha rede de pesca, mas estou mais do que disposta a provar para minha chefe que sou capaz de voltar a pescar. Seja lá o que isso signifique.

Grupo da Família Dias

Jonas: Boa semana, filhos lindos! Papai está com saudade <3

Bernardo: *GIF DE BOM DIA*

Jonas: Amor, quantas vezes vou precisar dizer que esses GIFS são cafonas?

Bernardo: *OUTRO GIF DE BOM DIA*

Tainá: Amo como vc é afrontoso, seu Bernardo.

Bernardo: Alguém precisa bater de frente com seu pai, caso contrário viveríamos em um regime autoritário.

Tainá: E amo o fato do senhor ser cafona, paizinho. Pode seguir mandando os GIFS de bom dia. Vou ignorar todos eles, mas o senhor sabe que te amo mesmo assim.

Téo: Parem de ser melosos, tô ficando com saudade.

Tainá: Não creio. Olha quem finalmente deu o ar da graça! Dá pra fazer o favor de parar de me ignorar no privado? Te mandei uma mensagem urgente.

Téo: Só uma? Isso quer dizer que posso ignorar as outras duzentas?

Tainá: Babaca! Minha amiga está precisando de ajuda. Responde logo minhas mensagens senão vou aí em BH te dar um peteleco.

Jonas: A Laura é uma menina talentosa, divertida, boa amiga... Pena que está passando por um momento tão difícil.

Bernardo: E linda, não esquece de falar que ela é linda.

Jonas: Ajuda a menina logo, Teodoro Dias! Lembra que te criei para ser um cavalheiro.

Téo: Nó, isso virou um complô, por acaso?

Tainá: Três contra um, Téo.

Tainá: Agora trate de ajudar minha amiga.

Capítulo 7

Téo

Pego a mochila, fecho o armário e encaro o celular por uns cinco minutos. Minha mente se atém às palavras "momento difícil", e, bufando, leio as milhares de mensagens enviadas por Tainá na última semana. Minha irmã é do tipo prolixa; suas conversas são aleatórias e jorram como água corrente. Ao mesmo tempo, ela sempre esquece de falar de si mesma. Bem, "esquece" não é bem a palavra certa, mas a questão é que consigo ler as entrelinhas. Minha maninha está preocupada com a amiga, mas aposto um rim que também está usando a situação toda como distração.

Meu peito se aperta ao pensar que não deve estar sendo nada fácil para Tainá lidar com a separação. A cada dia, sinto ainda mais saudade de casa. Eu deveria estar lá para escutá-la e apoiá-la. Mas, como não posso, abro o aplicativo de mensagens, copio o endereço de e-mail que Laura me mandou e digito um texto rápido.

Antes de enviar a mensagem, olho as horas no relógio de pulso só para confirmar que não estou sendo inconveniente. Plantões duplicados sempre me deixam desnorteado, então encosto o corpo na superfície de metal dos armários, respiro fundo um par de vezes e releio a mensagem mais uma vez antes de apertar o botão enviar.

De: teodorodias@gmail.com
Para: laura@redacaofolhetim.com.br
Assunto: Irmão de Tainá

Boa tarde, Laura. Como está? Falei com você na quarta-feira, mas só consegui enviar um e-mail agora.

Pelo que Tainá adiantou, a próxima edição da revista *Folhetim* será sobre adoção, e você cogitou meu nome para uma entrevista. É isso? Caso o objetivo seja falar do meu processo de adoção, pode contar com minha ajuda. A única coisa que peço em troca é uma pequena menção às casas de acolhimento do grupo Dona Vera. O grupo sobrevive de doações e qualquer tipo de visibilidade ajuda a manter um lar que é conhecido por ser um ambiente íntegro e estável.

Infelizmente, meus horários de trabalho podem ser um empecilho. Só consigo responder mensagens nos intervalos dos plantões, e muitos deles são de madrugada. Como não quero incomodar, imagino que conversar por e-mail seja a melhor opção. Tudo bem por você seguirmos a entrevista por aqui?

No aguardo,
Teodoro Dias

De: laura@redacaofolhetim.com.br
Para: teodorodias@gmail.com
Assunto: RE: Irmão de Tainá

Olá, Teodoro. É um prazer conversar com você! Muito obrigada por ceder um pouco do seu tempo para essa matéria.

Antes de começarmos, gostaria de me apresentar: trabalho como coordenadora de projetos na revista *Folhetim*, que, apesar de contemplar assuntos cotidianos e midiáticos, também aborda diversas pautas sociais em sua edição impressa. Como já sabe, a edição de junho será sobre adoção, e fui incumbida de escrever a matéria principal.

Para começarmos, pensei em enviar algumas perguntas gerais que podem ser respondidas por e-mail. Depois disso, seria ótimo marcarmos uma videochamada. Quinze minutos seriam suficientes, e posso ajustar meus horários aos seus plantões. Você tem meu número, então é só me chamar quando estiver disponível (reitero que o horário **não** é um problema).

Também notifiquei sua condição à equipe, e vamos incluir na revista um texto sobre o Lar Dona Vera localizado em Curitiba. Fora isso, também pretendemos entrevistar uma designer em ascensão que morou no lar e criou um modelo de bolsa em homenagem à Dona Vera.

Obrigada mais uma vez,
Laura Alves

De: teodorodias@gmail.com
Para: laura@redacaofolhetim.com.br
Assunto: RE: RE: Irmão de Tainá

Oi, Laura.

Pode me chamar de Téo. Apesar de nunca termos nos encontrado pessoalmente, minha irmã fala tanto de você que parece até que te conheço.

Gosto da ideia de apresentarmos o Lar Dona Vera de Curitiba por meio de personalidades que moraram lá. Fui adotado em São Paulo, anos antes de meus pais se mudarem para Curitiba, mas Tainá viveu na unidade por algum tempo (apesar de ela raramente falar do assunto).

Fico no aguardo das perguntas e prometo respondê-las o mais rápido possível.

Com relação à ligação, podemos esperar minha próxima folga? Estarei livre no domingo.

Até,
Téo

De: laura@redacaofolhetim.com.br
Para: teodorodias@gmail.com
Assunto: RE: RE: RE: Irmão de Tainá

Oi, Téo.

Espero que Tainá só tenha compartilhado com você minhas melhores histórias. Por aqui, estou muito animada em trabalharmos juntos. Sua irmã também fala de você com frequência; essa semana ela resolveu revirar álbuns antigos de fotografia, e fui obrigada a ver várias fotos suas em olimpíadas de matemática, aulas de natação e festas juninas.

As perguntas já estão anexadas (confesso que elas estavam prontas, só aguardando seu e-mail), e marquei nossa ligação em minha agenda.

Bom trabalho e, mais uma vez, obrigada por me ajudar com a matéria.

Abraço,
Laura.

Sorrio ao ler o último e-mail. Só pela forma como Laura escreve, consigo visualizá-la conversando com minha irmã; algo me diz que as duas possuem o mesmo espírito irritantemente adorável. Não sei por quê, mas fico um pouco incomodado ao saber que Tainá mostrou minhas fotos da adolescência para ela; digamos que a puberdade não foi minha melhor fase. Abro a caixa de e-mail para digitar uma resposta, mas o dr. Emerson entra na sala de apoio com os novos residentes. Ele é completamente avesso ao uso de celular no ambiente de trabalho, então me apresso em guardar o aparelho no bolso.

É a primeira vez que os novos residentes acompanham o dr. Emerson Silva em uma ronda clínica, e tenho certeza de que estão se cagando de medo. O cara é uma lenda dentro do hospital, seja pelo talento reconhecido nacionalmente ou pelo mau humor dos infernos.

Quando entrei na UFMG, meu sonho era ser tão respeitado quanto ele. Ainda mantenho essa ambição, mas agora por motivos completamente diferentes. Depois de um ano trabalhando com o cara, percebi que ele é muito mais do que seus feitos.

Até o ano passado, Teodoro Dias, ph.D. em geriatria, combinava perfeitamente com minha visão do futuro. Aos 30 anos já era para eu estar com uns dez artigos científicos publicados, dois projetos acadêmicos em andamento e minha clínica particular em construção, mas no meio do caminho me perdi entre tantos planos e agora estou emendando plantão atrás de plantão, aceitando todos os estágios clínicos possíveis e levando meu corpo ao limite na tentativa de encontrar sentido em meio ao caos hospitalar.

Você é um puta de um covarde! A vozinha insistente ecoa em minha mente, mas a ignoro como tenho feito ao longo dos últimos meses. Não quero dar palco porque sei para onde ela quer me levar e, sinceramente, estou cansado demais para pensar em qualquer coisa que não seja minha cama.

Retiro o jaleco sujo, jogando-o no cesto das roupas de triagem, e vou até o guarda-volumes sentindo cada músculo do corpo reclamar. Aceitei dois plantões de quarenta e oito horas esta semana e, apesar de estar sonhando com uma pausa, ainda tenho alguns dias pela frente antes da minha folga completa.

— Regra número um: desliguem o celular quando entrarem no hospital — a voz do professor ecoa pela sala —, e nada de celular nas rondas. Não quero ter que corrigir as cagadas de vocês porque estão mais preocupados com quem curtiu suas fotos no Instagram do que com o trabalho.

Seguro o riso ao ver as caras assustadas dos residentes novatos. Uma hora ou outra vão aprender como as coisas funcionam durante os anos de residência: os plantões exaustivos, as carcadas de fumo dos professores fodões, a saudade da família, a falta de grana, o sono constante, os diagnósticos falhos e as mortes que roubam o sono e viram nossos piores pesadelos. Nunca vou esquecer das mãos ásperas e do olhar perdido do primeiro paciente que vi morrer em um dos plantões.

— Caramba, Dias! Atende a merda do celular logo e dá o fora daqui.

Levo tempo demais para perceber que o professor Emerson está falando comigo. Confuso, olho a mochila surrada que carrego e estranho o fato de ela estar completamente vazia. Por que é mesmo que estou parado no meio da sala de plantonistas? *Ah, caralho*. Uma hora dessas já era para eu ter recolhido minhas coisas e ido para casa dormir.

— O som está vindo de sua bunda, cara.

Um colega aponta o celular no bolso da minha calça jeans.

— Quê?

— Uai, moço. Não tá ouvindo seu celular tocando, não? — comenta outra residente.

— Será que foi a ex dele que escolheu a música?

— Pelo visto, de bonzinho ele só tem a cara.

Escuto dois colegas rindo e só então me dou conta da voz estridente de minha irmã cantando *Womanizer*, da Britney Spears, a plenos pulmões. O som agudo inunda o ambiente naturalmente silencioso e faz uma dúzia de olhares se voltarem em minha direção.

Eu me atrapalho todo ao desligar a chamada e escuto os risos abafados atrás de mim. Tenho certeza de que esse toque constrangedor vai ser o assunto do hospital por uma semana. Faz tanto tempo que mantenho o celular no silencioso que havia esquecido da música escolhida por minha irmã para suas ligações. A grande piada nisso tudo é que a mulherenga da família é Tainá, não eu.

— Talvez seja algo importante — sugere uma residente em tom cínico, arrancando uma nova rodada de gargalhadas.

— Uma lição extra: nunca deixem o celular desbloqueado perto de suas irmãs mais novas, elas sem dúvida vão encontrar uma forma eficaz de envergonhar vocês. — Estou a um passo de ser contratado como médico efetivo, então faço valer a posição e assumo uma expressão arrogante de quem sabe o que está fazendo. Não que eu saiba, mas eles não precisam saber disso. — Também lembrem de passar o telefone da secretaria do hospital aos seus contatos de emergência. Em casos extremos eles vão saber para onde ligar e, estando ou não com o celular, as notícias importantes vão chegar até vocês.

— Pronto, agora que ganharam uma lição extra, dividam esses prontuários entre vocês e procurem pela enfermeira Sônia. Ela deve estar voltando do intervalo e vai guiá-los na terceira ronda do dia. — Emerson entrega uma pilha de papéis para os residentes e vem em minha direção. — Tem um minuto para mim, Dias?

— Claro, senhor.

— Estão esperando o quê? Vão, se mandem! — esbraveja o doutor. De canto de olho, noto os olhares apavorados dos residentes. Eles acham que vou levar uma bronca, e é muito provável que estejam certos. — Venha, vamos nos sentar.

Eu o sigo até um dos sofás no fundo da sala, parando apenas para pegar uma dose de café. A bebida da sala dos residentes não é conhecida pela qualidade, mas no momento preciso de uma dose extra de cafeína. Meu corpo está exausto, e minha mente anda uma zona, então algo me diz que, se eu me sentar em um sofá sem café, é capaz de eu fechar os olhos e dormir por uma eternidade.

— Que merda tá acontecendo? — questiona Emerson assim que acomodo a bunda no sofá duro.

— Estou tão cansado por causa dos dois plantões que peguei esta semana que muito provavelmente desativei o modo silencioso do celular sem perceber. — Bebo um gole do café quase intragável de tão doce. — Não vai acontecer novamente, senhor.

— Estou pouco me lixando para o celular, o que eu quero saber é onde anda sua mente no último mês. Não pode ser só cansaço. — Ele ergue os dedos e começa uma contagem que de imediato faz minha cabeça latejar. — Suas análises clínicas perderam a qualidade, sua pontualidade não é mais a mesma e uma colega viu você discutindo com um paciente.

— Não chegou a ser uma discussão, foi mais uma ameaça. — Depois do que digo, Emerson me encara com o típico olhar matador que exige explicações. — O paciente em questão disse coisas bem inapropriadas a uma das enfermeiras. Achei importante intervir. Não elevei a voz, só disse que assédio era crime e que os médicos da penitenciária não eram tão bons quanto eu. Ele ficou com medo de morrer e, depois de algumas reclamações, prometeu parar de importunar a equipe médica feminina.

— Na próxima vez quero ser informado. Casos de assédio precisam passar pelo comitê administrativo para que medidas preventivas sejam tomadas — afirma, e balanço a cabeça em um gesto afirmativo. Então nos encaramos em silêncio por alguns segundos. — Certo, agora vamos voltar para o que interessa: está pegando mais plantões do que deveria por conta do dinheiro?

— Sim, quer dizer, mais ou menos — confesso, e ele me encara com impaciência. Termino o café em uma golada e aproveito a pausa para colocar os pensamentos em ordem. — Preciso do dinheiro, mas não é minha principal motivação. O senhor sabe que recebi uma proposta para ser efetivado como clínico geral do setor geriátrico, certo?

— Eu sei, fui eu quem indiquei seu nome — informa ele, e não fico surpreso. Contratações desse tipo só acontecem quando o médico-chefe recomenda o residente. — Aprovei sua efetivação porque, nestes dois anos trabalhando juntos, notei sua dedicação à área. Então o que não entendo é o que exatamente mudou no último mês, como aquele residente dedicado e atento virou esse rapaz alienado e constantemente cansado?

— O término iminente da residência tem me deixado ansioso. Preciso tomar uma decisão sobre o futuro e não tenho certeza de qual caminho seguir — digo com sinceridade.

— Então está aceitando plantões em outros hospitais para buscar oportunidades de emprego alternativas?

Seria tão mais fácil se fosse só isso. Não são novas vagas que ando buscando, mas sim novas opções de carreira. No último mês, peguei vários plantões em hospitais diferentes porque queria ter certeza de que meus sentimentos são reais. Passei anos decidido a seguir carreira na área geriátrica e então, em questão de meses, os planos mudaram e comecei a visualizar novas opções para o futuro.

Podia ser fogo na bunda ou um desejo real do meu coração. Então decidi testar e, *merda*, odiei todos os outros plantões nos quais atuei exclusivamente como clínico geral da geriatria.

— O senhor lembra do congresso em Porto Alegre?

— O de nefrologia no hospital Moinhos de Vento no começo do ano?

— Sim, esse mesmo.

Só de lembrar daqueles dias meu coração acelera. Possível sinal da mescla de ansiedade, estresse e excesso de café. Ou, quem sabe, da onda de animação que me invade só de pensar em seguir carreira na neurologia.

— Decidi ser médico aos 10 anos. Aos 16, já passava doze horas por dia estudando. Aos 18, fazia o terceiro ano do ensino médio de manhã e trabalhava de tarde para poder pagar o cursinho preparatório para o vestibular. Levei três anos para passar no vestibular e, por mais cansativo que fosse, nunca pensei em desistir porque eu sabia exatamente o que queria: ser médico geriatra. Sempre tive um medo absurdo de meus pais morrerem, então pareceu certo seguir essa carreira.

— E, agora que terminou a faculdade e a residência na área, finalmente entendeu que não existe nada que possa fazer para evitar o adoecimento de quem ama. — Ele me encara como se conseguisse ler minha mente. — Adivinhei?

— Chegou bem perto, senhor.

Encaro o copo vazio na mão e penso em como as coisas mudaram em tão pouco tempo. Até o começo do ano, eu havia esquecido o que era conviver com a ansiedade espreitando cada passo meu.

— Perdi meus genitores quando eu era apenas um menino e fui parar em um centro social para crianças. Dois anos depois, fui adotado pelos pais mais fodas e amorosos que conheço, mas acabei internalizando a certeza de que as pessoas que amo sempre vão morrer.

— Sinto muito pela sua perda, Teodoro. — Emerson aperta meu ombro em um gesto de consolação que me pega desprevenido. — Mas o que exatamente aconteceu em Porto Alegre para te deixar tão consciente da morte?

— Gatilhos chamados doença de Alzheimer, demência vascular, demência com corpos de Lewy e demência frontotemporal.

— Mas não há nada que um médico possa fazer contra doenças de fator genético determinante, Dias.

— Eu sei, mas não consigo calar a voz dentro de mim implorando para eu conhecer meus inimigos. Quero estudar cada código genético possível para essas doenças e me munir do máximo de informações. — Só de falar, minha mente fervilha com todas as possibilidades de estudo que uma nova residência me traria. — Gostei muito de trabalhar com o senhor e monitorar os pacientes em cuidados paliativos após os laudos de doenças neurológicas. Em contrapartida, peguei vários plantões este mês com foco na clínica geriátrica e não me senti nem um pouco desafiado pelo trabalho.

— Ah, agora entendi... O bicho-papão de seus pesadelos ganhou um nome diferente, e sua motivação profissional mudou.

— O senhor acha que é insensatez minha?

— Abandonar um cargo estável em um dos hospitais mais conceituados de Belo Horizonte para voltar a estudar? Talvez, mas de insensato todo mundo tem um pouco.

Começar uma nova residência na minha idade não é tão incomum assim. Também não é o fim do mundo fazer mais três anos de especialização em neurologia, muito pelo contrário. O problema é que seriam mais três anos de uma carga horária exaustiva, vivendo à base de bolsa de estudos e emendando plantões para ganhar uma grana extra no final do mês. Não que eu me importe com o dinheiro, mas preciso dele para ajudar meus pais. Seu Jonas acabou de dar entrada no processo de aposentaria do magistério, e a academia de karatê da família não é tão lucrativa quanto antes.

— Tenho alguns contatos na área da neurologia espalhados pelo Brasil — comenta Emerson. Estou tão perdido em pensamentos que demoro para notar quando ele retira o copo de café vazio da minha mão para lavá-lo na pia da sala. — Vou ligar para alguns amigos e cobrar favores. Caso alguma vaga de residência surja, eu te aviso.

— Será que vou ter coragem suficiente para me arriscar em uma nova área quando estou tão perto de ser efetivado? — falo mais para mim, mas é óbvio que ele escuta.

— Você sabia que em 2060 a população brasileira vai ser representada por um quarto de idosos? E que doenças como o Alzheimer e demências estarão entre as dez principais causas de morte do mundo?

Balanço a cabeça em afirmativo, sem saber o que mais falar. Essa conversa tomou um rumo inesperado demais para minha mente cansada.

— Com duas especializações tão decisivas para a análise clínica em pacientes da terceira idade, o valor de sua mão de obra vai triplicar, garantindo um futuro cientificamente mais seguro para sua família. — Ele termina de lavar meu copo e abre um armário em cima da geladeira, retirando dali uma garrafa térmica. Então olha para mim, indicando a garrafa. — Se contar isso para alguém, vou negar, ouviu?

— Sim, senhor.

Filho da mãe esperto, ele mantém uma garrafa de café escondida. Tenho certeza de que a bebida parece ouro quando comparada ao café oferecido pelo hospital. Emerson serve duas doses de café, uma para mim e outra para ele, e se senta ao meu lado no sofá.

Aceito de bom grado a bebida quente que ele me oferece, soltando um gemido constrangedor de agradecimento ao sentir o aroma levemente floral. Bebo em silêncio, repensando nossa conversa e pesando os prós e contras de mudar de área. Ter o apoio curricular de um médico no patamar do dr. Emerson é animador, mas fico paralisado de medo só de pensar em voltar a estudar para prestar prova de residência, ter que mudar para outra cidade e recomeçar a vida do zero.

— Pense na decisão como um investimento para o futuro, Dias. Você deve ter lido o relatório da OMS dizendo que mais de um bilhão de pessoas ao redor do mundo sofre de algum tipo de doença neurológica. Se tiver sorte, sua especialização pode fazer a diferença na vida de uma em cem mil delas. E, se for um daqueles caras que nasceu com a bunda virada para a lua, seus pais não farão parte de nenhuma dessas estatísticas.

— E desde quando médicos contam com a sorte?

— Este é o ponto: nunca contamos com a sorte — confidencia ele. Finalmente começo a entender para onde a conversa está caminhando. Ele sabe que já tomei minha decisão, então está fazendo sua parte ao me empurrar do penhasco em direção ao risco, mas também ao possível sucesso. — É por isso que estudamos tanto, Dias. Todos nós queremos ter a impressão de que estamos no controle da vida, quando, na verdade, ser médico é assumir o papel de retardatário do inevitável.

Como esperado, suas palavras me atingem em cheio. A real é que, por mais que eu estude, não vou ser capaz de salvar meus pais de qualquer que seja o destino deles. Essa constatação me apavora, mas também me motiva a não aceitar as imprevisibilidades do amanhã. Quero mudar de área, não só por meus pais, mas pela sede de conhecimento dentro de mim.

— Por que sinto que esse foi o pior e, ao mesmo tempo, o melhor discurso motivador que já ouvi? — pondero após alguns segundos de silêncio.

— Porque, como líder de torcida, sou um ótimo médico. — Emerson levanta a caneca de café e sorri para mim. — Um brinde ao fato de que a vida de médico é uma bosta, mas também é boa pra caralho, colega!

Toco o copo no dele, sentindo o aperto no peito diminuir. Estou com um puta medo de mudar todo o curso do futuro que planejei meticulosamente ao longo da última década, mas ainda prefiro o medo ao conforto aprisionador de seguir caminhos antigos que não falam mais com quem sou no presente.

— Nosso papo foi ótimo, mas agora arreda o pé desse hospital e vai para casa tomar um banho. — Ele me dá um tapa amigável no ombro e segue para a saída. — Não me leve a mal, mas cê tá fedendo pra caralho, Dias.

Nem tenho tempo de pensar em uma resposta espertinha, porque neste exato momento meu celular volta a tocar, e a voz desafinada da minha irmã mais nova toma conta da sala.

Encaro a tela do telefone por mais alguns segundos antes de rejeitar a ligação. Meu peito dói de saudade, mas, antes de falar com ela ou com meus pais, preciso traçar um plano.

Talvez esteja na hora de voltar para casa.

a insônia me visita e eu repito as mesmas palavras
você me preenche
minha barriga cresce e eu repito as mesmas palavras
você me completa
acordo enjoada e repito as mesmas palavras
você me sobrecarrega
e então eu durmo e não quero mais acordar
você me assusta

Matilda Marques

Capítulo 8

Laura

Tiro uma foto da cômoda organizada com meus antigos aparelhos de gravação e envio para minha avó. A dona Isis sempre foi uma de minhas maiores fãs, então, apesar de não estarmos conversando, apenas trocando mensagens aleatórias vez ou outra, sei o quanto vai ficar feliz ao me ver (usando suas próprias palavras) "tirando o esqueleto do armário".

Achei que estar tão perto de meu antigo microfone fosse ser extremamente doloroso, mas a bem da verdade é que ando morrendo de saudade de usá-lo para transformar todos os sentimentos confusos dentro de mim em palavras. Surpresa com a animação, corro os dedos com reverência pela mesa de som, limpo os fones de ouvido antirruído e conecto à tomada o microfone estilo gamer. Não sei se um dia conseguirei voltar a gravar o podcast, mas também não quero abandonar o *Causas Perdidas*.

Rio ao pensar que escolhi o nome porque adorava julgar histórias alheias de amores fracassados, mas, no fim das contas, eu mesma virei um caso perdido: magoada demais para voltar a acreditar em finais felizes e ferida o suficiente para não ser digna de merecer amor, mas teimosa o bastante para seguir enfrentando a vida. Caso contrário, a única solução seria sucumbir à dor, e isso eu *nunca* vou fazer.

Simplesmente me recuso a ser tão fraca quanto Matilda.

Criei o podcast no último ano de faculdade com o objetivo de apresentá-lo como projeto de conclusão de curso. A ideia surgiu do desejo de explorar a influência de uma personagem incorrigivelmente romântica — no caso, eu mesma — e usar o podcast para analisar histórias de amor fracassadas no estilo Romeu e Julieta,

Tristão e Isolda, Sandy e Paulinho Vilhena, Marissa Cooper e Ryan Atwood... Anos atrás, julgar relacionamentos alheios sob uma ótica tendenciosa e parcial me pareceu original e divertido. Eu queria provar a teoria de que a forma como comunicamos uma história influencia a maneira como ela é recebida pelo público, então usei o TCC para falar sobre expectativas, frustrações e narrativas românticas falhas.

Após uma briga feia com Ravi e uma inspiradora noite de bebedeira, agi por impulso e publiquei o projeto piloto do *Causas Perdidas* na internet. Entre uma infinidade de assuntos, o primeiro episódio falava sobre sexo de reconciliação e como o artifício é erroneamente utilizado em histórias de amor. Todo mundo ama falar de sexo, então é óbvio que o podcast viralizou. A galera da faculdade adorou ouvir meus devaneios sobre fossa e *amor verdadeiro,* e, em contrapartida, encontrei uma válvula de escape para minha tendência em sonhar acordada com finais felizes.

Passei cinco temporadas do podcast falando de minhas aspirações românticas e comentando os casos enviados pelos ouvintes. Anos atrás, Tainá me ajudou a criar um perfil na internet para o podcast, e, desde então, recebo vários depoimentos em áudios de seguidores querendo compartilhar as histórias de amor fracassadas com outros ouvintes. A participação do público foi o empurrão que faltava para virarmos um dos podcasts mais ouvidos do Paraná. E então, em meio ao sucesso e a novas gravações, perdi um bebê, postei uma arte de hiato nas redes sociais do *Causas Perdidas*, empacotei os aparelhos de gravação e nunca mais cheguei perto de uma mesa de som.

Hoje entendo por que minha primeira reação é sempre fugir do que dói. Por mais que eu não desconfiasse da verdade por trás de meu nascimento, meu corpo sempre soube que não fui um bebê desejado. Fujo para me proteger porque, desde o início, a pessoa que mais amei na vida não foi capaz de retribuir esse amor.

Dividida entre chafurdar em dores do passado ou abrir o arquivo com as gravações antigas do podcast, levo um susto ao escutar o celular tocar.

Número desconhecido: Oi, Laura. Aqui é o Téo.

Número desconhecido: Está disponível para conversarmos? Sei que está tarde, mas minha agenda de plantão mudou, e só terei folga semana que vem.

O relógio em meu pulso deixa evidente que entrevistar alguém às onze da noite de um sábado é uma escolha nada profissional. Ainda assim, estou falando de um cara que mal tem tempo para conversar com a família, mas encontrou uma brecha na agenda para me ajudar, então encaro a tela do celular por míseros três segundos antes de tomar uma decisão.

Laura: Boa noite, Téo. Tudo bem?

Laura: Sem problemas quanto ao horário, só preciso de dez minutos para organizar minhas anotações.

Téo: Blz. Vou terminar o jantar.

Téo: Desculpa atrapalhar sua noite de sábado.

Laura: Relaxa, eu estava de bobeira em casa.

Laura: Tá cozinhando o quê?

Eu me arrependo assim que digito a mensagem. É por isso que a primeira regra do jornalismo é não misturar os ovos com as galinhas. Mentira, essa não é a primeira regra, mas no momento preciso dar um passo para trás e lembrar que Teodoro é um entrevistado, não um colega.

Laura: Por favor, ignora minha última pergunta.

Laura: Juro que vou incorporar o modo profissional em 3, 2, 1...

Téo: Estamos trocando mensagens às onze da noite de um sábado.

Téo: Acho que tá permitido o papo furado. Vou te mandar uma foto, peraí.

Ele me manda uma foto do que suponho ser sua cozinha. Os ingredientes espalhados pela bancada estão devidamente organizados, e duas massas de pizza estão abertas em formas redondas. Mas é a panela de porcelana descansando no fogão que rouba minha atenção.

Laura: Por acaso esse molho de tomate na panela foi você que fez?

Téo: Uai, lógico que fui eu que fiz.

Téo: Não acredito que a Tainá não te contou que eu faço a melhor pizza caseira do mundo.

Laura: Talvez ela tenha esquecido.

Laura: Sabe como é, levando em conta que você tá dando um perdido nela e tudo mais.

Téo: Nó, essa doeu.

Laura: A verdade sempre dói, cara.

Alcanço o caderno de rascunho e procuro as anotações que fiz na última semana, mas tudo que encontro são frases desconexas escritas às pressas no topo da página. Tentei esboçar várias diretrizes para a matéria desde o dia em que conversei com Teodoro por e-mail, só que a vida aconteceu, e obviamente preferi focar em *qualquer* outra coisa que não fosse o artigo.

Para ser sincera, achei que fosse ser mais fácil planejar o artigo depois de ele aceitar ser entrevistado. Téo respondeu todas as perguntas que enviei por e-mail com uma sinceridade surpreendente e me deu material suficiente para uns oito textos. Ainda assim, tudo que escrevo parece vazio e sem sentido, mas sei que o problema está em mim e no fato de que não escrevo sobre algo importante há anos. Quero que essa matéria seja mais do que um relato pessoal sobre adoção, mas, para isso, preciso encarar que minha história — e não só a de meu entrevistado — está diretamente ligada ao motivo que anda bloqueando minha escrita.

Téo: Ei, por acaso meus pais passaram a sexta-feira com vcs?

Téo: Recebi uma mensagem meio preocupante da Tainá hoje de manhã.

Laura: E é pra se preocupar mesmo, cara.

Laura: Depois do jantar, seus pais me obrigaram a assistir uns filmes de quando você e Tainá eram novinhos.

Laura: Amei seu look de formatura do ensino fundamental ☺

Téo: MERDA! Cê teve que ver meu discurso, né?

Téo: Em minha defesa, eu era muito fã do Bruce Wayne na pré-adolescência.

Laura: A gravata-borboleta realmente deu um charme. Só não entendi o lance das sobremesas. Quem em sã consciência odeia chocolate?

Téo: Odiar é um termo muito forte.

Téo: Sorvete de chocolate? Gosto.

Téo: Calda de chocolate no bolo de cenoura? Passável.

Téo: Cacau batido com 1 kg de açúcar e vendido em formato de barra? Eca!

Laura: !!!!!!!!!!!!!!!!!!!

Téo: ??????????????

Laura: Neste exato momento estou revirando os olhos e indo na cozinha buscar meus bombons de chocolate ao leite.

Sorrio ao me levantar da cama e ir até a cozinha revirar os armários em busca de chocolate. Sou praticamente uma formiga quando se trata de doces, então mantenho estoques de açúcar ultraprocessado em pontos estratégicos da casa. Quando estou ansiosa e de TPM, prefiro o vício do doce do que sucumbir a outros recursos muito mais perigosos para minha saúde (como aquele pacote de cigarros embaixo da cama que eu queria muito abrir, mas não vou).

Abro um bombom e corro os olhos pelas mensagens. Em vez de ficar incomodada com o tom *muito* pessoal da conversa, fico aliviada. Este foi o primeiro sábado que passei completamente sozinha em anos, e, por mais feliz que eu esteja com minha própria companhia, é bom terminar o dia pensando em assuntos que não giram em torno de meu próprio umbigo.

Téo: Qual seu tipo favorito de música?

Esse cara está lendo minha mente, por acaso?

Laura: Também tô sendo entrevistada e não tô sabendo?

Téo: Uai, cê perguntou sobre chocolate, perguntei sobre música. Acho uma troca válida.

Laura: Você é do time negociador, né? Tô te sacando.

Téo: Com a irmã que eu tenho, ou eu aprendia a negociar, ou virava fantoche na mão dela.

Téo: O que acontece com mais frequência do que eu gostaria de admitir.

Laura: HAHAHAHA

Laura: Agora é uma boa hora pra te dizer que vi uma foto sua fantasiado de Teletubbies? Acho que foi no aniversário de 14 anos da Tainá.

Téo: Minha dignidade acabou de ir pro ralo. Podemos voltar ao assunto música, por favor?

Laura: Tá bem, vou te dar essa colher de chá.

Laura: Eu curto Engenheiros do Hawaii, principalmente o álbum ao vivo. Também escuto Pitty e Kid Abelha. Mas Frejat é meu ponto fraco.

Téo: Nó, tô impressionado!

Téo: Cê não é nova demais pra gostar dessas bandas, não?

Laura: Quantos anos você acha que eu tenho?

Laura: (E desde quando existe idade pra gostar de música boa?)

Téo: A mesma idade que a Tainá?

Laura: Não, sou mais velha.

Laura: Faço 30 esse ano.

Téo: E comida, qual sua favorita?

Laura: Vale dizer tudo que seja doce?

Téo: Por acaso cê é do time que ama pizza doce?

Laura: Existe alguém que não seja?

Ele me responde com uma segunda foto. Abro a imagem e vejo uma pizza que me faz salivar. Metade da massa está recheada com o sabor Romeu e Julieta, já a outra é uma mescla de abacaxi, coco e... espera, aquilo é figo?

Laura: Isso é golpe baixo, cara.

Laura: Pizza doce *definitivamente* é meu ponto fraco.

Téo: Prometo preparar uma pizza pra você quando eu for pra Curitiba.

Laura: Vou poder escolher o sabor?

Laura: Nem ferrando que vou comer pizza com figo, abacaxi e NADA de chocolate.

Téo: Eu não vou colocar M&M's na pizza.

Laura: Mas eu amo M&M's!

Téo: Não, não mesmo. Nem pensar.

Laura: Blz, já entendi, red flag pra confete na pizzaria.

Laura: E doce de leite?

Téo: Nó, agora sim estamos falando a mesma língua!

Téo: Cê tem que provar o de Minas. Nunca comi um trem tão bom em toda a minha vida.

Laura: Pois então trate de trazer um pote desse famoso doce de leite mineiro quando vir visitar sua irmã.

Téo: Pizza doce e um pote reserva de doce de leite.

Téo: Mais algum pedido?

Laura: Goiabada, bolo de leite, pé de moleque, doce de abóbora.

Téo: Eu tava brincando, moça.

Laura: Azar o seu, nunca brinco com comida.

Téo: Já aprendi a lição.

Laura: Você sempre amou cozinhar?

Laura: Esquece! Devo estar atrapalhando sua janta, vou te deixar em paz por alguns minutos, prometo.

Meu celular vibra em menos de um segundo, mas dessa vez não é uma notificação de mensagem. Deslizo o dedo pela tela para atender a chamada.

— Alô?

De alguma forma, o cumprimento sai como uma pergunta.

— Achei melhor ligar, as perguntas estavam ficando difíceis demais para responder em texto. — A voz de Téo é grossa, muito diferente da imagem que criei com base nas fotos antigas do garoto nerd magricelo usando óculos de armação quadrada. — Cê quer a resposta padrão ou posso tocar em um tema sensível que vai mudar o clima leve da conversa?

— Honestidade é tudo o que eu preciso nos últimos tempos, cara — respondo com sinceridade.

Escuto o barulho de uma cadeira sendo arrastada e o imagino relaxado em sua cozinha milimetricamente organizada.

— Durante os anos que passei no lar adotivo, a hora da refeição era tida como algo sagrado. Muitos de nós já tinham passado fome antes de chegar ao lar, então o ritual de compartilhar três refeições completas por dia parecia um milagre. Foi nessa época que aprendi a apreciar o valor de uma mesa farta, de um alimento preparado com amor e da beleza de transformar um ingrediente simples em algo completamente diferente.

— Alguém te ensinou a cozinhar, ou aprendeu sozinho? — pergunto ao atacar mais um bombom.

— Podíamos escolher uma atividade extracurricular para desempenhar dentro do lar, tipo o programa jovem aprendiz, sabe? — conta ele. — As opções não eram muito variadas, então escolhi ajudar a dona Olga na cozinha. No começo eu só queria ganhar alguns bolinhos de chuva a mais no café da tarde, mas aos poucos tomei gosto pela cozinha. Lembro perfeitamente da primeira vez que fiz arroz doce sozinho. Eu me senti útil e valioso, algo raro quando vivemos em um lar adotivo.

— Arroz doce, bolinho de chuva... Sua versão criança definitivamente era das minhas.

Do outro lado da linha ele ri, e, apesar da distância física, me sinto aquecida pelo som.

— Não é porque eu não gosto de chocolate que tenho aversão a todos os doces do planeta, moça. Apenas digamos que — ele respira fundo antes de continuar — eu tenho gostos peculiares, você não entenderia.

— Você acabou de citar *Cinquenta tons de cinza* para mim?

— Talvez?

Caio na gargalhada, e Téo me acompanha. Nossa risada só é interrompida pelo timer do forno elétrico.

— A pizza está pronta?

— Sim, vou tirar a massa do forno. Só um minuto.

Escuto os sons dos movimentos pelo celular, tentando criar sua imagem em minha mente.

— Pronto, tudo sob controle — comunica após alguns segundos.

— Então vou deixar você jantar em paz. — Pego um punhado de chocolates e volto para o quarto. — Podemos nos falar na sua próxima folga ou entre os intervalos de algum plantão. Só não quero atrapalhar seu jantar.

— Cê não tem um prazo para cumprir com o artigo ou algo assim? Porque, por mim, posso conversar com você enquanto janto.

Entro no quarto e encaro o caderno de anotações esquecido na cama. Falei com Téo sobre vários assuntos, mas a última coisa que passou em minha mente foi o artigo que preciso escrever. *Muito* profissional de minha parte.

— Também vou ser completamente sincera agora, ok? — alerto ao empurrar o caderno para longe e me deitar na cama. — Quero muito saber dos anos que viveu no lar adotivo e os desafios por trás de seu processo de adoção, mas começamos nossa conversa de uma maneira tão informal que agora estou com medo de ultrapassar algum limite.

— Pode me perguntar qualquer coisa, moça. Prometo avisar caso eu me sinta incomodado com alguma das perguntas — garante. Escuto o barulho de líquido, provavelmente sendo despejado no copo, e dos talheres tintilando. — Hoje eu tive um dia de merda no hospital, então é bom conversar com alguém que não esteja vestindo um jaleco ou prestes a morrer.

— E quem disse que não estou vestindo um jaleco? — falo em tom zombeteiro.

— De duas uma: ou cê usa cetim e renda para dormir, ou prefere camisetas velhas e esburacadas.

Sério que o irmão mais velho da minha melhor amiga acabou de citar as roupas que uso para dormir? Ajeito a camisola de cetim azul-bebê de forma desconfortável; não pelo assunto, mas por eu ser previsível. Definitivamente amo usar pijamas de cetim, quase tanto quanto camisetas velhas dois números maiores que o meu.

— Jura que agora vamos falar da roupa que estou vestindo?

— Não, definitivamente vamos mudar de assunto. — Téo gargalha, e sinto o som atravessar o celular e me acertar em cheio. Gosto da risada dele e da forma descomplicada que soa aos meus ouvidos. — Mas... mata minha curiosidade, moça. Eu acertei?

Eu me recuso a responder sobre minhas preferências de roupas de dormir, então puxo outro assunto e, quando dou por mim, estamos a uma hora conversando sobre coisas que não têm nada a ver com o artigo.

Deveria ser estranho falar dessa forma com um desconhecido, mas, seja pela barreira imposta pela distância física ou por nos conhecermos por meio de Tainá, sinto uma facilidade tremenda em conversar com Téo. E, pela frequência com a qual ele gargalha de minhas gracinhas, posso jurar que ele sente a mesma coisa.

no meu sonho ela não existia
no meu sonho dois bastavam
no meu sonho eu era feliz

Matilda Marques

Capítulo 9

Laura

A tela em branco do computador me encara em afronta, como se estivesse debochando da minha competência profissional. Não que eu discorde; neste momento duvido que serei capaz de entregar algum esboço para Jordana até o final da próxima semana. Olho para o calendário de ímã grudado na geladeira e depressa faço as contas: tenho exatamente quarenta dias para escrever, editar e aprovar o artigo. E, com o prazo batendo na bunda, tudo o que me resta é seguir levando trabalho para casa.

Em minha defesa, validei todas as colunas, entrevistas e espaços publicitários da edição de junho; por sinal, a entrevista com a designer de bolsas curitibana está ficando maravilhosa. Os textos de apêndice sobre eventos e tendências da estação também foram distribuídos, assim como as pesquisas de locações externas para as fotos de capa já se iniciaram. Tudo está encaminhado, menos a merda do meu artigo.

Téo: Cê terminou o artigo?

Téo: Não que eu esteja te cobrando nem nada do tipo, só tô curioso.

Téo: Tô te deixando mais ansiosa perguntando da matéria todo santo dia, né?

Téo: UAI, ATÉ EU TÔ ANSIOSO!

Téo: Cê acredita que hoje um paciente de 86 anos tentou me obrigar a tomar um dos comprimidos dele de Rivotril?

Meu humor melhora um pouco ao ler as mensagens de Téo. Passei os últimos dias conversando com ele sobre seu processo de adoção, os dois anos que viveu no lar adotivo e fofocando sobre assuntos aleatórios que vão desde sua rotina no hospital até seu sonho de ter um aquário marítimo (não faço ideia de como chegamos a esse assunto em específico). Os plantões dele são um caos e, como além de curiosa pra caramba sou BFF da insônia, criamos o hábito de conversar nos horários mais improváveis da madrugada.

Laura: Por acaso o resultado daquela prova misteriosa já saiu?

Téo: Não adianta mudar de assunto, moça.

Laura: *gif de uma pessoa arrancando os cabelos*

Laura: Sim, tô ansiosa com o artigo.

Laura: Não tô nem perto de terminar o esboço inicial que minha chefe pediu pra ler amanhã.

Téo: Como posso ajudar?

Laura: Mudando de assunto ;)

Téo: *emoji revirando os olhos*

Téo: Então... sobre aquela prova, o resultado já saiu.

Laura: Foi aprovado?

Téo: Sim ☺

Laura: Parabéns, cara!

Laura: Agora vc já pode me contar sobre essa tal prova de residência feita em caráter de segredo de Estado, né?

Téo: Ainda não.

Laura: Não sei pra quê tanto mistério.

Téo: Logo cê vai entender, prometo.

Téo: Agora volta pro seu artigo.

Téo: Infelizmente ele não vai se escrever sozinho.

Com um suspiro resignado, largo o celular na mesa da cozinha e folheio o caderno lotado de anotações pela milésima vez. Posso não ter começado a escrever o artigo, mas pelo menos criei um banco de dados impressionante sobre o processo de adoção no Brasil. Por exemplo, agora posso *casualmente* soltar em uma conversa que no Brasil temos mais de trinta e quatro mil crianças aguardando adoção, mas que apenas dezessete por cento delas têm alguma chance de serem adotadas porque — *por favor, me imaginem fazendo uma careta de falso choque neste momento* — as pessoas têm preferência por adotar menores de 10 anos. Das mais de trinta mil famílias cadastradas pelo Sistema Nacional de Adoção e Acolhimento no Brasil, apenas dois por cento delas não colocaram idade como empecilho para adoção; todo o restante especificou idade, gênero e cor de pele nas fichas.

Após centenas de leituras bibliográficas, também adquiri um amplo conhecimento a respeito de casos que envolvem a lei da entrega voluntária e os pouquíssimos projetos sociais de adoção segura existentes no Brasil. Eu não fazia ideia de que existem apenas vinte casas de acolhimento para gestantes em processo de entrega voluntária por todo o território brasileiro. E que, nesses casos, muitas das gestantes, em vez de serem protegidas pelo sigilo legislatório, acabam expostas a violência e linchamento público apenas por decidirem não maternar.

A frustração só piora quando leio as palavras *burocracia* e *devolução* escritas repetidas vezes no meio das anotações. Pelo que entendi, nos últimos anos os casos de devolução de crianças adotadas se tornaram mais comuns, então, para evitá-los, o sistema nacional se tornou mais rígido.

Juntando as conversas com Téo, as feridas mal cicatrizadas de meu passado e as fontes jornalísticas que reuni, sinto que, toda vez que começo a digitar, minha mente mergulha em uma espiral de informações dolorosamente cruéis.

— Merda! — grito ao jogar o caderno de anotações na parede.

Cansada de pensar demais, sinto aflorar um desejo avassalador de transformar as emoções caóticas que estão dominando minha mente em *alguma coisa*. É nessa hora que a mesa de som em meu quarto me chama como o cântico da sereia e, sem forças para resistir, vou até lá. Meu coração acelera só de pensar em voltar a gravar para o podcast, mas não de um jeito ruim.

Eu me sento na beirada da cama e, enquanto encaro os apetrechos de gravação, penso nos prós e contras de voltar com o *Causas Perdidas*.

Apesar do hiato de mais de dois anos, o número de ouvintes mensais do podcast triplicou no último semestre; parece que algum famoso do TikTok mencionou o podcast em uma *live*, tornando-o ainda mais conhecido. O último post feito no perfil do Instagram do *Causas Perdidas* é frequentemente bombardeado por comentários de ouvintes pedindo pelo retorno do projeto. E, por mais que eu não seja mais a garota sonhadora das últimas temporadas, sei que a galera amaria escutar sobre como minha vida virou de pernas para o ar. Afinal, como vivo falando por lá, nenhuma história de amor, por mais perfeita que seja, tem garantia de final feliz.

Só por desencargo de consciência, abro a DM do Instagram e vejo que centenas de ouvintes enviaram áudios para participar do podcast. Em um momento diferente eu provavelmente os teria ignorado, mas hoje sinto um desejo gigantesco de ouvir todos esses relatos e me sentir conectada a eles. Talvez sirvam de inspiração para a retomada do podcast, ou apenas ajudem a aliviar o dia de hoje.

Sentindo o peito mil vezes mais leve, separo os produtos de finalização de cachos, acendo uma vela e conecto o celular à Alexa que fica no quarto. Como sei que Tainá vai demorar para chegar porque saiu com uma guria que conheceu em um aplicativo de encontros, ligo o som em um volume mais alto do que o recomendado, deixando a voz masculina ecoar do quarto até o banheiro.

"Dona Marta cansou de esperar que eu aparecesse com uma namorada em casa e resolveu criar um perfil fake para o filho mais novo. Ela escolheu uma foto que só mostrava meu abdômen e montou uma bio sugestiva no nível mãe coruja para alavancar o perfil. Afinal, o que é

que mães sabem de Tinder, Happn ou Badoo? Ao que parece, um app só não seria suficiente para encontrar sua futura nora."

Enquanto o desconhecido fala, tiro o pijama, ligo a torneira e loto a banheira de sais efervescentes.

"O problema é que, sem saber, minha mãe começou a flertar com minha chefe pelo app. Cara, a filha da puta da minha chefe! A mulher que me faz buscar café em todas as reuniões só porque gosta de usar seu tom autoritário comigo. Que usa terninhos combinando com as campanhas de marketing da semana. Que quase nunca sorri, mas quando o faz fica sexy pra caralho... Porra, esse não é o ponto aqui!"

— Então pare de exaltar a bola de sua chefe, alecrim dourado, todo mundo tá sacando qual é a sua — digo, como se o pobre coitado conseguisse me escutar.

A banheira termina de encher, e posso jurar que meu corpo vibra de contentamento ao mergulhar na água quente. Era exatamente disso que eu estava precisando: um momento só meu para relaxar e pensar em qualquer outra coisa que não seja meus próprios problemas.

"Minha mãe gostou da víbora, então marcou um encontro. Dona Marta piscou aqueles olhos bondosos para mim e teve a cara de pau de dizer que tinha marcado um jantar com a filha de uma amiga da igreja, que, se eu não fosse, eu estaria fazendo uma desfeita no nome dela. Se eu quisesse continuar almoçando seu cururu todo domingo e ainda ganhar cocada de sobremesa, eu ia ter que botar uma camisa de botão e ir ao bendito do encontro. Óbvio que fui, eu lá sou besta de contrariar minha mãe? Então imagine minha surpresa quando cheguei ao restaurante e encontrei a maravi..., quer dizer, a chata da minha chefe me esperando com um vestido vermelho que, nossa senhora... Eu não podia desistir do encontro sem enfrentar a fúria de mainha, só não esperava que fosse ser tão... bom? Como é que podemos odiar alguém e depois de umas taças de vinho perceber que, bem, na verdade a pessoa é foda pra caralho e que você quer se perder nos lábios dela?"

— Eis o clichê do cão e gato, meus amigos. Definitivamente o mais amado de todas as comédias românticas.

"Foi por minha culpa que acabamos nos atracando que nem dois animais no banco de trás do carro dela. Também sou culpado por ter aceita-

do dormir no apartamento dela na sexta de noite e de ter passado o final de semana todo com ela... Agora tô aqui, domingo de noite, trancado no banheiro da minha mãe e pensando que porra vou fazer na segunda de manhã no escritório. Finjo que nada aconteceu? Trato minha chefe como ela me trata, que nem um zé-ninguém? Entro escondido na sala dela, a empurro contra a parede e tasco-lhe um beijo? Não sei o que fazer, mas essa história tem cheiro de cilada. Seja sincera, você acha que vou acabar me ferrando por me apaixonar por quem me trata mal?"

O áudio termina, e pego o celular para dar play novamente. Merda, talvez ainda exista uma parte romântica enterrada dentro de mim, porque essa história definitivamente mexeu comigo. Apesar de não acreditar mais em finais felizes, realmente quero que a chefe e o funcionário fiquem juntos.

Sento-me na borda da banheira e alcanço o creme de finalização. Enquanto passo a escova-polvo pelos cachos, suspiro, rio e mergulho na narrativa como se estivesse a escutando pela primeira vez. Por mais magoada que eu esteja, não adianta negar que ainda amo romances, mesmo quando terminam em tragédia.

Pelo visto, continuo acreditando que uma história de amor nunca será definida pelo seu final. Todo mundo sabe que Romeu e Julieta morreram por amor, mesmo assim passamos anos e anos idealizando os sentimentos que os levaram até o exato momento em que morrer parecia uma opção melhor do que viver separados.

Viver o amor é definitivamente mais importante do que fazê-lo durar.

Olha só pra mim! Bastou escutar um casinho qualquer, e já sinto vontade de voltar a gravar o podcast, ligar para meus avós, esquecer todas as mentiras que fizeram meu coração sangrar e voltar a sonhar com o amor...

O problema é que querer que tudo seja diferente não apaga a crueldade brutal da realidade.

Corro os dedos pela espuma da banheira e fecho os olhos para conter a dor.

Talvez eu ainda acredite no amor.

Só não acredito mais que fui feita para ele.

Grupo da Família Dias

Téo: Duvido cês adivinharem onde eu tô.

Tainá: Resolveu aparecer, seu palhaço?! Ia cair o dedo responder sua irmã no privado, por acaso?

Téo: *foto*

Tainá: QUE ISSO? Como assim cê tá no jardim botânico?

Jonas: Filho, cê quer me matar do coração? Se isso for *meme* vou te denunciar pro comitê de fake news!

Tainá: Caralho, também não tô acreditando.

Bernardo: FILHA!

Tainá: Ops, desculpa, pai. Foi o corretor. Era para ser carambola.

Bernardo: Aham, sei.

Tainá: Podemos voltar a focar na mensagem do Téo, por favor?

Tainá: Isso é montagem ou meu irmãozinho realmente voltou pra casa?

Téo: Vem atender a porta do nosso apartamento pra descobrir ☺

Capítulo 10

Téo

— Vou esperar mais cinco minutos — falo para o celular como se Tainá estivesse me ouvindo do outro lado da tela.

Para quem reclama tanto que não respondo suas mensagens, a bendita é expert em sumir da face da Terra quando preciso falar com ela.

Encaro a porta do apartamento e a chave reserva em minha mão. A viagem foi cansativa, não só por eu ter escolhido vir de ônibus para economizar, mas por causa da crise de ansiedade que tive assim que cheguei à rodoviária de Curitiba. Sei que fiz a escolha certa em voltar para casa, mas ao mesmo tempo é assustador perceber que tantas coisas mudaram em poucas semanas.

Espio o celular mais uma vez e nada de Tainá responder. Minha bateria reserva já era, então não tenho muito mais o que fazer a não ser tocar a campainha sem parar. Talvez voltar para casa de surpresa não tenha sido uma ótima ideia. Não quero invadir a privacidade de minha irmã, mas, *merda*, foram quase dezesseis horas de viagem e tudo de que preciso é tirar a murrinha do corpo. Maninha que me perdoe, mas preciso tomar um banho e descansar.

Uso minha chave e entro no apartamento. Para minha surpresa, sou recebido por um silêncio reconfortante. Provavelmente a pentelha da Tainá não está em casa, mas faço questão de ser bem barulhento ao jogar as malas no chão da sala e ir até a cozinha.

— Tainá, tô em casa! Por tudo o que é mais sagrado, vista uma roupa se estiver pelada — grito ao abrir a geladeira em busca de uma garrafa de água.

Engraçado que sinto que estou em casa, mas ao mesmo tempo pareço um intruso em meu próprio apartamento. Talvez porque as coisas pareçam bem diferentes desde a última vez que estive aqui. O sofá verde na sala é novo, assim como as plantas espalhadas pelos cômodos. Tainá nunca foi boa com plantas e animais, então obviamente desconfio da procedência dos vasos. Curioso, espio os armários e encontro várias canecas com estampas da Disney, garrafas vazias de bebida e uma quantidade absurda de chocolate.

— Uai, parece que tem alguém curtindo a fossa.

Fecho a geladeira e sigo para o corredor que leva aos quartos.

Absorvo as mudanças na casa com um sentimento conflitante. Gosto do que Tainá fez com o apartamento, mas gostaria de ter participado mais do processo. O plano inicial sempre foi trabalharmos juntos no espaço, fosse na pintura das paredes ou no posicionamento dos móveis.

Como sempre, culpo o trabalho pela ausência. No final do ano passado, prometi voltar para casa, mas um dos meus pacientes precisou ser entubado às pressas dois dias antes do Natal e acabei perdendo o feriado em família. No Ano-Novo, uma colega foi escalada para o pior plantão do ano (o tanto de bêbado que aparece no pronto-socorro nessa noite é absurdo), e, depois de ouvi-la chorar no telefone conversando com o marido, me ofereci para pegar seu turno. Para piorar, três dias depois da virada do ano acompanhei o caso de uma paciente com início de demência que precisou ser internada às pressas; ela não tinha nenhum familiar para servir de acompanhante, então acabei dormindo ao lado de seu leito mais vezes do que deveria. Sempre que acontecia algo no hospital, eu adiava os planos pessoais de passar uns dias em Curitiba.

— Que diabo aconteceu aqui?

Fico paralisado ao abrir a porta de meu antigo quarto.

Me sinto teletransportado para uma realidade paralela. Este quarto não tem mais minha cara, e não sei como me sinto sobre isso. Tenho uma vaga lembrança de receber uma mensagem de Tainá avisando que faria umas mudanças no espaço, mas de onde é que surgiram tantas revistas velhas? Qual é da cômoda azul perto da cama? Aquilo é um microfone gamer? E, espera um segundo, o que Tainá fez com minha cama?

A cama nova está forrada com uma colcha rosa brilhante e está soterrada por almofadas felpudas semelhantes a filhotes de gatos.

— Eu vou te matar, maninha.

Penso em ligar para Tainá e descascar o abacaxi, mas, além de cansado demais para brigar, acabo de perceber que estou sem bateria no celular.

Analisando as coisas racionalmente, não é como se eu pudesse reclamar do que minha irmã fez com a casa. O apartamento é nosso, mas passei os últimos anos longe e sem perspectiva nenhuma de voltar a morar em Curitiba. Metade da culpa é minha por ter andado tão ausente. E a outra metade também é culpa minha por não ter avisado que voltaria. Ou seja, não adianta chorar pelo leite derramado quando fui eu que derrubei a leiteira. Quando Tainá chegar, a gente resolve o lance da cama. Agora só quero um banho e vinte e quatro horas seguidas de sono tranquilo nessa cama emperiquitada que parece um algodão doce; um algodão doce bem fofinho e acolhedor, mas, ainda assim... o trem parece um unicórnio.

Tiro a camiseta de botão, o jeans e as meias, ficando apenas de regata e cueca. Caminho para o banheiro torcendo para que pelo menos a banheira que comprei quando financiamos o apartamento ainda esteja intacta.

Até tento ignorar as roupas femininas jogadas no chão, mas minha necessidade de organização fala mais alto e recolho o pijama colorido. Se vou morar com Tainá, de duas uma: ou vou ter que evitar seu lado desorganizado pelo bem de minha sanidade mental, ou vou ter que obrigar minha irmã a manter suas coisas no lugar à base da ameaça. Quem sabe se eu ameaçar derrubar alvejante em suas roupas caras que estão jogadas pelo chão, ela aprenda a ser mais organizada.

Enfio as peças sujas em um cesto branco na porta do banheiro e, espera, *tem uma mulher na minha banheira?* Estanco no lugar sem saber o que fazer, porque obviamente não estou alucinando. Ou será que estou?

Limpo os óculos na regata de algodão e volto os olhos em sua direção. Ela está sentada de costas para mim, apoiada na borda da banheira e completamente alheia ao homem parado no fundo do cômodo. Com uma das mãos penteia os cachos e com a outra rola a tela do celular. Encaro as costas nuas por mais tempo do que deveria, perdido no movimento hipnotizante da escova no cabelo.

Aquilo em sua nuca é uma tatuagem? Se eu der um passo para a frente, consigo desvendar o desenho preto e vermelho borrado na pele marrom-clara molhada do banho. E, caralho, ela está cantando. Meu Deus, será que é uma sereia? Pela forma como meu corpo está reagindo, é provável.

Merda, merda, merda. O que eu faço?

Respiro fundo e dou um passo para trás, tentando encontrar uma forma de voltar para o quarto sem fazer barulho. Preciso respeitar a privacidade dessa mulher e sair do banheiro o mais rápido possível. Mas é nessa hora que uma voz robótica ecoa pelo cômodo em um volume muito mais alto do que o recomendado, e minha primeira reação é soltar um grito apavorado. Em minha defesa, estou cansado, confuso e levemente desesperado para reconhecer a voz da Alexa em tempo.

A mulher na banheira finalmente nota minha presença, e a última coisa que vejo antes de fechar os olhos é o horror em sua expressão. Não quero invadir sua privacidade mais do que já fiz, então tampo o rosto com ambas as mãos para não cair na tentação de continuar encarando sua pele nua como um maldito tarado.

— Desculpa, eu não fazia ideia de que você estava aqui — falo apressado e saio correndo do banheiro.

Estou quase chegando à porta quando o que parece ser pote de creme passa raspando pela minha orelha.

— Seu pervertido! Acha bonito espiar mulheres indefesas? Não é porque eu sou baixinha que não consigo acabar com você. Vou ligar para a polícia agora mesmo, e é bom você ficar paradinho no lugar senão vou enfiar minha escova-polvo no meio da sua bunda.

— Cê acabou de ameaçar um criminoso em potencial com uma escova de cabelo?

Eu deveria estar apavorado, mas o absurdo da situação me atinge em forma de riso.

— Um criminoso? Ai, meu Deus! Espera aí que vou ligar pra polícia. Deus, sou jovem demais pra morrer. Prometo que vou voltar a ir às missas todo domingo, mas não me deixa ser assassinada.

Paro de segurar a gargalhada no exato instante em que meu cérebro reconhece a voz dela.

— Cê tá vestida? Posso me virar?

Ela solta um bufo, e giro no lugar, apoiando as costas na porta do quarto para manter uma distância segura entre nós. Essa moça linda parada no meio do meu antigo quarto vestindo nada mais que uma toalha é Laura, a melhor amiga de minha irmã e a mulher com quem conversei sem parar nas últimas semanas.

— Oi, Laura.

Ajeito os óculos de grau, me sentido tímido de repente.

— Téo? — Ela prende a toalha com mais força ao redor do corpo e me analisa. Posso jurar que seus olhos se demoram nas tatuagens em meu braço direito, mas não quero raciocinar demais. Não posso e não vou pensar nessa mulher linda só de toalha me encarando como se eu fosse um pote de sorvete. — Cadê suas roupas?

— Sério que essa é sua primeira pergunta? — questiono. Tudo o que ganho como resposta é um olhar assassino. — Uai, cheguei em casa cansado da viagem e achei que seria uma boa ideia tomar um banho. Juro por tudo que é mais sagrado que eu não fazia ideia de que você estava aqui. Me desculpa?

Ela faz um gesto impaciente com as mãos, como se meu pedido de desculpas fosse completamente irrelevante.

— Você pretende ficar quanto tempo em Curitiba?

É impressão minha ou suas palavras carregam uma rispidez velada?

— Lembra que contei sobre a prova de residência que fiz semana passada? — comento. Ela confirma com a cabeça e me olha com ansiedade. — Eu me inscrevi para ocupar uma vaga de residência no Hospital de Clínicas de Curitiba. Quero mudar de área e começar uma nova especialização em neurologia, por isso rescindi o contrato em Belo Horizonte e voltei para casa.

— Então você pretende morar aqui?

— Sim. — Eu me desencosto da parede e vou até ela. — Cuidado, daqui a pouco vou achar que não sou bem-vindo. Sei que todo esse lance de chegar de surpresa não foi uma boa decisão, mas nos últimos dias fiz tantas escolhas impulsivas que não parei para pensar em todas as merdas que poderiam acontecer. Isso não vai mais se repetir, prometo, moça.

— Ei, tá tudo bem. Não tinha como você saber que eu estaria aqui.

Ela passa as mãos pelo cabelo, e a toalha escorrega levemente de seu corpo. Laura é rápida em conter o movimento, mas ganho um pequeno vislumbre de seu colo. Minha mente é povoada por centenas de imagens nada decorosas do que eu gostaria de fazer caso essa toalha caísse no chão.

Não, não vá por esse caminho! Mas, merda, ela tinha que ser tão bonita assim?

— Estou feliz em saber que decidiu voltar, Téo. Seus pais vão ficar tão animados. E Tainá definitivamente vai ser pega de surpresa.

Ela vai até o guarda-roupa e pega um vestido vermelho no cabideiro.

— Mas? — pergunto ao virar o corpo novamente, dando privacidade para que ela possa trocar de roupa.

— Como sabe que tem um "mas"?

— Sou bom em ler as pessoas, moça.

Juro que escuto quando a toalha cai no chão e Laura passa o vestido pelo corpo. Será que ela colocou uma calcinha antes ou está só com o vestido?

Ah, que merda de mente pervertida.

— Desembucha logo, o que é que cê não tá me contando?

— Então, a questão é que eu aluguei seu quarto e estou morando com Tainá faz mais ou menos um mês. Surpresa!

— Quê?!

Não estava preparado para essa notícia, até porque meu plano de ficar em Curitiba depende de ter onde morar.

— Pode virar.

Eu o faço e levo mais um baque. As mechas molhadas de seu cabelo castanho passam alguns centímetros de seus ombros. A pele é salpicada por pintas em lugares como o pescoço, a bochecha e o nariz. Os lábios em formato de coração são cheios. E, apesar de ela não estar sorrindo neste momento, sei que seus dentes da frente são separados por um vinco minúsculo que deixa seu sorriso infinitamente mais charmoso.

Como sei disso?

Essa não é a primeira vez que nos encontramos.

— Por que está me olhando assim?

Ela ajeita a roupa como se tivesse algo fora do lugar.

— Tenho a impressão de que conheço você há anos — falo ao me aproximar dela.

— Também sinto isso de tanto escutar Tainá falar de você. Fora todas as conversas da última semana e...

— Não, não é só isso. Posso? — interrompo sua fala ao apontar para sua mão direita.

Ela parece confusa, mas me oferece a palma da mão. Procuro a aliança, mas não encontro nada.

Tenho certeza de que, na primeira vez que nos encontramos, Laura estava noiva. Então como é que estamos aqui, três anos depois, como se o tempo não tivesse passado para nenhum de nós? Ela é a garota que zombou da minha fantasia de coelho, que riu das minhas tiradas bestas e que me deixou conhecer seus medos e inseguranças. Passei muitas noites remoendo aquele encontro, sem fazer ideia de que um dia nos reencontraríamos.

Puxo na memória e lembro das mensagens de meus pais falando sobre o "momento difícil" que Laura está enfrentando. Será que eles queriam dizer que, assim como Tainá, ela também passou por um divórcio recente?

— Téo, tô ficando assustada. Isso é algum lance médico? Por acaso tem algo de errado com as minhas mãos?

Abro a boca para perguntar se ela lembra daquela noite, mas o barulho de seu celular quebra o encanto. Talvez eu esteja vendo coisas demais e precise de uma noite de sono para colocar a cabeça no lugar. Mas no fundo sei que estou certo. Minha memória raramente falha, e, apesar de ter encontrado Laura uma vez em uma noite estressante e escura, lembro da forma como seus olhos buscavam os meus.

Estávamos perdidos três anos atrás e, pelo que ainda vejo em seus olhos, não estamos muito melhor agora.

— É sua irmã — informa ela ao atender a ligação.

Por um tempo, tento acompanhar a conversa entre elas, mas me sinto nocauteado pelo cansaço da viagem, a adrenalina causada pelo encontro com Laura e a carga emocional de voltar ao passado. Três anos atrás eu era uma pessoa completamente diferente, então talvez seja por isso que a conversa na sacada com uma completa desconhecida tenha me marcado tanto.

Alguns dias antes daquela noite, eu tinha perdido um paciente muito importante. Também foi quando voltei a sofrer com os pesadelos noturnos. A solidão de morar longe da família estava cobrando um preço alto, e, pela primeira vez em toda a minha carreira, quis desistir de tudo.

Então conversei com uma desconhecida, mostrei minhas tatuagens para ela, lembrei da importância de enfrentar meus medos e, engolindo as frustrações, resolvi que no dia seguinte voltaria para a terapia.

Comecei a fazer acompanhamento psicológico antes mesmo de completar dez anos, quando meus episódios de terror noturno pioraram. Depois, passei anos indo e voltando com o tratamento, impulsivamente me dando alta na expectativa de finalmente ter aprendido a lidar com a ansiedade.

Mas, por mais que eu tente, isso nunca acontece.

— Vou para a cozinha — digo para Laura ao abrir a porta do quarto.

Ciente do que *não* estou vestindo, sigo apressado até as malas jogadas no chão e pego um short de corrida. Estou passando a peça pelas pernas quando Laura aparece na sala, mas, ao contrário de mim, ela não parece nem um pouco tímida. Na verdade, ela me observa na cara dura.

— Toma. Tainá quer falar com você — diz ela, estendendo o celular. Pego o aparelho de sua mão e sinto a porra de um arrepio quando nossos dedos se tocam. — Enquanto conversam, vou preparar o jantar. Você deve estar morrendo de fome.

— Não precisa se preocupar com isso.

— Relaxa, só vou descongelar uma lasanha que seu pai fez. Se fôssemos depender de meus dotes culinários, íamos morrer de fome. — Ela sorri e segue para a cozinha, me deixando completamente atordoado com o efeito que sua presença causa em mim. — Separei uma toalha e um sabonete para você, caso queira tomar banho.

— Obrigado — respondo e me jogo no sofá, tomando uns instantes para colocar as emoções no lugar antes de conversar com minha irmã.

— Oi, maninha — cumprimento, e sua risada me alcança assim que coloco o telefone no ouvido. — Tá rindo do quê, uai?

— Tô tão feliz em saber que você finalmente voltou para casa, Téo! Sinto muito por toda a confusão, mas, se você atendesse o celular, não teria flagrado minha amiga pelada no seu quarto. Quer dizer, no quarto dela, na verdade! — Ela grita tanto que preciso afastar o aparelho do ouvido para não danificar meus tímpanos. — Laura passou por um rompimento dos infernos, e eu estava cansada de morar sozinha, então decidi alugar o espaço para ela. Juro que não queríamos vender sua cama, mas, poxa, quem é que gosta dessas camas estilo tatame em pleno 2024? Uma coisa levou a outra, e você sabe que sempre amei esses programas de decoração, então, juntando meu término com Josi e a mudança de Laura, resolvi fazer umas reformas, e sua cama não sobreviveu. Graças a Deus!

Tento acompanhar a conversa, mas falho miseravelmente. O que minha cama-tatame tem a ver com essa história toda? Mas pelo menos está explicado por que não encontro aliança nenhuma no dedo de Laura.

— Tainá, pega leve — choramingo. — Tenha pena do seu irmão. Faz mais de um dia que não durmo, tomo banho ou faço uma refeição completa. Não tô conseguindo acompanhar metade das coisas que cê tá falando.

— O que estou querendo saber, sr. Reclamão, é se você só veio visitar ou se voltou para ficar.

— Estou de volta por prazo indeterminado, maninha.

— Graças a Deus. — A felicidade genuína por trás de suas palavras me arranca um sorriso. — Já que voltou para ficar, precisamos de um plano para fazer a logística funcionar. Podemos comprar um sofá-cama e você dorme na sala por um tempo. Outra opção é quebrarmos o lavabo e fazermos um puxadinho que deve ficar pronto em uns dois meses. Talvez um beliche em um dos quartos também funcione, topo tirar no palitinho e descobrir quem vai dividir quarto com quem.

Só de imaginar dividir um quarto com Laura começo a hiperventilar.

— Não quero atrapalhar, Tainá. Estou precisando economizar, mas posso alugar uma quitinete perto do hospital por um tempo.

— Nem pensar! — grita ela do outro lado da linha. — Você não precisa tomar uma decisão hoje. Fica em casa, descansa e amanhã pensamos no que fazer.

Olho para a cozinha e encontro os olhos de Laura fixos em mim. Ela sorri e assente, como se estivesse de acordo com toda essa insensatez.

Tapo o microfone do celular e pergunto para ela:

— Posso dormir no sofá hoje?

— Desde que não seja na minha cama, você pode dormir onde quiser.

Ela pisca para mim ao pegar dois pratos no armário da cozinha.

Óbvio que minha mente cria imagens vívidas de nossos corpos embolados em sua cama king size. Mas não gosto nem um pouco do rumo desses pensamentos. Se em menos de um dia sob o mesmo teto de Laura já me sinto assim, imagine a tortura que seria morar na mesma casa que ela.

— Sinto falta do meu irmão mais velho.

A voz suave de Tainá me alcança, me pegando desprevenido.

— Também estou com saudade, maninha.

— Quero que fique com a gente, mas vou respeitar sua escolha — afirma ela após alguns segundos. — Só promete pensar no assunto? Por favor?

Nessa hora já sei que perdi a batalha. Sou bom em várias coisas, mas negar algo para Tainá não é uma delas. Vou encontrar uma forma de fazer isso dar certo, só preciso ignorar completamente o efeito Laura e vamos ficar bem.

Moleza, facinho, mamão com açúcar.

*eu que amava a tranquilidade previsível do antes
hoje amo a imprevisibilidade do presente
só não pergunte do futuro
ele não me pertence*

Matilda Marques

Capítulo 11

Laura

— Cara, que saudade da comida do pai Bernardo.

Observo com interesse Téo devorar o segundo pedaço de lasanha.

Mesmo passado o susto, ainda não caiu a ficha de que este homem na minha frente é o mesmo Téo com quem ando conversando. Ele não se parece em nada com a imagem que criei dele. Sei que fui completamente influenciada por suas fotos de adolescente, mas, depois de todas as conversas sobre ele com Tainá e com seus pais, esperava encontrar em Téo o estereótipo do nerd tímido. Só que ele definitivamente está mais para Clark Kent de óculos: mais ou menos um metro e noventa de altura, olhos verdes, ombros largos, cabelo preto, mandíbula quadrada, pele branca levemente bronzeada e uma covinha no queixo.

Isso porque ocultei da mente a visão dele em meu quarto só de cueca boxer e regata branca. Não que eu tenha conseguido prestar atenção em todos os detalhes, mas, do pouco que vi, o braço tatuado *definitivamente* não bate com a imagem que construí para ele. Sorte minha a vida real ser mil vezes melhor do que a imaginação.

— Que foi, tem molho na minha cara? — pergunta Téo diante de meu olhar curioso.

— Seu queixo está sujo.

É mentira, mas melhor isso do que declarar o óbvio.

Tenho certeza de que ele percebeu que faz uns dez minutos que estou o encarando de queixo caído. Agora estou fitando o coitado do guardanapo que ele usa para limpar a boca.

— Já terminou, cara?

Ele assente, e me levanto da mesa em um pulo.

Recolho a louça suja o mais rápido que consigo e vou para a pia da cozinha. Preciso colocar um pouco de espaço entre nós dois. Além de não estar gostando de como meu corpo reage à presença dele, não estou sabendo lidar com a sensação estranha de que já o conheço. Parte da familiaridade foi criada pelas mensagens e ligações noturnas, mas não consigo afastar a impressão de que é mais do que isso.

— Deixa que eu lavo.

Suspiro ao sentir seu corpo ao lado do meu.

Téo tira a bucha da minha mão com delicadeza e começa a esfregar os pratos sujos com uma tranquilidade hipnotizante. O mundo é muito injusto, porque até as mãos dele são bonitas.

— Tá tudo bem, Laura? — questiona. Volto o olhar em sua direção, notando pela primeira vez nossa diferença de altura. Eu poderia usar meu salto mais alto e, ainda assim, não ficaria da altura dos olhos dele.

— Tô ficando preocupado, moça. Acho que faz uns vinte minutos que não te escuto tagarelar.

— Ei, quem vê pensa que sou uma faladeira compulsiva.

— E não é? — Ele levanta a sobrancelha, e noto a cicatriz profunda na lateral de sua cabeça. Meu dedo formiga com a vontade de tocá-la, então fecho os olhos e grito uma série de reprimendas internas antes de os abrir novamente. — Cê tá preocupada com o quarto? Ou é com o artigo que precisa entregar? Minha presença tá te incomodando? Só manda a real. Gosto de sinceridade, lembra?

— Infelizmente a sinceridade não é uma opção neste momento, Téo.

— A sinceridade sempre é uma opção. — Ele fecha a torneira e apoia a lateral do corpo na pia. — Fala logo o que tá passando nesta cabecinha.

— É que...

Viro o tronco também, ficando de frente para ele. Levo um tempo pensando na melhor forma de transformar meus pensamentos incoerentes em palavras racionais. Realmente estou feliz em saber que ele voltou para Curitiba, mas ao mesmo tempo isso complica as coisas.

Não quero abrir mão de meu novo espaço, mas também não acho justo que o dono da casa fique no sofá. E a confusão só fica maior toda vez que olho para Téo e lembro de nosso encontro no banheiro.

A expressão dele quando me viu nua, logo antes de fechar os olhos, faz meu sangue ferver.

Eu tô lascada! Quero só ver o que Tainá vai falar quando descobrir que estou *cobiçando* seu irmão mais velho.

— Primeiro, você é muito diferente da imagem que criei na mente, e isso me deixa, sei lá, desconcertada? — falo de uma só vez. — Também tem o fato de que amo meu quarto novo. Aquela banheira é meu novo xodó, e, ainda que eu queira devolver seu espaço, não quero ter que procurar outro lugar para morar. Minha vida está confusa demais para eu sair de baixo da asa de Tainá, e, por mais egoísta que isso seja, no momento eu realmente preciso de um lugar seguro para ficar.

Ele abre a boca para falar, mas levanto uma mão para o impedir. Preciso colocar logo tudo para fora antes que eu perca a coragem.

— Tem mais. — Ignoro seus olhos de propósito e encaro o pano de prato retorcido em minhas mãos. — Meus dias passaram a ficar muito mais leves depois que começamos a conversar por mensagens. Falar com você me faz esquecer do maldito texto que preciso terminar. Fora que, apesar de nunca termos nos encontramos antes, sua presença aqui é estranhamente familiar. E isso é meio assustador, para dizer o mínimo.

— Então quer dizer que você só conversa comigo para fugir do trabalho?

— Não, lógico que não. É que falar com você me faz esquecer da confusão que minha vida está e...

Ele pega o pano de prato da minha mão e levanta meu queixo para que nossos olhares se encontrem.

— Ei, eu tô brincando, moça — responde. Seu sorriso faz meu estômago dar uma cambalhota, e preciso de todo o autocontrole do mundo para manter uma expressão neutra no rosto. — Conversar com você também me faz um bem danado. Todo esse lance da mudança me deixou mais ansioso do que já sou.

— Pode me explicar ao certo como vai funcionar sua nova residência? Não sei se entendi de verdade o que isso significa.

Téo solta meu queixo, e sinto falta de seu toque de imediato. Ele se senta em uma das banquetas da cozinha, e considero se devo permanecer em pé ou me sentar ao lado dele. Nunca senti esse tipo de atração instantânea por alguém antes, não faço ideia de como agir. Ficar longe parece mais seguro, então encosto o corpo na pia da cozinha e mantenho o rosto neutro.

— Após os anos obrigatórios de faculdade, todo médico pode escolher se especializar ou não em uma área de atendimento. Escolhi fazer dois anos de especialização em geriatria. Desde menino sabia que queria cuidar de meus pais na velhice, então pareceu o melhor caminho para cumprir esse objetivo.

— É tipo uma pós-graduação?

— Tipo isso. Terminei os dois anos de residência em geriatria e recebi o título de médico especialista. Cheguei a receber uma proposta para assumir um posto na ala geriátrica do hospital em que me formei em BH, mas nos últimos meses descobri que gostaria de seguir por outro caminho.

Ele dá um tapinha no banco livre ao seu lado, e minha mente mal processa o comando, apenas obedece. Cacilda, virei uma hospedeira em meu próprio corpo.

— Fazer uma segunda residência não estava em meus planos, Laura. A bolsa de um residente é quase três vezes menor do que o salário de um médico especialista. Nessa etapa da minha vida eu queria estar ganhando mais dinheiro para ajudar meus pais e poder abrir minha própria clínica, não me matando de estudar e emendando um plantão atrás do outro por mais três anos. Só que, quando meu chefe me indicou para essa vaga em Curitiba, tudo pareceu se encaixar. Eu andava morrendo de saudade de casa e sabia que aqui teria o apoio de que preciso para enfrentar mais alguns anos estudando.

— Sem contar que não teria que gastar com moradia — digo.

— Isso. — Téo tira os óculos e massageia um ponto de tensão entre as sobrancelhas. Só agora noto os bolsões roxos sob seus olhos e a expressão cansada no rosto. — Mas não vou impor minha presença, muito menos tirar você de seu novo quarto. Se precisar, amanhã mesmo vou atrás de um espaço para alugar que seja perto do hospital. E, em última instância, posso elaborar um plano para ficar na casa dos meus pais.

— E passar duas horas no trânsito? Nem pensar. Vamos esperar Tainá chegar para pensarmos em uma solução, beleza? — sugiro. Ele assente, e dou um pulo em direção ao congelador. Esta noite merece uma dose extra de doce. — Sei que você não ama chocolate, mas que tal um pouco de sorvete?

Téo sorri ao ver o pote La Basque em minhas mãos. O apartamento fica perto da sorveteria, então sempre que posso passo por lá depois do trabalho e volto para casa com novos tipos de sorvete para experimentar. Amo provar sabores diferentes, como o de mascarpone com damasco e leite com amêndoas, mas nada supera o bom e velho chocolate.

— Prefiro sorvete de baunilha, mas em casos atípicos chocolate serve. — Téo se levanta e começa a abrir os armários da cozinha. — Tainá realmente mudou tudo de lugar ou sou eu que não venho aqui há tempo demais?

— Os dois. — Pego as colheres e aponto para uma das portas mais altas dos armários suspensos. — Acho que as taças de sobremesa estão ali. Na última vez que seus pais vieram aqui, Jonas teve um surto de organização. Depois disso, nem eu ando encontrando as coisas com facilidade.

Tento não reparar, mas meus olhos têm vontade própria, então óbvio que noto quando Téo ergue o braço para abrir a porta do armário e a barra de sua camiseta sobe. Juro que preciso conter um gritinho de surpresa ao ver que parte da lateral de seu abdômen é marcada por tatuagens. Quantas ele tem, afinal?

E (*oi, Deus, sou eu de novo!*) por que a bunda dele fica tão bonita nesse short de corrida? O mundo definitivamente não é justo. Apesar de que a visão de Téo inclinado desse jeito faz tudo valer a pena.

— Encontrei essas canecas, pode ser? — Ele se vira tão rápido que não tenho tempo de disfarçar o olhar. — Se preferir, posso tirar a camiseta para você avaliar o conjunto da obra, moça.

— Cala a boca, cara.

Téo ri, e eu pego as canecas de sua mão, surpresa com o fato de estarem aqui. Tainá realmente se empenhou na mudança; trouxe coisas para o apartamento que estavam guardadas não sei nem onde na casa antiga.

As canecas me lembram da minha avó; foi ela quem me deu as duas, uma quando terminei o curso de inglês e a outra quando passei no vestibular de jornalismo. Esse lance da Disney sempre foi uma coisa nossa, a linguagem do amor de duas mulheres apaixonadas por histórias com finais felizes. Por isso, não me surpreendo com o fato de que não assisto a um desses filmes há sei lá quanto tempo. Muito antes de me afastar de meus avós, eu já não os visitava com a mesma frequência. Alegando estar ocupada, eu passava em Morretes para um almoço e sempre recusava os convites para passar a tarde no sofá da dona Isis assistindo a filmes infantis.

Parte da culpa é o trabalho, o restante é a pressão que sinto no peito toda vez que penso que nunca terei meu próprio final feliz segurando uma bebê risonha e de olhinhos brilhantes nos braços. Nas histórias da Disney, as mulheres sem filhos acabam roubando bebês na floresta ou virando vilãs que caem de penhascos altíssimos e viram pó ao tocar o solo pedregoso.

— Tem mais dessas aí nesse armário? — pergunto ao colocar as canecas em cima da bancada de mármore.

— Acho que tem umas dez. — Ele ri ao me ver dar pulinhos na tentativa de enxergar a prateleira. — Vem cá, moça.

Solto um gritinho quando Téo me pega pela cintura com a maior naturalidade do mundo e me levanta do chão. O toque é tão contido que me sinto como o Simba sendo apresentado aos animais da selva ao som reconfortante de *Ciclo sem fim*. A uns bons centímetros do chão, respiro fundo para manter a compostura — como se fosse completamente normal a forma como ele está me segurando — e fito a coleção no fundo do armário.

— Cacilda, tem caneca aqui que beira os quinze anos — falo ao ver uma das primeiras que ganhei de presente da minha avó. — Eu colecionava canecas quando mais jovem, mas, antes da mudança, tinha me esquecido completamente delas.

— Quer que eu pegue alguma em específico?

— Agora não, mas no futuro é capaz de eu aproveitar sua altura para fazer você de escada — alerto. Ele ri e me coloca no chão, mas suas mãos permanecem segurando levemente minha cintura. — Gosto de como essa coleção me lembra dos melhores momentos que passei ao lado de minha avó.

As palavras escapam, sem permissão prévia.

Téo dá um passo em minha direção, e ficamos perto demais para duas pessoas que acabaram de se conhecer.

— Na adolescência eu colecionava histórias em quadrinho das Tartarugas Ninja. Eu nem gostava muito das histórias, mas o pai Bernardo amava, então eu juntava minha mesada e comprava os exemplares só para ler com ele — revela. Suspiro ao ouvir seu riso leve atingir a pele exposta de meu ombro. — Toda vez que vejo uma HQ ou uma tartaruga lembro das tardes de domingo que passávamos juntos lendo.

— Está com saudade deles? — pergunto ao me afastar de seu toque e seguir em direção ao sorvete na bancada.

— Morrendo de saudade. Não aguentava mais trabalhar longe de casa. Estava ficando cada vez mais difícil ignorar a voz em minha mente dizendo que era hora de voltar.

— Eles também estavam com saudade. Tainá estava prestes a comprar uma passagem e ir te visitar em BH.

Pego as canecas e sirvo duas doses de sorvete: uma generosa para mim e uma quantidade mínima para Téo. Eu é que não sou besta de desperdiçar meu sorvete com um doceiro de paladar duvidoso.

— Quer assistir algo enquanto esperamos Tainá?

— Pode ser. — Ele pega a caneca da minha mão e me segue até a sala, jogando-se no sofá com um suspiro de puro contentamento. — Ei, quem é esse engomadinho segurando um sapo?

Téo aponta para a caneca, e finjo uma expressão de puro ultraje.

— Vai me dizer que nunca assistiu *A princesa e o sapo*?

— Não faço ideia do que cê tá falando.

Téo se ajeita melhor no sofá e sua perna esbarra na minha. Sinto um frio na barriga, e, tão sutil quanto um elefante, coloco uma almofada entre nós, usando-a descaradamente para apoiar a caneca com sorvete. A barreira é minúscula, mas fico mais tranquila por saber que meu corpo não está colado ao dele. Não é que eu não queira, é que definitivamente não posso.

— Esse gatinho é o príncipe Naveen, um paspalho que vira um sapo e, depois de receber o beijo de uma princesa, descobre o amor de sua vida. Primeiro ela vira um sapo também, mas só assistindo para entender a lógica — explico. — Na minha opinião, esse é simplesmente um dos melhores casais da Disney. O roteiro traz problemas no quesito apropriação cultural, mas a química entre os protagonistas é de milhões.

— A última animação que eu assisti foi *Toy Story*, e só porque Tainá me obrigou.

— Eu amo os filmes da Disney, principalmente os de romance. — Pego uma colherada do sorvete, sorrindo ao sentir a explosão de açúcar em minha língua. — Quer dizer, acho que ainda amo. Não faço ideia de qual foi o último que assisti.

— Então escolhe uma animação para a gente ver. — Ele me entrega o controle remoto da TV e deita a cabeça no encosto do sofá. — Mas já vou logo avisando que sou uma péssima companhia para assistir filmes, principalmente quando estou sem dormir há vinte horas.

— Pode descansar. Se Tainá chegar até às onze, acordo você. Depois disso, prometo te deixar dormir em paz.

Emparelho a TV com meu celular e encaro o aplicativo desconfiada. Passo pelas opções, certa de que nem ferrando vou assistir a um filme de romance. Ainda não estou pronta para esse momento. Mas talvez eu esteja disposta a me deixar levar pelas ironias da vida, porque o filme que escolho pode não ser uma típica história de amor, mas ainda pode me ferir.

Quer saber, vou pagar para ver. Obrigo o corpo a relaxar no sofá e dou play em *Bambi*. Vamos descobrir se meu coração machucado aguenta o baque de assistir a um filme com uma mãe morta e um bebê órfão.

— Obrigado, moça. — Ele se espreguiça, e meus olhos famintos acompanham os movimentos de seus braços. — Acho que vou durar pelo menos uns dez minutos, mas juro que na próxima vez eu te compenso.

Começo a rir, e Téo me encara com curiosidade. Minha mente de quinta série interpreta a frase da pior forma possível, mas meu riso cessa ao ver Téo roubar uma colherada de meu sorvete em um gesto natural, como se ele já tivesse feito isso milhares de vezes. Até tento desviar o olhar do movimento da colher em sua boca, mas já aceitei o fato de que no momento não tenho controle de mais nada.

— Ei, nada de enfiar sua colher em meu pote de sobremesa, cara.

A frase sai sem pensar.

— Em nome de nossa amizade, prometo solenemente não enfiar minha colher em seu pote de sobremesa, Laura. — Ele coloca uma das mãos no peito imitando um juramento e cai na gargalhada.

Apesar de estar rindo, o calor em seus olhos deixa evidente que ele também está pensando em um tipo de sobremesa completamente diferente. Tenho ótimos motivos para me manter afastada — Téo é irmão da minha melhor amiga e meu novo colega de apartamento —, mas simplesmente não consigo tirar os olhos dos dele.

Percebo que gosto de como ele ri com leveza, aproveitando o momento sem se importar com mais nada. Aprecio a visão de ele jogando a cabeça para trás, coçando a barba por fazer e deixando o riso fluir por seu corpo. De repente sou tomada por uma sensação estranha. Sua risada ativa uma lembrança distante e nebulosa que, por mais que eu tente, não consigo acessar.

— Por que tenho a impressão de que já nos vimos antes? — Inclino o corpo em sua direção e tento buscar em seus olhos esverdeados a resposta para a confusão que toma minha mente. — Achei que a familiaridade fosse por causa da troca de mensagens e todas aquelas ligações de madrugada, mas não sei... não consigo afastar a impressão de que já ouvi sua risada antes.

Ele me encara por longos segundos, e sua hesitação me deixa ainda mais confusa sobre essa sensação de familiaridade.

— Posso ser sincero com você, Laura?

— Sempre.

Téo retira a caneca de sobremesa e a almofada entre nós, colocando-as com delicadeza na mesa de centro. Seu corpo se aproxima perigosamente do meu, seu cheiro me invade, e fecho os olhos na tentativa de retomar o controle total dos meus sentidos. No momento, os cinco estão completamente rendidos por ele.

— Não quero procurar outro lugar para morar, moça. — Téo prende uma mecha de cabelo atrás de minha orelha, e sinto seus dedos esbarrarem de leve na pele de meu pescoço. — Mas também não quero ultrapassar seus limites, então preciso que sempre seja franca comigo. Quer que eu fique? Então eu fico. Quer minha amizade? Ela é sua. — Abro os olhos, e Téo aproxima o rosto para sussurrar em meu ouvido: — Quer deixar rolar e não pensar demais? Podemos fazer acontecer. Entendeu?

— Aham...

É tudo o que consigo responder.

— Que bom, agora vamos assistir esse filme logo. — Ele se afasta de mim, mas os olhos verdes continuam presos aos meus. — Espero que essa história tenha um final feliz, moça.

Encaro a televisão e engulo o choro ao ver o bebê cervo perdendo a mãe. Pelo menos Bambi sabia que havia sido amado; talvez seja por isso que superou o luto e encontrou o próprio final feliz.

Quando eu acreditava ter sido amada, também tinha esperanças. Agora que sei a verdade, a vida parece um misto de vazio e solidão. Toda vez que fecho os olhos e deito a cabeça no travesseiro, só consigo pensar que a única pessoa *feita* para me amar não foi capaz de fazer isso.

E se minha própria mãe não me amou, por que eu deveria achar que qualquer outra pessoa conseguiria?

É, pelo visto meu coração não aguenta o baque.

promete estar lá quando eu cair?
promete ser meu começo, meio e fim?

Matilda Marques

Capítulo 12

Laura

— Maninho, cheguei!

Na TV, os créditos rolando debocham do fato de que fui eu, e não Téo, quem acabou cochilando no meio do filme. Mãos acariciam meu cabelo, e a sensação é tão boa que tenho vontade de fechar os olhos e voltar ao mundo encantado dos sonhos, mas a voz animada de Tainá não permite que isso aconteça. Olho o relógio no pulso e vejo que já passa das onze da noite.

— Cê tá confortável, moça? — cochicha Téo baixinho.

Eu o encaro, horrorizada.

Como é que minha cabeça veio parar no colo dele? Essa marca na almofada é baba? E, merda, por que estou com uma das mãos dentro da camiseta dele?

— Ai, cacilda! Desculpa. — Levanto-me de seu colo o mais rápido possível, vendo o exato momento em que o rosto de Tainá é tomado pelo choque ao perceber onde minha cabeça estava. — Juro que não é o que você está pensando! Só dormi no meio do filme, não aconteceu nada.

— Por acaso você tava fazendo besteira? — Ela atravessa a cozinha com uma rapidez impressionante. — Está se justificando demais, amiga.

— Sabia que você ronca? — comenta Téo na maior cara de pau, e tenho vontade de acertar seu rosto bonito com a almofada.

— Não ronco, não!

— Ronca. É fofo.

— Teodoro Dias — Tainá para ao lado do sofá e aponta para o irmão —, se você continuar aporrinhando minha amiga, vou arrancar suas bolas.

— Caramba, maninha querida. — Téo encara a irmã com uma expressão de cachorro sem dono perfeitamente ensaiada. Observando a interação dos dois, percebo que possuem a mesma forma debochada de falar e usar o corpo para expressar os sentimentos. — Não te vejo faz uns oito meses, e a primeira coisa que ganho é uma reprimenda?

— A culpa é sua. Se tivesse avisado que ia voltar para casa, eu teria feito uma festa surpresa de arromba. — Ela se senta no braço do sofá ao lado dele e aperta o irmão em um abraço de urso. — Que saudade, maninho.

— Também estava com saudade, pirralha.

Os dois engatam uma conversa animada difícil de acompanhar, então me encosto no sofá e aproveito para analisá-los. Eles não são parecidos fisicamente, é óbvio, mas ainda assim são *iguaizinhos* no jeito de falar e de sorrir com os olhos; o trejeito brincalhão deve ser de família.

A cumplicidade entre eles me encanta. Quando eu era mais nova, vivia implorando para minha vó *encomendar* um irmãozinho com a dona cegonha. Até os 8 anos, meu desejo de aniversário sempre era "um bebê para chamar de irmão". Com o passar do tempo, cansei de esperar isso virar realidade. Também passei a assistir a filmes da Disney demais, então meus pedidos de aniversário mudaram para bailes mágicos, vestidos rodados e príncipes encantados. Anos depois, conheci o príncipe encantado, e meus pedidos começaram a girar em torno de meus próprios bebês.

Não é surpreendente que alguém como eu, que cresceu sem pai, mãe, irmãos, primos ou tios, sonhasse com uma família grande e barulhenta. Recebi um tipo de amor raro e precioso de meus avós. Minha mãe havia sido a única filha deles — a garota de ouro, nascida depois de anos de tentativas frustradas de engravidar. Havia muito amor em seus corações, mas, por não terem parentes no Paraná, também eram muito sozinhos. Após meu nascimento, erámos nós três contra o mundo. Quando Ravi virou meu melhor amigo, nos tornamos quatro. E então eu me apaixonei, e ser bisavó virou o sonho da minha avó, tanto quanto ser mãe era o meu.

Volto os olhos para Téo e Tainá e percebo que, apesar de não ter ganhado um irmão ou ter visto meus próprios bebês crescerem saudáveis e felizes, tive muita sorte. Em outra realidade, uma garota como eu poderia ter acabado sozinha em um lar adotivo, esperando ser adotada por uma família que não tivesse assinalado no formulário de adoção sua preferência por bebês de pele branca.

— Vocês já conversaram, Laura?

A pergunta de Tainá me pega desprevenida.

— Conversar sobre o quê, exatamente?

— Tá no mundo da lua, por acaso? Estamos falando do artigo que você precisa entregar daqui a quarenta dias.

— Ah, então, sobre a matéria... — começo a explicar para minha amiga o que está rolando com o artigo, mas ela interpreta minhas palavras de outra forma.

— Está com vergonha de pedir ajuda? Eita mulher orgulhosa. — Tainá volta a atenção para Téo e começa a bombardeá-lo com informações sobre minha vida: — Já falei por mensagem, mas, resumindo, Laura trabalha na revista *Folhetim* e precisa escrever uma matéria sobre adoção para entregar daqui a quarenta dias. Minha amiga está passando por uma fase difícil e, bem, *digamos* que o tema adoção toca em uma ferida sensível. Juro que tentei falar sobre meus anos morando no lar, mas você sabe que não sou muito fã de reviver essa fase da minha vida. Laura é uma ótima jornalista, então pensei que você poderia ajudar. Ela só precisa de uma entrevista para fazer a mágica acontecer.

— Cê não contou pra ela? — pergunta Téo para mim.

— Não. Ela estava muito chateada com seu sumiço, então não quis colocar mais lenha na fogueira.

Ele assente e olha para a irmã com um pedido de desculpas estampado no rosto.

— O que tá rolando? — questiona Tainá.

— Téo me mandou um e-mail duas semanas atrás, e desde então estamos conversando e tentando encontrar um rumo para o artigo — explico após alguns segundos de silêncio constrangedor.

— Espera aí. — Tainá coloca as mãos na cintura e encara Téo com um olhar que posso descrever como, no mínimo, intimidador. — Você passou semanas conversando com uma desconhecida, mas não teve coragem de reservar cinco minutos de sua vida agitada para responder a uma das minhas mensagens?

— Laura não é bem uma desconhecida... — argumenta Téo em um tom conciliador.

— Esse não é o ponto! — retruca minha amiga, possessa. — Porra, custava ter avisado que estava tudo bem? Você sumiu do nada, Téo. Eu estava preocupada.

— Desculpa. — Ele puxa a irmã para um novo abraço. Tainá resiste no começo, mas logo cede e apoia a cabeça no ombro dele. — Muita coisa aconteceu nos últimos meses, e eu queria resolver a merda toda antes de falar com você.

— Sei que sua vida é corrida e que a medicina demanda muito tempo e atenção, mas um emoji de coração ou um meme do Instagram já teria sido suficiente. Somos sua família, precisamos saber que você está bem para nós ficarmos bem.

As palavras de Tainá tocam em uma ferida aberta e me fazem voltar a pensar nas dezenas de ligações dos meus avôs que sigo ignorando. Sei que mando mensagens de vez em quando, mas reconheço que essa troca superficial não é suficiente. A real é que estou chateada com as mentiras que me contaram, mas também estou com medo.

Medo de olhar nos olhos de minha avó e descobrir que tudo — o amor, as tardes vendo filme, as fofocas sem sentido, os abraços apertados — não passou de uma grande mentira.

— A vida adulta é uma merda, Téo. Sinto falta de nossas conversas — ela abraça o irmão mais apertado e volta os olhos curiosos em minha direção —, mas pelo menos você achou tempo para ajudar Laura. Fico feliz. Ela estava precisando.

— Eu também estava. Por conta da mudança de cidade e da nova residência, minha cabeça estava a mil, então foi bom ignorar todo o caos e conversar com Laura nos intervalos dos plantões — diz ele. Tainá se afasta do irmão e o encara com o semblante confuso. Ela ainda não percebeu o que Téo está querendo dizer. — E pelo visto não ajudei tanto assim, considerando que ela ainda não finalizou nem o esboço do artigo.

— Você sabe que o problema não é falta de informação, Téo — digo.

— Eu sei. — Ele sorri e aperta minha mão. O gesto nitidamente tem a intenção de passar conforto, mas as sensações geradas não são *nada* fraternais, porque não consigo esquecer como as mãos dele estavam em meu cabelo alguns minutos atrás. — Cê sabe que não tenho o dom da escrita, mas, se precisar, posso ler seus textos para conversarmos sobre o artigo, adoção ou o que precisar. Às vezes, falar com alguém ajuda a enxergarmos caminhos diferentes para um mesmo destino.

— Obrigada, Téo — digo, os olhos presos em nossas mãos entrelaçadas.

— Ei, só lembra de uma coisa. Se estiver muito pesado emocionalmente, peça ajuda. Tenho certeza de que sua chefe ou colegas de trabalho vão entender. Competência também é saber pedir ajuda.

Assinto com a cabeça em concordância enquanto um misto de emoções toma conta de mim. Sinto-me cada vez mais sufocada pela pressão com o artigo, por todas as perdas que não superei, pela saudade dos meus avós e, principalmente, pelas mentiras pesando em meus ombros. Mas, quando Téo me encara dessa forma — com os olhos fixos nos meus transbordando sentimentos muito parecidos com os que escondo dentro de mim —, sinto que sou vista como um todo, e não só por meio das partes pequenas que distribuo ao mundo.

Tainá assobia alto, e eu recuo um pouco, fugindo do toque de Téo e dessa sensação estranha.

— Já saquei que tem algo rolando entre vocês dois, mas vamos voltar só um instantinho na conversa. — Ela puxa o irmão pela camisa, forçando-o a prestar atenção em suas palavras. — Que lance é esse de mudança de cidade, Téo? E nova residência?

— Já estava estranhando o fato de você não ter ligado os pontos ainda, maninha.

— Não brinca comigo, Teodoro Dias. — Ela balança a cabeça dele como se estivesse segurando uma marionete. — Você vai fazer uma nova residência aqui em Curitiba?

— Acho que vamos precisar de café, tem muita coisa que não te contei. — Téo se levanta do sofá e vai até a cozinha, procurando pelos armários o que precisa para fazer a bebida. — Vão querer também?

— Sim, com certeza. — Tainá segura meu braço e me arrasta de forma nada gentil até a cozinha. — E a senhora me deve uma explicação, mas, antes disso, trate de começar a escrever o esboço que precisa entregar para sua chefe tirana. Não precisa ficar perfeito, só deixe as palavras fluírem e, se não ficar bom, peça ajuda.

— Seu irmão não dorme há umas vinte horas, Tainá. Acho que o coitado merece um pouco de descanso.

— Ele vai ter o dia todo para dormir amanhã.

Minha amiga mandona abre meu notebook esquecido na mesa da cozinha, revira os olhos para a tela em branco e os revira ainda mais forte quando vê meu caderno de anotações jogado perto da parede. Decido ignorá-la pelos próximos minutos, concentrando-me na tarefa de ajudar Téo a encontrar os itens necessários para fazer o café. Subindo em um banquinho, alcanço minha coleção de canecas recém-descoberta e escolho três delas para usarmos.

Ficamos em silêncio até Téo terminar de preparar o café. Ele coloca a jarra térmica na mesa, e entrego a cada um as canecas escolhidas: a da Pocahontas para a força da natureza que é minha melhor amiga, a do Bambi para a órfã de mãe (no caso eu mesma) e a do Flynn Rider, o charmoso ladrão especialista em invadir quartos na calada da noite, para Téo.

— Pelo bem de nossa amizade, vou fingir que não notei que você escolheu a caneca do golpista bonitinho para meu irmão — debocha Tainá ao nos servir com doses generosas de café. — Agora senta a bunda na cadeira e começa a trabalhar, Laura.

— Sim, senhora — respondo após bater continência.

— Essas brincadeirinhas ainda vão lhe custar caro, amiga. — Ela bebe um gole do café e pisca para mim. — Agora desembucha, Téo. Que negócio é esse de nova residência?

Grupo da Família Dias

Téo: Quando é que vou poder ver vcs?

Téo: Tô com saudade!

Jonas: Desculpa, filho, estamos atolados essa semana.

Téo: Não posso passar rapidinho nem pra um abraço?

Bernardo: Temos um compromisso em Araucária hoje.

Téo: Cês tão fugindo de mim?

Téo: Cheguei tem uma semana e ainda não consegui ver vcs.

Tainá: Pimenta nos olhos dos outros é refresco, maninho.

Tainá: *gif rindo*

Bernardo: Para de maldade, menina. Não estamos fazendo de propósito, filho. É que as coisas realmente estão agitadas, mas nós precisamos mesmo conversar com vocês dois.

Tainá: Precisamos conversar é papo de quem quer terminar.

Tainá: Vão terminar com a gente por acaso?

Tainá: KKKKKKKKKKK

Jonas: Estamos livres na sexta.

Jonas: O que acham de passar o final de semana aqui?

Téo: Não quero atrapalhar, pai. Podemos jantar e voltar pra casa depois.

Bernardo: Vai ser bom vocês dormirem aqui. Se vierem, prometo fazer nossa sobremesa favorita.

Tainá: Falou em doce já me ganhou.

Jonas: Perfeito! E tragam a Laura também.

Jonas: Preciso dar uma coisa para ela.

Capítulo 13

Téo

Deixo o celular na bancada do banheiro e sinto um aperto no peito. Achei que me mudar para Curitiba diminuiria a ansiedade, mas desde que voltei sinto-a pairando sobre mim, só esperando o momento certo para me fisgar com seus dedos frios. Apesar de não sentir falta de BH, sinto falta da rotina que havia estabelecido por lá. As horas exaustivas no hospital, as conversas com Augusto, a familiaridade dos rostos de meus pacientes, o apartamento meticulosamente organizado... Essas coisas contribuíam para o controle de minhas emoções, considerando que aqui tudo é assustador de tão novo.

Isso sem mencionar a presença de Laura e como ela me obriga a desenterrar coisas que eu jurava ter esquecido. Não é só o fato de conversarmos sobre meu processo de adoção, mas é que a dor que vejo em seus olhos revive dentro de mim o garoto de luto abandonado em um lar adotivo. E não adianta negar, recordar essa época ativa minha ansiedade e os motivos que me trouxeram até aqui, principalmente o medo de perder meus pais, que vira e mexe volta para me roubar o sono.

Com a mente em turbilhão, tomo um banho rápido, me visto no banheiro para evitar qualquer momento constrangedor e sigo até a cozinha. Sorrio ao ler o bilhete deixado por Tainá em cima da mesa. Só a pirralha da minha irmã para conseguir me desejar boa sorte na entrevista de residência ao mesmo tempo que me insulta de dez formas diferentes. Abro o celular e digito uma mensagem curta para agradecer o café da manhã, sentindo a pressão no peito diminuir pela metade.

Só agora que estou de volta é que percebo o tamanho do peso que estava carregando. Nunca quis assumir um posto profissional longe de casa. Fiz faculdade em Minas porque foi a melhor vaga que consegui depois dos anos de cursinho, e permaneci na cidade por pura comodidade quando a faculdade acabou. Eu poderia ter tentado fazer residência mais perto de casa, mas na época a rotina hospitalar era tão cansativa que meu corpo reclamava só de pensar em encarar uma mudança.

Fora que, permanecendo longe de casa, eu podia ignorar meus medos e fingir que tinha todo o tempo do mundo para lidar com eles.

Demorei para enfrentar o passado e tomar uma decisão, mas, mesmo que eu não passe na entrevista de hoje para a vaga de residência no Hospital de Clínicas, decidi que vou permanecer em Curitiba. Posso tentar fazer o teste de residência em outro hospital ou esperar pela próxima oportunidade de ingressar no time de neurologia do HC enquanto atuo na ala geriátrica. Mas nem ferrando vou passar outros três anos enfurnado dentro de um hospital que fica a quase mil quilômetros de distância da minha família.

Encostado no balcão da cozinha, me sirvo de um pão de queijo — não sei onde Tainá conseguiu essa iguaria, mas o bendito é tão bom quanto os que comia em BH — e encaro o espaço que provavelmente será meu quarto pelos próximos anos. Arrastei o sofá verde e estranhamente confortável para o fundo da sala e peguei a mesa do quarto de Tainá para guardar minhas tralhas. O arranjo está longe de ser o ideal, mas decidi que só vou pensar nisso depois da entrevista que farei hoje.

— Cara, o cheiro de pão de queijo está me *matando*.

Laura entra na cozinha segurando algo que parece um borrifador e secando o cabelo úmido em uma camiseta de algodão colorida. Tem um símbolo de time estampado no tecido, mas não faço ideia de qual seja. De qualquer forma, prefiro mil vezes dedicar o tempo a olhar seu pijama cinza. É de cetim, como eu imaginei que seria.

A alça da blusa está caída em seu ombro direito, revelando uma cicatriz que me deixa curioso e ávido por beijar a pele exposta. Por falar em pele, meus olhos teimosos sobem de seus pés descalços até a barra de renda do shortinho curto, passam pela curva da cintura e param no pescoço.

Quero enfiar o rosto ali e gravar seu cheiro em minha memória.

— Alô, marciano, Terra chamando Téo.

Sei que ela está falando comigo, mas os movimentos hipnóticos de suas mãos não me deixam raciocinar.

Laura começa a amassar os cachos, levando-os da base dos ombros até a raiz. Ela intercala a dinâmica enrolando as mechas molhadas nos dedos e soltando-as logo em seguida. Não faço ideia do que suas mãos estão fazendo, mas é sensual pra um trem.

Puta que pariu. Seria tão mais fácil se ela fosse apenas a melhor amiga de Tainá e minha nova colega de apartamento. Só que Laura também é a garota da sacada, a que me olhou como se fosse capaz de enxergar as rachaduras internas que finjo ter remendado. Encaro seus olhos escuros brilhosos e profundos, as pintas espalhadas pelo rosto, as covinhas aparentes graças ao sorriso sabichão de quem sabe que está sendo avaliada, e não consigo negar o fato de que, desde aquela noite, me sinto atraído por ela de uma maneira que palavra nenhuma é capaz de definir.

É estranho me sentir ligado a alguém que conheço há tão pouco tempo, então a solução que encontrei foi ficar distante até esse deslumbramento besta passar. O que tem dado mais ou menos certo — tirando ontem à noite, quando voltei de uma corrida e encontrei Laura limpando o apartamento usando um conjunto de ginástica indecente de tão curto e cantando minha música favorita do Engenheiros do Hawaii. Fiquei tão mexido que aceitei limpar o banheiro só para ela não notar que eu tinha acabado de ter uma ereção vergonhosa no meio da sala.

— Ei, tudo bem? — Ela toca meu ombro de leve.

— Acordei meio aéreo hoje. Deve ser o sono acumulado.

Estamos perto o suficiente para que eu possa sentir o cheiro do seu xampu, mas, ainda assim, *não é suficiente*. Quero me aproximar, mas não vou, então dou um passo para trás e mudo de assunto.

— Cê não tá atrasada para o trabalho?

— Só tenho que estar no escritório às nove. — Laura gira o corpo para olhar o relógio na tela do micro-ondas, e acabamos ficando mais próximos do que antes. — Passei a madrugada toda escrevendo, mereço ir de Uber para o trabalho hoje.

— Finalmente conseguiu terminar o artigo?

— Digamos que estou chegando perto de finalizar o esboço inicial.

— Que bom, Laura. Fico feliz em saber que o texto está fluindo.

Com relutância, me afasto dela mais uma vez e sigo para a mesa da cozinha. Encaro a mesa posta com a maioria de minhas comidas favoritas e volto a me sentir grato por Tainá. Ela tem se esforçado ao máximo para me convencer a ficar no apartamento, mesmo que eu ainda esteja relutante com o arranjo. Quero privacidade, mas gosto de estar perto da minha irmãzinha faladeira e animada. Estar próximo de Laura também é um bônus, bem como uma tortura.

Trem, nos últimos tempos nada em minha vida tem feito sentido.

Em silêncio, observo Laura terminar de ajeitar o cabelo. Depois de alguns minutos, ela lava o frasco de plástico no tanque da lavanderia, estende a camisa molhada no varal e, com um sorriso no rosto, vem até onde estou e se senta na cadeira ao meu lado à mesa. Sem saber o que falar, corto um pão de queijo ao meio, recheio com uma dose extra de doce de leite e entrego para ela.

— Tô apaixonada por esse doce de leite — revela com a boca cheia.

— Eu percebi. Abri o pote anteontem e já está quase acabando.

— Falei que era louca por doce, cara. — Laura usa a língua para limpar um pouco do creme remanescente no canto inferior da boca, e minha mente imagina cenários muito impróprios. — Por sinal, obrigada por ter trazido algumas coisas para eu provar. O doce de abóbora com coco ganhou meu coração. Pena que já acabou.

Trouxe algumas coisas de Minas para a família, entre elas uns potes de doces caseiros para Laura. Só não imaginei que ela fosse acabar com os doces em questão de dias. Também não fazia ideia de que ela fosse atacar as compotas com uma colher e que faria sons absurdos de prazer ao provar os doces.

— Um amigo vai vir me visitar semana que vem, e vou pedir para ele trazer um pequeno estoque para você.

— Por acaso está tentando me ganhar com esses doces, Téo?

— Como meu pai adora dizer, um bom estrategista nunca revela suas jogadas. — Recheio o segundo pão de queijo com um pedaço generoso de goiabada na tentativa de me distrair. — Por que a camiseta e não uma toalha?

— Oi? — Ela me olha com surpresa, e aponto para seu cabelo e depois para a camiseta no varal. — Ah sim, essa camiseta... É que o tecido de algodão não agride o fio e ajuda na definição dos cachos.

— E de que time a camiseta é? É de futebol, né?

— Cara, é sério que não reconheceu o brasão do Coritiba? — retruca. Preciso disfarçar o riso ao notar o choque em seu rosto. — Você não gosta de futebol ou o quê?

— Não gosto, mas também não desgosto.

— Como assim, Téo? Não tem meio-termo quando o assunto é o melhor esporte do mundo!

— Uai, pensando por esse lado, acho que simplesmente não gosto. Para a tristeza do pai Bernardo, nunca fui muito fã de esportes. Muito menos de passar duas horas assistindo a um bando de desconhecidos correndo atrás de uma bola.

— Pelo menos agora sei que você tem algum defeito. Já estava desconfiando dessa sua pinta de perfeitinho — brinca, mas seus olhos focam em minha boca de maneira enlouquecedora.

— Cê tá ganhando essa batalha, porque ainda não encontrei nenhum defeito em você, moça.

Eu devia calar a boca agora, mas perco o fio da meada com seu rosto tão perto do meu.

Neste instante só consigo pensar em usar as mãos para explorar cada centímetro dela. Não sei se Laura percebe, mas ela inclina o corpo levemente em minha direção, e seu cheiro faz minha respiração acelerar. Preciso resistir a essa atração descontrolada que me deixa tão confuso. Então, por mais difícil que seja, sigo pelo caminho mais seguro e mudo mais uma vez o rumo da conversa.

— Em que pé anda a próxima edição da revista?

Minha voz sai rouca demais, mas melhor isso do que colar os lábios nos dela.

— Está ficando incrível. Tem uma matéria sobre os tipos de casais em festas juninas que me fez chorar de rir! Mesmo com uma narrativa irônica e leve, o texto conseguiu tocar em vários pontos importantes, acho que você vai amar. — Enquanto fala, a animação toma conta de seus olhos. — Ainda não terminei de aprovar todos os artigos, mas estou muito surpresa com os redatores.

— O que acontece depois que você edita os textos?

— O primeiro passo é encaixar todos os artigos finalizados dentro dos padrões de layout da revista — ela se afasta para pegar o celular e mostrar uma prévia da montagem do arquivo final que irá para a impressão —, mas, antes de seguirmos para essa fase, tenho que marcar uma sessão de fotos e terminar a matéria principal. Preciso de todas as imagens e artigos prontos para montarmos a diagramação.

— E em que pé está seu texto? Sua chefe gostou do que já mostrou a ela?

— Na verdade, Jordana odiou aquele texto que lutei para escrever, logo depois que você chegou, lembra? — comenta. Assinto e Laura continua: — Na última reunião ela passou uns dez minutos gritando que uma jornalista de sucesso sempre sabe quando nadar mais fundo. Vou falar um negócio: aquela mulher tem uma tara com água, só pode! Cansei de remar contra a maré e resolvi reescrever o texto. Estou seguindo à risca as solicitações de minha chefe, então acho que é impossível ela não gostar da nova versão.

— Mas pelo menos cê tá feliz com o artigo?

— Feliz eu estaria se não precisasse escrevê-lo. — Com um suspiro, ela fecha os olhos e deixa o corpo pesar na cadeira. — Não quero ficar reclamando de barriga cheia. Sei que todo mundo já foi forçado a fazer um trabalho difícil. Eu só preciso terminar essa merda logo e seguir em frente.

Laura parece tão desanimada que meu primeiro pensamento é puxá-la para um abraço. Não quero seguir por esse caminho, mesmo assim invado seu espaço pessoal com a desculpa esfarrapada de cortar um pedaço do queijo que está do outro lado da mesa. Minha perna toca a dela, e um suspiro escapa de sua boca. Sentindo-me mais feliz do que deveria com a reação, eu me demoro ao cortar a fatia. Por um segundo, nossa proximidade é uma bênção, mas é só sua respiração quente acertar meu rosto para eu me afastar dela de súbito.

— É sempre difícil escrever artigos sensíveis, ou o problema é com esse tema especial? — pergunto após servir café em sua caneca estampada; a princesa da vez tem o cabelo vermelho e empunha um arco e flecha com um olhar durão.

— Desde que fui promovida para coordenadora de projetos, meu trabalho consiste em lidar com jornalistas, aceitar e aprovar matérias, revisar textos, gerenciar sessões fotográficas e trabalhar na parte comercial de mídias — explica ao abrir os olhos e voltar a atenção para a mesa de café da manhã. Não me passa despercebido que ela evita me encarar. — Sempre adorei escrever, mas nos últimos dois anos descobri que sou ótima em planejar e organizar. Amo participar de cada passo por trás da idealização e impressão de uma revista muito mais do que gosto de escrever meus próprios textos.

Laura não responde à minha pergunta de forma direta, mas aceito a mudança de assunto.

— Não deve ser fácil manter no ar um meio de comunicação tradicional, ainda mais com a internet dominando tudo.

— Pois é, mas eu curto o desafio — responde. Eu lhe entrego a caneca de café e, em vez de beber, ela fica girando a louça nas mãos. — Também faz parte do meu trabalho manter o portal on-line da *Folhetim*. Por mais que eu ame trabalhar com o papel impresso, gosto de como as mídias sociais facilitam a interação do público. É uma mão na roda poder gerenciar os acessos de cada postagem e anúncio, fora que, com o portal on-line, tenho muito mais controle sobre as pautas sociais que serão abordadas.

— Foi muito corajoso da sua parte escolher trabalhar um tema tão profundo quanto a adoção — digo ao tocar seu braço em um impulso. — Quer dizer, adoções como a minha até viralizam na mídia vez ou outra, mas tratar do assunto em uma revista requer mais comprometimento e consistência do que simplesmente narrar o caso do garoto de 8 anos que foi adotado por um casal de homens.

— Minha chefe escolheu o tema — revela Laura. Só então me encara, e o sorriso triste que vejo em seu rosto acaba comigo. — Se dependesse de mim, a próxima edição da *Folhetim* abordaria qualquer assunto, *menos* esse.

As palavras são carregadas de tensão. É óbvio que existe um motivo doloroso por trás de sua relutância em escrever sobre adoção, mas, por mais que eu deseje que Laura compartilhe seus medos e inseguranças comigo, não vou insistir no assunto.

— Você terminou de comer? Vou lavar a louça antes que eu perca o horário e chegue atrasada no trabalho — anuncia ela ao se afastar de meu toque e se levantar da cadeira.

— Pode deixar que eu lavo.

— Eu é que não vou reclamar, cara. — Ela me ajuda a retirar a louça suja da mesa e me segue até a pia da cozinha. — Está ansioso para a entrevista de hoje?

— Um pouco.

— Mentiroso.

Laura cutuca minhas costelas, e começo a rir.

— Trem, para que eu sinto cócegas! — digo entre ofegos constrangedores. — É sério, tô bem, Laura. Se eu não passar nessa entrevista, posso esperar pela próxima.

Seus olhos me investigam, procurando a verdade. Não quero que ela veja como esse assunto me deixa vulnerável, então dessa vez sou eu quem fujo de seu olhar e me concentro na tarefa de lavar a louça. No final das contas, todo mundo tem o próprio calcanhar de Aquiles.

Sempre fui o garoto nerd da escola não porque eu gostava de estudar, mas porque eu precisava. Não queria acabar como meus pais biológicos, sem estudo, perspectiva de futuro e completamente dependentes dos únicos vícios que conseguiam fazê-los esquecer da realidade: o álcool e a cocaína. E, por mais que eu tenha superado a morte deles, ainda sinto que meu êxito profissional é uma forma de validação para o homem que me tornei.

Então, mais do que o típico estresse causado pela mudança de cidade e de carreira, também tenho lidado com uma necessidade irracional de aprovação. Não são de se admirar a ansiedade atacada e os problemas para dormir. Minha mente está tão bagunçada quanto o quarto de Tainá.

— Quando o assunto é ansiedade, não sou a melhor pessoa do mundo para dar conselhos, mas minha avó vive dizendo que sou ótima em discursos motivacionais. — Laura me puxa pela barra da camiseta, me obrigando a encará-la. — Conheci você tem pouco tempo e já percebi que é um ótimo ouvinte, Téo. Também é atento aos detalhes e está sempre disposto a ajudar quem precisa. Seu coração é grande, e, em minha visão de leiga, isso faz de você o tipo de médico que *todo* paciente sonha encontrar.

Ela termina de falar com um sorriso gigante no rosto e fica na ponta dos pés para me dar um empurrão de leve no ombro.

— Sua avó tem razão, moça.

— Ela sempre tem.

Laura sorri e me dá um beijo casto na bochecha.

O toque leve de seus lábios me pega completamente desprevenido. Olho para a caneca ensaboada em minhas mãos e conto até três na tentativa frustrada de retomar o controle do próprio corpo.

— Essa vaga já é sua, cara.

— Como é que você pode ter tanta certeza?

Não tenho dúvidas de que ela percebe a vulnerabilidade em minha voz.

— Acreditar é o primeiro passo para concretizar, Téo. Eu acredito em você. Sua irmã e seus pais também. Então só falta você acreditar em si mesmo por tempo suficiente para mostrar ao mundo que é capaz de realizar todos os seus sonhos.

— "A única forma de chegar ao impossível é acreditar que é possível."

Meu tom de voz é baixo, mas estamos próximos o suficiente para Laura escutar a citação que me escapa.

— É uma frase de *Alice no País das Maravilhas*? — pergunta após alguns segundos.

— Sim, é meu livro favorito.

Reúno coragem ao fechar a torneira e voltar a atenção para Laura. É impressão minha ou vejo uma centelha de reconhecimento em seus olhos? Vez ou outra, me pego pensando se ela lembra da conversa que tivemos anos atrás. Mesmo que Laura não se recorde de minha fisionomia, uma parte minha gostaria de saber se aquela noite foi tão importante para ela quanto foi para mim.

— Engraçado como essa história me persegue. — Laura massageia a nuca e desvia o olhar do meu. — Uma vez escutei de um desconhecido uma frase desse livro que mudou a forma como encaro meus medos.

— E qual era?

Tento disfarçar a inquietação, mas a frase tatuada queima em minhas costas, e as lembranças incendeiam meus pensamentos.

— Um conjunto de palavras bonitas que, em suma, falavam sobre como nossos medos sufocam nossos sonhos. Uma frase que pelo visto serve para nós dois.

Ao falar, o rosto dela é tomado por um sorriso lindo e contagiante. Preciso reunir todo o meu controle para não segurar seu rosto entre as mãos e beijá-la. Ela lembra de mim. Não de quem sou, mas pelo menos da conversa.

— O plano é o seguinte, cara: você vai vestir uma roupa bonita e arrasar em sua entrevista. Enquanto isso, vou me esforçar para entregar o melhor artigo da minha carreira. E, no final dessa jornada, nós dois vamos comemorar.

— Fechado. — É tudo o que consigo balbuciar em resposta.

— Que bom. — Ela pisca para mim e encara meus lábios por alguns segundos que me tiram a sanidade. — Você pode duvidar do futuro, se quiser, mas prometo que vou tentar ter fé por nós dois, Teodoro Dias.

Ela sai da cozinha rebolando a bunda bonita no short minúsculo, e sinto todas as minhas certezas ruírem. Laura se lembra de mim, acredita em meu potencial e me faz um bem danado — mesmo quando minha mente está um caos.

Cansei de fingir, então simplesmente cedo às emoções do momento e, uma por uma, deixo todas as razões que me mantêm afastado de Laura caírem por terra.

meu coração é de vidro
os cacos escorrem por suas mãos
seu sangue no meu
sua vida dentro de mim
quero partir
para onde ir?

Matilda Marques

Capítulo 14

Laura

— Agora eu consigo te enxergar no texto. Ele ainda precisa ser lapida-
do, mas o potencial é nítido — afirma Jordana ao terminar de ler meu
artigo.

Um suspiro de alívio me escapa. Estou a manhã toda ansiosa com
esse texto (na verdade, meus níveis de ansiedade estão altíssimos
desde o começo do ano, mas vamos ignorar isso por um segundo).

— Gosto da maneira como abordou o caso do entrevistado. Eu não
fazia ideia de que a primeira adoção de uma criança por casais homoafetivos no Brasil aconteceu só em 2010. — Enquanto fala, usa uma
caneta vermelha para circular alguns pontos do texto. — Os dados sobre o sistema de adoção foram bem alocados, e gostei de como você
abordou a parte burocrática. Ainda assim, preciso de muito mais do
que números nesse artigo, Laura.

Ela ergue o rosto para me encarar e só então parece perceber
que sigo plantada em pé no meio da sala chique e milimetricamente
organizada.

— Por favor, sente-se.

Merda, se ela me pediu para sentar é porque a tortura vai ser longa. Eu me acomodo na cadeira posicionada diante da mesa e aguardo.
Jordana não tem papas na língua, então sei que não vai medir palavras
ao destrinchar todos os erros que cometi no trabalho.

— Já considerou a opção de adotar uma criança, Laura?

— Não, senhora — digo sem disfarçar o choque.

— Nem mesmo quando perdeu as duas trompas?

— Não, nem mesmo após a cirurgia.

Jordana vasculha meu rosto em busca de algum sinal de mentira e, bem quando acho que deu o assunto como encerado, solta uma bomba:

— Algo mudou após começar a trabalhar nesse artigo, querida?

Minha primeira reação é dizer que nada mudou, mas, antes de pronunciar as palavras, sinto um aperto doloroso no peito. É nesse momento que saio do prumo e percebo que já não sei mais a resposta para essa pergunta.

Depois do primeiro aborto espontâneo, nunca mais quis gerar. Por mais doloroso que seja admitir, fiquei aliviada com a cirurgia que me tirou as trompas no início do ano. No hospital, a médica tentou conversar comigo sobre fertilização *in vitro*, mas, só de imaginar a possibilidade de engravidar e perder um terceiro bebê, tudo dentro de mim parecia gritar de dor. Eu sabia que não sobreviveria a um novo aborto e prometi que, por mais que sonhasse com a maternidade, nunca mais me colocaria na posição de amar alguém que não nasceu e que a qualquer instante poderia ser arrancado de mim.

Às vezes, uma vozinha teimosa me acorda no meio da madrugada para sussurrar que meu sonho de ser mãe chegou ao fim. Essa mesma voz adora lembrar que nunca vou ninar nem amar incondicionalmente meu bebê, exatamente como minha própria mãe. A diferença entre nós duas é que Matilda nunca me quis, já eu daria tudo para voltar no tempo e ver meu bebê crescendo forte dentro de mim.

Nos dias mais difíceis, a vontade de beber até esquecer faz minha pele formigar. É difícil aceitar que, por mais ferida que eu esteja, por mais que eu não acredite em finais felizes de contos de fadas, por mais que eu duvide de minha capacidade de ser amada, uma parte teimosa dentro de mim ainda quer ser mãe. Mas ela talvez estivesse tão enterrada sob minhas inseguranças que nunca a ouvi cogitando adotar.

— Existem milhares de mulheres ao redor do mundo vivendo o mesmo dilema que você, Laura. — As palavras de Jordana calam meus pensamentos. — O processo de fertilização *in vitro* custa mais de vinte mil reais, então é óbvio que poucos casais recorrem ao procedimento. O meu ponto é que, no ápice do luto e da desesperança, muitas mulheres esquecem que adotar também é maternar. Consegue ver como seu artigo é importante para essas famílias?

Balanço a cabeça em uma negativa. Essa conversa está fazendo com que eu me sinta exposta. Jordana é uma das poucas pessoas que sabe a verdade por trás de minha criação, mas isso não significa que eu queira conversar com ela — ou com qualquer outra pessoa — sobre meus traumas pessoais.

— Sei que estou te obrigando a revirar dores do passado, Laura. — Ela se levanta da mesa e vem em minha direção. — Não estou te pedindo para escrever sobre seus traumas, mas sim para enfrentá-los. Pegue suas dores e as transforme em palavras de cura tanto para você quanto para os seus leitores.

Jordana para atrás de mim e aperta meus ombros. Sei que, se eu olhar para trás, vou enxergar a emoção bruta e pura transbordando de seus olhos. Não sei como deixei passar despercebido o fato de que minha chefe vira uma pessoa completamente diferente toda vez que falamos de adoção.

— Esse tema também é pessoal para você, não é? — pergunto após alguns segundos.

— Sim, mas não é minha história que importa. — Ela respira fundo e começa a caminhar pelo escritório. — Recebi a informação de que o conselho pretende contratar um novo diretor de produção para o grupo de comunicação como um todo, não só para a revista, mas televisão e rádio também. O cargo te interessa?

— Com certeza — digo com o coração acelerado.

Almejo um cargo de diretora desde o dia em que fui contratada como estagiária no Grupo Folhetim. Óbvio que na época da faculdade de jornalismo nunca imaginei que seguiria para a área de produção de projetos, mas ao longo dos anos na função percebi que planejar a maneira como uma notícia será comunicada é tão importante quanto investigar, apurar e redigi-la.

Hoje não tenho dúvidas de que fui feita para dirigir os bastidores de um noticiário, então farei o possível para provar meu valor à Jordana.

— Então vou indicar seu nome para a vaga.

Jordana para em frente à estante de prêmios e corre os dedos pelos troféus e medalhas expostos. Com minha idade, ela já havia ganhado dois prêmios de renome internacional, um deles o Maria Moors Cabot. Seus textos viscerais fizeram dela uma das jornalistas mais conhecidas do Brasil algumas décadas atrás, mas então seu marido morreu em um acidente de carro, e ela nunca mais voltou a escrever.

— Minha intuição diz que a possibilidade de seu artigo ser indicado para o prêmio Gabo de Jornalismo é alta. Caso isso aconteça, os acionistas do Grupo Folhetim não vão pensar duas vezes antes de contratá-la como diretora. — Ela me encara com uma expressão de arrepiar todos os pelos do corpo. Seu sorriso é de quem ocupa o topo da cadeia alimentar e sabe disso. — Reescreva o artigo quantas vezes for preciso, mas lembre que quero ver sua essência nele. O processo de se desnudar nas páginas de um texto é doloroso, mas é um preço baixo a se pagar quando acreditamos naquilo que escrevemos.

Não sei como responder, então apenas assinto com a cabeça. Só sei que quero a vaga de diretora e que estou disposta a pagar o preço que for necessário.

— Você acredita nas palavras que estão nesse texto?

Pego de suas mãos o artigo riscado e editado em vermelho.

— Sim, senhora — digo ao encarar o esboço.

— Que bom. Agora pode voltar ao trabalho. — Jordana vai até a mesa de trabalho e, com um gesto, me dispensa. — Tenho que me preparar para uma reunião. Caso precise de ajuda com o artigo, não hesite em me procurar.

Agradeço e saio da sala pensando em quais caminhos seguir.

Finalmente entendo tudo o que Jordana quis dizer com as indiretas sobre nadar mais fundo e costurar minha própria rede de pesca. No final das contas, tudo gira em torno das diversas formas de maternar. Sou prova viva disso.

Agora a questão é descobrir se sou capaz de acreditar que meu sonho de ser mãe *não* precisa morrer junto ao sonho de um dia ter sido amada pela mulher que me gestou.

Paro em frente ao sebo e tento lembrar quando foi a última vez que vim aqui. Na adolescência, eu passava boa parte dos dias livres caçando sebos pela cidade, sempre em busca de edições icônicas de minhas revistas preferidas. A vida adulta chegou, e meu tempo ficou escasso, mas eu ainda encontrava um momento para visitar um de meus lugares favoritos de todo o mundo — pelo menos era assim antes de meu primeiro aborto.

Empurro a porta pesada e sou atingida pelo cheiro de papel velho. Passo pelo corredor dos CDs e vinis, correndo os dedos curiosos pelas capas em busca de nada em específico. E, quando dou por mim, estou parada em frente ao corredor dos livros clássicos. Não foi para isso que vim até aqui, mas, de repente, parece ser exatamente do que preciso.

Meu celular vibra assim que adentro o corredor abarrotado de livros.

Tainá: Surgiu uma reunião *inadiável* 5 min antes do final do expediente.

Tainá: Cliente chato do caralho.

Laura: Acha que vai demorar muito?

Tainá: Provavelmente vou chegar no meio do jantar.

Tainá: E não vou conseguir passar pra te buscar.

Laura: Relaxa, eu vou de ônibus e nos encontramos lá.

Laura: Vou te esperar pra beber.

Tainá: Essa é a minha garota ☺

Combinamos de esperar a sexta-feira para comemorar a aprovação de Téo na residência de neurologia. Ele passou os últimos dias em um caos pós-aprovação — um dia estava fazendo a entrevista, no outro já estava assumindo plantões no hospital. Não entendo como esse lance de residência médica funciona, mas para quem está de fora fica a impressão de que vence quem trabalha mais.

Volto os olhos para as prateleiras lotadas de livros com capas de couro, lombadas douradas e papel antigo amarelado. Duas edições específicas da mesma história me chamam atenção, e, apesar de sentir uma fisgada no peito ao folheá-las, a dor não me faz querer sair correndo.

— Posso ajudar? — Uma atendente simpática usando um vestido vintage florido me aborda.

— Qual deles você acha que tem cara de "foi mal por ter roubado seu quarto, seja bem-vindo e parabéns pelo emprego novo"? — questiono ao indicar os dois livros em minhas mãos.

— Infelizmente nenhum desses — responde ela em meio ao riso —, mas acho que tenho a edição perfeita no estoque de livros novos. Vou lá pegar para você dar uma olhadinha, só um minuto.

Enquanto aguardo, penso na coincidência de o livro favorito de Téo ser o mesmo que o meu. Anos atrás fiquei completamente obcecada por *Alice no País das Maravilhas*. Reli a história depois de adulta e encontrei vários significados paralelos nas páginas do livro. Na mesma época, meu passatempo favorito era assistir à animação lançada em 1951. Quando realmente gosto de um filme, assisto até enjoar, mas isso nunca aconteceu com *Alice*. Só parei de assistir quando o nome Alice ganhou um significado doloroso demais para meu coração destruído.

Encaro as edições antigas e estranho meus sentimentos; ainda dói, mas não me sinto mais consumida pela dor. Toco a tatuagem em minha nuca e sinto uma emoção completamente nova me dominar. Pela primeira vez em anos, tudo o que sinto é saudade de minha bebê, e não raiva ou sofrimento.

— O que acha dessa edição?

A jovem volta e me entrega uma edição belíssima de *Alice no País das Maravilhas*.

— Cacilda, ela é perfeita — falo ao encarar a capa colorida.

— É uma edição 3D com design exclusivo. — Ela abre o livro em minhas mãos, e uma ilustração salta das páginas. É o coelho branco segurando o relógio dourado. Mais uma página virada e uma nova imagem surge, dessa vez com várias cartas de baralho criando um arco do tamanho da minha cabeça. — Tenho certeza de que esse livro passa a vibe "presente para uma ocasião especial" ao mesmo tempo que comunica um pedido de desculpas.

Embasbacada demais para falar, continuo virando as páginas, sorrindo conforme as ilustrações em 3D saltam das folhas. Algo me diz que Téo vai amar essa edição.

— Vou levar. Pode embrulhar para presente, por favor? — digo após passar vários minutos namorando o livro.

— Não quer saber o preço antes?

— Vocês parcelam?

— Em até seis vezes.

— Agora você está falando minha língua.

Ela ri, e a sigo até o caixa.

Antes de sair do sebo, volto ao corredor das edições clássicas, tiro uma foto das diversas edições de luxo de *Alice no País das Maravilhas* e envio a imagem junto com uma mensagem de texto rápida:

> **Laura:** Hoje folheei uma edição de *Alice no País das Maravilhas* sem chorar. Achei que você gostaria de saber.

Estou entrando no ônibus quando recebo a resposta:

> **Ravi:** Já não era sem tempo. Estou feliz por você.
>
> **Ravi:** E com saudade das nossas conversas.

se esperar no amor é tolice
pode me chamar de tola
prefiro o atestado de desatino
a nunca ser amada

Matilda Marques

Capítulo 15

Laura

Desço do ônibus correndo. Peguei duas linhas para chegar ao restaurante e acabei me atrasando um pouco (sinceramente, pontualidade não é meu forte). Atravesso a rua fora da faixa de pedestre, o que me rende algumas buzinadas e xingamentos nada educados, e paro esbaforida em frente ao restaurante italiano que Tainá está louca para conhecer. Antes de entrar para procurar Téo, decido tomar alguns segundos para organizar os pensamentos.

Passei o trajeto todo trocando mensagens com Ravi. Ele voltou da viagem pela Europa decidido a recomeçar a namorar. No começo foi estranho ler sobre o encontro às cegas que um de seus amigos professores lhe arranjou, mas a estranheza durou exatos dois segundos. Fiquei genuinamente feliz em saber mais sobre os locais que ele conheceu durante as férias, as aulas extras que pegou para lecionar na faculdade e o apartamento novo que alugou. E, para meu completo desespero, quando Ravi começou a falar sobre namorar, fui inundada por imagens perigosas dos lábios carnudos do irmão de minha melhor amiga.

Não quero pensar em Téo dessa forma. Ele é meu... amigo? Colega de quarto? Objeto de desejo de meus pensamentos secretos e pecaminosos? Sei lá o que ele é, só sei que *não* quero me envolver. No momento, estou fugindo de complicações e tenho certeza de que as coisas com Téo seriam no mínimo atribuladas — a forma como ele me incendeia com apenas um olhar é a prova perfeita disso (também é o motivo pelo qual estou parada na entrada do restaurante considerando inventar uma desculpa e voltar para casa).

— Vai ficar parada na rua a noite toda, moça?

O dono de meus pensamentos me encontra na porta do restaurante com um sorriso no rosto. Téo não me dá tempo de pensar em uma resposta e enlaça minha mão na sua, guiando-nos para dentro do local.

— Vem. Peguei uma mesa lá no fundo.

— Seu amigo já chegou? — pergunto na ânsia de ignorar o calor subindo de suas mãos e irradiando por minha pele.

— Ele não vai conseguir vir. — Téo puxa uma cadeira e espera eu me sentar para escolher o assento ao lado do meu. — Augusto tem um filho de 6 anos que mora com a mãe. O menino ia participar de um campeonato de futebol no final de semana, mas mudou de ideia ao descobrir que o pai viria para a cidade. Meu amigo não aceitou que ele desistisse e, no final das contas, ele, a ex-esposa e o guri foram de carro até Maringá e vão ficar lá para o campeonato.

— Sinto muito. Sei que você estava ansioso pelo encontro.

— Tudo bem. Pelo menos o folgado prometeu passar para me ver no hospital antes de voltar para Minas na segunda-feira. — Téo gira o corpo na cadeira para me encarar. — E Tainá? Achei que fossem vir juntas.

— Rolou uma reunião de trabalho de última hora, e ela vai chegar atrasada.

— Então somos só nós dois.

A forma como ele fala me faz pensar em coisas *bem, bem* indecentes. Antes de Téo aparecer em minha vida, eu nem sequer cogitava voltar a namorar. Qualquer coisa envolvendo confiar em outra pessoa só servia para aguçar minha ansiedade. Só que, quando ele me olha assim, totalmente concentrado em mim, meus pensamentos racionais evaporam, e minha boca implora para sentir seu gosto.

Deve ser tesão, só pode! Mas pelo menos com o desejo consigo lidar, o que não preciso — e não vou! — é começar a sentir mais do que isso. É óbvio que ele sorri de forma presunçosa ao me ver encarando sua boca, então, para disfarçar, pego na bolsa o embrulho do sebo.

— Toma, comprei uma coisa para você. — Entrego o livro, me sentindo exposta. Já não sei mais se esse presente é uma boa ideia. — É para agradecer por me deixar ficar com seu antigo quarto e para te parabenizar pela residência nova.

— Uai, não precisava, moça. — Téo rasga o embrulho com animação, mas fica estático ao ler o título da capa. — Cê lembrou de mim?

A emoção em seus olhos me deixa perdida. Tento ler sua expressão, mas não consigo entender exatamente o que ele está me deixando ver. Téo me perguntou se eu lembrei dele com tanta esperança, como se o livro fosse mais do que um presente qualquer. Ele engole em seco e desvia o olhar do meu. Seus dedos correm de forma saudosa pelas páginas do livro, e um sorriso genuinamente feliz ilumina seu rosto toda vez que uma ilustração salta de uma delas.

— Esses dias você me disse que *Alice no País das Maravilhas* era seu livro favorito, lembra? — comento. Ele volta os olhos para mim e, por um segundo, vejo decepção neles, o que me deixa mais confusa. — Achei que seria um bom presente, mas se não gostou pode trocar.

— Quando eu tinha uns 8 anos, logo após a adoção, meus pais liam essa história para mim toda noite antes de dormir. A história me ajudava a enfrentar o medo do escuro e dos bichos-papões embaixo da cama. — Por um segundo, Téo parece completamente perdido em lembranças. — Esse presente significa muito para mim. Obrigado, Laura.

Ele inclina o corpo e enrola os braços em minha cintura, me obrigando a descansar o peito no dele em uma espécie desajeitada de abraço. No começo sigo dura na cadeira, mas aos poucos vou relaxando em seus braços. Ficamos assim por vários minutos, apenas aproveitando o conforto de estarmos tão próximos. Téo afunda o rosto em meu pescoço, e aproveito a sensação da barba por fazer raspando em minha pele.

— Você acabou de me cheirar?

Disfarço o desespero com uma risada quando Téo passa o nariz em meu pescoço.

— Talvez? — Ele faz novamente, e meu batimento cardíaco acelera. — Seu cheiro é bom pra um trem, moça.

— Adoro seu sotaque. — As palavras simplesmente escapam de minha boca grande que não consegue ficar fechada. — É, sabe como é, essa mistura de expressões mineiras ditas do típico jeitinho curitibano de dar ênfase na letra "*e*" é bem charmosa.

— Adora, é? Isso porque cê ainda não me ouviu sussurrando safadeza.

Ele interrompe nosso abraço, e sinto falta de seu calor imediatamente.

— Só em seus sonhos, cara. — Para disfarçar a decepção de estar fisicamente longe dele, pego o cardápio em cima da mesa e busco um assunto neutro. — Fala do hospital, está gostando da residência nova?

— Minha chefe é assustadora, o que eu amei. Ela dá aula na faculdade federal, está com três pesquisas científicas sobre Alzheimer em andamento e tem mais de trinta anos de carreira.

Téo alisa a capa do livro que comprei para ele em um gesto de carinho e guarda o embrulho dentro da bolsa. A cena faz a merda do meu coração palpitar.

Cacilda, estou tão ferrada!

— E seus colegas são legais? — pergunto ao tomar um gole de água.

— Ainda não conheci muita gente, mas gostei do fato de a turma de residentes ser bem diversa. Tem um cara da Bahia com quem meu santo já bateu e uma mulher alguns anos mais velha, que decidiu voltar a estudar depois que a filha completou 18 anos e foi fazer intercâmbio.

— Nenhuma residente linda de sorriso brilhante?

As palavras me escapam mais uma vez, e, com vergonha do deslize, escondo o rosto atrás do cardápio.

— Não precisa ficar com ciúme, moça. No momento, meus olhos estão ocupados demais com minha colega de casa e os pijamas de cetim com os quais ela adora desfilar pelo corredor. — Ele zomba e pega o cardápio da minha mão. — Vamos escolher uma entrada? Tô com uma fome do cão e gostei da cara das *bruschettas*.

— Tem uma *bruschetta* de marmelada com queijo de cabra nesse cardápio que custa um rim, mas que aparentemente vale o experimento. — Aponto para o prato no cardápio, e Téo corre os olhos pela descrição dos ingredientes. — O que acha?

— Parece ótimo. — Ele faz um gesto para chamar o garçom. — Também fiquei com vontade de provar o *arancini* de bacon. Você acha que dá conta de duas entradas?

— Duas coisas sobre mim. Primeira: nunca recuso comida — levanto os dedos em um gesto padrão de contagem —, e segunda: amo bacon. Pode botar bacon em praticamente qualquer coisa, e eu vou devorar.

Téo olha para mim com uma expressão que não sei explicar. Seus olhos fitam minha boca, descem para meu colo e voltam para meus lábios mais uma vez.

— Tá me olhando assim por quê?

— Porque acabei de ter uma epifania — ele toca meu queixo com delicadeza, apenas a ponta dos dedos tracejando a pele — e tive visões proféticas que envolvem seus lábios, bacon e quase nenhuma roupa.

Rio, mas em minha mente estou completamente desfalecida — e deitada em minha cama com Téo em uma mistura de suspiros, beijos e bacon.

Para minha sorte, as entradas chegam junto a uma mensagem de Tainá avisando que está a caminho. Tenho tentado manter a conversa em um âmbito amigável, mas vez ou outra solto um comentário que vira uma gracinha e, quando dou por mim, estou fantasiando em me atracar com o irmão da minha melhor amiga. Se o jantar continuar nesse ritmo, vou me dar muito mal, então fico aliviada ao saber que logo não estaremos mais sozinhos e vou poder voltar a fingir que a presença de Téo não me afeta.

— Não sei se já te agradeci antes, mas obrigado por concordar com esse arranjo bizarro que envolve abrir mão de seu sofá e me aceitar acampado na sala. — Téo coloca uma *bruschetta* no meu prato. — Comecei a ver alguns apartamentos para alugar, mas, como falei antes, preciso de tempo para me organizar financeiramente antes de mudar.

— Também estou procurando alguns lugares, mas vamos ver onde isso vai dar antes de tomar uma decisão, beleza? Caso fique muito inviável, a gente conversa novamente e pensa em outras soluções — sugiro ao provar um pedaço da *bruschetta*. — E, sobre meu sofá, vamos ter que chegar a um acordo. Eu aceito a guarda compartilhada, mas não vou abrir mão dele, cara.

— Guarda compartilhada? — repete em meio ao riso.

— É, sabe como é, você pode dormir nele até seu sofá-cama chegar, mas depois vou tomar posse dele novamente. Estou pensando em colocar o móvel no quarto, assim você vai ter mais espaço para montar um quarto improvisado na sala.

— Cê realmente gosta daquele sofá, né?

— Eu amo. — Bebo um gole de água para ganhar tempo até decidir o quanto quero compartilhar. — Logo que aprendi a ler, meus avós me deram de presente uma caixa lotada de diários velhos. Minha mãe sempre amou escrever, então cresci lendo seus rabiscos. Seus poemas chegaram a ser publicados por uma editora, mas eu gostava mesmo era de ler os textos incompletos. Tinha um que falava de um sofá verde e de como minha mãe encontrou o amor nele. O primeiro móvel que comprei quando me mudei de Morretes para Curitiba foi um bendito sofá verde.

Olhando para trás, admito que de início eu só amava o sofá porque ele fazia eu me sentir perto de minha mãe. Mas, ao longo dos anos, criei minhas próprias histórias nele: as noites trabalhando em meu podcast, as madrugadas acordadas conversando com Ravi e os cinco minutos mais eletrizantes da minha vida segurando um teste de gravidez. Apeguei-me à peça como quem usa um amuleto pendurado no pescoço, e hoje ele é uma lembrança de momentos bons que não foram ofuscados por completo pelas tristezas da vida.

— O que aconteceu com sua mãe? — pergunta Téo.

— Ela morreu. Nunca a conheci. Fui criada por meus avós, então passei anos procurando qualquer coisa que me fizesse conhecer um pouco mais sobre ela. — As palavras jorram de uma só vez. — Matilda engravidou com 17 anos e escreveu sobre tudo o que sentia em cadernos velhos. E, nossa, como eu amava ler seus pensamentos! De alguma forma, por meio dos textos eu sentia que era a melhor amiga dela. Acho que foi por isso que passei a adolescência toda fascinada por seus diários, poemas, seus frascos inacabados de perfume e fotos antigas usando calças boca de sino.

— Deve ter sido difícil crescer longe de sua mãe. Sinto muito, Laura.

Ele segura minha mão livre, e me preparo para a próxima pergunta. Não quero mentir para Téo, mas isso não significa que eu esteja preparada para falar sobre *como* minha mãe morreu. No fim do ano passado, eu achava que ela havia morrido no parto, mas, apesar das mentiras que meus avós contaram, a verdade veio à tona, e toda a relação que passei anos construindo com minha mãe morta foi arrancada de mim na leitura de um testamento.

— Quando cheguei ao lar adotivo, não paravam de perguntar sobre a morte de meus pais biológicos. Eu tinha 6 anos e só queria esquecer o pior dia da minha vida, não ficar revivendo o acidente de carro que me custou uma família. Em resumo, foram meses de merda, e até hoje carrego as sequelas. — Ele volta a comer, mas mantém uma mão enlaçada à minha. — Uma coisa não tão aleatória sobre mim: não dirijo um carro nem que me paguem. Já dirigi uma ambulância uma vez e adoro moto, mas nem ferrando que pego um carro sozinho.

Faço uma expressão surpresa diante da revelação. Minha cara faz Téo gargalhar, e o som alivia por completo o clima entre nós. Não dá para negar que seu riso aquece meu coração, então, quando dou por mim, também estou sorrindo que nem uma boba.

— Vai, agora é sua vez. Conta algo de você que eu não sei — pede.

— Ah, certo. — Tento pensar em algo, mas por um instante tudo de importante me escapa da mente. — Já sei! Eu adoro karaoke. Canto bem? Não, mas amo soltar a voz.

— Tá explicado por que você vive cantarolando pela casa.

— Andou me espiando por acaso?

— São as bênçãos de morarmos juntos, moça. Escuto você xingar sempre que bate o pé no canto da mesa da cozinha, gritar com o despertador todo santo dia de manhã, e já ouvi você cantando no banheiro mais de uma vez. — Ele solta minha mão e se serve de mais *bruschetta*. — Uai, cê não gostou da comida? Quer pedir outra coisa?

Olho dele para meu prato cheio sem reação. Saber que ele presta atenção em mim faz com que eu me sinta assustadoramente importante. Não quero que Téo perceba o quanto suas palavras estão mexendo comigo, então enfio a comida na boca e ignoro o ritmo acelerado de meu coração.

— Está uma delícia. Eu que tô mais devagar hoje. — Balanço a cabeça. — Agora é sua vez. Conta mais uma coisa que ainda não sei. Quero ver se consegue me surpreender.

Ele gira o corpo na cadeira e me encara por vários segundos, provavelmente considerando o que vai me falar. Seu olhar passa por meu rosto e para de leve em meus seios, muito bem apresentados em uma blusa de lã justa de gola alta.

— Quer ser surpreendida? Então lá vai: seria muito mais fácil lidar com o rumo indecente de meus pensamentos se você fosse apenas uma desconhecida com quem esbarrei por acaso, e não a melhor amiga da minha irmã e minha nova amiga gata, talentosa e engraçadinha — revela. Eu me engasgo com o pão, e Téo ri ao dar batidinhas em minhas costas. — Quer dizer, eu acho que já somos amigos. Ou pelo menos estamos no caminho de sermos, certo?

— Sim, Téo. Somos amigos — falo depois de retomar o controle da própria respiração — e, pelo bem de nossa amizade, acho melhor mudarmos de assunto.

— Uai, quer dizer que não posso falar como minha amiga está linda com essa calça de couro apertada? E que durmo abraçado com a almofada do sofá que tem o cheiro do xampu dela? E que...

— Não, não pode — interrompo sua fala com um soco de leve em seu ombro.

— Nó, isso doeu!

— Agradeça por eu não fazer cócegas em você!

— Tá bem, mulher infernal. — Téo inclina o corpo em minha direção e sussurra em meu ouvido: — Pelo bem de nossa sanidade mental, juro que vou manter nossa conversa no nível estritamente amigável, mas antes preciso falar algo.

— Deus me defenda — murmuro ao sentir seu hálito em meu pescoço.

O canalha ri, o que só piora as coisas. Meu corpo reage à sua proximidade tanto quanto às gargalhadas gostosas que saem de sua boca linda. Isso sem mencionar a forma como o sotaque mineiro saindo da sua boca bonita faz meu estômago dar cambalhotas.

— Relaxa, a pergunta é inofensiva, moça — retruca. Juro que ele deixa o sotaque ainda mais carregado só para me provocar. — O que vai fazer amanhã? Meus pais nos chamaram para ir almoçar na casa deles e passar o final de semana por lá. Faz uns dias que conversamos e eles pediram para te convidar, mas, como eles têm desmarcado vários compromissos comigo, resolvi esperar para ter certeza da data antes de falar com você.

— Não tenho nada no final de semana, mas não quero atrapalhar. Sei que faz tempo que vocês não se encontram e não quero prejudicar a dinâmica familiar.

— Deixa disso. O pai Jonas comentou sobre precisar te entregar algo, só não faço ideia do que seja. E o pai Bernardo disse que vai preparar pudim, ou seja...

— Usar doce como argumento é golpe baixo.

Ele ri e acena para Tainá, que acabou de entrar no restaurante.

— E então, cê vai com a gente?

— Não sou nem boba de negar o pudim do seu Bernardo! Já falei que sou facilmente vencida por comida boa, cara.

— Sorte sua que sou bom na cozinha — comenta Téo ao colocar um segundo pedaço de comida no meu prato. — Prepare-se para ser bem servida, moça.

Finjo que não notei o duplo sentido da frase, mas minha mente é polvilhada por imagens muito vívidas de todas as formas possíveis que Téo poderia me servir.

Merda, onde é que fui me meter?

Promessas e juras de amor
viraram mentiras em meio à dor
me deixe queimar, me deixe sangrar
me deixe virar pó até o inferno passar

Matilda Marques

Capítulo 16

Laura

Tainá estaciona o carro diante do hospital e manda uma mensagem para Téo. Ele saiu do jantar ontem e foi trabalhar no turno da madrugada, então combinamos de passar para pegá-lo no trabalho para irmos até São José dos Pinhais, onde Bernardo e Jonas moram.

— Você está bem? — pergunto para ela.

Passamos os vinte minutos de trânsito do caminho de casa até o Hospital de Clínicas em silêncio. Tainá não costuma ser uma pessoa matutina, então imaginei que sua falta de ânimo fosse por causa do horário, mas a forma como aperta o celular me passa a impressão de que minha amiga está escondendo algo.

— Não acordei muito bem hoje. — Ela joga o aparelho no compartimento perto do freio de mão e volta os olhos para mim. — Acho que Téo deve estar com o celular desligado. Pode ir chamar por ele na recepção? E, se não for muito abuso, pede para ele me arrumar um remédio para enxaqueca, por favor?

— Lógico, pode deixar — digo ao soltar o cinto de segurança e abrir a porta do carro, mas ainda relutante em sair do veículo. — Se quiser, eu dirijo até a casa de seus pais. Assim, você pode descansar um pouco.

— Obrigada, amiga. Vai ser ótimo dormir um pouco. Essa noite foi um saco.

— É por causa da foto? — pergunto no tom mais neutro possível.

Ontem Josi postou uma foto no Instagram de mãos dadas com alguém anônimo. Até onde sei, Josi e Tainá não se veem desde o episódio do sexo selvagem em minha cama nova, mas voltaram a conversar por mensagens. É óbvio que minha amiga está fazendo de tudo para superar a ex-esposa, mas também é perceptível que sair para encontros com pessoas aleatórias está cobrando um preço alto. Tainá anda mais desatenta do que o comum, parece ser consumida pela tristeza sempre que o irmão não está por perto e voltou a ter enxaquecas fortíssimas. E ontem, depois de ver a fatídica postagem no Instagram, ela bebeu uma garrafa de vinho sozinha enquanto ouvia Marília Mendonça no volume máximo.

— É por causa da merda da foto, mas não quero falar disso agora.

Ela não precisa dizer mais nada. Simplesmente lhe dou um abraço rápido e saio do carro.

— Já volto — digo ao fechar a porta. E, com o braço apoiado na janela aberta, falo para ela: — E lembra que, quando quiser desabafar, meu ombro está à disposição.

Tainá assente em concordância, e me afasto do estacionamento com passos apressados. Pego o celular e tento ligar para Téo, mas só dá caixa postal, então entro no hospital lotado e sigo até a recepção. A cada passo preciso me forçar a ignorar as lembranças da última vez que estive em um ambiente assim: frio, estéril e repleto de pessoas sofrendo. Enquanto espero para ser atendida no balcão da recepção, penso em todas as mortes que um médico presencia em seu dia a dia. Sinto a cabeça girar só de imaginar quantas famílias estão neste exato momento sendo despedaçadas pelo luto.

— Posso ajudar?

A recepcionista chama minha atenção.

— Bom dia. Você poderia avisar a um dos médicos residentes que sua família está esperando por ele aqui na recepção, por favor? — Não sou *tecnicamente* da família, mas, levando em conta para onde estamos indo, acho que a mentira é válida. — Tentei ligar para o número particular dele, mas acredito que o aparelho esteja desligado, e marcamos de nos encontrar em frente ao hospital.

— Qual o nome do médico?

— Teodoro Dias. Ele é residente na ala de neurologia.

— Preciso de um documento seu com foto, por favor.

Ela digita minhas informações no computador de forma apressada, imprime uma etiqueta colável que funciona como crachá e aponta para um corredor à esquerda do prédio.

— Pergunte por ele no posto de informações do setor amarelo. É só seguir o corredor sinalizado e virar à direita. O setor da neurologia possui uma entrada separada do resto do hospital, então vai ser mais rápido procurar por ele diretamente lá.

— Certo, muito obrigada — digo com um sorriso.

Colo a etiqueta na roupa e sigo as placas. Em poucos minutos, me encontro em frente à porta de vidro que marca a entrada do centro de neurologia. Corro os olhos pelo local antes de entrar, avistando uma pequena recepção, uma sala de espera lotada de pacientes, um posto de triagem com três enfermeiras e um grupo de médicos vestindo jalecos brancos.

Empurro a porta de vidro, e ela faz um barulho nada discreto, denunciando minha entrada. Recebo uma dúzia de olhares reprovadores, mas pelo menos um deles é caloroso.

— Laura? — Téo se despede do grupo de médicos com o qual estava conversando e vem até onde estou. — Merda, perdi a hora, me desculpa.

— Relaxa, eu e Tainá acabamos de chegar — digo, absorvendo a imagem dele de jaleco branco. — Tentei ligar, mas só deu caixa postal, então resolvi deixar um recado na recepção do hospital. Ia esperar por lá, mas me mandaram vir procurar você aqui.

— É que já era para eu ter saído, mas uma paciente de 12 anos deu entrada no pronto atendimento e... — ele respira fundo, parecendo angustiado —... digamos que as últimas horas foram um caos.

— O que aconteceu com ela?

— Teve um AVC. Mariana chegou na hora certa no hospital, e o cirurgião de plantão conseguiu evitar o agravamento da lesão, mas... — Téo aperta um ponto de tensão no alto do nariz. — É a primeira paciente jovem que acompanho em anos. Estava acostumado com a morte chegando para pessoas com mais de 70 anos, então acompanhar o caso de uma garota com hemorragia intracerebral foi bem difícil, e não parei para considerar isso ao mudar de área.

Consigo notar o leve tremor em suas mãos e a maneira como sua respiração parece irregular. A ansiedade de Téo é palpável, e isso só aumenta minha admiração por ele. É preciso muita coragem para trabalhar em uma área que diariamente expõe nossas fraquezas.

— Sinto muito, Téo. — Seguro seu braço, e ele me encara com o rosto marcado pelo cansaço. — Você precisa de mais tempo? Eu e Tainá podemos esperar no café da esquina. Tenho certeza de que seus pais vão entender o atraso.

— Não, minha ronda já acabou. Tudo o que posso fazer agora é esperar que ela reaja ao tratamento e acorde do coma induzido sem sequelas irreversíveis — explica. Não entendo muito bem o que as palavras significam, mas entendo o quanto são carregadas de tristeza e resignação. — Vou pegar as coisas para podermos ir. Cê me espera aqui um minuto?

Téo começa a se afastar, mas enlaço sua mão na minha.

— Calma aí, cara. — Investigo seus olhos tristes e tento pensar em como melhorar as coisas. — Você comeu alguma coisa desde o jantar de ontem?

— Ainda não.

— Então vou à cafeteria pegar algo para você comer no carro. Me encontra na recepção principal — peço. Ele balança a cabeça e me dá um sorriso breve, o que já considero uma vitória. — Ah, antes que eu me esqueça, Tainá perguntou se você pode pegar um remédio de enxaqueca para ela. Acho que algo para ressaca também serviria, considerando que ela bebeu uma garrafa de vinho sozinha ontem.

— Uai, aconteceu alguma coisa?

— Pergunta para ela mais tarde. Quem sabe com você sua irmã cria coragem para desabafar.

Solto a mão dele e sigo até a saída, mas antes de abrir a porta de vidro encaro Téo uma última vez: cabelo preto bagunçado, óculos de armação emoldurando os olhos verdes, ombros largos preenchendo o jaleco e uma barba por fazer que deixa a covinha em seu queixo mil vezes mais atraente.

— E, só para constar, você fica muito gato de jaleco, *doutor*.

Eu me dou por satisfeita quando ganho uma gargalhada gostosa como resposta.

Tainá capota no banco de trás depois dos nossos dez primeiros minutos na estrada. Geralmente levamos meia hora do centro de Curitiba até São José dos Pinhais, mas, por ser um sábado de manhã, o trânsito está mais tumultuado do que imaginei que estaria.

— Pode dormir se quiser. Sei que também está cansado — falo para Téo sem tirar os olhos da estrada.

— Não consigo dormir em carros — revela após terminar de comer um pão de queijo que comprei na cafeteria. — Sabe como é, traumas de acidente de carro e tudo mais.

— Quer ouvir uma música então? Pode escolher algo no meu celular.

Ele pega o aparelho e começa a rolar a tela.

— Seu gosto musical me surpreende, Laura. Nunca vi ninguém ir de sertanejo universitário a metal progressivo em tão pouco tempo.

— Eu só gosto de música boa. Não me prendo tanto a estilos musicais.

— Pelo visto cê também ama podcasts. Contando por cima, acho que tem uns trinta episódios do *Causas Perdidas* em sua lista de favoritos.

Aperto o volante com força ao ouvir o nome do podcast. Nos últimos dias, voltei a escutar alguns de meus episódios favoritos no caminho para o trabalho. A correria com a revista ainda não me deixou decidir o que quero fazer com o projeto, mas todos os dias antes de dormir encaro os aparelhos expostos na cômoda azul e listo mentalmente os prós e contras de voltar a gravar. Não sou mais a garota sonhadora que deu início ao *Causas Perdidas*, mas tenho uma voz nova que anseia em se libertar.

Aos poucos tenho voltado a reconhecer o reflexo que me encara no espelho, e isso me faz pensar que gravar uma temporada nova para o podcast sobre a mulher que sou hoje — depois dos abortos, do término do noivado e das descobertas sobre minha mãe — é uma validação de tudo o que sempre acreditei no *Causas Perdidas*. Existem histórias predestinadas a terem um final feliz e outras não. Simples assim. Aceitar o destino é tão importante quanto acreditar nele.

— Já escutei alguns episódios desse podcast.

— Sério?

Minha voz sai mais aguda do que deveria e, apesar de não estar olhando para ele, sinto que Téo gira o corpo em minha direção e me avalia com um olhar curioso.

— Tive um paciente em BH que adorava podcasts. Ele escutava esse sem parar porque dizia que o fazia lembrar das radionovelas que a falecida esposa escutava. Seus últimos dias no hospital não foram fáceis, então deixávamos rodar o podcast no rádio do quarto para vê-lo sorrir pelo menos por alguns minutos — conta. Meus olhos lacrimejam com uma onda repentina de emoção. — Um dia fui encurralado e obrigado por ele a escutar o episódio sobre uma médica que só namorava as pessoas erradas porque não queria desviar o foco da medicina. Sutileza não era o forte dele.

— Ele morreu?

— Sim, alguns dias antes de eu me mudar para Curitiba.

— Não sei como você lida com a morte com tanta facilidade.

— É algo que aprendemos nos primeiros meses da faculdade. Somos ensinados a aceitar que nosso papel não é evitar a morte, mas adiá-la — revela com um tom de voz sério. — Depois de tantos anos na profissão, achei que fosse ser mais fácil lidar com a morte, mas meus dias na ala neurológica estão provando o contrário.

— O que tem sido mais difícil?

— Acompanhar as crianças — responde após alguns segundos. — Achei que os casos de doenças neurológicas degenerativas em pacientes idosos fossem ser os mais difíceis, por motivos óbvios. De uma forma irracional, sempre vejo meus pais nesses casos e acabo morrendo de medo de os perder. Só que é difícil demais acompanhar casos de esclerose múltipla ou epilepsia em bebês de colo ou crianças sorridentes sem os dentes de leite na frente.

Pelo canto dos olhos, vejo-o tirar os óculos de grau e passar as mãos pelo rosto. Além do cansaço físico, consigo sentir como ele está emocionalmente exausto. Não faço ideia de como responder, então aproveito as vantagens do carro automático e alcanço sua mãos para enlaçar nossos dedos.

— Cacilda, Téo. Não é de se admirar que você ande tão cansado. Sua mente deve estar um turbilhão. Queria poder ajudar, mas não faço ideia de como.

— Conversar com você já ajuda, moça. — Ele dá play em um episódio aleatório do *Causas Perdidas* e, após guardar meu celular, coloca minha mão entre as suas e descansa nossas mãos juntas em sua coxa.

— Vamos mudar de assunto, por favor?

— Tá, deixa eu pensar, cara.

Escuto a introdução típica do meu podcast e penso em um assunto leve para falar. Lembro de nossa conversa de alguns minutos atrás e penso na pergunta perfeita; faz tempo que estou curiosa para navegar nos mares de relacionamentos passados com Téo.

— Você não namora porque prefere se manter completamente focado no trabalho?

— Uai, moça. E eu achando que íamos falar de algo mais leve. — Apesar das palavras, ele dá uma gargalhada. — Tive alguns casos nos últimos anos, mas meu último namoro foi na época do cursinho pré-vestibular. Acho, sim, que parte da culpa é a rotina corrida da faculdade de medicina, meus horários são caóticos demais para manter um relacionamento saudável. Mas, sei lá... Só não conheci ninguém nos últimos anos que tenha me feito pensar em engatar algo sério.

Assinto em concordância e diminuo a velocidade para pegar a estrada que nos leva até a região metropolitana da capital.

— Pelo menos não nos anos que passei em Minas — adiciona Téo baixinho.

— Quê?

— Eu disse que não conheci ninguém em Minas que tenha me feito pensar em relacionamentos. — Ele levanta minha mão na direção dos lábios dele e, quando toca de leve minha pele, um som indecoroso escapa de minha boca. — Talvez isso tenha mudado desde que voltei para Curitiba, mas ainda não estamos prontos para essa conversa.

Sinto seus olhos em mim, mas me obrigo a manter o foco na estrada. Não quero pensar nos significados por trás das palavras, então resolvo ignorá-lo — assim como faço com tudo que me dá medo. Téo aumenta o volume do rádio, e minha própria voz preenche o silêncio do carro. Pela visão periférica, vejo-o encostar a cabeça no banco e fechar os olhos. Sei que ele não vai me reconhecer como a apresentadora do podcast porque uso um efeito na edição sonora que muda muito meu tom de voz, mas é impossível não ficar curiosa para saber o que ele acha do programa.

Seguro o volante com mais força e fico em silêncio, deixando minha versão atual absorver a mulher que fui um dia.

"Uma verdade universal sobre o amor é que se apaixonar é fácil, o difícil é o que vem depois. Quantas histórias de amor terminam em tragédias e corações partidos porque seguir apaixonado se tornou um desafio? É por isso que sempre digo que amor é permanência. Não importa o quanto o sexo seja bom, você pode entregar seu corpo em níveis transcendentais e ainda manter sua alma escondida a sete chaves. Quer descobrir se o que está sentindo por seu melhor amigo é amor ou não? Então entregue mais do que seu corpo. Este é o desafio: ter fé no amor o suficiente para não sair correndo antes de compartilhar as partes feias de si mesmo. Só leia os sinais, deixe o corpo dizer se pode confiar na outra pessoa, escute a voz que te diz o que fazer. E não me venha com essa de que não existe voz nenhuma, cara. Ela está aí dentro, você é que perde tempo demais fingindo não escutar porque decidiu não estar pronto para o futuro."

— Ela faz parecer tão fácil — comenta Téo. — Nunca deixei ninguém chegar perto o suficiente para ver as partes quebradas dentro de mim, mas fico me perguntando se, ao encontrar a pessoa certa, compartilhar *tudo* realmente garantiria que ela ficasse ao meu lado para sempre.

— Esse é o ponto, acho — falo após alguns segundos. — O amor não tem garantias, então pelo menos um dos lados envolvidos tem que escolher acreditar no sentimento e arriscar. Se os dois permanecerem fechados em si mesmos, nunca vão descobrir o que poderia ou não ter sido.

— Mesmo que isso signifique quebrar a cara?

— Talvez valha a pena quebrar a cara em nome do amor — aperto o volante mais uma vez, sentindo a verdade por trás de minhas palavras —, talvez não. Ainda não cheguei a uma conclusão sobre isso.

— Nem eu — revela Téo com os olhos fixos em mim. Sei disso porque sinto o corpo quente e a pele febril. — Gostei do podcast, por sinal. Cê leva jeito pra falar sobre amor e outras coisas.

— Como assim, cara? Entendi nada — respondo quase gaguejando.

— A voz é diferente, mas a forma de falar é a mesma, moça. Reconheci algumas piadas também. E, levando em conta a mesa de som e o microfone gamer em seu quarto, minha teoria faz sentido. Quando ia me contar que você é a apresentadora?

— Acho que nunca — digo simplesmente, e Téo dá uma gargalhada que faz Tainá reclamar no banco de trás.

— Um segredo por outro — sugere ele ao cutucar meu joelho. Preciso respirar fundo para não entrar em combustão. — Me conta sobre o caso mais cabeludo que escutou no podcast, e eu conto sobre o pior encontro que já tive.

— Pior em que nível?

— Digamos que envolve um caso sério de reação alérgica a camarão, um passeio em uma ambulância e eu internado em um hospital por vinte e quatro horas.

Não resisto e busco seus olhos por um instante, caindo na gargalhada ao ver a expressão encabulada em seu rosto.

— Tá bem, fechado — digo, vencida pela curiosidade.

Passamos os próximos quarenta minutos conversando sobre tudo e nada ao mesmo tempo. Tarde demais percebo que Téo está perto o suficiente para ver todas as fissuras em meu coração e, ainda assim, ele segue aqui. Implorando para ouvir tudo o que não quero falar.

Grupo da Família Dias

Téo: Chegamos!

Jonas: A chave do portão está na caixinha de correio, podem entrar.

Bernardo: E a senha da porta de entrada é 1415.

Jonas: Isso se ela resolver funcionar.

Bernardo: Está duvidando das minhas capacidades manuais, amor?

Jonas: Duvidando? Eu? Nunca!

Tainá: Desde quando precisamos de senha pra entrar em casa?

Jonas: Essa semana seu pai cismou em instalar uma fechadura eletrônica sem ler o manual. Agora temos uma fechadura que só funciona quando quer.

Téo: Pelo visto ela não quer trabalhar hoje... digitei a senha, mas a porta não abriu.

Jonas: Vamos aí abrir pra vocês, só precisamos de mais 5 minutos.

Bernardo: Estamos procurando o pestinha do Beto.

Tainá: Blz.

Tainá: Ei

Tainá: QUEM DIABO É BETO?

Capítulo 17

Téo

Fico emotivo ao empurrar o portão de ferro e encarar a casa branca de janelas azuis. Apesar de ter sido reformada recentemente, a estrutura é a mesma das minhas lembranças: a árvore de manacá-da-serra cobrindo parte da fachada, a varanda cheia de bebedouros para beija-flores e as duas cadeiras de vime onde meus pais passavam os finais de semana acompanhando sorridentes minha infância.

Tento digitar a senha mais uma vez, mas a fechadura eletrônica instalada na porta de entrada zomba da minha cara com um apito óbvio de quem não vai abrir. Penso em contornar a casa e entrar pela garagem, mas no exato minuto em que guardo o celular no bolso da calça sou atacado por uma bola de pelo. O cachorro late e morde a barra da minha calça jeans, falhando por pouco em sua tentativa de me arrastar pela entrada. Fico parado em frente à porta da casa de meus pais encarando o animal. Trem, ele é fofo demais, e sinto vontade de apertá-lo. Sempre quis ter um cachorro, mas uma das regras de seu Jonas era nada de animais de estimação em casa, o que causou várias crises de choro em mim e na minha irmã.

Sendo justo, nem sempre as coisas foram assim. Quando eu era adolescente, tive um coelho que fugiu da gaiola e roeu as provas semestrais dos alunos de meu pai. O pai Jonas precisou simular notas para os alunos, e fiquei de castigo as férias inteiras. Depois teve o episódio do papagaio de Tainá, que cantava funks indecentes dos anos 2000 e chamava os alunos da academia do seu Bernardo de *popozudas*. Isso sem mencionar a chinchila que ganhamos da tia Bete; a filha da mãe saía da gaiola e cagava na cama de meus pais todo dia de manhã, e eu quem tinha que limpar a merda. Óbvio que eu a adorava e chorei por dias quando a bolinha de pelo morreu depois de colocar fogo no sofá de casa, mas prometi *nunca mais* falar sobre esse dia.

Fico surpreso por meus pais terem mudado de ideia sobre a companhia de um cachorro. Porém, levando em conta que eu e Tainá saímos de casa e que os índices de acidentes caseiros diminuíram em quase cem por cento, tem lógica que eles finalmente se sintam seguros para aumentar a família de novo.

— Calma, amigão. — Abaixo para ficar na altura de seus olhos e passo a mão por sua pelagem preta. — Imagino que você seja o famoso Beto.

O cachorro late e pula em meu colo. Parece um labrador, mas as patas e orelhas pontiagudas são brancas, o que me deixa em dúvida quanto à raça. Provavelmente é um vira-lata, o que o torna ainda mais perfeito para nossa família.

— Cê é a bolinha de pelo mais fofa que já vi, sabia?

Não adianta negar, essa voz aguda e melosa saiu mesmo de mim.

— Sério que nossos pais arranjaram um cachorro e nem sequer mandaram uma mensagem para avisar?

Tainá ajoelha ao meu lado e começa a fazer carinho na bola de pelos babona.

— Fico me perguntando como é que eles não postaram nada sobre ele nas redes sociais. O pai Jonas ama se aparecer no Instagram — falo em tom de brincadeira.

— Já eu me pergunto quando foi que nossa família começou a guardar tantos segredos uns dos outros. — Minha irmã fala tão baixo que a impressão que tenho é que a frase escapou, como um pensamento rebelde. — Primeiro você mente sobre voltar para Curitiba, agora os pais arranjam um cachorro de forma sorrateira... Não aguento mais ser enganada.

— Ei, achei que já tínhamos superado isso, maninha. — Dou um empurrão de leve em seu ombro, aproximando-me o suficiente para deixar claro que estou ao lado dela, que seus sentimentos são importantes. — A vida adulta é um saco, Tainá. Nem sempre conseguimos estar próximos de quem amamos para acompanhar todas as mudanças ou decisões, mas isso não significa que o amor diminuiu ou acabou. E, se serve de consolo, prometo que não vou esconder mais nada de você.

— Considerando a forma como vejo você olhando para minha amiga, acho que isso é uma puta de uma mentira.

— Não faço ideia do que está falando.

Eu me levanto do chão e ofereço uma das mãos para erguê-la, mas Tainá me ignora e enfia a cara na pelagem escura do cachorro.

— Não gosto de ser enganada. Então, seja lá o que estiver rolando entre vocês dois, só me falem de uma vez. Não quero ficar de fora, entendeu?

— Não tem nada rolando.

— *Ainda* — adiciona minha irmã em um tom desafiador.

— Não tem nada rolando entre nós, mas, caso isso mude, prometo te contar — digo com um suspiro de resignação. — Satisfeita agora?

— Tenha paciência, maninho. Um coração partido precisa de tempo para se recuperar, mas carinho, cuidado e amor são colas poderosas quando o assunto é remendar o que foi quebrado.

— Ei, pega leve que ninguém falou de amor.

Tainá responde meu tom desesperado com uma gargalhada que decido ignorar.

Olho para trás e vejo Laura saindo do carro estacionado na entrada da casa com uma mala de mão e duas mochilas. Isso porque só vamos passar o final de semana. Caminho até ela e pego as bagagens, ganhando um sorriso lindo de agradecimento que faz meu corpo acender.

Seguimos para a entrada da casa com ela à minha frente, e não consigo parar de olhar para sua bunda. Laura está com uma calça jeans justa, uma bota preta estilo caubói que vai até o joelho e um casaco de lã branco que abraça suas curvas. O cabelo está preso em um coque baixo, e alguns cachos soltos emolduram seu rosto, mas são seus lábios pintados de vermelho que estão me deixando no limite desde o momento em que meus olhos cruzaram com os dela na recepção do hospital.

Diabo de mulher bonita!

Para piorar meu desespero, cada dia descubro uma parte nova dela que me deixa mais perto do precipício. A forma como Laura olhou para mim no hospital, como me escutou falar sobre o dia de merda que tive no plantão e suas histórias com o podcast mexeram com algo dentro de mim.

— Vocês contariam para o parceiro de vocês se mudassem de ideia sobre algo tão importante quanto adotar filhos?

Minha irmã fala do nada, e, como Laura estanca na minha frente, acabo tropeçando em seu corpo minúsculo. Envolvo sua cintura com a mão livre, fazendo um esforço danado para equilibrar as mochilas nos ombros e evitar que caiamos de cara na entrada de pedra, mas isso faz com que seu corpo fique totalmente colado ao meu — e sua bunda me acerta em uma região que não esconde a *animação* com a pequena interação.

— Cacilda, Téo. Que isso em seu bolso? — murmura ela em meio ao riso.

Até penso em responder, mas o olhar curioso de Tainá me faz calar a boca. Depois que me equilibro, dou um passo para trás, visualizo a cena da tia do Homem-Aranha morrendo e finjo que nada aconteceu.

— Você sabe que eu sou expert em varrer minhas merdas para debaixo do tapete, Tainá — diz Laura ao acariciar o cachorro esparramado no colo de minha irmã. — Então, não sei, talvez eu contasse, talvez não. Vivo escondendo partes minhas das pessoas ao meu redor e na grande maioria das vezes só percebo que faço isso quando é tarde demais.

— Josi escondeu algo de você? É por isso que está triste? Quem das duas estava pensando em adotar? — digo após retomar o controle do próprio corpo. — Cê chegou a assinar os papéis do divórcio?

— Vai de leve no interrogatório, cara.

Laura me cutuca nas costelas, bem onde ela sabe que sinto cócegas, e o pulo que dou para longe dela arranca uma gargalhada da minha irmã.

— Não tô triste com a Josi, só fiquei decepcionada com algumas escolhas que ela fez e que destruíram nosso casamento. Ela errou e foi egoísta, e, por mais que eu a ame, não sei como lidar com a mágoa que sinto. — Tainá encara Laura, e a troca de olhares entre elas é, no mínimo, significativa. — Eu entendo por que você não está falando direito com seus avós e por que deu um gelo em Ravi. É doloroso sentir raiva das pessoas que amamos.

Sua frase carrega tanto significado que levo mais tempo do que deveria para pensar em uma resposta. No fim das contas, não tenho tempo para isso, porque a porta de casa é finalmente aberta, e o pai Jonas me pega desprevenido em um abraço apertado.

— Que saudade, filho — diz ele com os braços ao meu redor. — Não acredito que finalmente voltou para casa.

A saudade que senti de meus pais nos últimos anos, a pressão da residência e o medo constante de perdê-los jorram de mim como uma represa. E, quando dou por mim, estou com o rosto enfiado no pescoço dele e chorando que nem um menino.

Bernardo nos abraça após uns segundos, e logo Tainá — ainda com o cachorro no colo — completa o circo formado por abraços apertados, palavras desconexas e fungadas que nenhum de nós consegue esconder.

Enquanto choro e busco abrigo nos braços de minha família, nem penso em me sentir envergonhado. Se tem uma coisa que aprendi ao longo dos meus 31 anos é que a vida é curta demais para vivermos podando o amor. Hoje estamos aqui, amanhã podemos não estar. Então, se é para amar, que seja agora e não quando o final chegar.

— Quer mais pão de alho? — pergunta o pai Bernardo para mim.

— Pai, se eu comer mais alguma coisa, vou explodir.

— Tá dizendo que não vai querer provar meu pudim?

— Uai, não é para tanto também.

Ele ri ao apoiar o corpo forte na bancada ao lado da churrasqueira.

Meu pai está usando o avental de "pai do ano", com a frase estampada acima da imagem de um tanquinho masculino devidamente esculpido em gominhos musculosos. Apesar de o cabelo estar mais branco do que da última vez que o vi, nada mudou — os olhos sorridentes são os mesmos, assim como o sorriso fácil e doce. Agora o pai Jonas... ele não parece em nada com o homem cheio de vida que visitei meses atrás.

— O que o pai tem? — Tomo um gole do tereré gelado e encaro Jonas conversando com Tainá e Laura. Além das olheiras profundas, ele parece muito mais magro. — Algum problema com o processo de aposentadoria? Estão precisando de dinheiro?

— Ei, não é nada com o que se preocupar, filho.

— Preocupação é meu nome do meio. E não adianta negar, tem alguma coisa que não estão me contando.

Bernardo volta a atenção para a churrasqueira e retira outra rodada de pães de alho e vinas caseiras que ele mesmo costuma preparar. Apesar de estar cheio, roubo um pedaço da vina picante da tábua de corte.

Uma das primeiras coisas que me uniu ao meu pai foi a culinária. Quando Bernardo começou a visitar o lar adotivo em que eu estava, nossos encontros sempre aconteciam na cozinha. No começo cozinhávamos juntos e não falávamos de mais nada, mas, com o tempo, passei a confiar completamente nele. Semanas depois conheci Jonas, e as coisas simplesmente se encaixaram. Senti que estava ganhando de Deus uma segunda família e passava todos os dias com eles.

O processo de minha adoção até que foi rápido. Pai Bernardo estava na lista havia anos, e não existiam muitas famílias dispostas a adotar crianças da minha idade. Apesar de morar com Jonas, naquela época casais do mesmo gênero não podiam adotar, então todo o processo foi feito no nome de Bernardo. Óbvio que depois disso pai Jonas não mediu esforços até ter seu nome em minha certidão de adoção. Demorou quase dez anos, mas no final das contas eles conseguiram ser considerados pela lei algo que já eram em meu coração: meus pais.

Olho para Bernardo na churrasqueira e depois sigo o som da risada de Jonas, que aperta Tainá e bagunça seu cabelo como se ela não fosse uns dez centímetros mais alta que ele. Enquanto pai Bernardo é caloroso e dócil, pai Jonas é uma força da natureza. Seu olhar é do tipo que move montanhas, e sua vivacidade é palpável. Sempre admirei a forma como ele enfrenta tudo ao redor em nome da felicidade daqueles que ama. Talvez seja por isso que minha conexão com ele tenha sido instantânea. Lógico que nosso amor de filho para pai nasceu do convívio, mas em nossa primeira conversa eu já me sentia acolhido debaixo de sua asa protetora, como um patinho cansado de nadar solitário. Ele é minha rocha, então meu peito aperta só de pensar que pode ter algo o incomodando.

— Desligue a mente por algumas horas, filho. Vamos aproveitar a tarde juntos para conversar e matar a saudade. — Bernardo aperta meu ombro e me traz para perto em um abraço. — Temos algumas coisas para conversar e uma surpresa para vocês, mas tudo isso pode esperar até amanhã. Hoje só quero agradecer pelo dom de minha família.

Respiro fundo e assinto, aceitando a tábua de suas mãos para fazer as vezes de garçom.

Ele pisca ao apontar para Laura.

— Agora vá lá servir sua moça.

— Não tem nada de *minha* nessa história, pai.

— Então pare de perder tempo. — Ele me empurra de leve. — Faça que nem eu fiz com seu pai e a conquiste pelo estômago.

— Nó, nem tudo pode ser resolvido com uma comida gostosa.

— Depende da comida a que estamos nos referindo, filho.

Eu me engasgo com uma risada que é metade desespero, metade susto. Bernardo gargalha ao dar tapas acolhedores em minhas costas.

— Pare de pensar e comece a viver, Téo. A vida é curta demais para esperarmos o tempo certo das coisas.

bem me quer
eu fico
mal me quer
você parte
bem me quer
eu sigo
mal me quer
você foge

bem me quer
as pétalas acabam
mal me quer
as flores no jardim também

Matilda Marques

Capítulo 18

Laura

Após o almoço que virou jantar, senti que Téo e Tainá precisavam de um tempo de qualidade com os pais, então me ofereci para cuidar da louça sozinha. Óbvio que Bernardo não aceitou. Além de ser gentil e um ótimo cozinheiro, ele é um observador nato. Então tenho quase certeza de que escolheu me acompanhar na tarefa apenas para dar ao marido a oportunidade de curtir a companhia dos filhos.

Encontrei Jonas várias vezes desde que me mudei para o apartamento de Tainá, mas nunca o tinha visto tão emotivo. Seus olhos lacrimejam toda vez que vê os filhos rindo, e já perdi as contas de quantas vezes ele abraçou os dois só para dizer que os ama. Até eu fui inundada por seu carinho — o que só tornou todo esse lance de reencontro familiar mais conflitante.

Estar aqui faz com que eu me sinta acolhida por uma família grande e amorosa, mas, ao mesmo tempo, sinto o coração apertar de saudade toda vez que acompanho Jonas e Bernardo interagindo com os filhos. Quando vi o abraço emocionante de Téo com os pais e a forma como ele se entregou ao momento do reencontro, me dei conta de tudo aquilo que estou perdendo ao me manter distante de meus avós. Ao mesmo tempo, por mais doloroso que seja permanecer longe, não consigo simplesmente ignorar o fato de que mentiram para mim a vida toda.

Acabo ficando presa no limbo da raiva e da saudade, torcendo para que o tempo me mostre a melhor forma de seguir em frente.

— Como está sendo morar com meus filhos naquele apartamento minúsculo, menina? — questiona Bernardo ao me entregar o último prato molhado.

— O apartamento nem é tão pequeno assim — falo com os olhos pregados na louça em minhas mãos. — Setenta metros quadrados são quase um luxo naquela região.

— Luxo ou não, são dois quartos para três pessoas. Que milagre estão fazendo?

— Téo ficou com o sofá, eu fiquei com o quarto dele e aquela banheira de chão maravilhosa.

Ele ri e balança a cabeça, como se não o surpreendesse nem um pouco saber que o filho mais velho está dormindo em um sofá duro.

— E você está bem com o arranjo, Laura?

— É complicado. Ao mesmo tempo que me sinto culpada por ter roubado o quarto de seu filho, também estou feliz por morar com eles. Sei que eu deveria procurar outro apartamento, mas, além de precisar de um tempo para organizar minhas finanças, gosto de ter companhia.

— Fico feliz que estejam morando juntos, sabia? — Bernardo sorri para mim, a sinceridade nítida. — Dá para perceber que vocês fazem bem uns aos outros. Amizades assim são raras, então espero que saibam o quão sortudos são.

Penso em minha relação com Tainá e em como ela não mede esforços para me ajudar. Em seguida, lembro do olhar atencioso e das conversas sinceras e profundas que tenho com Téo. Sem os dois, meu começo de ano teria sido completamente diferente. Eles são meus amigos, e não me imagino longe de nenhum deles — o que me causa espanto, principalmente quando penso em como conheço Téo há tão pouco tempo e já o considero uma peça importante da minha vida.

— Depois das semanas que passei internada no hospital, a última coisa que eu queria era ter que voltar para a casa que compartilhava com Ravi — desabafo sob o olhar gentil de Bernardo. — Se Tainá não tivesse me acolhido em sua casa e em seu coração, acho que eu ainda estaria perdida, afundando no luto e na solidão.

— Você fez o mesmo por ela após o divórcio. É isso que amigos fazem: alicerçam-se em meio ao vendaval.

Com o coração aquecido por suas palavras, organizo a louça seca e peço para Bernardo apontar em qual dos armários devo guardar cada um dos itens. Ele indica que os pratos vão em um armário suspenso, e fico na ponta dos pés para ganhar uns centímetros extras e alcançar a prateleira acima de minha cabeça. Ela nem é tão alta assim, mas com minha altura e a bota sem salto que escolhi usar hoje, estantes, armários de cozinha e prateleiras suspensas são sempre o inimigo.

— Os senhores também me ajudaram muito com a mudança — falo ao guardar parte da louça. — Sempre serei grata pela forma como cuidaram de mim.

— Você pode nos agradecer ligando para sua vó. — Bernardo limpa a pia, dobra o avental de cozinha escrito "pai do ano" e retira um envelope pardo grande e grosso de uma das gavetas. — Estou conversando bastante com Isis nos últimos meses, sabia? Acho que foi a maneira que ela encontrou de se sentir mais próxima de você.

— Mandei algumas mensagens, mas simplesmente não consigo me forçar a enfrentá-la — falo em um sussurro. — Pelo menos não ainda.

— Você está com raiva, eu entendo. — Bernardo coloca o envelope na bancada a minha frente. — Sua avó me pediu para te entregar isso. Pelo que entendi, são os documentos da herança.

Encaro o envelope por alguns segundos, e a raiva que mantenho enjaulada dentro de mim ameaça dar as caras. Todo mundo sabia que minha mãe não havia morrido no parto, e, apesar da importância que esse acontecimento teve na minha vida, nenhum deles me contou a verdade. Só de pensar na cara de meus avós e de Ravi quando descobri que estavam mentindo para mim por anos, sinto vontade de vomitar.

Passei a vida toda lendo os poemas de amor escritos por minha mãe antes de eu nascer, jurando que os sentimentos transbordando deles refletiam as emoções de uma mãe ansiando por seu bebê. Todo mês eu ia ao cemitério limpar o túmulo dela e chorar de saudade pela figura materna que nunca conheci, mas que sentia próxima de mim por causa do amor que aprendi a reconhecer em seus poemas e diários antigos. Caramba, Ravi me viu contar para a lápide de Matilda, em meio a soluços desesperados, que eu havia sofrido um aborto espontâneo e perdido minha bebê de quatro meses, e, mesmo assim, nenhum deles teve coragem de me contar a verdade.

Hoje sei que a única versão de minha mãe que morreu no dia de meu parto foi a da jovem poetisa em ascensão. Matilda amava escrever e mantinha no quarto centenas de poemas de amor; alguns inacabados, outros rasurados pelo tempo. Após sua morte, seus tutores publicaram alguns de seus textos, e a história contada na mídia foi a de uma jovem abandonada pelo amante, de um bebê nascido como fruto do amor proibido, da eclampsia, das complicações pós-parto e de uma morte inesperada. Seus poemas ganharam notoriedade com a tragédia, mas com o passar dos anos caíram em esquecimento, como tudo que perde o viso ingênuo da juventude.

A versão contada por meus avós é que minha mãe passava horas dentro do quarto acariciando a barriga e escrevendo, então, quando fiquei mais velha, presumi que todas aquelas palavras de amor fossem para mim. No Dia das Mães, em vez de tristeza, eu só sentia saudade, porque eu sabia que havia sido amada.

Tanta mentira disfarçada de amor.

— Não vou fingir que entendo pelo que está passando, mas posso afirmar que ser pai é assustador, Laura. — Bernardo toca meu ombro com gentileza, e volto os pensamentos para o presente. — Todo pai quer proteger os filhos das dores do mundo, mas, mesmo quando juramos nunca magoar aqueles que mais amamos, acabamos caindo em ciclos de repetição que causam mais dor do que prevíamos.

— Não que isso justifique as atitudes de seus pais, querida. — Jonas entra na cozinha com uma bandeja cheia de copos e taças sujas e um sorriso gentil no rosto. — Mas às vezes só precisamos aceitar que pais e avós também erram.

— E que perdoar é completamente diferente de esquecer — completa Bernardo.

Em silêncio, observo como os dois coordenam as atividades na cozinha, revezando nas tarefas de organizar, lavar e enxaguar a louça. Eles parecem prever os passos um do outro e, sempre que seus olhares se encontram, um sorriso toma forma nos rostos. Os dois são uns dez anos mais novos que meus avós, mas a verdade é que parecem muito mais jovens.

Bernardo é tão alto quanto Téo e tem um porte atlético — seja por genética ou por seus anos como professor de artes marciais. Sua pele branca combina com as mechas grisalhas do cabelo. Já Jonas é apenas alguns centímetros mais alto do que eu. A pele preta do rosto é marcada por uma barba curta levemente esbranquiçada. Suas roupas engomadas caem no padrão do professor de literatura clássica, e posso jurar que seu sorriso é igualzinho ao de Tainá.

— Quando adotamos Téo — a voz de Jonas falha, e Bernardo afaga seu ombro em um gesto que faz meu coração se apertar —, descobrimos que ele tinha terror noturno. Acordávamos todas as noites com os gritos. Ele havia perdido os pais em um acidente de carro e, mês após mês, começou a temer que o mesmo acontecesse comigo e com Bernardo. Foi quando começamos a mentir para ele, falando que ele não precisava se preocupar, porque não íamos sair de casa. Ou fingindo que nosso carro havia sido criado por Alfred e que as possibilidades de nos machucarmos em um acidente eram praticamente nulas.

— Que Alfred? — pergunto ao voltar para a tarefa de secar a louça enquanto eles lavam e enxaguam as taças de forma sincronizada.

— O mordomo do Batman.

— Ah, entendi. Téo me disse mesmo que era apaixonado pelas HQs do Batman.

— Ele disse, é? — De canto de olho consigo ver o sorriso que Jonas dá para Bernardo, que sussurra algo indecifrável para o marido. — Enfim, o ponto é que usamos sua paixão por histórias de fantasia para combater tudo aquilo que considerávamos um medo irracional da morte. Criávamos histórias mirabolantes, vestíamos roupas de super-heróis, líamos livros sobre magia e mundos encantados e tentávamos de todas as formas abafar a voz em sua cabecinha que dizia que todo mundo ao seu redor ia morrer. As coisas só melhoraram quando começamos a ler *Alice no País das Maravilhas* para ele.

— A história trouxe alívio para nossas noites. Nós devíamos ter procurado um psicólogo assim que percebemos que Téo não estava bem, levamos tempo demais para aceitar que precisávamos de ajuda profissional. Mas, se formos ser justos, naquela época achávamos que nosso amor fosse ser o suficiente para *curá-lo*. — Bernardo diz a última palavra com o que imagino ser uma mistura de culpa e pesar.

— Você entende o que estamos dizendo, Laura? Às vezes, quem ama também mente, erra e faz escolhas egoístas. Isso não significa que amamos menos Téo, muito pelo contrário.

— É o que fazemos com nossos erros que define as entrelinhas de nosso amor. Seus avós escolheram ficar e amá-la com tudo o que são — afirma Jonas ao me entregar mais uma taça molhada. — Você não acha que merecem ao menos uma chance de serem ouvidos?

Não sei o que falar, então apenas coloco a taça na pia e encaro o envelope pardo em cima da bancada de mármore. Por mais que eu queira fugir, já passou da hora de enfrentar toda essa bagunça: as mentiras de meus avós, os erros de meus genitores e os sentimentos de raiva, inadequação, abandono e mágoa que — de certa forma — sempre farão parte de mim agora que conheço toda a verdade.

— Quando quiser conversar, estamos às ordens, garota — oferece Bernardo ao terminar de lavar o restante da louça.

— Você é sempre bem-vinda em nossa casa, principalmente se continuar fazendo Téo sorrir que nem um menino apaixonado.

Jonas abre a geladeira para guardar o que restou das sobremesas, e finjo não ter escutado a última frase.

Desde que chegamos, eles não param de me jogar para os braços de Téo. Posso ser mais nova que eles, mas já assisti a filmes clichês o suficiente para identificar uma operação cupido quando vejo uma. Ainda assim, parte de mim fica feliz em saber que os dois aprovam meu envolvimento com Téo.

Não que exista de fato um envolvimento, mas, em um cenário *hipotético*, eu amaria ter Bernardo e Jonas como sogros.

Fecho os olhos por um instante, e minha mente é bombardeada com imagens de uma fantasia assustadoramente real. Nela, Tainá é mais do que minha melhor amiga... é minha irmã de alma. E Téo vira o travesseiro particular no qual me enrosco todas as noites antes de dormir.

Anos atrás, eu me jogaria nesse conto de fadas sem pensar duas vezes, mas hoje tudo o que consigo sentir é um vazio grandioso tomar conta de mim. É triste como estou ferida demais até mesmo para sonhar acordada porque, por mais que eu saiba que o amor existe, simplesmente não me sinto digna dele.

Mordo os lábios até a dor leve me trazer de volta para a realidade. Decidida a apagar as imagens da mente, concentro-me na tarefa de guardar a louça limpa.

— Posso subir no banco para guardar os copos secos?

A pergunta sai um tom mais alto do que deveria, mas acho que Jonas e Bernardo não percebem meu estado de desespero.

— Lógico, eu mesmo faço isso o tempo todo. — Jonas empurra a banqueta de madeira em minha direção e, depois de eu subir, começa a me entregar as taças limpas. — Posso te fazer mais uma pergunta difícil, querida?

— Amor, deixa a menina em paz — ralha Bernardo.

— Juro que é uma pergunta inofensiva, meu bem.

— Não acredite nele, Laura. Meu marido ama se intrometer onde não é chamado.

— Só eu? — Jonas me entrega as últimas taças, e finjo não estar me divertindo com a troca de farpas entre eles. A conversa deles serve para me manter longe dos caminhos perigosos traçados pela mente, e isso é um alívio. — Quer dizer que não está curioso para saber o que está rolando entre ela e Téo? Conheço aquele sorrisinho faceiro no rosto do meu filho e tenho certeza de que esses dois estão aprontando algo!

Acho que comemorei cedo demais.

— Amor, Laura acabou de terminar um noivado! Acha mesmo que ela está com cabeça para pensar em homem?

— Águas passadas não movem moinho, meu bem. E nem aquecem lençóis, não é mesmo, menina?

Eu estava rindo até escutar Jonas fazer referência à minha cama — mais especificamente, a Téo aquecendo meus lençóis. Essa conversa, unida às imagens fantasiosas em minha mente, à lembrança de Téo beijando minha mão no carro e à sensação latejante de seu corpo quente e grande atrás de mim quando nos trombamos algumas horas atrás, faz tudo rodar. De repente, entre querer e não poder, percebo que todos esses pensamentos confusos são demais para assimilar.

Estou com as mãos ocupadas e equilibrada em uma superfície perigosamente bamba, então não é a melhor hora para sentir as pernas falharem. Tento me ajeitar no banco, mas acabo pisando em falso e, entre tentar manter as taças a salvo e não encontrar apoio para o pé, caio do banco com a mesma graça de um hipopótamo.

— Opa, peguei você — murmura ele. A primeira coisa que noto é seu cheiro, depois a força com a qual seus braços me seguram. Não sei de onde ele apareceu, mas confesso que é muito mais confortável aterrissar nos braços de Téo do que dar de bunda no chão. — Cê tá bem?

— Quê?

— Eu perguntei se você está bem — repete ao me colocar no chão e retirar as taças de vidro das minhas mãos com gentileza, colocando-as em um lugar seguro.

Observo o movimento hipnotizante de seus dedos nos meus e mal percebo quando minhas mãos ganham vida própria e sobem por seu tórax até se enroscarem em sua camiseta.

— Acho que vou desmaiar — digo, e não é brincadeira; minhas pernas estão parecendo gelatina.

Subo o olhar de seu peito forte e vejo a diversão sumir dos olhos de Téo. Seus dedos apertam minha cintura e, sob a minha palma, seu coração bate tão acelerado quanto o meu. Seus olhos verdes descem pelo meu rosto e param em meus lábios, fazendo malditas borboletas darem piruetas na base de minha barriga.

Por um instante, penso em Ravi e em como nossa relação era fisicamente tranquila. Com Téo, sinto um redemoinho de vontades nascer na base do meu estômago sempre que ele me toca ou olha. É por isso que, ao mesmo tempo que quero correr para o mais longe possível dele, também quero mergulhar em sua intensidade e me deixar ser consumida.

— No fim das contas nem precisei fazer a pergunta. Para o bom entendedor, meia palavra basta — comenta Jonas, quebrando o encanto.

Eu me afasto de Téo e limpo o suor das mãos na calça jeans.

— Acho que você tem razão, meu bem. — Bernardo encara Téo com um sorriso cúmplice. — Parece que esses dois estão escondendo algo.

O olhar de desejo no rosto de Téo é apavorante. Nesse instante, tudo o que quero é arranjar um buraco para me enfiar. Eu me sinto uma adolescente que foi pega no flagra com o namorado secreto.

Somos amigos, só amigos, grandes amigos... Grito as palavras na mente repetidas vezes na tentativa de forçar o cérebro a parar de olhar para Téo como se ele fosse um picolé ambulante, ou um espécime raro, ou uma edição inédita da minha revista favorita.

— Vai chamar sua irmã, filho. — Jonas dá um peteleco na testa de Téo, como se precisasse tirá-lo de um transe. — Temos uma surpresa para vocês lá na garagem.

— Uai, não precisa partir para a violência.

— Vai logo, moleque. — Jonas o empurra da cozinha e volta o olhar curioso em minha direção. — E você, mocinha, é bom se preparar porque tenho algumas perguntas.

— Ah, não.

As palavras me escapam, e Bernardo cai na gargalhada.

— Vai, eu te dou cobertura. — Ele aponta para a porta dos fundos, a que serve de entrada para a garagem, e abraça o marido. — Caso contrário, prepare-se para um interrogatório.

Olho os dois no auge dos 60 anos, com amor e carinho transbordando dos olhos, e saio correndo completamente amedrontada. Corro não só de Téo e das emoções que ele desperta, mas das dúvidas que fincam raízes em mim.

Estar tão perto assim do amor quase me dá vontade de acreditar que sou digna de ser amada, apesar das ranhuras feias e expostas de meu coração.

sufocada pelo medo, eu me pergunto:
valeu a pena escolher ser livre por um momento
e passar a vida toda presa em tamanho tormento?

Matilda Marques

Capítulo 19

Laura

— Não acredito! Vocês estão falando sério? — grita Tainá ao entrar na Kombi novinha em folha. — Aposentaram bem, meus velhos.

Téo dá um tapinha nas costas de Jonas e olha o carro, maravilhado.

— Ela é linda, pai.

A surpresa que Jonas e Bernardo tinham para contar é que compraram uma Kombi — vermelha, reluzente e toda reformada. Os dois juntaram o dinheiro depois de Bernardo vender a academia de artes marciais e Jonas dar entrada na aposentadoria do cargo de professor de português na rede pública. Parte do dinheiro foi destinada para adaptar a parte de trás da Kombi, transformando-a em uma minicasa funcional com cama, fogão e frigobar. Donos da casa própria sobre rodas, os dois pretendem sair de férias pelo litoral do Paraná para conhecer todas as praias da região e curtir a companhia um do outro.

— Meus pais sempre sonharam em ter uma dessas. Desde que me conheço por gente, lembro deles falando que um dia teriam uma Kombi vermelha e que viajariam o Brasil todo com ela.

Téo olha para mim pela primeira vez desde o episódio na cozinha, e a suavidade em seus olhos acalma meu coração afobado.

— Preciso finalizar mais um semestre de aulas, mas, depois disso, quero curtir minha aposentadoria e esquecer do mundo por algumas semanas. — Jonas corre os dedos pela lataria do carro com um sorriso esperançoso no rosto. — Mas essa não é a única surpresa que temos.

— Cachorro, aposentadoria, Kombi, viagem romântica no meio do ano... — Tainá aparece de repente em uma das janelas da Kombi, dando um susto em Téo. — O que mais estão aprontando?

— Pega o embrulho atrás do banco do motorista para você descobrir — sugere Bernardo com uma piscadela.

Aguardamos em silêncio enquanto Tainá vasculha a Kombi. Alguns segundos depois ela pula do veículo com uma caixa pequena nas mãos. Sem cerimônias, minha amiga rasga o embrulho dourado cheio de fitas brilhosas e começa a xingar que nem um marinheiro ao avistar a embalagem vermelha aveludada.

— Puta que me pariu — grita minha amiga ao abrir a caixa e me mostrar um anel de diamantes mais brilhoso que a lua.

— Olha os modos, filha.

Jonas suspira, mas, pelo seu revirar de olhos, ele sabe que é causa perdida.

Tainá assobia ao tirar o anel da caixa. A base da joia é de ouro branco, e vários diamantes pequenos formam uma garra que se une para escorar um diamante único digno de novela. Não faço ideia de quantos quilates a pedra tem, mas não é pouca coisa, não.

— Era da avó de vocês — revela Bernardo ao se aproximar de Tainá. — Lembram dela?

— Óbvio. Sinto seus apertões em minhas bochechas até hoje — responde Téo. — Ela vivia exibindo o anel pela cidade, principalmente quando íamos às missas de domingo.

— Minha mãe ganhou esse anel de presente de noivado. Meu pai contou uma história sobre a peça ser de uma das sobreviventes do Titanic, minha avó caiu no papo furado, e os dois passaram cinquenta anos casados. — Bernardo fala tudo olhando em minha direção. — Eles brigavam como gato e rato, mas pelo menos se amavam. Segundo mamãe, esse anel era o símbolo do amor deles.

— Sua avó sempre disse que gostaria que o anel fosse herdado pela primeira neta mulher. — Agora é Jonas que continua a narrar a história, e dessa vez com uma nota de emoção na voz. — Esse anel sempre foi seu, filha. Ele estava guardado com a avarenta da sua tia Silvana, mas, depois de alguns meses de negociação e chantagem emocional, ela finalmente vendeu a peça por um preço justo.

— Galera, se isso for uma piadinha de mau gosto, agora é a hora de revelar a verdade.

— Não é piada, filha. É sua herança.

Bernardo pega o anel das mãos da filha e o coloca no dedo dela.

O gesto é tão simbólico que minha amiga desembesta a chorar. O rompante de emoção é algo tão atípico dela que ficamos sem reação por um segundo, exceto Beto, que começa a latir e pular em sua perna. Após o choque, Bernardo e Jonas abraçam a filha, e os três engatam uma conversa emocionante sobre pertencimento, amor verdadeiro e família. Meus olhos procuram pelos de Téo que, do outro lado da garagem, observa a cena com um misto de emoções. Transbordando de seus olhos verdes consigo identificar orgulho, felicidade e um toque de preocupação que me deixa apreensiva.

— Disfarça essa cara feia, ou vou achar que você está com ciúme. Quer que eu te compre um anel também? — falo ao me aproximar.

— Cê tá pensando em me pedir em casamento, moça? — brinca ele, mas seus olhos permanecem sérios.

— Vai, desembucha. Com o que você está preocupado?

— Não é nada, é só uma sensação estranha no peito.

Téo leva a mãos na altura do coração e massageia a área. Não acho que ele faça isso de propósito, então entendo que seja a ansiedade falando mais alto.

— Agora é sua vez, Téo — alerta Jonas e bate palmas, animado, direcionando os olhos de águia para o filho. — Depois de comprarmos a Benedita...

— Quem?

A pergunta sai antes que eu possa controlá-la.

— Benedita é o nome da Kombi — informa Tainá. — Também era o nome da minha avó.

Assinto e volto a encarar Jonas, esperando com paciência que ele termine a história. Enquanto Jonas e Bernardo falam do passado, a respiração irregular de Téo fica cada vez mais audível. Estamos próximos o suficiente para eu sentir sua inquietação, então pego sua mão na minha e enlaço nossos dedos. O gesto faz com que ele solte um suspiro de alívio e dê um passo em minha direção. Algo em mim diz que Téo precisa de apoio, por isso passo nossas mãos unidas pela minha cintura e puxo seu corpo para mais perto em uma espécie de abraço lateral.

— Acho que estou muito perto de ter uma crise de ansiedade — comenta ele baixinho na altura do meu ouvido.

— Inspira e expira comigo. — Espalmo nossas mãos unidas no centro de minha barriga para que ele possa sentir o ar entrando e saindo de meu corpo. — Um, dois, três...

Faço a contagem da forma mais discreta que posso, respirando de maneira ritmada com Téo até sentir seu batimento cardíaco começar a desacelerar. Jonas e Bernardo seguem falando da Benedita, mas os olhos de Tainá estão grudados nos meus. Ignoro as perguntas estampadas em sua expressão curiosa e me concentro totalmente em Téo.

— Consegue aguentar mais uns minutos? — questiono. Ele faz um gesto afirmativo com a cabeça, mas aumenta a força de nosso abraço desajeitado. — Quer que eu finja um desmaio para ganharmos tempo? Meu rosto é bonito demais para cair no chão frio dessa garagem, mas posso fazer esse sacrifício por você.

Falo baixinho, mas minha discrição não adianta de nada porque Téo cai na gargalhada.

— Ei, pombinhos, vamos prestar atenção a essa história só por um minuto? Juro que vai valer a pena. — Jonas usa seu melhor tom de professor autoritário, e eu e Téo imediatamente calamos a boca. — Enfim, o que estou querendo dizer é que, quando compramos a Benedita, percebemos que realizamos todos os nossos maiores sonhos. Temos nossa casinha, filhos incríveis, aposentadoria boa o suficiente para pagarmos as despesas de casa e um ótimo plano de saúde. Também temos vigor e paixão.

— Não acho que eles queiram saber os detalhes de nossa vida sexual, amor.

— Só estou deixando claro para as crianças que sabemos como aproveitar a vida, meu bem.

Téo e Tainá começam a ratiar ao ouvir os pais falando de sexo, e disfarço o riso com uma crise de tosse nada autêntica.

— Para de me interromper, Bernardo — resmunga Jonas e segue para o fundo da garagem com um sorriso alegre no rosto. — A verdade é que conquistamos tudo o que mais queríamos, então achamos mais do que justo usar parte de nossas economias para realizar os sonhos de nossos filhos. A felicidade de vocês é a nossa, então por que deveríamos guardar rios de dinheiro no banco se amanhã podemos não estar mais aqui para desfrutar dele?

Jonas chama Bernardo com um gesto, e, juntos, os dois arrancam um lençol branco de cima do que imagino ser a última surpresa do dia.

— Cacete! — exclama Téo ao meu lado.

— Olha a boca, menino — repreende Bernardo.

— Desculpa, mas cacete, pai. — Ele se afasta de mim e vai até a moto estacionada no fundo da garagem. — Cês perderam a cabeça de vez.

Téo corre os dedos com reverência pelo guidão prateado e rodeia a moto com o rosto tomado por puro choque. Mesmo sendo leiga em motos, preciso admitir que é linda. Guidão prateado longo, lateral também prateada — com alguns lugares pintados em preto fosco — e banco de couro elevado.

— Não posso aceitar. É dinheiro demais para gastar com algo superficial — fala Téo após alguns bons minutos encarando a moto.

— Usamos parte da poupança que você fez para nós, filho. Você passou oito anos mandando parte de seu salário para aquela conta, mesmo depois de falarmos que não precisávamos de dinheiro. E, como sabemos que é teimoso demais para gastar com você, resolvemos te dar um empurrãozinho. — Bernardo joga a chave da moto na direção de Téo, que a pega com um movimento certeiro. — Jonas e eu estamos bem, não precisamos de seu dinheiro, então para de ser teimoso e aceita o presente.

— Escolhemos um modelo usado, ano 2018, com 1600 cilindradas. O Arthur lá da academia que ajudou nas pesquisas. Ele faz parte de um clube de motociclismo e usa aquelas jaquetas de couro e tudo, sabe? Seu pai tem um *crush* nele, mas não vamos entrar nesse assunto.

— Amor, todo mundo tem um *crush* no Arthur. Ele parece um príncipe saído dos filmes da Idade Média. A gente fica no portão tomando tereré no final da tarde só para ver ele correr sem camisa pela rua. — Bernardo sussurra as últimas palavras na direção de Tainá, que cai na gargalhada.

Jonas ignora o marido e abre uma das caixas de papelão espalhadas pelo chão da garagem. Para minha surpresa, ele retira de lá um cardigã preto bordado com a frase "filhinho dos papais".

— Não achamos uma jaqueta de motoqueiro em tempo, mas pedimos para a tia Bete bordar esse casaco para você.

— Eu... — Téo encara as chaves na mão, depois o casaco divertido nas mãos estendidas de Jonas, e abre um sorriso genuíno de alegria que faz meu coração derreter. — Eu amo vocês, sabia?

— Nós sabemos — dizem os dois ao mesmo tempo.

— Sei que o modelo não é exatamente igual ao que você vendeu para nos ajudar a comprar a casa alguns anos atrás, mas foi o melhor que conseguimos com o orçamento que tínhamos. E, se daqui a alguns anos precisar vender para investir em sua clínica, Arthur prometeu ajudar a conseguir um valor bom nela. — Jonas aperta os ombros do filho e sorri. — Esperamos que goste, Téo.

— Gostar? Eu amei, porra — diz ele ao abraçar os pais.

Eles ficam presos em um abraço por vários minutos, e Tainá, que vira e mexe estende a mão para o céu e encara, maravilhada, o novo anel, sussurra em minha direção algo que interpreto como "meninos e seus motores".

— O bom é que compramos dois capacetes — conta Jonas depois de interromper o abraço. — Por que não leva Laura para dar uma volta?

— Ah, não precisa se preocupar comigo — falo o mais rápido que posso. — Pode ir com a Tainá se quiser, Téo.

— Mas a Tainá prometeu assistir um filme comigo, não é, filha?

Jonas encara minha amiga com as sobrancelhas erguidas, e a bandida responde com um sorriso cúmplice.

— Pois é, amiga. Combinei com meus pais de ver um filme e me empanturrar de brigadeiro — diz, dando de ombros. — Você não vai fazer a desfeita de deixar meu irmão testar o novo brinquedinho dele sozinho, né?

— Brinquedinho? Isso aqui é uma máquina — corrige Téo ao passar uma das pernas longas por cima da moto e colocar a chave na ignição. — Quer dar uma volta, moça?

Ele pergunta com os olhos colados nos meus, e meu primeiro pensamento é um grande *nem ferrando*, mas então Téo inclina o tronco de leve para verificar algo no painel da moto, e a forma como seu corpo se movimenta em cima do banco de couro me faz andar até ele como se eu fosse o rato e ele o Flautista de Hamelin.

— Nunca andei de moto antes — falo ao parar do lado dele.

— Confia em mim? — Ele me estende a mão. Algo no fundo de seus olhos me faz parar de pensar demais, então simplesmente aceito sua ajuda para subir na moto. — Prometo que vou com calma na sua primeira vez, moça.

Sua insinuação me faz rir, mas só de vingança cutuco sua costela até ele começar a se contorcer de cócegas.

— Babaca — digo para Téo.

— Eu sei, mas pelo menos sou seu babaca favorito.

Téo aceita os capacetes que Tainá nos entrega e começa a explicar sobre algumas regras básicas de segurança. Juro que tento prestar atenção ao escutá-lo falar sobre como eu devo deixar meu corpo seguir os movimentos e curvas da moto, mas a verdade é que só consigo pensar em como nossos corpos estão perigosamente próximos.

— Vai, segura em mim.

Téo enrosca minhas mãos em sua cintura assim que termino de colocar o capacete.

Abraço-o com força e sinto o barulho do motor vibrar por todo o meu corpo quando ele liga a moto e força o acelerador. Quando saímos da garagem e o vento frio me atinge, decido deixar meus sentidos me guiarem, então me concentro nos pontos em que meu corpo toca o de Téo e no calor que sinto emanar de cada um deles: meu peito apoiado em suas costas, minhas mãos em seu abdômen e minhas coxas coladas ao seu quadril.

A paisagem passa por nós como um borrão e, quanto mais nos afastamos da cidade, mais confortável fico. A liberdade de cruzar a estrada vazia a cem quilômetros por hora é surpreendentemente boa, mas o melhor de tudo é o silêncio que me envolve. Chega um momento em que sinto todas as vozes desaparecerem — nenhum pensamento sobre o passado, zero dor e nenhum monstro raivoso escondido nas entranhas de minha mente esperando para dar às caras.

Solto uma das mãos da cintura de Téo e estendo o braço para sentir o toque do vento por completo.

— Isso é bom demais, cara — falo um tom acima do motor da moto.

— É muito mais do que bom, moça.

Ele aperta minha coxa e acelera um pouco mais.

Nesse instante, tudo o que importa somos Téo e eu cruzando a rodovia e a liberdade de estar ao lado de alguém que divide todas as partes de si mesmo comigo, ao mesmo tempo que acolhe todas as faces de minha alma.

Grupo da Família Dias

Tainá: Só pra constar, tá me devendo uma, Téo!

Bernardo: Deixa o menino quieto, filha.
Direção e celular não combinam.

Tainá: Acha mesmo que ele vai responder,
paizinho? Neste exato momento meu irmão
deve estar se aproveitando da pobre Laura.

Jonas: Que Deus te ouça, filha.

Tainá: PAI, para de ser sacana!

Bernardo: Já assistiu *Sons of Anarchy*, filha?
Motos são altamente sensuais.

Tainá: Eca, eca, eca! Agora estou imaginando minha
amiga e meu irmão se pegando em cima de uma moto.

Jonas: Sabe, filha, por que você não chama a
Josi pra almoçar aqui amanhã? Consigo pensar
em várias formas clichês de colocar as duas em
uma situação absurdamente constrangedora
e, ao mesmo tempo, romântica.

Bernardo: Constrangimento e tensão sexual: combinação
perfeita para as melhores histórias de amor.

Tainá: O que diabo vcs estão assistindo?

Jonas: Já ouviu falar da Passionflix?

Jonas: Vou colocar um filme ótimo pra vermos. É sobre
um casal que terminou o casamento, mas segue
fazendo sexo sem compromisso. Imagina a confusão
de sentimentos que os dois devem estar vivenciando?

Bernardo: Essa história me lembra alguém,
acho que vamos amar o filme.

Bernardo: Vou fazer a pipoca.

Jonas: E não adianta se esconder no banheiro, Tainá Dias. Digitar enquanto está no trono faz mal pros músculos da pelve, sabia?

Jonas: Termina logo de passar esse fax e vem curtir a noite com seus velhos.

Tainá: PAI!

Jonas: Te esperamos na sala em dez minutos ☺

Capítulo 20

Téo

Acelero a moto, e o barulho característico do escape ecoando pela estrada vazia no início da noite faz meu coração dar um salto. Não lembro muito de minha vida antes de ser adotado, mas me recordo perfeitamente de desejar uma moto em todos os meus aniversários desde os 5 anos de idade. Se eu fechar os olhos, consigo acessar com perfeição os desejos bobos daquele jovem magricelo que corria descalço pelo quintal da casa dos avós biológicos.

Sou incapaz de recordar o rosto de qualquer membro de minha antiga família — certa vez minha terapeuta disse que é comum crianças adotadas bloquearem inconscientemente memórias antigas após começarem a se sentir seguras em seus novos lares —, mas me lembro do sonho de viajar o mundo em cima de uma moto e das minhas brincadeiras preferidas quando criança, que sempre envolviam montar e desmontar motos de Lego.

Minha primeira moto foi uma Yamaha DT 180 de 1984. Sua lataria era branca com raios roxos e fazia com que eu me sentisse invencível. Um ano depois a troquei por uma Kawasaki Vulcan 750 com lataria vermelha. A moto em estilo chopper foi, sem dúvida, a primeira grande paixão da minha vida. De meu amor por ela nasceu o sonho de comprar uma Harley-Davidson V-rod 1250 antiga para restaurar. Por isso, na época do cursinho mantive dois empregos, dei aulas particulares de redação e fiz bico como monitor de festas infantis. Nessa fase, eu juntava o máximo de dinheiro que podia e aceitava qualquer tipo de trabalho que aparecia.

Só fui realizar esse sonho seis anos depois, no mesmo ano em que o pai Bernardo teve pancreatite e passou por uma cirurgia complicada para retirar o pâncreas. Eu sabia que ele precisaria de conforto no pós-operatório, então vendi a Harley-Davidson recém-adquirida, juntei todas as minhas economias e os ajudei a financiar uma casa maior. Desde então, nunca mais parei para pensar na saudade que eu estava de pilotar.

— Tudo bem se eu acelerar um pouco mais? — grito contra o vento frio típico do começo das noites em Curitiba.

— Sim...

Eu mais sinto a resposta de Laura do que de fato escuto.

Nossos corpos estão próximos o suficiente para que eu consiga absorver suas reações enquanto o barulho do escapamento ecoa pelas ruas silenciosas da cidade. Quando fazemos a primeira curva, seu riso me rouba o ar, e meus braços se arrepiam toda vez que ela emite gritinhos de animação ao me ouvir forçar o acelerador.

Lutei a noite toda contra o desejo de beijar a ruga de preocupação em sua testa, relembrando a mim mesmo que somos *apenas amigos*. Ainda assim, passo o dia absorvendo cada detalhe dela: o meio-sorriso em resposta às piadas bestas de Tainá, os olhos emocionados ao receber um abraço caloroso de meus pais, a confusão em seu rosto quando interrompi sua queda na cozinha e a maneira devassa como ela geme de prazer ao comer qualquer tipo de sobremesa. Não me orgulho das cinco vezes — ou seriam sete? — que Laura me pegou no flagra contando as pintas marrons divinamente desenhadas em seu pescoço.

Como se conhecesse o rumo de meus pensamentos, Laura apoia a cabeça em minhas costas e aumenta o aperto ao redor de minha cintura. Sinto seus dedos frios na barra de minha camiseta, e procuro um lugar para estacionar a moto, parando embaixo de um poste de luz para fugir da escuridão da noite.

— Por que paramos? — pergunta Laura assim que giro a chave na ignição e retiro o capacete.

— Porque você está com frio.

Eu me afasto de seu abraço e abro os botões do cardigã cafona que ganhei de meus pais.

— Ei, não precisa, Téo.

Ela tenta me interromper ao segurar a barra da minha blusa.

Equilibro o peso da moto e me viro parcialmente na tentativa de encará-la. Enquanto tiro o casaco, vejo tanto a teimosia em seus olhos como o desejo. Gosto da forma como ela encara meus braços e como vez ou outra se demora na curva de minha boca, mas guardo essa informação para mais tarde.

— Eu gostaria de te levar ao meu lugar preferido da cidade, mas para isso você precisa estar devidamente aquecida. — Empurro o cardigã em suas mãos, mas a teimosa cruza os braços na altura dos seios. O movimento faz meus olhos repararem em seus braços arrepiados. — Para de ser cabeça dura, Laura. Dá pra ver que cê tá toda encarangada.

— Quê?

— Arrepiada, quis dizer que você está arrepiada.

Ela sorri e encara as mãos levemente trêmulas.

— Não é de frio.

— Nó, cê quer me deixar louco, é? — murmuro ao esfregar as mãos na intenção de usar o atrito para aumentar a temperatura da minha pele.

Sem tirar os olhos dos dela, corro as palmas levemente aquecidas por seu braço. Prolongo o movimento o máximo que posso, parando apenas para retirar seu capacete com delicadeza. Apoio a peça no guidão da moto e volto a olhar para ela, não resistindo a passar os polegares pela pele sedosa de seu rosto.

— Eu definitivamente não estou com frio, Téo — murmura Laura, chamando minha atenção para sua boca carnuda em formato de coração.

— Não é o que seus lábios roxos me dizem.

Seu lábio superior é um pouco maior que o inferior, concedendo um ar angelical ao seu rosto. Aproximo nossos corpos o suficiente para dar um beijo na lateral de sua boca. É uma tortura, mas também parece que estou no paraíso por todos os segundos que meus lábios tocam sua pele.

— Sabe o que podemos fazer para aquecer essa boca linda, Laura?

— Sim...

Ela parece tão afetada quanto eu, e preciso calar o homem das cavernas dentro de mim.

Passo o dedo pelo contorno de seus lábios, contendo um gemido indecoroso quando ela usa a língua para umedecê-los. Nesse instante sei que poderia sentar sua bunda empinada em meu colo e beijá-la até esquecermos nossos nomes. Eu saborearia seu gosto, exploraria as curvas de seu corpo, memorizaria seu cheiro e a faria implorar por mim. Eu poderia acender a porra de um fósforo e fazer o desejo entre nós dois entrar em combustão, mas não faço nada disso.

Deposito beijos suaves por seu rosto e, a contragosto, me afasto.

— Escolhe: continuamos o passeio ou voltamos para casa?

Espero por uma resposta, mas Laura parece completamente perdida. Conheço bem a expressão inebriada de desejo em seu rosto porque a vejo no espelho todos os dias desde que me mudei para Curitiba, então aguardo sua decisão com paciência.

Mais tarde, moça. Mais tarde vamos descobrir o que fazer com toda essa atração, penso.

Por fim, Laura pega o casaco de minha mão e veste a peça com resignação.

— É melhor esse passeio valer a pena.

— Prometo que vai.

Ajusto o casaco em seus ombros — não porque precise, mas porque gosto de tocá-la — e dou um beijo rápido em sua boca. É só um selinho, mas pego Laura de surpresa. Ela arqueja e enrosca os dedos na barra da minha camiseta.

— Que foi? É apenas um gesto fraterno entre amigos — comento, colocando o capacete nela e depois vestindo o meu.

— Amigos que querem se pegar, só pode.

Seu tom mordaz me diverte, mas a resposta espirituosa morre em meus lábios quando sinto seus braços ao meu redor e suas mãos geladas por baixo da minha camiseta. Laura espalma a mão por meu abdômen e delicadamente arrasta as unhas pela pele sensível. Para piorar, suas coxas queimam ao meu redor, e seu cheiro doce faz a parte de baixo de meu corpo enviar sinais perturbadores ao meu cérebro.

— Guenta a mão, moça. — Ajusto nosso equilíbrio e ligo a moto. — Desse jeito vamos nos perder no meio do matagal.

— Talvez eu queira me perder com você, Téo.

Minha resposta é acelerar a moto e listar mentalmente todas as cinco áreas do cérebro e suas funções:

Concentração da atividade motora, funções cognitivas e resposta emocional estão no lobo frontal, de onde sinto pulsar o desejo de ser mais do que um amigo para Laura. Sensações táteis estão no lobo parietal, exatamente o local em que seus toques atordoadores vão parar. Audição, olfato e memória são coisas do lobo temporal, o bendito teimoso que vira e mexe me faz lembrar da noite em que conheci Laura, depois da vez que a peguei nua em minha banheira e do momento em que ela adormeceu com a cabeça em meu colo.

Respiro fundo e continuo lutando contra meu cérebro. Visão é trabalho do lobo occipital. Ele me permite ver tanto as estradas da cidade dando lugar às estradas rurais quanto o reflexo no retrovisor do sorriso no rosto de Laura. Por último, é a região entre os lobos frontal e parietal que me torna incontrolável toda vez que estou perto dela. A ínsula me faz querer manter distância de Laura por medo de me machucar, mas ao mesmo tempo sofro com o desejo insaciável de saborear cada pedaço dela e de sua pele brilhosa.

Contenho um gemido e aperto o guidão com mais força.

Talvez eu devesse fazer o retorno e voltar para casa.

Minha vida seria muito mais segura se eu fugisse dos sentimentos que estou começando a nutrir por Laura, mas, pelo visto, só diz que o cérebro é capaz de vencer o coração quem ainda não se apaixonou.

— E então? — Seguro a mão de Laura e a ajudo a descer da moto. Ela tira o capacete, apoia-o no banco de couro e olha para a paisagem ao redor com cara de besta. — O trem é bonito, não é?

Ela assente e gira no lugar para ver melhor a campina. Não acho que Laura percebe, mas sua mão continua enroscada na minha. Tiro proveito do contato e, em silêncio, nos guio por uma pequena trilha. Por se tratar de uma reserva turística, o espaço é conservado e bem iluminado, o que facilita absorver todos os detalhes ao redor: a natureza pulsa por meio dos sons de pequenos insetos, arbustos de mana-cá-da-serra em tons de rosa e azul se espalham pela vegetação, e uma infinidade de araucárias com mais de 50 anos ladeiam o caminho com as alturas imponentes.

— Como você descobriu este lugar?

— É uma propriedade particular que recentemente foi transformada em trilha ecológica — digo ao apontar para a placa de madeira que marca o início do camping da Cachoeira dos Ciganos. — Quando eu era mais novo adorava vir aqui de bicicleta e passar as tardes lendo gibis embaixo das araucárias. Meus pais são amigos do antigo dono, então eles se sentiam seguros em me deixar explorar o lugar.

— Você vinha aqui só ler gibis? — Laura cutuca meu ombro. — Apesar da reputação de garoto nerd, consigo imaginar você aprontando todas nessa campina. Vai dizer que nunca veio aqui com os amigos para beber até cair?

— Nada de bebida para mim, moça. Nunca nem provei uma dose de álcool na vida — respondo. Vejo a confusão em seus olhos e resolvo revelar algumas das partes feias de meu passado. — Na adolescência eu não tinha muitos amigos no colégio, mas as coisas pioraram no último ano do ensino médio. Comecei a trabalhar nas férias de verão, fiquei quinze centímetros mais alto do que os valentões da escola, passei a frequentar a academia para lidar com as crises de ansiedade e fiz minha primeira tatuagem. Antes as pessoas me mantinham longe por eu ser adotado ou por ter dois pais, mas quando completei 17 anos meus colegas de classe resolveram me tratar como um delinquente. Eles adoravam cochichar pelos corredores histórias sobre meus pais viciados em álcool e cocaína.

— Sinto muito, Téo.

Laura enrosca o braço no meu e me obriga a parar de caminhar.

— Sabe o que é mais absurdo? Naquela época eu não fazia ideia de quem meus pais de sangue eram — conto. Ela tenta ler algo em minha expressão, mas ignoro seu olhar curioso com um dar de ombros. — Fui enviado para o lar adotivo logo após o acidente de carro que os matou. Passei o primeiro ano do luto chorando antes de dormir com o rosto enfiado em um travesseiro duro e, quando as memórias antigas deram lugar ao desejo de ser amado, deixei de chorar e comecei a rezar pela segunda chance de ter uma família.

— E então Bernardo e Jonas apareceram.

Concordo com a cabeça e olho para o relógio em meu pulso. Segundo minhas contas, temos pelo menos duas horas antes de o camping fechar para visitação. Tempo suficiente para levar Laura ao mirante.

— Eu me sentia tão sortudo por fazer parte de uma família amorosa que pouco me importava com o que falavam pelas minhas costas na escola. Ou melhor, eu fingia não me importar, ocupando todo o tempo livre com atividades que preenchiam o vazio em meu peito. — Volto a nos conduzir pela trilha, avistando de longe o mirante vermelho no qual eu passava os finais de semana lendo ou ouvindo música no MP3. — Vir aqui sempre fez bem para minha alma. Parece que nesta campina eu posso respirar livremente, não importa que merda estiver na minha cabeça.

— Entendo. Definitivamente acho que existem lugares que funcionam como baterias para almas cansadas — opina. Concordo com a cabeça e a ajudo a atravessar uma parte menos iluminada da trilha. — Acho que meus lugares de recarga são sebos abarrotados de livros, construções históricas antigas e restaurantes com karaoke.

— Nada de lugares ao ar livre?

— Meus sapatos são bonitos demais para esse monte de lama — zomba, apontando para a bota suja. — Eu até gosto de acampar, sabe? Fui arrastada por Ravi para conhecer algumas das cachoeiras mais famosas do estado, e no geral curti parte da experiência. O que significa que adorei mergulhar nas cachoeiras frias e aproveitar o pôr do sol, mas odiei cada minuto que precisei andar enfiada no meio do mato fugindo dos mosquitos.

Laura para de falar no exato momento em que terminamos a trilha iluminada e chegamos à escadaria de pedra que leva até o mirante.

— Não sei se você percebeu, mas não sou a pessoa mais *atlética* do mundo. — Ela coloca as mãos na cintura e me encara, indignada. — Quantos degraus tem esse troço? Não prometo chegar viva até o topo se você responder que tem mais de cem.

— Então acho melhor não contarmos. — Rio ao empurrá-la na direção da escadaria. — Vai, para de reclamar. Ou quer que eu te carregue no colo?

Ela xinga baixinho ao subir os primeiros degraus, e rio de seus murmúrios. Escolho caminhar um degrau atrás dela — não só porque fica mais fácil segurá-la caso Laura perca o equilíbrio ou surja algum imprevisto, mas porque preciso de um pouco de espaço para organizar os pensamentos.

Acho que essa foi a primeira vez que Laura falou sobre o ex comigo, e, por mais que eu não queira passar a noite conversando sobre seu último namorado, estou curioso para descobrir os motivos que a fizeram terminar o relacionamento e mudar para a casa de minha irmã.

— Seu ex deve ser um cara muito persuasivo para fazer você acampar com ele.

Não sei o que falar, então jogo um verde para colher maduro.

— Tínhamos um trato: eu ia acampar, ele fazia uma viagem histórica comigo ou topava qualquer outro programa que eu escolhesse. O único lugar que ele não ia de jeito nenhum era ao karaoke. Ravi tem pavor de palco, o que é meio engraçado considerando que ele sobe em um palanque todos os dias para dar aula na universidade.

— Então vocês tinham um relacionamento saudável?

Não era para sair como uma pergunta, mas no final das contas é o que consigo verbalizar.

— Sim, tínhamos. — Laura gira a cabeça para trás e sorri para mim. Pelo jeito, não estou sendo tão sutil quanto eu gostaria em minha investigação. — Nós erámos melhores amigos antes de começarmos a namorar. Então, se quer mesmo saber, Ravi era um dos caras legais.

Sinto a merda de uma pontada no peito ao ouvir a forma aberta e carinhosa com a qual ela fala do ex. A maioria dos médicos não acredita em reações musculares ligadas a mudanças emocionais, mas, como meus pais adoram dizer, não sou todo mundo. Fazia anos que não sentia ciúme, então essa comichão no peito me deixa completamente desorientado.

— Ah, entendi... É... — Engulo em seco e tento pensar na melhor forma de parar de enrolar e tocar logo no assunto. — Então, sabe, como é que...

— Pergunta logo, Téo. Estou ouvindo seus pensamentos aqui de cima.

— Certo. — Tomo fôlego e arranco o curativo de uma vez só. — Por que vocês terminaram?

— É uma mistura de muitas coisas, mas a gota d'água foi quando descobri que Ravi estava mentindo para mim havia anos.

Laura interrompe a subida e para no penúltimo degrau da escada. Esbarro nela sem querer e acabamos enlaçados em um abraço improvisado. Ela apoia as costas em meu peito, e meus braços instintivamente vão parar ao redor de sua cintura.

— Ravi descobriu uma informação importante relacionada ao meu passado e, a pedido de meus avós, não me contou. Todo mundo sabia a verdade: ele, minha avó, meu avô... Entendo que a escolha de manter silêncio não foi exclusivamente dele, mas doeu descobrir que eu estava sendo traída pela pessoa que ocupou o posto de meu melhor amigo durante anos. — Ela vira o corpo dentro de meu abraço e afunda o rosto em meu peito. — A briga que tive com Ravi me fez perceber que eu queria tanto viver um conto de fadas que acabei idealizando nossa relação. Já tinha um tempo que as coisas não andavam bem entre nós. Eu escondia coisas, ele também. Nós dois estávamos magoados demais para perceber que só seguíamos juntos porque casar, ter filhos e construir uma família foi tudo com o que sonhamos por muitos anos. Só quando desfiz o noivado é que finalmente entendi que não quero estar em um relacionamento só porque é conveniente. Não quero fingir que não estou chateada só para não magoar as pessoas ao redor. E definitivamente não quero esconder o caos em minha mente ou as feridas abertas em meu peito só para me sentir digna de receber amor.

Sua voz assume um tom destruído que me atinge em cheio, então levo as mãos até seus ombros, massageando de leve a região tensionada na tentativa de oferecer algum tipo de conforto.

— Sei que sou um caso perdido, mas, se o preço de ser eu mesma é nunca mais ser amada — ela afasta o rosto de meu peito para olhar em meus olhos —, então tudo bem.

— Você não precisa deixar nenhuma parte sua para trás para ser digna de amor, Laura.

— É o que eu achava antes de tudo ruir.

Suas palavras são carregadas de um vazio assustador e, em um piscar de olhos, lágrimas grossas escorrem por seu rosto.

Sem tirar os olhos dos dela, pego seu corpo pequeno nos braços e a levo até o topo do mirante. Em silêncio, sento-me no banco de madeira e a acomodo em meu colo para que fique de frente para a cachoeira.

— Uau. — É tudo o que Laura diz ao encarar a paisagem.

A vista é linda, com uma queda d'água volumosa de quase quarenta metros. Ao redor, a Mata Atlântica é cheia, e a sensação refrescante da umidade mantém os pernilongos longe. Por ser tão tranquilo, é meu local favorito em todo o mundo. Já encontrei a paz tantas vezes aqui, e, mais uma vez, é assim que me sinto sentado no escuro com Laura em meu colo.

— Não vou fingir que entendo o que está sentindo ou que conheço a extensão do quanto foi machucada, mas vou continuar repetindo que você é digna de amor quantas vezes for preciso. — Passo os dedos por seus cachos cheios, e ela relaxa contra mim. — Pode duvidar disso agora, mas sei que um dia vai olhar no espelho e perceber que você é a única pessoa do mundo que precisa amar suas cicatrizes. Elas contam sua história, e, ao aprender a amar cada uma delas, vai descobrir o tamanho do amor que merece receber.

— Promete?

— Prometo.

Ela assente e volta os olhos para a cachoeira. Ficamos vários minutos assim, ela aconchegada a mim e eu observando a bela vista. O barulho da queda d'água preenche nossos ouvidos, e, aos poucos, a respiração de Laura volta ao normal.

— Eu não lembro quase nada de meus primeiros anos de vida — digo ao encarar a cachoeira. — Recordo os pedidos que fazia ao assoprar as velas dos meus bolos de aniversário, do pé de jabuticaba no final da rua, da sensação de correr descalço na terra vermelha e de passar horas nadando no córrego que ficava nos fundos da casa dos meus avós. — Laura inclina o rosto para me olhar com atenção. — Levei meses para processar a morte de meus pais e, quando a ficha finalmente caiu, comecei a sentir raiva. Raiva por não me lembrar do rosto deles, por não conseguir acessar as lembranças que construímos juntos e, principalmente, raiva por ter sido abandonado por meus avós.

— Seus avós te abandonaram?

— Sim, minha guarda foi oferecida a eles depois da morte de meus pais, mas não quiseram ficar comigo.

Dói falar do assunto, mas não da mesma forma que antes. E isso só é possível porque encontrei o amor em minha vida. Se eu não tivesse sido adotado por pais tão amorosos como Bernardo e Jonas, talvez nunca tivesse superado o abandono e muito menos o luto. As pessoas dizem que o amor cura tudo, mas a verdade é que ele nos ensina a encontrar a cura em nós mesmos. Foi isso que fiz, com a ajuda dos meus pais e da minha irmã; graças ao amor deles, aprendi como me sentir inteiro.

— Só quis te contar sobre meus avós para mostrar que eu também sei o que significa perder completamente a esperança no amor. — Afasto algumas mechas de seu cabelo e trago seu rosto para perto do meu, deixando nossas bocas a poucos centímetros de distância. — Levou tempo, mas aprendi a conviver com o vazio do abandono e voltei a acreditar no amor. Sei que você também vai chegar lá, basta ter um pouco de fé.

— Não sei se ainda consigo acreditar no futuro ou em qualquer outra coisa que envolva esperar pelo milagre do amanhã — confessa com o nariz colado ao meu e a respiração quente acariciando minha pele.

— E quem foi que disse que é para ter fé no amanhã? Tudo de que precisa é ter fé em si mesma, Laura.

Beijo a pinta marrom na lateral de seu pescoço, deixando a boca em sua pele por mais tempo do que deveria. Quase perco as forças ao vê-la abrir os lábios, em um convite nítido. Tudo o que eu mais queria era me perder em sua boca e nas curvas de seu corpo, mas quero mais do que carícias desesperadas no escuro de um mirante.

Quero que Laura me deseje por *inteiro*. Não apenas meu toque, mas todas as partes que definem quem eu sou. Assustado com o rumo dos meus pensamentos, passo os lábios por sua mandíbula, pela ponta de seu nariz, sigo até a pele atrás de seu ouvido e, antes que meu autocontrole chegue ao fim, deixo um beijo casto em sua testa e me levanto.

— Vamos. É hora de voltar para casa.

sigo o proibido pelos labirintos da fantasia
finalmente encontro você,
meu beco sem saída

não quero voltar
deixe-me aqui
perdida em você

Matilda Marques

Capítulo 21

Laura

A garagem parece abafada demais. Segundos atrás, minha pele estava sendo rasgada pelo vento frio, mas agora tudo o que sinto é calor. Muito calor. Meu corpo está pegando fogo, e um tipo muito específico de chama polvilha imagens pecaminosas em minha mente. Sei que deveria resistir, mas é cada vez mais difícil ignorar a tensão causada pelo desejo.

Não pela primeira vez, me pergunto o que Téo faria se minhas mãos deixassem sua cintura e descessem pelo cós de sua calça jeans. Meus dedos formigam em antecipação, e, ansiosa para testar minha teoria, arrisco correr as palmas pela lateral de seu tronco. Ele suspira, e prolongo o movimento até alcançar o topo de suas coxas.

— Laura.

Meu nome sai como um comando. Só não sei se ele quer que eu pare ou continue. Não tenho tempo de decidir, pois Téo salta da moto. Um gemido estrangulado escapa de minha boca, e o babaca tem coragem de rir ao se aproximar para retirar meu capacete. O toque de suas mãos ágeis e seu cheiro amadeirado invadem meus sentidos, deixando-me ainda mais desnorteada.

— Vou cuidar de você, moça — sussurra com o rosto enterrado em meu pescoço, distribuindo beijos molhados pela pele exposta.

Téo me movimenta na moto até que eu fique sentada de frente para ele. Suas mãos sobem pelas minhas pernas com lentidão e me seguram pelos tornozelos para que eu envolva sua cintura. Enquanto abre os botões do casaco emprestado, seus lábios depositam beijos quentes e molhados por meu colo. Tudo vibra dentro de mim, e, ainda assim, não parece ser suficiente.

Abraço sua cintura, tremendo ao sentir sua língua explorar minha pele sensível e os dentes deixarem pequenas mordidas no lóbulo de minha orelha. Jogo a cabeça para trás e fecho os olhos, perdendo-me completamente nas sensações que seus toques causam em meu corpo.

Só abro os olhos quando sinto sua língua em meu mamilo.

— Onde foi parar minha roupa? — falo em meio aos gemidos.

Tento me conter, mas, quando ele morde meu ombro, um grito escapa. Volto os olhos para ele e perco o restante do fôlego que me resta. Por tudo que é mais sagrado... Téo está ajoelhando diante de mim? Suas mãos seguram meu quadril no banco de couro e puxam meu centro na direção de seu rosto.

— Abra as pernas, Laura — orienta ele com um sorriso safado.

Fecho os olhos mais uma vez, sentindo o corpo pulsar de desejo.

— Laura! — grita, e abro os olhos novamente.

Espera, essa não é a voz dele, é?

— Você vai se atrasar, palhaça.

Escuto as batidas na porta e finalmente me dou conta do que está acontecendo.

— Sei que prometi levar você para o trabalho, mas surgiu uma reunião de última hora às oito. Diz que pelo menos está acordada?

— Infelizmente — respondo e escondo o rosto no travesseiro.

— Ótimo. Agora trate de arrastar essa bunda para fora da cama porque neste exato momento você tem quarenta minutos para se arrumar, tomar café e ir para o escritório — grita Tainá.

Eu me levanto da cama com um resmungo e sigo para o banheiro. Não tenho muito tempo para pensar no fato de que tive um sonho erótico com meu *amigo*, então ligo o automático e lavo o rosto, escovo os dentes e faço uma maquiagem básica em exatos três minutos. Analiso o reflexo no espelho, sentindo um rubor subir pelo pescoço. Consegui disfarçar o desejo com maquiagem, mas o cabelo desordenado denuncia o desespero de quem rolou na cama a noite inteira.

— Tô saindo — berra Tainá ao bater à porta mais uma vez.

— Tá bem, já estou me arrumando — respondo.

Ciente do horário, pego um lenço de seda para amarrar as mechas escuras em um rabo de cavalo baixo e deixo apenas alguns cachos soltos para emoldurar o rosto. Volto para o quarto e visto a primeira coisa que vejo: blazer preto, camisa branca de botões e calça jeans, mas, apesar de tudo, empaco na hora de escolher o sapato. Não sei exatamente o porquê, mas hoje não estou com vontade de passar o dia todo usando salto alto, então ignoro o tênis velho e o scarpin que costumo levar e reviro a sapateira até encontrar algo que me agrade. Sorrio ao escolher um par cor-de-rosa que imita o modelo de uma sapatilha de balé.

Eu ainda era estagiária quando usei um sapato sem salto para trabalhar pela última vez. Naquela época, o time contratado pelo Grupo Folhetim era majoritariamente composto por homens, e as coisas só mudaram quando Jordana assumiu a direção da revista. Ela fez questão de contratar mais mulheres, e, se antes o andar contava com no máximo duas pessoas não brancas, em menos de dois meses o setor ganhou uma cara nova. Passei a admirá-la não só como jornalista, mas também como gestora. Por isso, quando minha chefe marcou uma reunião comigo e outras colegas mulheres para conversar sobre nossas roupas, não pensei duas vezes antes de aceitar cada palavra que saía de sua boca.

Lembro de ouvir Jordana dizer que coordenadores eram imponentes não só pelos resultados entregues, mas também pela maneira com a qual se apresentavam ao mundo. Aceitei suas orientações sem questionar e passei a me espelhar nela. Nunca a vi sem salto, usando peças que não fossem de alfaiataria ou sem o rosto perfeitamente maquiado. E, por um tempo, achei que esse era o modelo que deveria seguir para ser considerada uma profissional de sucesso. Só que agora, olhando meu reflexo no espelho e me sentindo mais poderosa do que me senti nos últimos dois anos, questiono se eu realmente seria menos competente se usasse roupas informais, compartilhasse com meus colegas minha paixão por animações de romance clichê e assumisse para o mundo que eu era a voz por trás do *Causas Perdidas*.

— Quem é você? — pergunto para o reflexo, que responde com um sorriso.

Feliz com o que vejo em meus olhos, pego o celular, tiro uma foto no espelho e envio para minha avó. A dona Isis responde de imediato, e a saudade faz meu coração palpitar.

Dominada por uma rara sensação de controle, volto para o quarto, me ajoelho no chão e pego o envelope pardo esquecido embaixo da cama junto com um maço de cigarros, o boneco velho do Fofão e os diários antigos de minha mãe.

Encaro meus monstros reunidos todos em um mesmo lugar. Finalmente estou pronta para abrir a caixa de Pandora. Ao me levantar, jogo o envelope pesado dentro da bolsa, ajusto a roupa uma última vez e saio do quarto decidida a parar de fugir de meus medos.

— Bom dia — cumprimenta Téo quando entro na cozinha.

— Ah, oi.

A lembrança do sonho volta com força total, e estanco no lugar.

Tento controlar o rumo dos pensamentos, mas Téo parado na cozinha todo lindo usando a roupa de trabalho não ajuda em nada. A calça de sarja preta é justa nos lugares certos e contrasta com a informalidade do tênis — um daqueles modelos de cano alto de couro. A blusa de lã de manga longa e gola alta é do exato tom de seus olhos, emoldurados pelos óculos de grau. E a barba não foi feita, o que passa um ar de menino malvado que me pega desprevenida.

É, talvez eu ainda não esteja pronta para enfrentar *todos* os meus medos.

— Cacilda — digo baixinho, mas pelo sorriso que ele abre tenho certeza de que me escutou.

— O que você disse, moça?

— Que gostei de sua blusa — emendo ao abrir a geladeira.

Começo a procurar algo entre as prateleiras, mas na verdade não faço ideia de por que a abri.

— Fiz café para você.

Fecho a porta da geladeira com mais força do que deveria e o encaro.

— Sei que está atrasada, então coloquei o café em uma de minhas garrafas térmicas. Também botei panquecas doces no tupperware do peixinho laranja, caso queira comer no trabalho.

— É o Nemo.

Tanta coisa para falar, mas sinto as palavras fugirem ao olhar de Téo para os recipientes perfeitamente organizados em cima da mesa da cozinha.

— Acho que não assisti esse ainda. — Ele vem em minha direção, e me apavoro toda. — Podemos ver um dia desses, se quiser. Esta semana está caótica, só tenho certeza dos plantões que vou assumir algumas horas antes de a escala sair, mas é bem provável que eu tenha folga amanhã.

— E você quer gastar sua noite livre assistindo a um peixe-palhaço cruzando o oceano em busca do peixinho-filho?

— Não, o que quero é passar meu tempo livre com você. — Téo pisca ao passar por mim e para em frente à pia da cozinha. — Achei que você era fã de animações, mas, se preferir, podemos assistir outra coisa.

— Eu era fã... eu sou, sei lá, cara. Essa pergunta é difícil demais para uma terça-feira de manhã. — Balanço a cabeça e tento raciocinar. — Ando fugindo das histórias de amor com príncipes encantados, mas acho que Nemo tudo bem.

— Entendi, então nada de príncipes encantados. O que mais está fora da lista?

— Suspenses policiais me deixam ansiosa, histórias de assassinos em série roubam meu sono, que já não é dos melhores, e nem ferrando que eu assisto a algo de terror.

— E filmes de super-heróis? Em que lugar eles estão na sua lista?

— *Shrek* conta como super-herói?

Téo solta uma gargalhada, e sinto o som criar raízes em meu coração.

— Vamos fazer um acordo: se eu conseguir te manter acordada durante todo o filme do peixinho laranja, cê assiste pelo menos a um filme de super-herói comigo.

— Você vai fazer pipoca?

— Doce ou salgada? — pergunta.

— Acho que eu mereço as duas, cara.

— Lógico que merece.

Téo coloca a caneca limpa no escorredor e volta a me encarar. A profundidade de seu olhar me transporta para a forma como senti seus lábios explorarem meu corpo durante o sonho. Quero me jogar nele, bagunçar seu cabelo arrumado e descobrir se a realidade supera a fantasia, mas faço exatamente o contrário e caminho para longe.

Vou com pressa até a mesa da cozinha e encaro o pote do Nemo. Abro o recipiente para dar uma espiada e sinto o cheiro divino das panquecas adocicadas, mas o que faz meu coração dar um salto é a forma cuidadosa que Téo colocou as panquecas de um lado, morangos picados do outro e no meio um vidro pequeno com o que imagino ser calda de chocolate.

Guardo o pote e a garrafa térmica na bolsa e volto a encará-lo, rindo ao pegá-lo no flagra encarando minha bunda. Ele parece envergonhado, e o ato tira um pouco da pressão dos meus ombros. Desde que passamos o final de semana na casa de seus pais, sinto que as coisas entre nós andam ainda mais complicadas. A tensão, que já era grande, subiu de nível, então é bom saber que não sou a única afetada.

— Obrigada, Téo — falo por fim. — Acho que da última vez que comi panquecas eu devia ter uns 6 anos.

— Espero que goste — responde. Finjo não perceber que ele encara minha boca por longos e tortuosos segundos. — Quer uma carona? Posso deixar você no trabalho.

Téo segue para a sala e pega uma jaqueta marrom no armário. Na última semana ele comprou alguns móveis usados e deu um jeito de criar um quarto improvisado no fundo da sala de estar. Meu sofá verde deu lugar a um sofá-cama ultramoderno que foi arrastado até a parede paralela à sacada e escondido por um biombo de madeira ripada. Além da cama, o puxadinho ganhou luminária de pé, armário, mesa lateral e cabideiro de ferro.

Já do lado social da divisão feita pelo biombo, eu e Tainá colocamos um divã e algumas poltronas pequenas de frente para a televisão. Dessa forma, Téo ganhou um pouco de privacidade, meu sofá-verde foi para meu quarto, e Tainá parou de reclamar sobre estar se sentando na cama do irmão na hora de assistir à TV.

— Ei, Laura? — Ele para diante de mim e, com uma risada sabichona, estala os dedos na altura dos meus olhos. — Você ao menos ouviu o que eu falei?

— Não, foi mal.

— Está preocupada com o trabalho? — questiona. Olho para todos os lugares, menos para a maneira insuportável como a jaqueta de couro evidencia seus ombros. — Tainá comentou que você terminou a versão final do artigo e que vai mostrar o texto para sua chefe hoje.

— Sim. Só vou resolver algumas coisas com meus avós antes e, se tudo der certo, finalizo a matéria hoje.

— Que bom, estou curioso para ler.

Ele se afasta, abre o armário da despensa e pega dois capacetes.

— Vai querer a carona ou não?

Duas semanas atrás, eu aceitaria a carona de bom grado, mas sei exatamente para onde meus pensamentos vão me levar assim que eu sentar a bunda naquele banco de couro. E não quero bagunçar ainda mais as coisas.

Téo é um cara legal, atencioso e gentil — que acordou mais cedo, fez café da manhã para todos nós e ainda me preparou uma marmita fofa! Ele merece estar com alguém capaz de amar por inteiro, não uma pessoa como eu, que no lugar do coração tem um pano rasgado que retalho nenhum é capaz de remendar.

É impossível viver algo que não acreditamos merecer. Meu coração não tem conserto porque já sou um caso perdido.

— Não precisa, vou chamar um carro de aplicativo.

Minha voz sai mais ríspida do que eu gostaria.

— Tem certeza?

Sinto que ele tenta ler algo em meu rosto, mas o ignoro.

— Certeza absoluta. Eu me viro. Pode ficar tranquilo.

Enquanto finjo procurar algo na bolsa de trabalho, escuto-o juntar suas coisas e caminhar para a porta. Sentindo um nó estranho na garganta, pego o celular, abro o aplicativo e chamo um carro. Estou tão concentrada na tarefa que demoro para perceber que Téo não só não saiu de casa, como está a poucos centímetros de mim.

— Boa sorte com a finalização da matéria. — Ele me pega despre-venida ao me abraçar e dar um beijo em minha testa. — Estou ansioso para nosso encontro de amanhã.

Não respondo, apenas acompanho com os olhos enquanto Téo sai porta afora.

E, para meu completo desespero, começo a sentir falta dele no exato instante em que fico sozinha.

danço na chuva
as gotas escondem minhas lágrimas
o tempo corre contra mim

sinto sua falta
sinto falta de mim mesma
será que um dia serei tudo aquilo que fui antes de você?

Matilda Marques

Capítulo 22

Laura

Equilibro o almoço — um sanduíche de pão ciabatta recheado com salmão e cream cheese, chá gelado com limão e as panquecas preparadas por Téo — e atravesso a avenida o mais rápido que consigo. Sorrio ao notar que meu banco favorito está vazio e, com um suspiro de contentamento, acomodo-me no assento de madeira.

A Praça do Japão não chega a ser um atrativo turístico de Curitiba, então consigo almoçar sossegada ao mesmo tempo que aproveito a beleza natural do local: árvores cerejeiras que florescem em um único mês do ano, lagos artificiais lotados de carpas gordas e coloridas, uma lanterna esculpida em pedra que veio para o Brasil em 1979 e uma construção angulosa que serve como memorial, casa de chá e outros espaços que exaltam a cultura japonesa. O lugar é lindo, e, toda vez que estou aqui, sinto como se renovasse minhas forças.

Só criei coragem para enviar meu currículo a uma vaga de emprego no Grupo Folhetim no último ano de faculdade. Sempre quis trabalhar em um grande grupo de comunicações, e ser aceita nesse programa de estágio representava a realização de meu maior sonho. Fiquei exultante ao ser chamada para uma entrevista, mas, ao ver a fachada do jornal, travei de medo. Em minha cabeça, eu tinha certeza de que não era qualificada o suficiente para a vaga.

Foi então que minha avó, com toda a sabedoria de seu amor, trouxe-me até este exato banco e passou trinta minutos listando todos os motivos pelos quais eu merecia o trabalho. A dona Isis não entendia quase nada sobre as funções de uma jornalista, mas me conhecia bem o suficiente para saber que sua fé em mim bastava para que eu acreditasse no impossível. Desde então, este virou um dos meus lugares favoritos no mundo.

Pensar em minha avó me lembra do motivo pelo qual resolvi almoçar sozinha hoje, então abro a bolsa e alcanço o envelope pardo que mantive guardado por todos esses dias. Abocanho uma das panquecas feitas por Téo e, inspirada pela dose extra de açúcar, rasgo o embrulho e derrubo todo o conteúdo em meu colo. Com os olhos marejados, analiso os itens: uma caderneta de couro marrom, um colar de ouro envelhecido com um pingente da letra M, a escritura de um apartamento em São Paulo, minha certidão de nascimento atualizada e uma carta escrita à mão.

Começo pela caderneta porque já sei o que vou encontrar nela. As folhas amarelas estão preenchidas pela caligrafia da minha mãe. Em algumas páginas os poemas são curtos e diretos — como se ela soubesse exatamente o que queria escrever ao tocar a caneta no papel —, já em outras as estrofes se embaralham em espirais de grifos, palavras repetidas e trechos escritos em letras minúsculas pelas bordas das páginas.

Meses atrás eu amaria destrinchar cada uma das palavras e desvendar detalhezinhos sobre a personalidade de Matilda. Mas hoje tudo o que sinto ao olhar para seus textos é medo. O que antes eu acreditava serem poemas de amor na verdade são pensamentos tristes de uma mulher que nunca quis ser mãe. E, por mais que eu adore a ideia de conhecê-la por meio de suas palavras, filho nenhum quer ler sobre uma mãe que nunca o desejou.

Fecho o caderno e sigo para o próximo item jogado em meu colo, escolhendo exatamente aquele com a maior capacidade de me ferir.

Levo um choque ao abrir a carta. Nunca imaginei que Carlos Batista, o homem responsável por parte de meu DNA e que nunca desejou assumir minha paternidade, escreveria algo para mim dias antes de morrer. Cresci sabendo que ele não havia apoiado minha gestação — é lógico que a gravidez de uma jovem de 17 anos envolvida com um professor vinte anos mais velho seria um escândalo desnecessário no meio acadêmico e colocaria em risco sua preciosa carreira —, então não sei ao certo como lidar com o fato de ele não só ter me incluído em seu testamento, como ter me escrito uma carta em busca de redenção.

Corro os olhos pelas palavras obviamente escritas às pressas e sinto um nó na garganta. Suas frases desconexas me fazem lembrar o pior dia da minha vida: no final do ano passado fui convocada para a leitura do testamento de um homem que nunca me desejou, e o que parecia um compromisso jurídico desagradável acabou virando meu pior pesadelo. Nunca vou esquecer a dor absurda que senti ao descobrir por meio de um advogado qualquer que minha mãe não havia morrido no parto, mas sim que havia me abandonado para fugir com o amante para a Argentina.

Foi quando todas as certezas nas quais baseei minha vida começaram a desmoronar: os poemas que acreditei terem sidos escritos por uma mãe amorosa na verdade foram inspirados por uma gestação indesejada e um caso de amor proibido; a mãe que achei ter perdido pela morte na realidade me abandonou na maternidade logo após o parto; o túmulo no qual chorei, desabafei e compartilhei minhas alegrias foi ocupado por alguém que me gestou, mas que nunca de fato foi uma mãe para mim.

Volto a encarar a folha manchada pelas lágrimas que teimam em escorrer. As palavras *perdão, sinto muito, gostaria de voltar no tempo* saltam das páginas e atingem o solo machucado de meu coração. Nada do que foi escrito nesta carta muda a forma como me sinto sobre quem foi meu pai. Para mim, Carlos sempre será o homem proibido por quem Matilda se apaixonou, e nada mais do que isso. Só que as coisas mudam de perspectiva quando vejo a forma como ele fala *dela* — da jovem que ele não soube amar o suficiente.

É o carinho, o desejo e a ânsia por ter feito as coisas diferentes que encontro nas palavras de Carlos que despedaçam ainda mais um pedaço de minha alma. Como é que vou conseguir voltar a acreditar no amor e em contos de fadas depois de descobrir que a pessoa que mais amei na vida nunca soube o real significado de ser feliz para todo o sempre?

Dói não ter sido amada o suficiente, dói não ter sido escolhida, mas dói ainda mais aceitar que todas as decisões que minha mãe fez em nome do amor não foram suficientes. Matilda deixou para trás a filha, os pais e a carreira como poetisa para seguir o amor e, pouco mais de um ano depois, foi encontrada morta em uma banheira de hotel.

A causa da morte? Suicídio por ingestão de altas doses de entorpecentes.

Ela buscou a utopia do amor e, como resultado, só encontrou solidão.

Respiro fundo e seco as lágrimas. Seria mais fácil aceitar a verdade caso o final da história não fosse tão trágico. Parte de mim preferiria saber que Matilda descobriu a força de ser amada por inteira. Pelo menos assim eu usaria seu sacrifício como desculpa para o fato de ela nunca ter me amado o suficiente.

Será que, se as coisas fossem diferentes, ela teria ficado comigo?

Será que ela cogitou ao menos me levar com ela?

Será que foi difícil me deixar para trás?

Uma mãe de verdade não deveria lutar pelos filhos?

Quero sucumbir ao choro e gritar com o universo, mas em vez disso pego o celular e ligo para o contato cujo número sei de cor.

— Laura.

É lógico que ela atende no primeiro toque.

— Oi, vó — cumprimento ao largar a carta ao meu lado no banco e segurar o cordão de ouro entre os dedos.

Carlos contou que a joia estava com minha mãe no dia de sua morte.

Imagino Matilda abandonada, submersa em uma banheira fria, vestindo apenas esse colar, e sinto o ouro envelhecido queimar meus dedos.

É como se eu estivesse perdendo minha mãe pela segunda vez na vida — a primeira quando meus avós me contaram sobre sua morte, e agora ao descobrir toda a tragédia por trás de sua vida.

— Como você está? Estamos com tanta saudade, filha.

As palavras dela me atravessam como flechas certeiras de emoção.

E quer saber? Todas elas gritam amor.

Ainda estou chateada pela mentira contada por meus avós e talvez eu nunca supere a cicatriz profunda que isso deixou em minha alma, mas finalmente estou começando a entender o motivo por trás de todas as conversas sonhadoras e esperançosas que tivemos sobre Matilda. Diante da tragédia, cada um encontra a própria forma de lidar com a dor. E, muito provavelmente, ocultar a verdade foi a maneira que dona Isis e seu Silas encontraram para seguir em frente após a morte da única filha.

Ao me colocar no lugar deles, percebo que meus avós abriram mão do próprio luto em nome da minha felicidade. Eles não tiveram tempo para costurar todas as feridas deixadas pela fuga e pelo suicídio de Matilda porque tinham um bebê para cuidar.

Apesar de toda a dor, eles *escolheram* me amar.

E, no momento, ser escolhida é o suficiente para eu decidir que vale a pena lutar por nossa relação.

— Estou com saudade, vó. Quero conversar, escutar o lado de vocês nessa história e me refugiar em seu abraço apertado. — Respiro fundo e reúno coragem para continuar falando: — Mas também estou com raiva e talvez eu me sinta assim a vida toda.

— Venha para casa, filha. Só nos dê uma chance de provar o quanto amamos você e que...

Minha avó para no meio da frase e começa a xingar feito um marinheiro. Escuto o barulho de algo caindo no chão, e não demoro a perceber que ela e meu avô estão discutindo.

— Sério que vocês estão brigando?

— Cacilda! O teimoso do seu avô não quer esperar eu terminar de falar.

— Dá esse telefone aqui, mulher.

Apesar de tudo, rio.

A normalidade por trás da conversa era exatamente do que eu precisava neste momento. Estou com saudade deles, de casa e, principalmente, de minha antiga eu.

Carregar tantas mágoas e ressentimentos nos ombros é um fardo pesado demais, e simplesmente cansei de seguir fingindo que a dor vai passar da noite para o dia. Se quero que as coisas mudem, preciso me mexer em vez de esperar que o destino resolva tudo em um passe de mágica.

Não é exatamente isso que todos aqueles filmes da Disney com princesas obstinadas que mudam suas vidas em nome do amor ensinam?

— Oi, guria — cumprimenta seu Silas com a voz meio afobada, provavelmente fugindo de minha avó pela casa.

— Oi, vovô.

— Que saudade de escutar sua voz, menina teimosa. *Ai!* Sua avó já está jogando chinelos, então vou ser rápido antes que ela roube o telefone. Cansei de esperar, filha. Quero você em casa, sinto falta de conversar com minha neta. Venha passar o final de semana conosco? Traga Tainá, se quiser. Prometo preparar seu antigo quarto e comprar os ingressos para o passeio pela Serra Verde que queríamos tanto fazer antes do casamento... — Ele corta a frase no meio, provavelmente ciente de que acabou de tocar em um assunto delicado. Pelo menos deve ser isso que acham do meu término com Ravi, considerando que não conversamos sobre nada realmente importante desde o início do ano. — O que estou tentando dizer é que quero passar um tempo com minha neta e resolver logo toda essa confusão.

— Promete pensar no assunto, filha? — grita minha avó ao fundo, e me pego concordando com a cabeça como se pudessem me ver.

— Vamos finalizar a nova edição da revista esta semana e até lá as coisas vão estar um caos, mas depois disso estou livre — respondo. O vovô suspira de alívio, e sinto uma alegria diferente tomar conta de mim. — Vai ser bom passar um tempo em casa.

— Graças a Deus, cacilda! — falam seu Silas e dona Isis em uníssono, e caio na gargalhada.

É bom poder voltar a rir com eles.

Tudo o que quero é encontrar uma forma de ir adiante.

— Sei que ainda temos muito o que conversar, mas quero responder a todas as suas perguntas, sejam elas dolorosas ou não — garante minha avó ao assumir o telefone.

— Obrigada, vó. Eu só... — Penso em tudo o que posso falar, só que no momento nada parece mais importante do que ser vulnerável. — Eu amo vocês.

— Nós também te amamos, filha.

Essas palavras não curam minhas feridas expostas, mas servem como bálsamo — e, depois de tantas mentiras e mágoas, aceito que isso já é o começo de algo.

Após alguns minutos, encerro a chamada com a promessa de que vou para Morretes no final de semana. Sentindo-me mil vezes mais leve, junto as coisas e volto para o trabalho. Agora que conversei com meus avós, tenho outra coisa urgente para resolver.

Chegou a hora de finalizar o artigo.

Grupo da Família Dias

Tainá: Olha quem tá fazendo pizza!

Tainá: *foto do Téo na cozinha*

Bernardo: Que lindo, filhão. Arrasou! O molho parece estar ótimo, do jeito que o papai te ensinou.

Jonas: Lá vem o Bernardo querendo receber os louros pelos talentos dos meninos. Se eles são bons cozinheiros, profissionais excepcionais ou entram para a lista da Forbes, puxaram de você. Agora, se são teimosos, briguentos e desorganizados, a culpa é minha.

Tainá: Opa, pelo visto tem alguém de mau humor hoje.

Bernardo: Não liga não, filha. Ele está com ciúme porque o Beto me escolheu como seu humano preferido.

Jonas: Aquele canalha! Eu dou comida, troco água, levo para passear, deixo que durma no sofá, e ele ainda prefere o Bernardo.

Téo: Se conta de algo, você é meu ser humano preferido, pai.

Jonas: Toma essa, Bernardo!

Bernardo: Ele obviamente estava falando de mim, meu bem.

Jonas: Está decidido, você vai dormir no sofá hoje.

Bernardo: Só se você dormir comigo.

Capítulo 23

Téo

— Esses dois trocam farpas feito um casal de adolescentes.

Tainá vira a tela do celular e me mostra a confusão que virou o grupo da família.

— Provavelmente é por isso que estão juntos há tanto tempo.

— Por que brigam como gato e rato?

— Não, porque sabem rir dos defeitos um do outro — opino ao finalizar o molho de tomate.

Eu deveria ter facilitado as coisas e comprado molho pronto, mas cozinhar me acalma, e estou bem necessitado de uma dose de tranquilidade.

Desde que voltamos de São José dos Pinhais, minha ansiedade só tem piorado. Estou com dificuldade para dormir e ontem tive um episódio de terror noturno. Fazia anos que não acordava no meio de um pesadelo com o corpo suando e a mente agitada. Sei que em parte é o estresse da mudança e a rotina corrida no hospital, mas tem algo a mais me incomodando: toda vez que fecho os olhos antes de dormir, lembro das mãos trêmulas do pai Jonas e da preocupação em seus olhos.

Sei que essa fixação com a saúde deles tem a ver com meu medo da morte, mas e se não for só desconfiança? E se eles estiverem escondendo algo?

— Como estão as coisas no hospital? — pergunta Tainá ao cortar os ingredientes para a pizza com a calma de um bicho-preguiça.

— Intensas — respondo, grato pela distração.

Sob o olhar curioso de minha irmã, foco na tarefa de separar os ovos, a farinha e o fermento que vou usar para fazer as massas de pizza.

Os movimentos robóticos me ajudam a ignorar a pressão constante que sinto no peito e a voltar a mente para o presente. O maior desafio de uma mente ansiosa é aprender a focar no agora.

— Todo começo de residência é difícil, mas meus anos de experiência no atendimento clínico estão tornando tudo mais complicado. Sou experiente, mas não o suficiente. Fora que me acostumei a ler os prontuários com os olhos de um médico geriátrico, então preciso ficar me lembrando que agora devo pensar como um neurologista e seguir os protocolos de minha nova especialização.

— A forma de atender muda muito de uma especialização para outra?

— Não é nem o atendimento que muda, mas os sintomas que procuramos ao ler um prontuário. O que é um alerta vermelho em um paciente internado na ala geriátrica muito provavelmente não faz diferença em um paciente da neuro. Não vou pedir um exame de rins em uma criança que chega reclamando de enxaqueca.

— Tá, mas isso não é meio óbvio? Digo, tá na cara que cada especialização pede um tipo diferente de protocolo — questiona ela com a naturalidade de quem passou anos me ouvindo reclamar da rotina de residente.

— Pois é, fala isso ao meu cérebro treinado a ler um caso clínico em poucos minutos. Agora passo horas lendo os relatórios de meus colegas de residência e tentando entender o porquê de eles verem certos indícios que eu ainda não enxergo.

Sempre fui atento às particularidades de cada caso, mas, por mais que eu analise os pacientes e suas dores como indivíduos únicos, chega uma hora em que ler um exame de sangue, por exemplo, vira algo automático. Na faculdade de medicina aprendemos sobre a importância de nunca olhar um sintoma como caso isolado, mas a rotina cansativa exigida pela faculdade faz com que a prática seja bem diferente da teoria.

— Ei, para de se cobrar tanto. Faz só um mês que você entrou no programa, logo vai descobrir como fazer as coisas funcionarem — conforta minha irmã. Rio ao vê-la massacrar um pobre tomate com a faca e recebo em resposta seu típico olhar afiado. — Apesar das dificuldades, você está gostando? Era isso que queria?

— Uai, com certeza — respondo sem precisar pensar. — Os casos são instigantes, os professores-chefes, respeitosos e talentosos, e já aprendi tanta coisa em tão pouco tempo que às vezes acho que meu cérebro vai explodir. E sei que essa especialização nova vai me ajudar na hora de abrir a clínica de atendimento para a terceira idade.

— Esse ainda é o objetivo final?

— Sim. Talvez daqui a uns dez anos eu tenha a experiência e o dinheiro para procurar investidores e dar o pontapé inicial. Quero abrir a clínica em algum momento da vida, só não sei quando.

— Bem, pelo menos você já tem alguém para te ajudar no marketing. — Ela empurra meu ombro de leve e me encara com um sorriso orgulhoso no rosto. — Que bom que você voltou, maninho. Fico feliz em poder participar do seu futuro.

— Também estou feliz por ter voltado.

Aproveito meus vinte centímetros a mais e bagunço o cabelo dela. Tainá ri e joga o pano de prato em minha direção. O momento é exatamente o que eu precisava depois de uma semana tão tensa.

— Ah, então, tenho algo importante para perguntar... — começa Tainá como quem não quer nada. — Você tá caidinho pela Laura, né?

Bufo e volto a atenção para os ingredientes da pizza. Separo a farinha de trigo, peso o fermento biológico e, obviamente, finjo não ter escutado a pergunta. Não quero falar com minha irmã sobre isso porque ainda não entendo tudo o que sinto por Laura; é tudo novo, confuso e assustador *demais*.

Quanto mais próximos nos tornamos, mais envolvido fico, e mais apavorada Laura parece estar. Sei que ela me deseja, mas também sei que nossas trocas vão muito além da parte física. A questão é que Laura não parece pronta para aceitar isso, e, por mais que eu queira mergulhar de cabeça nessa ligação absurda que sinto entre nós, não quero abrir meu coração para alguém que pode decidir de uma hora para a outra desaparecer da minha vida.

— Não adianta disfarçar, maninho. Eu vejo como você olha para Laura. Tá na cara que está começando a gostar dela.

— Cê quer mesmo falar de sentimentos? Porque eu amaria descobrir o que está rolando entre você e Josi.

Tainá fecha a cara.

— Não quero falar disso.

— E eu não quero falar de Laura.

— Teimoso — retruca ela, bufando.

— Aprendi com a melhor — respondo com petulância.

Minha irmã ri, mas vejo que a alegria não chega aos olhos. Com os ombros curvados e uma ruga no centro da testa, ela parece perdida. Ao contrário de Laura, sei que Tainá precisa ser pressionada para falar sobre os sentimentos. Desde pequena ela decidiu que conquistaria o mundo — eu culpo *Pink e o Cérebro*. O problema é que ela internalizou que precisa fazer as coisas sozinha para provar ao mundo o quanto é forte. Só vi Tainá demonstrar fraqueza uma vez na vida, e isso foi quando se apaixonou por Josi.

— Vai, conversa comigo. — Me encosto na bancada e volto a atenção para ela. — Estou aqui para te escutar e apoiar, seja lá o que estiver acontecendo.

— Só vou desabafar se você contar o que está sentindo por Laura — responde ela. Abro a boca para argumentar, mas ela me cala com um gesto autoritário. Apesar de ser cinco anos mais nova, Tainá me trata como se eu fosse o caçula. — Isso aqui é uma via de mão dupla, maninho.

— Tá bem, raio de menina teimosa. — Vou até a geladeira e procuro os itens de que preciso para fazer uma soda italiana. — Vai, cê começa.

Ela deixa a faca em cima da mesa e começa a estalar os dedos — algo que só faz quando está estressada. Deixo que ela tome seu tempo enquanto preparo dois copos da bebida gelada que leva água com gás, xarope frutado e chá natural.

— Ela quer ter filhos — diz após aceitar o copo que ofereço e beber em uma golada só. — Acho que vou precisar de algo mais forte para ter essa conversa.

— Serve sorvete? — Pego o copo vazio de sua mão e, após deixá-lo na pia, retiro um pote de sorvete de caramelo salgado do congelador. — Comprei para Laura, mas acho que o momento merece uma dose extra de açúcar.

— Você está tentando ganhar minha amiga pelo estômago, né?

— Acha que está dando certo?

— Com certeza — brinca ao pegar o pote de sorvete de minhas mãos. — Você mandou bem com esse lance de panqueca e pizza caseira em um mesmo dia.

— Eu gosto de vê-la sorrir. E isso é assustador pra cacete. — As palavras saem em um só fôlego, e me sinto exposto ao notar o olhar sabichão no rosto de Tainá. — Uai, não me olha assim! Estamos falando de você agora. Que lance é esse de filho?

Ela me encara com um olhar sofrido, mas antes de responder abre o pote de sorvete e ataca a massa repleta de gordura hidrogenada, exatamente como eu sabia que faria.

— É óbvio que nós duas conversamos sobre filhos antes do casamento. Josi sempre soube que eu não queria envolver uma criança na minha bagunça mental — fala com a boca cheia. — A fruta não cai longe do pé, não é mesmo? E, por mais terapia que eu faça, ainda tenho muito medo de ser igual à mulher que me pariu. Só que, pelo visto, Josi pensou que eu mudaria de ideia ao longo dos anos, o que obviamente não aconteceu e gerou um atrito gigantesco em nosso casamento.

— Então foi por isso que vocês se separaram?

— Mais ou menos. Ela disse que adotaria a criança sozinha caso eu não quisesse participar do processo. No começo pareceu uma boa sugestão, só que quando dei por mim estava mais envolvida do que eu gostaria — revela. Consigo perceber o tamanho de seu desespero, então me aproximo de Tainá e a abraço pelos ombros. Ela respira fundo e encosta a cabeça em meu peito. — Josi começou a me mandar perfis na internet de casais em processo de adoção. Ficava emocionada toda vez que uma criança passava por nós, e quando íamos jantar na casa dos pais o assunto sempre girava em torno de bebês. Um dia, pai Bernardo começou a fazer planos para quando virasse avô, e simplesmente surtei.

— Cê chegou a conversar com eles sobre isso?

Ela nega com a cabeça.

— Eu amo Josi. Passei a vida toda acreditando que nunca confiaria em alguém o suficiente para amar e ser amada. Então ela apareceu e mudou a forma como eu enxergo o mundo. Porra, ela era *meu* mundo, Téo. Eu não queria acabar com nosso relacionamento só porque não sou capaz de confiar em mim mesma quando o assunto é a criação de um bebê, mas também não estava preparada para ouvir todo mundo falando de filho, de aumentar a família e de amor de mãe. — Tainá se afasta do meu abraço e apoia o rosto nas mãos. — É óbvio que eu ainda amo Josi, então vez ou outra tenho uma recaída e transamos igual duas adolescentes vivendo um romance proibido. Sei que estou adiando o inevitável, mas não consigo parar de amar alguém da noite para o dia.

Processo o que foi dito e analiso as entrelinhas enraizadas em seu discurso machucado, mas tudo o que sinto é raiva do mundo.

— Sinto muito, Tainá. É frustrante perceber que o amor nem sempre é suficiente.

— Tentamos conversar sobre o assunto várias vezes, mas nenhuma de nós quer ceder. Não sei mais o que fazer... Devo seguir em frente e fingir que não estou virando as costas para o amor da minha vida? Mas, se eu ficar com Josi, como é que vou ignorar o fato de que ela quer uma coisa capaz de me destruir?

— Cê tem certeza absoluta de que não quer ter filhos?

— Não sei, Téo. — Ela suspira e volta a atacar o sorvete. — Não sei se é medo, pressão da sociedade ou se é apenas algo que faz parte de quem eu sou. Simplesmente não sei! E não saber está me roubando a paz e me afastando da mulher que eu amo.

Não existe uma resposta certa. As duas se amam, mas possuem visões diferentes para o futuro. E, por mais que doa, é ilusão acreditar que o amor é capaz de superar tudo. Você pode amar alguém e, ainda assim, não ser capaz de construir uma vida ao lado dessa pessoa. Amor é caminhar juntos e nem sempre as duas coisas — sentimento e futuro — conversam uma com a outra.

— A pior coisa do mundo é encontrar alguém para amar e ter que deixar essa pessoa para trás — afirma Tainá como se não fosse nada, mas quase consigo *sentir* o choro entalado em sua garganta.

Tudo o que posso fazer é puxar minha irmã para um novo abraço. Tainá não chora — raramente cede às emoções —, mas respira fundo e passa os braços ao meu redor com a força do desespero.

— Estar com alguém é transitar entre sonhos compartilhados — falo ao escutar o barulho da chave na porta da entrada. — É uma merda, mas, se você e Josi possuem ideias diferentes do que querem para o futuro, não tem amor no mundo capaz de fazer a relação progredir. Vocês vão ficar nesse limbo a vida toda se não tomarem uma decisão agora.

— Eu não sei para onde devo ir.

— Dê tempo ao tempo, maninha. Uma hora ou outra você vai descobrir qual caminho quer seguir e se ele é o mesmo de Josi ou não.

Laura entra em casa bem quando Tainá encerra nosso abraço. Noto que minha irmã foge dos olhos atentos da amiga e concentra a atenção no sorvete em cima da bancada.

— Oi — cumprimenta ela ao jogar a bolsa de trabalho no sofá. — Aconteceu alguma coisa?

— Apenas uma dose de conversas profundas sobre amores fracassados. Algo leve para o meio da semana — responde Tainá sem tirar os olhos do sorvete.

Laura franze o cenho ao avaliá-la e, após alguns segundos, vai até minha irmã e começa a massagear seus ombros tensos.

— Quer companhia para acabar com esse sorvete ou prefere partir para uma garrafa de tequila?

— Nada de tequila, amiga — responde Tainá. — Téo não gosta de me ver beber. Algo sobre genes predispostos ao alcoolismo e o desenvolvimento precoce de doenças degenerativas.

— Certo. — Laura olha para mim e cai na risada ao ver o avental ridículo amarrado em minha cintura. — Gostei do avental, cara. Exatamente sobre que tipo de cardápio estamos falando? Acho que nunca comi pizza de berinjela.

Tainá cai na gargalhada com o comentário engraçadinho, e sorrio, feliz por ver minha irmã menos tensa. Sob os olhos atentos de Laura, ajusto a peça no corpo. O avental preto estampado com emojis de berinjela traz no centro a belíssima frase: "Não deixe para amanhã o que você pode comer hoje". Sou zoado sempre que uso o avental, mas ganhei a peça de presente de Augusto e tenho um apego emocional a ela.

— Nada de berinjela no cardápio, moça.

— Pelo menos não a que ela gostaria de comer — sussurra Tainá e ganha um cutucão de Laura como resposta.

— Vou ganhar pizza de chocolate?

— Vai, com direito ao maldito confete colorido e tudo mais.

— Fiquei até arrepiada.

Ela me mostra o braço de brincadeira, e meus olhos correm pela camisa branca dobrada até o cotovelo e param nos malditos botões abertos na altura do colo.

Quando nossos olhares se encontram novamente, ganho de Laura um dos sorrisos mais lindos que já vi. Fico alguns minutos parado no meio da cozinha, absorvendo sua expressão — ainda não tinha visto esta versão livre e feliz de Laura. Lógico que a dor ainda está presente, mas o que vejo agora em seus olhos vai muito além da tristeza ou solidão que reconheci nela desde nosso primeiro encontro.

— Cê terminou o artigo?

Ela balança a cabeça em um gesto afirmativo, e alguns cachos escapam do lenço colorido que usa para prendê-los.

— Não só terminei, como recebi um raro elogio da minha chefe.

Laura faz o que imagino ser sua dança da vitória, e me sinto contagiado por sua alegria. Só percebo que me aproximei dela no momento em que toco os fios de cabelo e os coloco atrás de sua orelha. Ela suspira e apoia o rosto na palma da minha mão. Fico preso em seu sorriso tranquilo, nas pintas marrons em seu rosto e na maneira como ela simplesmente parece mais leve.

— A felicidade combina com você — digo em um sussurro.

— Quer saber? Acho que você tem razão, cara.

Pela primeira vez em semanas, Laura olha para mim como se não tivesse medo dessa coisa sem nome e assustadora entre nós.

Eu deveria estar feliz, mas estou apavorado.

Não quero me machucar, mas já estou longe demais para voltar atrás.

*gerei o pecado
e fui expulsa do paraíso
perguntam-me se valeu a pena
e deixo que pensem que não há sentido*

Matilda Marques

Capítulo 24

Laura

— Por que não me contou antes?

Giro no banco e fico de frente para Tainá.

Passamos a última meia hora espiando Téo cozinhar e conversando sobre o motivo que levou minha amiga a devorar um pote de sorvete de dois litros sozinha. Agora que finalmente sei o que causou o final do casamento dela, não consigo parar de pensar em como nossas histórias se cruzaram de formas semelhantes e, ainda assim, completamente diferentes.

— Eu não estava pronta para conversar sobre o divórcio — confessa ela com um dar de ombros —, e não queria te machucar ao falar de filhos. Sei que esse assunto é delicado para você, principalmente depois da cirurgia.

— Eu me peguei pensando em adoção na última semana — revelo em um sussurro.

— Sério? — grita ela, e Téo nos olha com curiosidade.

Ele está recheando as pizzas enquanto cantarola uma música baixa que toca em seu celular. Toda vez que nossos olhares se cruzam — eu sentada ao lado de Tainá em uma das banquetas da cozinha e ele do outro lado do cômodo —, ganho um sorriso de canto de boca de quem sabe que está sendo observado.

Até tento disfarçar, mas meus olhos são constantemente atraídos para ele.

— Sei lá. — Volto a atenção para Tainá, que acompanha minha troca de olhares com o irmão com curiosidade. — Não é algo que eu tinha considerado antes, mas, depois de escrever o artigo, comecei a pensar na possibilidade de adotar uma criança. Só não descobri ainda se *realmente* quero maternar ou se só estou em busca de aprovação.

— Aprovação de quem? Da sociedade?

— Não, tô cagando pra pressão social. O que me pega é o desejo irracional que tenho de provar que posso ser uma mãe muito melhor que Matilda.

— Ah, tem lógica. No meu caso, não quero ser mãe porque morro de medo de ser igual a minha e sair pela rua oferecendo os filhos para os vizinhos. — Sua voz está carregada de dor, então seguro sua mão em um gesto de conforto. — Em uma escala de um a dez, o quanto somos ferradas da cabeça, hein?

— Em dias bons como hoje, eu me sinto um dois — digo ao lembrar o peso que a conversa com meus avós tirou de meus ombros —, mas na grande maioria dos dias a sensação é de que estou beirando o doze na escala do caos emocional.

— É, somos duas então — informa Tainá ao erguer o copo na direção do meu. — Viva os dias de merda.

— E um brinde à vida adulta!

Envoltas por um silêncio confortável, observamos Téo cozinhar. A forma como ele preenche a cozinha é tranquilizante. Na verdade, tudo nele passa uma sensação de conforto e calmaria que me atrai como uma mariposa em busca de luz. E, quanto mais tempo passamos juntos, mais percebo que a luz que me leva até ele não tem nada a ver com desejo — apesar de eu não parar de pensar em como seria sentir seus lábios nos meus.

— Você tá babando, amiga — sussurra Tainá.

— É por causa da pizza.

— Para de me enrolar. O que você sente pelo meu irmão? — questiona ela na cara dura. Cuspo a água com gás que estava tentando beber e encaro Tainá com uma expressão que sem dúvida deixa nítido todo o meu pavor. — Ei, não estou falando de planos para o futuro nem nada assim. Só quero saber em que pé estamos. Já rolou uns beijinhos e mãos bobas?

Abro a boca para responder, mas, para meu alívio, a campainha toca.

— Estamos esperando alguém? — pergunta Téo, fazendo menção de ir atender.

— Não, mas acho que sei quem é. — Minha amiga pula da banqueta e, antes de correr até a entrada do apartamento, adiciona: — Pode deixar que eu atendo.

Em menos de um segundo ela espia pelo olho mágico, resmunga algo ilegível e sai porta afora.

— Uai, o que foi que eu perdi?

— Não faço ideia, cara.

Levanto-me na intenção de espiar, mas Tainá parece pressentir minha proximidade porque coloca a cabeça para dentro por uma fresta da porta e ergue um dedo em minha direção.

— Vou sair por vinte minutos. Aproveitem o tempo sozinhos. — Ela dá uma piscadela, mas parece reconsiderar e encara o irmão antes de sair. — É bom que as pizzas estejam no forno quando eu voltar!

Ela olha para mim e depois para Téo uma última vez e, com um baque, fecha a porta e sai sem nenhuma explicação.

— Acha que é a Josi? — pergunta Téo após alguns segundos encarando a porta.

— É bem provável. — Sigo até a bancada da cozinha e fito os ingredientes espalhados pela superfície de mármore. — Precisa de ajuda?

— O que eu preciso é que venha até aqui — responde. Ergo os olhos e o que encontro em seu rosto faz um arrepio subir por minha coluna. — Vem aqui, Laura — repete, dessa vez em um leve tom de comando.

Sei exatamente o que vai acontecer se eu me aproximar dele, então preciso forçar as pernas a irem até onde Téo está. Enquanto me aproximo, deixo os olhos correrem por seu corpo apoiado na bancada: tênis brancos, calça cáqui, camisa de manga comprida verde, um avental ridículo amarrado na cintura, barba por fazer e os óculos de leitura.

Simplesmente bonito demais para ser real.

— Oi — cumprimento ao parar ao seu lado.

— Oi.

Ele sorri e abre os braços.

242

Sem pensar demais, apoio as mãos em seu peito e deixo que seus braços fortes envolvam minha cintura. Ele acaricia a lateral de meu pescoço com a ponta do nariz e leva os lábios até minha orelha.

— Seu dia foi bom?

— Foi. E o seu?

Ele confirma com um gesto da cabeça, e subo as mãos por seu tronco até alcançar a parte de trás de seu pescoço.

"Refrão de um Bolero" toca em seu celular em um volume bem baixinho, mas é o suficiente para Téo girar nossos corpos colados pela cozinha. Enlaço os braços em seu pescoço e deixo que a música nos embale. A dança é calma e lenta, contrastando com o turbilhão em minha mente.

— Gosto dessa música.

— Ela me faz pensar em você. — A frase dele sai em um sussurro, mas a sinto como se eu tivesse sido atingida por um raio.

— Andou pensando nos meus lábios?

— Todos os dias desde a primeira vez que te vi.

Ergo o rosto para observar os olhos de Téo, vendo neles as mesmas emoções que confundem meus pensamentos. Eu o quero, mas não deveria. Ele me quer, mas não deveria. Seria muito mais seguro permanecermos distantes, mas nenhum de nós consegue se manter afastado.

— Então me beija. — As palavras jorram sem controle, mas não me arrependo.

Um som angustiado escapa dele, e vejo em seu rosto o momento exato em que Téo toma uma decisão. Com as mãos trêmulas, ele retira os óculos de grau e desamarra o avental, depositando-o com calma na bancada da cozinha. Então toda a calmaria se vai, porque suas mãos seguram minha cintura e a boca procura a minha.

Nossos lábios mal se tocam, e somos consumidos pelo desejo. Sua língua brinca com a minha, e pequenos suspiros me escapam. O beijo é como uma promessa, e meu corpo acorda para a vida, ansiando muito mais. Gemo ao sentir seus dedos subindo pela base de minha coluna e alcançarem a pele sensível de meu pescoço. Téo usa uma das mãos para mudar a posição de nossos rostos e aprofundar o beijo em um encaixe perfeito, e, quando seus dedos se enroscam em meu cabelo em um puxão que expõe meu pescoço ao ataque de seus lábios, perco completamente a noção de tempo e espaço.

Téo beija meu queixo, a pontinha da minha orelha, toda a lateral do meu pescoço, o topo da minha clavícula e volta, ainda mais faminto, para minha boca.

— Cê tá me matando, Laura — sussurra em meio aos beijos na pele sensível atrás de minha orelha. — Quero sentir suas mãos em mim.

Ele não precisa pedir duas vezes. Com um suspiro de contentamento, enfio as mãos dentro de sua camiseta, explorando as curvas e memorizando a sensação de senti-lo tão perto.

— Isso é mil vezes melhor do que imaginei — diz Téo ao prender meu lábio inferior em uma mordida leve que me faz inclinar em sua direção.

Não preciso responder porque meu corpo ansioso deixa evidente o quanto preciso de mais — mais dele, de seus beijos e de seu toque. Téo entende meu desespero e, com a palma das mãos, segura minha bunda e ergue meu corpo ao encontro do seu. Na mesma hora, enrosco as pernas em sua cintura e aprofundo nosso beijo, sentindo-me inebriada por seu cheiro e pela forma como seus braços me envolvem.

— Agora seria uma boa hora para confessar que fantasio com isso desde o dia em que trocamos mensagens pela primeira vez?

Tento conter um gemido ao ouvir sua confissão, mas falho miseravelmente.

— Você pensou em me beijar antes mesmo de me ver?

— Na verdade — ele morde o lóbulo de minha orelha mais uma vez, e meu centro pulsa —, eu pensei em ter você *toda* ao meu dispor na bancada da minha cozinha. E então eu te vi de toalha na porra do meu antigo quarto e passei a sonhar em beijar cada uma das pintas em sua pele.

Para dar força às palavras, Téo distribui beijos cálidos pelas pintas em meu rosto, descendo para o colo. Segurando-me com apenas uma das mãos e com os olhos presos nos meus, ele abre um botão da minha camisa, depois mais um, então o outro...

— Porra, você é tão linda. — Ele beija o topo dos meus seios expostos, e sinto o coração acelerar. — Olha o que você faz comigo, só me pediu um beijo e eu te ataquei no meio da cozinha feito um ogro.

O sorriso safado em seu rosto deixa evidente que não está nem um pouco arrependido.

— A culpa é minha — digo, esfregando o corpo no dele. — Eu devia ter deixado nítido *onde* eu queria ser beijada.

— Ainda dá tempo de corrigir isso. É só pronunciar as palavras mágicas, e eu juro manter minha boca ao seu dispor — garante ao beijar entre meus seios.

— *Téo.* — É tudo o que consigo dizer quando seus dentes abocanham um de meus mamilos por cima do sutiã. — Eu quero...

Minhas palavras são interrompidas pelo toque de um celular.

Do meu celular, na verdade.

— Por favor, ignora essa merda.

Téo gira nossos corpos e se senta na banqueta da cozinha. Ele me acomoda em seu colo, e perco por completo o fio da meada. Consigo senti-lo em todos os lugares certos e, ao mesmo tempo, nada parece ser suficiente para aplacar minha necessidade dele. Corro as mãos por seus ombros, braços e paro na barra de sua camiseta. Quero sentir a pele de Téo contra a minha, mas, antes que eu possa arrancar sua blusa, seu celular começa a vibrar sem parar.

— Se for da operadora de telemarketing, eu juro que vou jogar o telefone na parede. — Ele bufa e apoia o rosto em meu ombro. — Pega para mim, por favor?

Alcanço o celular no bolso de sua calça jeans, aproveitando para sentir os músculos de sua bunda — o que me garante uma mordida delicada no ombro —, e vejo o nome de Tainá na tela do aparelho.

— Merda, é sua irmã.

Afasto nossos corpos colados e lhe entrego o celular.

— Estraga-prazeres.

Ele bufa ao desbloquear a tela, virando o celular para me mostrar a enxurrada de notificações.

Saio do seu colo a contragosto e pego meu próprio telefone, rindo ao ver que recebi dezenas de mensagens muito parecidas com as de Téo.

> **Tainá:** Posso voltar pra casa?

> **Tainá:** Estou com medo. Não quero ver meu irmão pelado.

> **Tainá:** Vão me responder ou não?

> **Tainá:** Faz meia hora que saí de casa.

> **Tainá:** O que vcs estão aprontando?

> **Tainá:** Tô voltando pra casa. Vcs estão se pegando?

> **Tainá:** Se sim, tira a língua da boca do meu irmão, por favor?

> **Tainá:** Espera, é na boca dele que sua língua está, né?

> **Tainá:** Amiga, pelo amor, me atende!

> **Tainá:** TÔ INDO PRA CASA!

> **Tainá:** Que Deus me proteja.

— Pelo menos ela não nos encontrou pelados na mesa da cozinha — digo depois de ler todas as mensagens.

— Caralho, cê não pode me falar essas coisas, Laura.

— Por que não?

Téo ruboriza ao levantar do banco e a minha vontade é de pular nele. Com um sorriso de canto, ele beija minha testa e se afasta para amarrar o avental na cintura. O movimento leva meus olhos até sua virilha e o volume que o tecido não está conseguindo esconder. Ele percebe a direção de meu olhar e começa a gargalhar.

Não sei como, mas o som que sai da sua boca consegue me deixar ainda mais quente do que todos os beijos que acabamos de trocar.

— Agora só consigo pensar em você pelada em cima dessa mesa, moça.

— Eca! — grita Tainá ao abrir a porta e entrar na cozinha feito um furacão. Óbvio que ela ia chegar a tempo de ouvir algo comprometedor. — Podem parar com essa pouca vergonha, os dois. Tô com fome, cadê minha pizza?

— Cara, você acabou de devorar um pote de sorvete sozinha — reclamo com Tainá.

— O sorvete alimentou minha alma, agora preciso nutrir meu corpo. — Ela coloca as mãos na cintura para evidenciar suas curvas, mas sua expressão é debochada. — E não me venha com papo furado, amiga. Nós duas sabemos que existem *muitos* tipos de fome.

Ela ergue as sobrancelhas em um gesto cômico e aponta para o irmão.

Téo me encara com os olhos verdes repletos de promessas e, após um suspiro, lava as mãos e volta a atenção às pizzas. Tainá começa a tagarelar sobre como deveríamos ter ido para o quarto e como não somos nada higiênicos. Já eu permaneço em silêncio, pensando que também estou com fome, mas não de pizza.

Merda, como é que vou dormir sabendo que Téo — e sua boca tentadora, suas mãos fortes e seu cheiro inebriante — está a poucos metros de distância?

*estou de partida
mas ainda não decidi:
se vou, eu não volto
se fico, eu nunca mais vou*

*perdão, minha mente ecoa
vá, o eco do mundo responde*

Matilda Marques

Capítulo 25

Laura

Téo boceja ao cortar o último pedaço da pizza Romeu e Julieta, e olho para o relógio digital do micro-ondas. Passa das onze da noite e, apesar de não ser tão tarde para meus padrões, está na cara que Téo chegou ao limite do cansaço. Cutuco Tainá, que não largou o celular desde que terminou de jantar, e, com os olhos, aponto para seu irmão.

Que foi?, questiona ela sem emitir som.

Fala para ele ir dormir, respondo nessa linguagem silenciosa que adquirimos ao longo de anos de amizade.

Tainá deixa o celular na mesa e encara o irmão. Seus olhos estão vermelhos, as mechas grossas do cabelo preto estão uma bagunça (graças à mania que Téo tem de correr a mão por elas sempre que ri), e seus ombros parecem levemente curvados.

Pensar em seus ombros fortes me faz lembrar da exata sensação de apoiar as mãos neles e deixar Téo marcar minha pele com beijos. Estou encarando seus lábios quando ele ergue os olhos do prato de pizza e flagra meu olhar desejoso. Não disfarço o rumo de meus pensamentos e, como resposta, ganho um sorriso safado que evidencia a covinha em seu queixo.

— Quer dormir no meu quarto hoje, maninho? — pergunta Tainá ao se levantar da mesa e começar a recolher os pratos sujos. — Vamos levar um tempo até limpar a cozinha e não quero manter você acordado até tarde.

— Tô de boa — responde ele em meio a um segundo bocejo.

— Mentiroso. Você está caindo de sono e precisa descansar para aguentar o plantão duplo que vai fazer esta semana — falo ao me levantar da mesa e seguir com uma pilha de louça suja até a cozinha. — Vai tomar um banho e descansar em um quarto com portas e blackout na janela, Téo.

— Já disse que tô acostumado a dormir em qualquer lugar. — Ele se levanta e começa a recolher os molhos em cima da mesa para guardá-los na geladeira. — Tainá é filhinha de papai, ela não vai dar conta de dormir no sofá-cama.

— Primeiro que somos os dois filhinhos de papai. E, segundo, *eu* que vou dormir com Laura. — Minha amiga fala com tanta convicção que não penso em questioná-la nem por um segundo. — Para de charme. Tá na cara que você precisa de uma noite tranquila de sono para sossegar o corpo e a mente.

— Não quero atrapalhar, maninha.

— Não vai atrapalhar em nada. Fora que eu não confio nem um pouco em vocês dois sozinhos. — Ela aponta um garfo sujo de mim para Téo com um olhar sugestivo. — É meio de semana, nós três precisamos descansar para conseguir aguentar o dia de amanhã.

Infiro que, muito provavelmente, Tainá quer dormir comigo para não cair em tentação e procurar abrigo nos braços de Josi. O que também vale para mim e o desejo que sinto de me enroscar com Téo no sofá-cama, na cama king, na mesa da cozinha, na banheira...

— Sua irmã tem razão. — Coloco a louça suja na pia e entrego a esponja para Tainá. Em nossa dinâmica, sou sempre a que seca a louça, limpa o fogão e passa pano no chão. — Vamos nos virar com a limpeza e depois ver algum filme besta até dormir. Você já fez o suficiente. O jantar estava incrível, Téo.

— Cês têm certeza?

Ele fecha a porta da geladeira e apoia o corpo na beirada da bancada da cozinha. Aquela bancada, sabe? A que serviu de apoio para o momento em que descobri o quanto Téo é habilidoso com as mãos, com a língua, com aquele corpo maravilhoso e...

— Para de me olhar assim, Laura.

— É, amiga, para de olhar meu irmão assim. Tá parecendo aqueles cachorros caramelos que ficam encarando sem parar as vitrines de frango assado.

Téo ri e me abraça por trás, me dando um beijo doce no topo da cabeça. Meu primeiro pensamento é que é estranho trocarmos gestos carinhosos perto de Tainá, mas a expressão de alegria no rosto da minha amiga me faz relaxar. Com um suspiro, acomodo as costas no peito de Téo e escolho viver o momento. Passei tempo demais ou presa nas dores do passado ou preocupada com os sonhos que não realizarei no futuro, e hoje só quero ser capaz de aproveitar o presente.

— É sério, obrigada pelo jantar, Téo. Eu amei a pizza doce com confete de chocolate — digo meio sem jeito, tentando entender o sentimento de segurança que me consome toda vez que estou nos braços dele. — Foi uma ótima forma de comemorar a entrega do artigo.

— Que bom que gostou. — Ele apoia o queixo no topo da minha cabeça e me abraça mais apertado. — Estou feliz por você, moça. Sei o quanto esse trabalho estava te consumindo, e, se depender de mim, vamos sempre encontrar motivos para comemorar as pequenas vitórias do dia a dia com comida boa.

— Estou completamente de acordo com isso — afirma Tainá e joga o pano de prato em minha direção. — Agora desgruda da Laura e vai logo descansar.

— Tá bem, já tô indo.

Ele se afasta, rindo.

Téo vai até o fundo da sala, escolhe uma muda de roupa (uma camiseta velha e um samba-canção colorido) e coloca o travesseiro embaixo do braço ao ir em direção ao banheiro. Obviamente sei de tudo isso porque acompanho com o olhar cada um de seus movimentos, adorando a forma como seus braços se flexionam ao abrir a porta do armário ou como a posição do travesseiro faz com que sua camiseta suba e deixe um pedaço da pele de sua cintura exposta.

— Não falei? Agora só falta babar, abanar o rabo e latir.

Tainá espirra um pouco de água em minha direção.

— Au-au — falo baixinho, e minha amiga cai na gargalhada.

— Sua safada! Pior que vocês combinam, sabia? Mas eu é que não vou ficar fazendo planos e depois acabar magoada. A ideia de meu irmão mais velho e de minha melhor amiga ficarem juntos é perfeita demais para ser real.

O sorriso em seu rosto deixa evidente que Tainá está realmente feliz com essa situação absurda entre mim e Téo. Fico aliviada, porque me envolver com o irmão mais velho de minha amiga definitivamente *não* estava nos planos.

— Então, quais são os planos para o final de semana? Vamos no italiano de sempre e depois pegar uma balada? Ou quer ir ao karaoke?

— Caramba, quase esqueci! — Interrompo a tarefa de secar os talheres e alcanço o celular, abrindo a tela de buscas para pesquisar os horários de ônibus que vão para Morretes. — Falei com meus avós hoje. Eles querem que eu passe o final de semana lá.

— Quê?! — grita ela daquele jeito bem Tainá de ser. — Como é que você me guarda uma informação dessas?

— Acho que me distraí.

Uma distração de um metro e noventa de altura, olhos esverdeados e cabelo tão preto quanto o céu da noite.

— E como foi falar com eles? Você está bem?

Seus olhos preocupados sondam os meus.

— Foi bom. Eu estou bem, não completamente bem, mas infinitamente melhor. No final das contas, tudo de que eu precisava era conversar com eles. A distância estava tornando tudo ainda mais difícil.

— E não é que dialogar sobre nossos problemas e medos ajuda mesmo? — Tainá ergue a sobrancelha para mim, debochada. — Pena que falar sobre sentimentos nem sempre é tão fácil quanto dizem por aí.

— Exatamente! As pessoas mais importantes da minha vida cometeram um erro, e precisei de meses afastada para escutar a versão deles dos fatos. Sei que errei em me afastar, mas também sei que o tempo do outro não precisa ser o mesmo que o nosso. — Penso na saudade transbordando da voz de meus avós e sinto o coração apertar. Doeu ficar longe, mas sem esse tempo eu não teria descoberto como curar minhas feridas. — Enfim, eles vão preparar meu antigo quarto para que eu possa passar o final de semana na cidade. Vovô pediu para convidar você também. Quer vir? Apesar de eu estar bem, seria bom ter alguém comigo caso, sei lá, eu chegue e surte completamente.

— Eu vou.

Só isso, sem perguntas, sem desculpas, apenas uma afirmação.

— Mas e o trabalho? Sei que final de mês é corrido para você.

— E eu sei que vai ser um final de semana emocionalmente estressante para minha melhor amiga, então vou dar um jeito de estar presente. — Tainá fecha a torneira ao terminar de enxaguar a louça, apoia o quadril na pia e coloca as mãos molhadas em meus ombros. — Você pretende ir na sexta de noite ou no sábado de manhã?

— Para ser sincera, não pensei nisso ainda.

— Vou conferir minha agenda e amanhã montamos um roteiro.

— Obrigada — digo com a voz trêmula.

Ela dispensa minha gratidão com um dar de ombros, como se seu apoio incondicional não fosse nada de mais.

— Não vou te deixar sozinha, amiga. Agora seca essa louça logo que quero saber o que rolou entre você e meu irmão no tempo em que fiquei fora.

— Só conto se você falar o que foi fazer na casa da Josi.

— Quem disse que eu estava com Josi? — retruca. Dessa vez sou eu que ergo a sobrancelha para ela. — Tá bem, vamos limpar logo a cozinha, assistir a um filme de ação e conversar até dormir.

— Será que podemos assistir a um filme de ação com um toque de romance? Só uma pitadinha, nada melodramático demais. Um casal secundário fofinho por quem torcer já é suficiente — murmuro enquanto seco um copo limpo.

— Uau, quem é você e o que fez com minha amiga rabugenta? Não acredito que está pronta para dar uma segunda chance ao amor!

— Ei, vai de leve nas expectativas. Eu disse algo com uma pitada *leve* de romance.

Tainá sorri e me encara com algo que imagino ser orgulho.

— Pode deixar, tenho o filme perfeito para você!

No final da noite, acabo enrolada no edredom e tagarelando sem parar enquanto Tainá me convence a assistir a *Homem-Aranha no Aranhaverso*. Pelo menos é um desenho animado. Não tem como algo dar errado em um desenho animado, não é mesmo?

Spoiler: fui dormir com os olhos inchados.

E suspirei com as migalhas de romance.

— Criei o plano perfeito — anuncia Tainá ao abrir a porta do apartamento e atravessar a cozinha com animação no dia seguinte.

— Boa noite para você também — cumprimento ao acrescentar uma colherada generosa de mel em meu chá de camomila com maracujá.

Não sou muito fã de chá, mas, depois da agitação dos últimos dias, resolvi que valia a pena tomar uma bebida quentinha antes de dormir.

— Boa noite. — Ela joga a bolsa no canto do sofá e se senta no banco ao meu lado com um sorriso gigante no rosto. — Você vai amar a solução que encontrei, sério, o plano é infalível. Confesso que as coisas saíram um pouco de controle, mas no final tudo deu certo.

— Devo ficar preocupada?

— Talvez?

Tainá passou o dia todo planejando a melhor forma de passarmos o final de semana em Morretes. Ela tem uma reunião importante sábado de tarde e, apesar de ter tentado desmarcar o compromisso várias vezes, não conseguiu mudar o cronograma de trabalho. Combinamos que eu iria para a casa dos meus avós de ônibus no sábado de manhã e que ela me encontraria lá depois do trabalho, mas uma questão sobre Tainá é que, quando ela encasqueta com algo, é impossível fazê-la mudar de ideia. E minha amiga está decidida a não me deixar sozinha nem por uma hora no final de semana.

— Desembucha logo! — falo após alguns minutos.

— Falei com meus pais hoje, e eles têm um casal de amigos na Praia do Leste, no Pontal do Paraná. Sabia que essa praia é considerada uma das mais bonitas do estado? São vinte e três quilômetros de orla divididos em quarenta e oito balneários! Não faço ideia de como meus pais sabem de tudo isso, mas passei meia hora escutando eles falarem sobre a geografia do lugar e as praias mais famosas — começa minha amiga. Desconfio de onde essa conversa vai nos levar, então permaneço em silêncio e dou espaço para Tainá colocar os pensamentos aleatórios para fora. — A coincidência é que meus pais foram convidados para passar a semana do feriado na casa desses amigos. Isso não é ótimo?

— *Ceeeerto.* — Tomo um gole do chá e olho para Tainá, aguardando ela continuar. Pelo sorriso grande em seu rosto, é certo que estou deixando passar alguma informação importante. — O que exatamente a viagem no feriado tem a ver com meu final de semana em Morretes?

— Sua tonta, não percebeu ainda? — retruca. Se eu não estivesse tão cansada, até pensaria em uma resposta afiada, mas meus últimos neurônios foram consumidos pelo trabalho. — Meus pais vão de Kombi para a praia e, como Morretes é caminho, eles se ofereceram para te deixar lá. Dona Isis descobriu sobre a carona e os convidou para o almoço de sábado.

Finalmente entendo por que minha amiga estava tão animada.

— Ah, isso é ótimo!

— Ótimo? É perfeito!

Ela pega o celular, desbloqueia a tela e me mostra um conjunto de mensagens no grupo da família Dias. Corro os olhos pela conversa e caio na gargalhada com a interação divertida entre Jonas e Bernardo, mas me engasgo com o chá ao ver o nome de Téo no bate-papo.

Tainá se levanta do banco e começa a dar tapas em minhas costas, o que só faz piorar minha tosse.

— Os pais comentaram com a dona Isis que Téo estava de volta, então eles o convidaram para o almoço também. Eu disse que provavelmente meu irmão estaria cansado do plantão duplo e que preferiria passar o final de semana livre em casa, mas sua avó não se deu por vencida e mandou uma mensagem para ele, acredita?

Tainá me mostra a tela do celular, e vejo a conversa que teve com a avó Isis sobre a possibilidade de Téo também passar o final de semana em Morretes.

— Não, não acredito que minha avó mandou mensagem para ele — falo em choque.

— Não só mandou mensagem, como o convenceu a aceitar. Não que fosse difícil, Téo não sabe dizer não para senhoras fofinhas de cabelo branco. — Ela guarda o celular no bolso da calça e começa a andar pela cozinha. — Sabe o que isso significa, amiga? Que você vai estar em uma casa lotada de pessoas que te querem bem e que não vão deixar você passar por isso sozinha. Prometo que vou para Morretes assim que a reunião terminar. Então, quando for conversar com seus avós, eu vou estar por perto caso precise de um ombro amigo.

Em minha mente polvilham imagens de meus avós, Téo, Jonas, Bernardo e Tainá em um mesmo lugar. Fico apavorada, mas, ao mesmo tempo, uma sensação estranha de segurança volta a dar as caras.

— Eu sei que não é exatamente a viagem no estilo "o bom filho à casa torna" que você imaginou, mas é mais fácil enfrentar momentos difíceis ao lado das pessoas certas e... — Tainá segura minha mão, me forçando a encarar seus olhos escuros. — Eu me importo com você, e eles também querem te ver feliz. Só me pareceu certo reunir esforços em nome da minha melhor amiga. Mas, se achar que ter a companhia da família Buscapé vai tornar tudo mais difícil, posso conversar com eles. É só me falar o que você quer e pensamos em outro plano, beleza? — Continuo em silêncio, e Tainá franze a testa. — Laura, diz alguma coisa. Tô ficando nervosa.

Respiro fundo, sentindo uma onda de gratidão tomar conta da minha alma. Sempre quis ter ao meu lado alguém que entendesse minhas fraquezas, respeitasse meus limites e fizesse questão de me apoiar nos momentos mais difíceis da minha vida. E, por acaso, encontrei tudo isso e muito mais em Tainá. Sei da raridade de nossa relação, então não pela primeira vez agradeço aos céus por tê-la como melhor amiga.

Sinto os olhos marejarem. Eu poderia falar várias coisas neste momento, mas nenhuma delas seria melhor do que a frase que me escapa:

— Amo você, amiga — digo ao puxá-la para um abraço. — Obrigada por fazer parte da minha família.

Demorei para entender, mas finalmente sei que família é presença e cuidado, não sangue.

Grupo da Família Dias

Jonas: Quem está animado para a nossa viagem?

Tainá: Pai, é só um final de semana. Vai com calma.

Bernardo: E desde quando seu pai sabe o que é ir com calma?

Jonas: Essa é a primeira viagem da Benedita.

Jonas: Óbvio que estou animado!

Bernardo: Animação que virou uma lista de "50 coisas pra levar em uma viagem de carro".

Tainá: Quê?

Bernardo: Ele achou uma lista na internet e agora passa o dia todo enfiando coisas aleatórias na traseira da coitada da Benedita.

Tainá: Vou ignorar o duplo sentido dessa frase.

Bernardo: FILHA!

Jonas: Podem zombar à vontade, mas segundo o Casinha Lindinha do Papai todo mundo precisa de uma lanterna tática para viajar de carro.

Téo: E de um kit de primeiros-socorros.

Téo: E um kit de reparos mecânicos.

Téo: E um reparador de pneus. Comprou um desses, pai?

Bernardo: Pelo amor de todos os santos, não bota pilha, menino.

Téo: Verdade, tem que levar pilha extra pra lanterna!

Jonas: As lanternas de hoje em dia são recarregáveis, filho.

Téo: Então lembra de pegar o carregador.

Tainá: Socorro, tem alguém normal nessa família?

Bernardo: Felizmente não.

Capítulo 26

Téo

Chego do trabalho exausto. Depois de emendar dois plantões, tudo o que eu queria era dormir pelas próximas vinte e quatro horas seguidas, mas, apesar de ter conseguido uma pequena folga no final de semana, ainda preciso traduzir dois artigos, fazer um relatório de dez páginas e estudar para um teste prático que foi marcado para a manhã pós-feriado. Ou seja, nada de colocar o sono em dia pelas próximas semanas.

Indo além da rotina corrida, não posso negar que finalmente entrei no ritmo. Já me acostumei com os protocolos do hospital, conheço todos os médicos-atendentes e a equipe multidisciplinar, fiz amizade com outros dois residentes e melhorei minha análise clínica de forma exponencial — ainda não me acostumei totalmente com o fato de que preciso atender crianças, mas, em contrapartida, os casos de morte na neurologia são bem menos frequentes do que na geriatria.

Meu celular apita no exato instante em que entro no apartamento. Enquanto leio a mensagem de Augusto, tiro o sapato e guardo a mochila no armário. Aproveito para organizar os materiais de estudo e separar os artigos nos quais preciso trabalhar nas próximas semanas.

> **Augusto:** Não vai me responder, palhaço?

> **Téo:** Foi mal. Acabei de chegar em casa. Vai vir pra Curitiba quando?

> **Augusto:** Acho que no próximo final de semana.

> **Téo:** Seu filho passou para as quartas de final?

Augusto: Aham, e quero ver a semifinal do campeonato presencialmente, mas as passagens de avião estão o olho da cara.

Téo: Seria muito mais fácil se vc voltasse pra casa de vez.

Augusto: Nó, tá com saudade da minha cara bonita, é?

Téo: Tô falando sério. Se quiser voltar, te arrumo um emprego no HC rapidinho.

Augusto: Vou pensar no caso. Não quero arrumar confusão com a minha ex.

Téo: Achei que vcs se davam bem.

Augusto: Bem até demais. Esse é o problema.

Augusto: É o peso que carrego nos ombros por ser tão lindo, sabe?

Augusto: Ninguém resiste ao meu charme natural.

Rio das asneiras escritas por Augusto e jogo o corpo cansado na poltrona da sala. Sou abraçado pelo silêncio confortável do apartamento vazio e simplesmente fico feliz por estar em casa. Faz menos de dois meses que me mudei e já sinto que aqui é meu lugar. O espaço é improvisado, mas confortável. E, para quem passou anos sozinho em uma quitinete de quarenta metros quadrados, é uma bênção ter com quem conversar de manhã, pessoas para quem cozinhar e alguém com quem assistir a um filme depois do jantar.

Aproveito que estou com o celular na mão e abro a agenda online: preciso ir ao mercado abastecer a geladeira e lavar as roupas. Me dou o luxo de fechar os olhos por dez minutos e aproveitar a sensação de calmaria, mas, passado o tempo, levanto a bunda do sofá e começo a recolher as roupas sujas.

Levo a pilha gigantesca até a lavanderia e, depois de separar todas as peças escuras, tiro a camiseta e a calça preta que estou vestindo.

Jogo tudo na máquina e ligo o ciclo leve. Pego o celular para escolher uma música, mas acabo preso no Instagram. Ultimamente tenho passado tempo demais encarando as fotos antigas da Laura.

— Cadê sua roupa?

Laura grita, e pulo no lugar.

— Raio de mulher que gosta de me assustar. — Aponto para os baldes no chão com as roupas sujas separadas por cores e vejo o olhar dela parar em meu abdômen por tempo suficiente para me lembrar que estou usando apenas uma cueca boxer. — Desculpa, achei que não tinha ninguém em casa.

Laura coloca as mãos na cintura e balança a cabeça como se não estivesse entendendo nada. Eu me obrigo a permanecer no lugar enquanto ela se aproxima, parando a um passo de distância. Laura observa meu corpo seminu na cara dura por vários minutos. Em outra situação, eu amaria ter seus olhos em mim, mas a maneira como ela avalia minhas tatuagens não é exatamente a de alguém com desejo.

— Moça?

Ela abre a boca para falar algo, mas parece mudar de ideia. Dando um passo para trás, Laura fecha os olhos e tira o fone sem fio dos ouvidos — o que explica, pelo menos, por que ela não me ouviu.

— Vou trabalhar em uma locação externa hoje — diz após alguns segundos de silêncio.

— Ah, vão tirar as fotos para a capa da revista?

— Isso. — Laura volta a me encarar e, aparentando estar menos confusa, entra na lavanderia. — O *shooting* só começa depois do almoço, então aproveitei para ficar em casa na parte da manhã. Desculpa ter gritado. Não estava preparada para encontrar você só de cueca e meia andando pela casa.

— Nós realmente precisamos parar com essa mania de flagrar o outro pelado, né?

— Eu é que não vou reclamar da vista.

Ganho um sorriso sincero e finalmente sinto o peito se acalmar.

— O que está escutando? — pergunto ao apontar para os fones em sua mão.

— Meu podcast.

— Algum episódio em especial?

— Mais ou menos.

Laura se senta em cima da máquina de lavar com um pulo. O movimento faz sua camiseta subir e me dá uma boa visão de suas pernas desnudas. Ela está usando uma blusa do Coritiba vários números maiores que o dela, os cachos estão soltos ao redor do rosto, e o visual é complementado por meias coloridas e felpudas que vão até a canela.

— Quer ouvir a introdução? Ainda não está finalizado, mas dá para ter uma ideia do que idealizei para o episódio. Quer dizer, isso caso eu resolva voltar de vez com o podcast.

Pego um dos fones de sua mão. Parado em frente à máquina de lavar na qual Laura está sentada, meu primeiro pensamento é manter uma distância segura entre nós, mas ela parece ter outra ideia em mente, porque segura meu braço e me puxa para perto. Não nos vemos desde a noite da pizza, mas, levando em consideração a forma como meu peito aperta de saudade, parece que faz anos.

— Senti sua falta — falo sem olhar em seus olhos.

— Também fiquei com saudade — responde ao entrelaçar uma das mãos na minha.

Meu coração estúpido dá um salto e sinto as mãos tremerem. Para disfarçar, coloco o fone de ouvido e, com delicadeza, afasto os joelhos dela com uma perna. Laura inclina o corpo para trás na máquina de lavar, apoiando-se nas mãos, e ergue a cabeça para me olhar nos olhos.

— Cheguei a falar que estou com o projeto do *Causas Perdidas* pausado há dois anos? — comenta. Faço um som de concordância, e ela continua. — Ando pensando em voltar a gravar. Talvez seja absurdo, porque definitivamente não sou mais a mesma pessoa das primeiras temporadas, mas sinto uma falta danada de ligar o microfone, falar sobre os sentimentos que não entendo e colocar os pensamentos para fora de alguma maneira.

Vejo a emoção em seus olhos e, sem conseguir resistir, toco a lateral de seu rosto.

— O que te impede de voltar com o podcast?

— Me expor para milhares de desconhecidos é uma das razões, mas acho que também tenho medo de a temporada nova não fazer tanto sucesso quanto as outras.

— Cê criou o projeto pensando na quantidade de pessoas que acompanharia ou na necessidade de botar a boca na botija?

— Acho que você quis dizer botar a boca no trombone, cara.

— Botija, trombone... Posso pensar em vários lugares onde eu gostaria de botar a boca, mas você me entendeu.

Ela ri, e aproveito para me aproximar um pouco mais, deixando míseros centímetros de distância entre nossos corpos. Faço círculos com os polegares na junção entre a mandíbula e o pescoço macio de Laura, controlando-me para ignorar os suspiros sensuais que saem de sua boca. Esses sons me lembram nossos beijos na cozinha, e sinto um calor tomar conta do meu corpo só de pensar em sentir seus lábios mais uma vez.

Queria que tocá-la fosse o suficiente para aplacar meu desejo, mas o que mais quero é conhecer *cada* parte dela.

— Qual seu medo, Laura? — pergunto com os olhos grudados nela, pronto para aceitar o que ela quiser compartilhar.

— O medo me tornou uma fugitiva, Téo. Fujo da dor, da morte, do abandono, da solidão, de mim mesma e até do que me faz feliz. — Laura fecha os olhos e apoia o rosto em minha mão. — Só que cansei de fugir. Sinto que o podcast é uma boa maneira de voltar a me sentir mais parecida comigo mesma, mas isso não significa que seja fácil enfrentar a confusão e a dor que tentei esconder até de mim mesma.

Ela não me dá tempo de responder e, com dois toques no fone, faz sua voz ecoar em meu ouvido.

"A ideia do podcast sempre foi julgar histórias de amor fracassadas, mas precisei de dois anos para criar coragem de julgar minha própria ruína. Passei muito tempo vivendo em função dos contos de fadas, mas a ânsia pelo amor perfeito me fez lutar para caber em espaços que não me serviam mais. Hoje me olho no espelho e enxergo pedaços desconexos de uma estranha que fala tanto do amor, mas que esqueceu do real significado da palavra. Volto os olhos para o espelho mais uma vez e

me pergunto para onde foi meu amor-próprio. Por que parei de amar as coisas que um dia definiram quem eu sou? Talvez uma parte minha ainda queira viver uma história de contos de fadas, mas não do tipo que a princesa é salva. Quero sair da torre alta que construí em torno de mim mesma, pisar na grama, correr atrás de bandidos bonitões com uma frigideira de ferro..."

— Acho que vou cortar essa parte.

Ela ri e, por conta de nossa proximidade, o som vibra em meu corpo.

— Cê tá falando de *Enrolados*, né?

— Como você sabe? Por acaso assistiu a animações escondido de mim?

— Digamos que andei pesquisando histórias de romance da Disney que não tenham príncipes encantados — confesso. Laura abre os olhos e me encara com curiosidade. — Sabe como é, tô caidinho por uma mulher que anda evitando esse lance de príncipe no cavalo branco, então decidi procurar outras formas de impressioná-la.

— Téo. — Meu nome sai de sua boca em um misto de desejo e angústia.

Fixo o olhar no dela, deixando que ela veja tudo o que me faz sentir e que ainda não está preparada para me ouvir falar em voz alta.

— Cê decidiu parar de usar o efeito de alteração de voz no podcast?

— É. Caso eu resolva colocar o projeto no ar novamente, quero que as pessoas me conheçam, mesmo que eu tenha só essa versão imperfeita e desiludida para oferecer.

— Que bom, porque todas as suas versões são lindas, Laura. — Corro os dedos por suas sardas marrons. — Cada cicatriz, conquista, medo ou sonho que você compartilha comigo só faz com que eu adore ainda mais quem você é.

Seus olhos se iluminam, e sinto meu corpo inteiro se aquecer. Não espero uma resposta porque não preciso escutar nada em troca. Só quero que Laura confie em mim o suficiente para compartilhar todas as partes de si, desde as mais feias até as que brilham mais do que a porra do sol.

— É por isso que eu tenho certeza de que as pessoas vão amar ouvir sua voz no podcast. Eles te escutam porque *você é você*. Divertida, inteligente, verdadeira com seus valores, consciente de suas falhas, às vezes sonhadora demais, em outras completamente racional, mas sempre fiel ao que está sentindo.

Deixo um beijo casto em sua bochecha e colo a testa na dela.

Estamos tão próximos e, ainda assim, distantes demais para meu gosto. Laura parece concordar, porque enlaça as mãos em minha cintura e puxa meu corpo em sua direção. Todas as partes dela estão conectadas às partes certas em mim e, unidos dessa forma, sou obrigado a aceitar o que meu coração tem tentado dizer ao meu cérebro há semanas: estou me apaixonando.

— Porque ficou dois anos sem gravar para o podcast? — pergunto com os lábios a centímetros dos dela.

Laura recua assim que faço a pergunta.

Em questão de segundos, toda a familiaridade e proximidade natural entre nós acaba.

— É uma longa história, Téo. — Suas mãos encontram meus ombros, e ela me afasta para pular de cima da máquina de lavar. — Vou preparar algo para comer antes de me arrumar para o trabalho. Está com fome?

A distância imposta por suas palavras me deixa confuso, mas é a dor pingando de cada uma delas que me acerta em cheio. Um segundo atrás estávamos respirando o mesmo ar e eu só conseguia pensar em colar a boca na dela, agora Laura caminha para longe de mim na tentativa tola de se fechar em sua torre alta mais uma vez.

Alguns dias atrás eu daria o espaço de que ela precisa e não a pressionaria a confiar em mim, mas eu sei — e Laura também — que nossa relação mudou no exato momento em que nos beijamos. E, se quero que as coisas entre nós continuem progredindo, preciso que ela escolha confiar em mim.

— Você disse que queria parar de fugir. — As palavras saem como um sussurro, mas sei que ela me escutou.

— Querer e poder são coisas bem diferentes.

— E são mesmo, o que significa que você *pode* escolher confiar em mim, mas ainda prefere se esconder.

— Você acha que quer escutar essa história, mas deixa eu te contar uma coisa. — De costas para mim, Laura segura o encosto de uma das cadeiras da mesa da cozinha com os ombros tensos. — Essa parte destroçada, rasgada e machucada de mim nunca será curada. Posso falar dos cacos que sobraram, mas de que isso vai adiantar?

Noto os nós dos dedos brancos e a respiração entrecortada, e tudo o que mais quero é protegê-la da dor. Após alguns segundos, seus olhos procuram os meus e só então diminuo a distância entre nós. Afasto alguns cachos e começo a massagear os pontos de tensão em seus ombros.

— O que eu preciso fazer para você entender que eu quero conhecer todas as suas versões? Não tenho medo de suas sombras, Laura. — Beijo o topo de sua cabeça, e ela dá um passo para trás, encostando em meu peito. — Conversa comigo, conta do que tem medo, me deixa entrar na torre onde você trancou seu coração.

Deixo beijos por toda a pele de seu pescoço, sentindo os sons suaves que saem de sua boca vibrarem em meu sangue. Meus lábios alcançam a pele sensível atrás de sua orelha, e o gemido que lhe escapa me leva à loucura, mas, em vez de aprofundar o toque e seguir para o esquecimento causado pelo desejo, sigo beijando as sardas marrons de sua pele de maneira delicada e reverente.

— Me dá uma chance de te conhecer por inteiro, Laura.

Ela gira o corpo e fica de frente para mim. Uma ruga surge em sua testa enquanto seus dedos passeiam de leve pelas tatuagens em meu peito.

— Não acredito que você é *ele* — murmura com os lábios colados na tatuagem em cima do meu coração. — Vira de costas, Téo.

Não considero o pedido, apenas faço o que ela manda.

— Quando foi que você fez essa tatuagem?

— Qual delas?

— A do coelho.

Ela toca a imagem com as pontas dos dedos e solta um suspiro.

Só então me dou conta do que está acontecendo. Por mais que eu tenha ansiado por esse momento, não achei que realmente aconteceria. Quanto mais próximos eu e Laura fomos ficando, menos passei a me importar com a noite em que nos conhecemos e com o fato de ela não lembrar de mim. Não me importo com o passado, mas sim com o futuro que podemos construir juntos se ela escolher acreditar.

— Tatuei a frase com 18 anos. Já a figura do coelho foi aos 20.

— As tatuagens do braço são novas?

— São. Eu tinha receio de fechar o braço e isso atrapalhar a forma como sou visto no trabalho. Mas estou sempre de jaleco ou camisa, então ao longo dos anos de residência fui acrescentando imagens novas. — Seguro suas mãos e as envolvo em minha cintura. Laura imediatamente cola o corpo no meu e descansa a testa na pele marcada de minhas costas. — Se eu soubesse que só precisava tirar a camiseta para você me reconhecer, teria ficado pelado antes.

— Você sempre soube que era eu?

— Sim. — Trago uma de suas mãos na altura de meu coração, deixando que ela sinta meu batimento cardíaco acelerado. — Te reconheci assim que botei os olhos em você, Laura.

— E por que não disse nada?

— Achei que minha mente estivesse me pregando uma peça. Tentei me convencer de que eu estava errado. Afinal, quais as chances? — Giro o corpo para ficarmos frente a frente novamente. — Também acho que uma parte teimosa dentro de mim quis esperar o momento em que você me reconheceria. Eu queria que aquela noite fosse tão importante para você quanto foi para mim.

— Não acredito que você é o coelho gigante que encontrei na balada.

— É assim que lembra de mim?

Enlaço seu cabelo nos meus dedos e aproximo seu rosto do meu.

— Na verdade eu lembro de você como o cara vestindo uma fantasia ridícula de coelho que me escutou, aconselhou e olhou para mim como se enxergasse além das minhas máscaras. — Suas mãos sobem por meu peito, traçam o contorno de minha mandíbula e envolvem meu pescoço. — Reli *Alice no País das Maravilhas* por *sua causa*, sr. Coelho Branco.

— E eu te procurei nas redes sociais por vários meses, mas sem sucesso — digo com os lábios a centímetros dos dela. — Você tinha acabado de noivar com o Ravi naquela noite, não é?

— Tinha. — Laura fecha os olhos, e aguardo, sentindo que finalmente ela está prestes a compartilhar comigo parte de sua alma. — Também tinha descoberto naquele mesmo dia que eu estava grávida.

Ela segue de olhos fechados, então não consegue ver o choque em meu rosto. Agora nossa conversa de anos atrás faz muito mais sentido; o pavor em seus olhos, a forma como ela girava o anel sem parar e o medo do futuro.

— Tive um aborto espontâneo um tempo depois. Perder minha bebê acabou comigo de tantas maneiras que tudo deixou de ter sentido: estar em um relacionamento, assistir a filmes de contos de fadas, passar um tempo com meus avós, gravar para o podcast. Tudo doía, então eu fugi. — Ela evita meu olhar, mas, em vez de me afastar, afunda o rosto em meu peito. — No começo deste ano, após uma gravidez tubária, perdi as duas trompas. Não posso ter filhos, Téo. Pelo menos não de forma natural.

Sinto a dor transbordando de cada uma de suas palavras. O luto rouba a esperança, a alegria, a leveza e, principalmente, a fé. Agora entendo o que sempre vi nos olhos de Laura. E não só porque ela compartilhou um pedaço de sua vida comigo, mas porque sei como é estar vivo e, ao mesmo tempo, morto por dentro.

— Eu sinto muito. — Beijo sua testa e a envolvo com os braços. — Só quem perdeu alguém sabe como a morte também leva a vida de quem fica para trás.

Após alguns minutos de silêncio, sinto suas lágrimas tocarem minha pele.

— Só vou trazer confusão e caos para sua vida — murmura ela em meio ao choro silencioso. — Eu sou um caso perdido, Téo.

— Então se perca comigo, Laura — falo em seu ouvido. — Comigo, não de mim. Entendeu?

— Não sei como fazer isso. — Ela tira minhas mãos de seu rosto e dá um passo para trás, interrompendo nosso abraço com um suspiro. — Não vou negar que sinto algo por você e que nossas conversas, seus beijos e a forma como me olha me fazem querer acreditar que é possível, mas eu sei onde isso vai dar, Téo. E não vou aguentar ver meu coração partido mais uma vez.

Ela seca as lágrimas e tenta se afastar, mas seguro sua mão.

— Onde exatamente você acha que isso — gesticulo entre nós dois — vai dar?

— Em dor.

— Laura.

Tento puxá-la para um abraço, mas ela me afasta.

— Eu já amei alguém com tudo o que sou, Téo. E olha o que me restou. — Ela abre os braços em um gesto de solidão que faz meu coração se apertar. — Se isso acontecer de novo, vou ficar com menos do que nada. E morro de medo do desfecho dessa história.

Meu peito acelera e imagens perturbadoras invadem minha mente. Sei que eu poderia fazer Laura enxergar tudo o que poderíamos ser, mas também sei que é injusto pedir que ela confie em mim quando eu mesmo sou incapaz de dominar meus medos.

Fecho os olhos, corro as mãos pelo cabelo e respiro fundo até o meu batimento cardíaco voltar ao normal.

É porque eu a quero que a deixo se afastar de mim sem lutar.

Laura precisa de um amor leve, não de mais caos.

crescendo dentro de mim
vibrando em meu ventre

sinto falta de te sentir
volte solidão
sinto falta de ti

Matilda Marques

Capítulo 27

Laura

Observo as fotos no computador e sinto um sorriso convencido se formar em meu rosto. Tiramos a tarde para fotografar a capa da próxima edição da revista, e o resultado está ficando mil vezes melhor do que imaginei. Abordar a adoção no Brasil com a seriedade que o tema pede e, ao mesmo tempo, oferecer o que temos de melhor — bom humor, leveza e informação de moda — está sendo desafiador, mas o *shooting* de hoje deixa evidente que estamos no caminho certo. Algo me diz que a edição de junho da *Folhetim* vai fazer história.

— E então, era isso que tinham em mente?

Encaro o fotógrafo, notando a ansiedade em seus olhos.

— Era. — É a primeira vez que trabalhamos juntos, mas estou apaixonada pelo seu olhar atento aos detalhes. — Sinto que você conseguiu entender os desejos de toda a equipe e transformá-los em algo completamente único. Você lê mentes por acaso?

— Talvez, mas um artista nunca revela os seus segredos.

Pedro pisca para mim e começa a listar algumas de suas imagens favoritas.

Na tela, observo com emoção os modelos estrelarem centenas de cenas que representam a sutileza do amor. Mãos amarradas ao redor de uma barriga plana, dedos entrelaçados no bolso de uma calça jeans Levis, testas que se tocam durante lágrimas de alegria e infinitas formas de abraços.

— Essa é minha favorita, o sorriso cúmplice entre mãe e bebê capturado nessa luz trouxe um ar de felicidade que transcende a imagem — digo ao analisar a fotografia. — Mas as mãos ao redor da criança, como se estivessem a ofertando à mãe esperançosa por maternar, é o que dá um toque único a ela.

Engulo a emoção e avalio a imagem por mais um segundo, sentindo a certeza de que ela representa bem o que queremos passar com a próxima edição da revista.

— Em seu portfólio vi algumas imagens com sobreposição de fotos. Acha que conseguimos sobrepor flores na luz que envolve mãe e bebê?

— Como se a criança estivesse prestes a florescer?

— Exatamente. — Minha voz sai mais rouca do que pretendia, e Pedro me encara por alguns segundos desconfortáveis, como se estivesse tentando ler algo por trás de meu tom emocionado.

Apesar de toda a confusão e dor que experimentei ao escrever o artigo, estou amando trabalhar nessa edição. Não é comum que eu me envolva emocionalmente com meu trabalho. Eu achava que saber separar a vida profissional da pessoal era o que me tornava uma boa funcionária, só que agora finalmente descobri que equilibrar os dois lados dessa moeda me torna uma jornalista infinitamente mais forte. Não preciso abafar quem sou para ser boa no que faço, muito pelo contrário, é minha trajetória pessoal que me torna competente para gerir a revista sem cair na tentação de esquecer que, por trás de todas as histórias que quero contar, existem indivíduos que precisam ser vistos e respeitados.

— Gosto da ideia e do caminho que estamos tomando aqui — declara Pedro por fim, sentando-se em frente ao computador e abrindo milhares de abas e programas completamente desconhecidos para mim.

Eu me sinto uma intrusa ao observá-lo criar, mas ao menos não sou a única. Os modelos foram dispensados, as equipes de maquiagem e iluminação estão ajeitando o estúdio e o time da revista que veio acompanhar o *shooting* está esperando o lanche da tarde chegar, então é óbvio que vários olhos curiosos se juntam aos meus na tarefa de observar Pedro trabalhar.

— Tenha em mente que é apenas um teste, mas talvez seja esse modelo de sobreposição que está imaginando?

Meus olhos estão presos na tela. A mãe olhando para o bebê, as mãos segurando-o em oferenda, ramos de flores em baixa saturação saindo do recém-nascido e acompanhando a luz da foto até atingirem o coração da mãe... Sinto lágrimas embaçarem minha vista e um nó de emoção me roubar as palavras. É exatamente essa leitura que queremos para trabalhar a temática da adoção. Quando a sociedade ampara as crianças a ponto de lhes assegurar o direito de criar raízes e formar famílias.

Olhar para a imagem me dá saudade de casa. E me lembra como fui sortuda por ter sido amparada e criada em um lar amoroso.

Preciso fazer um esforço para formular palavras coerentes.

— Se esse é o esboço, nem imagino como ficará a versão finalizada.

— Concordo, mas tenho uma sugestão.

Infelizmente, não fico surpresa ao escutar a voz de Renato.

— Fale que odiou a imagem agora mesmo e aposto vintão que ele vai dizer que amou a foto — murmura Mariana ao se aproximar de mim, e preciso disfarçar o riso com uma tosse.

Renatinho do contra, como é conhecido pelos mais íntimos (vulgo eu e Mariana), trabalha no Grupo Folhetim há anos como consultor de imagem e, apesar de sermos da mesma equipe desde sempre, raramente concordamos em algo. No começo nossas brigas me tiravam do sério, agora sinto que em algum nível gostamos de discordar um do outro.

E não sou a única. Mariana e Renato vivem uma relação tão tumultuada que já perdi as contas de quantas vezes os dois me deixaram com vontade de jogar um grampeador na cabeça deles.

— Dessa vez juro que não estou querendo causar. — Seu tom é tão sério que sou pega de surpresa. — A imagem é mesmo perfeita para a capa, mas seria ainda mais incrível caso conseguíssemos replicá-la com crianças de todas as idades. Enquanto os bebês são adotados rapidamente, a maioria dos lares adotivos no Brasil seguem lotados de crianças entre 7 e 12 anos aguardando uma família.

O silêncio no estúdio é um indicativo de que estão todos tão surpresos quanto eu. Cacilda, odeio ter que admitir que Renato tem razão, mas dessa vez ele acertou em cheio.

— É um dado real? — pergunta Mariana após alguns minutos desconfortáveis.

— Lógico que é. Ao contrário de uns e outros, eu realmente estudo os temas escolhidos para cada edição da revista.

Renato encara nós duas em afronta.

— Agora sim estou te reconhecendo. Estava achando que seu ogro interior havia morrido de solidão — rebate Mariana, mais afiada do que o comum.

— Então vai me desrespeitar no ambiente de trabalho só porque não consegue admitir que estou certo, querida?

Ele acabou de chamar Mariana de querida? Pronto, tenho certeza de que os dois vão começar a brigar.

Até quero intervir, mas o dia de hoje me deixou emocionalmente desequilibrada. Não tenho forças para mediar uma briga entre eles porque gastei todas as energias virando as costas para Téo depois de nossa última conversa. Só de pensar na forma como seus olhos me encararam com dor e desespero sinto uma nova ferida se abrir em meu peito. Só que prefiro sofrer hoje por virar as costas para algo que consigo controlar do que me envolver por completo e acabar ainda mais perdida de mim mesma.

— Desde quando chamar alguém de ogro é desrespeitoso? Até parece que não assistiu *Shrek*.

— Assisti sim. E pelo visto você foi escalada para o papel de burro.

Mariana responde com um sorriso que me deixa levemente preocupada. Tenho certeza de que eles estão brigando, mas ao mesmo tempo não posso negar que tem algo a mais em seu sorriso. Olho para Renato e a maneira como ele passa os olhos pelas curvas de Mari, concentrando-se mais do que deveria em seu decote, me faz perceber que ando tão focada nos próprios sentimentos que não percebi que as brigas deles estavam caminhando para o lado contrário ao ódio.

— Ok, já chega — interrompo os dois antes que as coisas piorem e eles comecem a se despir com os olhos. — Se continuarem com essa conversinha besta, vou escalar os dois para trabalhar no arquivo deste mês.

— Ei, nem vem! Já fui o arquivista da rodada mês passado — contrapõe ele. Lanço a Renato meu melhor olhar de chefe durona, o mesmo que passei meses treinando em frente ao espelho. — Tudo bem, mas só se ela parar de me irritar.

Mariana levanta as mãos em um gesto que interpreto como bandeira branca, apesar do olhar fulminante a Renato.

Ignoro a tensão e volto a atenção para Pedro, questionando:

— É possível trabalharmos em mais versões dessa fotografia para criarmos outras perspectivas sobre a adoção?

— Não vai ser fácil, mas eu consigo. — O fotógrafo sorri para Mariana como se estivesse pedindo desculpas ao escolher um dos lados da história. — Renato tem razão, sabe? Eu fui adotado aos 4 anos, mas sou um ponto fora da curva. Meus pais queriam adotar um bebê e só mudaram de ideia quando eu cheguei ao lar acompanhado de minha irmã de 8 meses. Na maioria das vezes, irmãos são separados pelo processo de adoção, mas meus pais decidiram ficar conosco.

Eu estava ciente da história de Pedro. Cheguei ao trabalho dele em uma de minhas pesquisas a respeito dos lares adotivos da região de Curitiba e, depois de ver seu portfólio, senti que seu trabalho era o que faltava para a revista. Acredito que o resultado de uma edição de sucesso está tanto na escolha das histórias que serão contadas quanto na vivência das pessoas envolvidas por trás do projeto.

— Estou ansiosa para ver o resultado, Pedro — falo ao juntar as coisas espalhadas pela mesa de trabalho. — O shooting foi ótimo. Tenho certeza de que vamos trabalhar juntos outras vezes.

— Obrigado pela confiança. Espero que a edição da revista seja um sucesso e, se precisar de algo, pode me mandar mensagem. — Ele me entrega um cartão personalizado que grita "sou importante". — Meu número particular está no verso, pode entrar em contato caso queira ajustar algo no projeto ou se estiver livre para jantar comigo algum dia desses.

Jogo o planner na bolsa e o encaro com surpresa. Ele acabou de me chamar para sair ou estou imaginando coisas? Em choque, corro os olhos por sua pele negra, pelos ombros definidos que preenchem a camiseta escura e paro nos lábios cheios que esbanjam confiança em um meio-sorriso. Não sei por que eu não tinha reparado no quanto ele é bonito.

— Você gosta de carne vermelha? Minha família é dona de uma churrascaria no Água Verde. Podemos marcar de ir jantar lá.

— Gosto. — Não sei bem como responder ao seu convite, então resolvo seguir pelo caminho da diplomacia. — Obrigada pela tarde de trabalho. Pode deixar que, se precisar de algo, eu ligo.

— Certo, então vou esperar sua ligação.

Pedro dá uma piscadela e volta os olhos para o computador.

Fico tentando entender por que sou consumida pela sensação de estar fazendo algo errado. Não demora muito e flashes de olhos verdes gentis e calorosos dominam meus pensamentos. Só de pensar em Téo, meu batimento cardíaco acelera e sou inundada pela sensação de segurança que seus braços transmitem.

É óbvio que não vou ligar para Pedro, não porque estou evitando me envolver, mas porque de alguma forma já estou ligada a outra pessoa.

— Merda — falo mais alto do que deveria, mas Mariana e Renato nem me escutam em meio às provocações mútuas.

— Vai, quero ouvir você dizer que eu estava certo.

— Pois trate de esperar sentado.

Finjo não ver Mariana cutucar uma das costelas de Renato enquanto ele tenta, sem sucesso, disfarçar um sorriso.

— Então vai ter que aceitar jantar comigo, Mari. Nem que seja em prol da nossa relação profissional — responde em um tom cheio de segundas intenções que decido ignorar.

— Quer jantar com a gente, chefe? — pergunta Mariana.

— Obrigada, mas tenho um compromisso.

Geralmente Mariana contestaria minha resposta rápida e encontraria alguma forma de me fazer aceitar o convite, mas dessa vez em menos de um minuto ela empurra Renato porta afora e começa a ratear com ele em uma conversa que, aos meus ouvidos, só faz sentido para quem entende que o amor só é clichê porque teimamos em ignorar seus sinais.

Com um nó na garganta, pego a bolsa gigante que trouxe comigo, me despeço da equipe e saio do estúdio.

Assim que coloco os pés do lado de fora, sou atingida pelo frio de final de tarde tão comum aos curitibanos. Saí de casa abalada demais para lembrar de pegar um casaco mais grosso, mas não me importo. Pelo menos o vento gelado me mostra que ainda sou capaz de sentir algo além da dor.

sigo perseguindo seu amor
corro, mas não sou rápida o suficiente
— nunca sou suficiente?

me espere, eu grito
me ame, eu imploro
me escolha, eu suplico

Matilda Marques

Capítulo 28

Laura

Ignoro o olhar rabugento do segurança e empurro o portão de ferro. Passei tempo suficiente aqui para saber que ainda tenho uma hora antes do horário de encerramento. Então ergo a cabeça e entro no cemitério com bolsa e coração lotados de coisas que não quero mais carregar comigo.

Caminho entre os corredores das covas recém-cobertas e absorvo o cheiro forte dos arranjos de flores, as velas queimadas pela metade e as fotos em preto e branco emolduradas em ouro nas pequenas lápides. Ao andar, corro os dedos pelos bancos de madeira espalhados pelo cemitério. O terreno parece mais um parque do que qualquer outra coisa. Os caixões são cobertos por terra e grama, o que deixa espaço para que os ipês majestosos floresçam em meio aos mortos.

Chego ao meu destino em poucos minutos e, apesar da resolução de vir até aqui confrontar o passado, não faço ideia de por onde começar. Infelizmente, gritar com uma mulher morta não vai amenizar a mágoa.

De forma robótica, sigo até a torneira localizada na ponta do corredor de túmulos, encho um balde de água comunitário e começo a limpar a lápide de Matilda. Não venho aqui desde o começo do ano, então não me surpreende o fato de a superfície de mármore ter sido tomada por folhas secas — sempre fui a única a cuidar e visitar o túmulo dela.

Mesmo antes de a verdade vir à tona, eu desconfiava dos motivos que levaram meus avós a enterrar minha mãe em Curitiba em vez de sepultá-la no cemitério de Morretes. Naquela época, parte de mim achava que a decisão havia sido impulsionada pelo desejo de sanar as típicas fofocas de cidade pequena sobre a morte da adolescente grávida do próprio professor, mas, ainda assim, algo simplesmente parecia *errado*. Em retrospecto, acho que eu só não pensava muito nisso porque a dor e a saudade da minha mãe eram muito maiores do que qualquer outra coisa.

Observo o túmulo com atenção e finalmente consigo ver com nitidez os sinais de que havia algo de errado. A foto e o nome artístico de Matilda são as únicas coisas gravadas na lápide de mármore. A ausência das datas de nascimento ou morte, assim como de uma frase sobre a perda abrupta de uma filha amada, devia ter me alertado tanto quanto o fato de meus avós nunca virem vê-la.

Hoje sei que a escolha do túmulo, assim como o translado do corpo de Matilda da Argentina para o Brasil, foi feita por meu *pai*. Meus avós haviam chorado a morte da filha um ano antes, quando ela decidiu abandonar a família e deixar tudo para trás, então Matilda nunca recebeu uma cerimônia ou qualquer outro tipo de velório, seja em sua morte falsa ou real. Um desfecho lamentável para uma jovem que ansiava ser amada.

— Oi, mãe — falo baixinho ao puxar um banco de madeira e me sentar ao lado do túmulo.

Não é estranho estar aqui, mas sim chamá-la de mãe.

A versão fantasiosa que construí de Matilda ao longo dos últimos anos entra em conflito com a versão que conheci dela por meio da leitura de um testamento.

De um lado, vejo a jovem que amou sua bebê, escreveu poemas e textos de amor para ela, mas morreu antes mesmo de segurá-la no colo. Do outro lado, encontro uma mulher que nunca quis ser mãe e que decidiu abandonar a filha logo após dar à luz.

Uma dessas versões foi uma mãe para mim durante vinte e nove anos — nas vezes em que eu conversava com Matilda em minha mente, quando vinha até seu túmulo contar minhas alegrias e tristezas ou quando olhava um de seus textos antigos e me sentia abraçada. Eu sabia que nunca tinha estado em seu colo, então me apegava a essas coisas para senti-la perto de mim de alguma forma.

Já a outra versão — infelizmente a real — só me fez duvidar do amor. Em minha cabeça, não ter sido amada por minha própria mãe era a prova de que o amor é algo inatingível. Então um véu caiu de meus olhos quando vi a capa da próxima edição da revista *Folhetim* surgir.

Todas as histórias reais de amor que trabalhamos nessa edição me ensinaram uma valiosa lição: podemos perseguir o amor o quanto quisermos e, ainda assim, nunca experimentar a grandiosidade do sentimento. O peso em nossos ombros diminui quando entendemos que algumas pessoas vão amar, outras serão amadas e poucas saberão o que significa ter as duas coisas ao mesmo tempo.

É por isso que amamos histórias de contos de fadas, porque elas nos alimentam com aquilo que passamos a vida inteira esperando, mas que sabemos que às vezes só encontraremos no mundo da fantasia.

— Passei a vida toda acreditando em seu amor por mim. Talvez seja por isso que doí tanto — digo após ficar alguns minutos olhando a foto de Matilda. — Criei uma versão sua em minha mente, uma versão da mãe que eu gostaria de ter... e agora preciso lidar sozinha com a verdade. Por que você não me quis, mãe? Por que não fui suficiente para você decidir ficar?

Lágrimas escorrem por meu rosto, mas cansei de chorar.

Seco o rosto e abro a bolsa gigantesca que levei para o trabalho, arrancando de lá o boneco bobo do Fofão que me fez companhia por tantos anos, os maços de cigarro que comprei em uma noite de recaída, as fotos e os diários antigos de Matilda. Todas essas coisas faziam com que eu me sentisse próxima dela, mas não as quero mais, porque essa versão minha não existe mais.

Não quero carregar comigo o peso de lembranças que só me machucam.

Também não quero passar a vida toda pensando no que nós poderíamos ter sido.

Algo me diz que as coisas teriam sido piores caso ela tivesse ficado, porque alguém vazio é incapaz de amar, estando presente ou não.

— Nunca vou saber os motivos que te fizeram partir, mas decidi acreditar que suas escolhas não definem quem eu sou, apenas refletem quem você era. — Coloco o Fofão em cima do túmulo e abro um dos diários de Matilda. — Não quero culpar você por ter escolhido me deixar para correr atrás de seus sonhos, então espero que não me culpe por fazer o mesmo. Porque é isso que estou fazendo hoje: deixando você para trás e seguindo em frente.

Folheio as páginas rabiscadas em meu colo, deixando que o peso das palavras escritas ali fortaleça minha decisão. Frases como *preciso partir, não quero ficar, só você vou amar* salpicam em minha mente. Matilda amou um homem e, por ele, decidiu fugir. Leio os poemas de forma voraz e, ao encontrar uma página vazia, decido que existe algo que sempre compartilharemos: a necessidade de colocar em palavras nossas maiores dores. É por isso que, em um rompante de emoções, pego uma caneta na bolsa e uso uma das páginas vazias do diário antigo para me derramar.

Sei que sempre vou carregar o peso do abandono, mas também sei que *não* vou deixar que ele me defina. Fui amada o suficiente por meus avós para conhecer o verdadeiro significado de família e para entender que sou diferente de Matilda.

— Não vim pedir desculpas — falo, ignorando as lágrimas pingando no papel —, vim me despedir. Não vou deixar mais o passado me machucar e, mesmo que demore anos, sei que um dia serei capaz de oferecer a um filho o que você não foi capaz de me dar.

Escrevo tudo o que significa ser mãe, deixando as tardes que passei no sofá de minha avó vendo filmes da Disney, nossas conversas ao redor da mesa da cozinha e suas mãos calejadas servindo como suporte nos momentos mais importantes de minha vida virarem minha referência de maternar — exatamente como sempre deveria ter sido. Meus avós me mostraram a força do amor, por isso, apesar de toda a dor, mentira e sofrimento, ainda consigo ter fé.

Finalmente coloco o caderno em cima do túmulo e deixo que as palavras escritas ali se assentem em minha alma. Dobro as pernas no banco de madeira e apoio o rosto molhado no joelho. Dessa vez, as lágrimas são de alívio. Ao deixar Matilda para trás, finalmente consigo olhar para a frente e para os sonhos que quero construir.

Ainda existe espaço em meu coração para o amor.

Quero ser amada, tanto quanto quero construir minha própria família e mostrar a cada um deles que sou capaz de amá-los com tudo o que sou.

Não preciso ter medo de ser como Matilda, porque não é dela que herdei minhas referências de amor.

Olho mais uma vez para o túmulo e para os objetos que eu trouxe. Eu me levanto e jogo os cigarros no lixo, assim como os diários antigos de Matilda, optando por deixar apenas o Fofão perto de um dos arranjos de flores.

— Tchau, Matilda.

Corro os dedos por sua foto uma última vez e dou as costas ao túmulo, às mentiras e à culpa.

Estou quase saindo do cemitério quando mudo de ideia e volto à lixeira. Alcanço o diário que usei para escrever minhas emoções e arranco as páginas manchadas de lágrimas.

Abro a bolsa e pego o celular. Não penso antes de mandar uma mensagem porque nada fez tanto sentido antes.

> **Laura:** Vou escrever um texto novo. Consegue me dar mais um dia?

Ela me responde de imediato, exatamente como eu sabia que faria.

> **Jordana:** O artigo está ótimo. Tem certeza de que quer mudar?

> **Laura:** Sim. Mando até amanhã de manhã.

> **Jordana:** Ok, confio em você.

Pronto, agora estou preparada para seguir em frente.

Massageio os ombros tensos enquanto olho para o e-mail que acabei de enviar para Jordana. Reescrever o artigo não só fez sentido, como também me ajudou a colocar o ponto-final de que eu tanto precisava em minha relação com Matilda. Ao dizer adeus a ela, finalmente entendi o que significa ser mãe.

Apesar da ferida profunda deixada pelo abandono, não julgo Matilda por ter seguido seu coração e partido para a Argentina. Todo mundo tem o direito de perseguir o amor e escolher onde e quem amar. Mas, apesar de compreender as escolhas dela, me recuso a chamar de mãe alguém que nunca me viu como uma filha, apenas como um fardo.

Ao aceitar que não preciso manter qualquer relação com a mulher que me gerou, tudo fica mais fácil: perdoar meus avós por suas mentiras, não ter medo de sonhar acordada com o futuro e escrever um artigo sobre adoção e maternar que não é sobre mim, mas que ao mesmo tempo carrega parte de quem sou. Pela primeira vez em anos, ser mãe não me apavora mais porque agora eu sei exatamente o que é uma mãe; graças à Matilda, reaprendi o significado poderoso dessa palavra.

Com as mãos trêmulas, fecho o computador e aceito o fato de que, mesmo depois das mentiras, dos abortos espontâneos e do abandono de Matilda, ainda carrego dentro de mim a mulher que ama histórias com finais felizes. Talvez eu passe a vida toda me achando uma causa perdida, ansiosa demais para lidar com tudo o que sou e o que não sou, mas, perdida ou não, ainda sou capaz de sonhar.

Saio do quarto na ponta do pé. É quase meia-noite, e imagino que Téo esteja dormindo, então sigo até a cozinha fazendo o mínimo de barulho possível. Ligo a lanterna do celular e abro o congelador. Depois do dia de hoje, definitivamente mereço uma dose acolhedora de sorvete.

— Atacando a geladeira a esta hora?

Pulo no lugar ao ouvir a voz rouca de Téo.

— Cacilda, que susto, cara!

— É bom não ser eu o assustado da relação só para variar.

Abraço o pote de sorvete e procuro por ele na penumbra do cômodo, encontrando-o recostado no sofá com o que imagino ser um Kindle na mão.

— Desculpa, não queria te acordar — digo ao fechar o congelador e colocar o pote de sorvete na bancada.

— Quem dera se eu estivesse dormindo — responde. Ele parece angustiado ou é impressão minha? — Estava lendo. Preciso colocar alguns artigos científicos em dia.

— Ei, tá tudo bem mesmo? — pergunto ao me aproximar dele, me guiando apenas pela luz do Kindle.

— Tá sim. Só a ansiedade trabalhando para não me deixar dormir.

Na penumbra não consigo ver sua expressão, mas a forma como ele suspira ao terminar de falar diz muito. Aprendi a conhecer Téo o suficiente para ler a tensão ao seu redor. Atravesso a cozinha, xingando baixo ao bater o dedo do pé na quina da mesa, e paro a alguns poucos centímetros de distância de onde Téo está. A luz do leitor digital evidencia suas olheiras.

— Sei que tem algo de errado. Quer conversar?

— Seu sorvete vai derreter, depois a gente conversa.

Téo se vira, provavelmente para voltar a estudar, mas procuro sua mão e, mesmo na escuridão quase completa, ele me encontra no meio do caminho e enlaça os dedos nos meus.

— Se precisar de mim, eu estou aqui. Vou sempre estar aqui por você, Téo.

Termino de falar e aguardo, desejando que ele compreenda o real significado de minhas palavras. Posso não estar pronta para um relacionamento amoroso, mas Téo é importante demais em minha vida para eu ignorar tudo o que sinto por ele. Quero escutá-lo, apoiá-lo e fazê-lo rir. Então permaneço em silêncio, encarando nossas mãos unidas e escutando o batimento acelerado do meu coração, enquanto torço para que ele não me afaste.

— Estou ignorando a voz teimosa em minha mente dizendo que não estou bem. — Suas palavras saem como um sussurro que ecoa pela cozinha mal iluminada. — Odeio mentir para mim mesmo, mas ignorar tem sido mais fácil do que aceitar a insônia, os terrores noturnos, as crises de ansiedade e tudo o que não consigo controlar e que me deixa constantemente em alerta, sempre esperando pelo pior... — Sua voz embarga de um jeito que me assusta, e dou mais um passo em sua direção. — Minha cabeça está uma confusão e, por mais que eu queira que você conheça tudo dentro de mim, ainda não estou pronto para falar sobre isso. Entende?

— Lógico que eu entendo.

Aperto sua mão, e Téo me puxa para um abraço.

Afundo o rosto em seu peito e penso em nossa última conversa. Joguei meus medos e raivas em cima dele sem nem considerar que Téo também carrega a própria dose de inseguranças. Fui egoísta, virei as costas e fui embora para evitar que ele enxergasse o tamanho de minha dor, mas não quero fazer isso novamente.

— Quando quiser conversar, vou estar aqui para escutar. E, se não quiser falar nada, mas desejar companhia, posso ficar em silêncio com você.

Antes mesmo de escutar sua risada, sinto seu corpo chacoalhar em diversão.

— Que foi? Tá duvidando de que eu consigo ficar de boca fechada?

— Tipo isso. — Ele me dá um beijo no topo da cabeça, e eu o abraço mais apertado. — Gosto da ideia de ficar em silêncio com você.

— Que bom, porque também não quero ficar sozinha hoje.

Eu me afasto de seu abraço e, ainda usando a lanterna do celular, pego duas colheres, o pote de sorvete e entrego para Téo.

— O que acha de assistirmos a um filme e nos empanturrarmos de sorvete?

— Vai ser um filme com final feliz?

— Com certeza. Acho que estamos precisando de um pouco de magia. — Eu o empurro na intenção de fazê-lo sair da cozinha. — E, antes que eu me esqueça, desculpa pelo que disse mais cedo e pela maneira como lidei com meus medos. A dor da maternidade frustrada ainda é recente demais, mas estou trabalhando para enfrentar essa merda sem descontar em ninguém, muito menos em você.

Ele estanca no lugar.

— Eu entendo, não é meu papel ficar te forçando a falar de coisas que machucam você, Laura. Eu devia ter percebido que...

— Não, você não tem que perceber nada. Eu que tenho que comunicar meus limites. — Eu o empurro até que volte a andar e pare na porta do quarto. — Agora chega de falar, beleza? Vamos tomar sorvete, assistir a um filme besta e dormir porque amanhã vai ser uma correria danada.

— Dormir? Eu e você? Moça, tô meio perdido aqui, e não é só porque estamos andando no escuro.

Rio e abro a porta do quarto, acendendo a luz assim que atravessamos o batente juntos. Mordo os lábios para conter um suspiro ao observar a aparência desgrenhada e deliciosa de Téo. O conjunto formado pela calça de moletom, camiseta branca e cabelo bagunçado me atinge bem no baixo-ventre.

— Quer dormir comigo, Téo?

A cara dele é impagável.

— Dormir, sabe como é, né? Deitar na cama, fechar os olhos e ir para a terra dos sonhos. Acho que nós dois estamos precisando de uma boa noite de sono.

Sigo até a cama e jogo as muitas almofadas no chão. Pego o computador, ajeito um dos travesseiros e me sento com as costas apoiadas na cabeceira.

— Ei, vai ficar me encarando com essa cara de tonto até quando? Vem aqui logo. — Aponto para o travesseiro reserva ao meu lado. — Quero meu sorvete, cara.

— Deus me ajude — murmura, e caio na risada.

Téo se senta ao meu lado na cama, abre o braço como um convite, e eu me recosto em seu tronco.

— Obrigado, eu estava precisando de companhia. — Sua voz faz cócegas em meu pescoço.

— Então somos dois — falo ao abrir o pote de sorvete e escolher um filme no computador.

Passamos três horas assistindo a filmes de príncipes e princesas da Disney, comendo sorvete e, vez ou outra, conversando sobre nada de importante.

Quando apago a luz, fecho os olhos e apoio o rosto no peito de Téo, percebo que não me sinto mais perdida.

Já sei para onde quero ir.

Grupo da Família Dias

Bernardo: Vamos atrasar uma hora. Vocês já estão prontos?

Tainá: Não sei, o Téo não está em casa.

Bernardo: Seu irmão foi trabalhar? Achei que ele tinha adiantado o turno de sexta.

Tainá: Talvez ele só tenha ido correr, mas acho melhor vcs esperarem ele responder antes de saírem de casa.

Bernardo: Certo. É até melhor. Jonas não acordou muito bem hoje.

Tainá: É por isso que ele não respondeu minhas mensagens? Tá tudo bem?

Téo: Ei, o que aconteceu?

Bernardo: Você está bem, filho? Precisou trabalhar?

Téo: Estou em casa. Já vou começar a me arrumar para sairmos. O que o pai tem?

Bernardo: Aquela enxaqueca chata de sempre.

Téo: Ele precisa ir ao médico ver o motivo das enxaquecas terem voltado.

Bernardo: Jonas acabou de tomar o remédio, logo deve estar melhor.

Téo: É melhor ele não pegar a estrada assim, podemos encontrar vocês em casa e eu dirijo a Benedita até Morretes.

Bernardo: Vai ser ótimo, filho. Você sabe que não gosto de dirigir na rodovia e esses remédios pesados derrubam seu pai.

Téo: Blz, logo estamos aí.

Tainá: Espera aí, como assim vc tá em casa?

Tainá: Onde vc tá que não te vi?

Tainá: TEODORO DIAS, por acaso você está no quarto da Laura???

Capítulo 29

Téo

Sorrio ao colocar o celular na mesa de cabeceira. Pelas minhas contas, em menos de cinco minutos a enxerida da minha irmã vai começar a bater na porta do quarto.

Quero aproveitar o máximo de tempo que me resta na cama de Laura, então corro os dedos por seus cachos, gravando a sensação de ter sua cabeça apoiada em meu peito, suas mãos dentro de minha camiseta e as pernas enroscadas nas minhas. De olhos fechados, ela suspira ao sentir meu toque e me abraça mais apertado, deixando nítido que está acordada.

— Bom dia, moça.

— Bom dia, cara.

— Não faço ideia de quando foi a última vez que dormi tão bem — falo ao me virar de lado para a abraçar melhor.

A decisão não é a mais acertada de todas, porque agora o corpo dela está encaixado no meu nos lugares certos.

— Também gostei de usar você como travesseiro. — Laura abre os olhos e me encara com um sorriso alegre que faz meu coração dar um salto. — Merda, esqueci de colocar a touca de cetim para dormir. Fala a verdade, de 1 a 10, qual é o nível de caos do meu cabelo neste exato instante?

— Linda... Cê tá linda demais, e eu queria poder ficar o dia todo com você nessa cama. — Emolduro o rosto dela com as mãos e dou um beijo em sua testa, outro na ponta de seu nariz e um selinho em seus lábios. — Ainda não acredito que consegui dormir a noite toda sem ter nenhum pesadelo. Certeza de que seus roncos afastaram os monstros em minha cabeça.

— Ei, eu não ronco!

— Já falamos sobre isso, moça. Cê ronca que nem um escapamento coyote. É fofo. Quero escutar todas as noites. Posso? Por favor? Diz que sim, vai!

Meu tom brincalhão a faz gargalhar, e amo como a rouquidão de quem acabou de acordar deixa sua risada ainda mais profunda. Estou perdido demais contando mentalmente as sardas marrons em seu ombro para me prevenir do ataque, então, quando dou por mim, estou rolando pela cama com a bandida atacando minha costela até eu chorar de rir por causa das cócegas.

— Ei, você ainda quer passar o final de semana na casa dos meus avós? Entendo se não quiser ir, não quero sobrecarregar você e acho que um tempo tranquilo para descansar vai te fazer bem e...

Interrompo sua frase ao usar o peso do corpo para prendê-la no colchão.

Ela está embaixo de mim, usando nada mais do que um pijama curto de cetim e com os lábios entreabertos como um convite.

Como é que vou ter coragem de sair desta cama?

— Eu quero ir, Laura. Tô precisando de um tempo com meus pais e também quero conhecer seus avós. Só vou ficar em casa se você não quiser que eu vá — falo após recuperar parte do controle.

— Não vai ser um final de semana fácil, e juro que vou te explicar tudo depois de conversar com meus avós, mas definitivamente quero que você vá. — Suas palavras saem entrecortadas, talvez porque eu esteja segurando seus pulsos unidos com uma das mãos e usando a outra para explorar o contorno de sua cintura. — É minha vez de mostrar a você meu lugar favorito.

— Então precisamos nos arrumar, senão vamos pegar um intojo de trânsito.

Apesar do que falo, continuo tocando seu braço, a faixa de pele exposta sob a barra da blusa, a lateral da perna. Laura suspira e tenta se mexer embaixo de mim, mas eu a pressiono um pouco mais, o que faz nós dois xingarmos.

— Vamos precisar ir até a casa de meus pais. Pai Jonas não acordou muito bem, então me ofereci para dirigir a Kombi. Tudo bem se formos de Uber até lá?

— Você vai dirigir? Achei que não gostava de carros.

— De alguma forma, minha cabeça não categoriza a Kombi como um carro.

Ela ri, e não resisto a deixar um beijo leve em seus lábios.

— Mas seu pai está bem, né?

— Sim, pelo que entendi é só uma enxaqueca.

Uma enxaqueca que vira e mexe volta e que precisa de acompanhamento médico, mas não quero pensar nisso hoje. Este final de semana é tanto para Laura quanto para mim, então me recuso a deixar as desconfianças me roubarem a oportunidade de passar alguns dias em família.

— Vamos de moto? — pergunta ela após levantar o rosto e morder de leve meu pescoço. — A última vez que andamos de moto tive um sonho muito bom. Quero a prova real de que a realidade é melhor do que o mundo da fantasia.

— De que tipo de sonho estamos falando, moça?

— Do melhor tipo, cara.

Encaro seus olhos e o que vejo neles é muito mais do que desejo.

Infelizmente, não tenho tempo para pensar nisso e em tudo o que gostaria de fazer com Laura neste exato instante, porque Tainá começa a bater na porta do quarto.

— Laura, o Téo dormiu com você?

— Uai, óbvio que não, que absurdo! — grito em resposta, o que faz Laura rir.

— Não acredito que você dormiu com minha melhor amiga embaixo do meu teto!

— Teoricamente esse teto é nosso também, amiga — responde ela ao me empurrar pelos ombros e sair da cama.

— E quem disse que eu dormi? — falo alto para provocar minha irmã, mas Laura me dá uma almofadada na cara. — Ei, tenha piedade, moça.

Junto as mãos em forma de prece e faço bico. Como esperado, ganho uma gargalhada, e, para minha surpresa, ela volta para a cama só para me abraçar mais uma vez.

— Não quero sair desta cama — fala com o rosto enfiado em meu ombro.

— Nem eu, moça.

— Vocês são dois sacanas. — Minha irmã para de bater na porta, mas sei que só vai parar de encher o saco quando sairmos do quarto. — Sorte de vocês que eu amo os dois e que não vou usar a chave reserva do quarto em respeito à privacidade de vocês.

Não preciso estar cara a cara com minha irmã para saber que ela está contente.

Também me sinto feliz por estar de volta, perto de quem amo, abraçado com Laura e realizado profissionalmente. Talvez seja por isso que eu precise de apenas um segundo para calar as vozes ansiosas em minha mente. Elas gritam que a felicidade é momentânea e que a dor é recorrente, mas pela primeira vez em anos não me importo com o amanhã.

— Vou querer essa receita de carne de onça, Isis — comenta pai Bernardo ao servir seu segundo prato.

— E eu a do arroz carreteiro! Para o Bernardo fazer, óbvio — adiciona Jonas com a boca cheia, arrancando uma risada de todos ao redor da mesa. — Meu bem, você precisa descobrir o segredo por trás desse tempero.

Olho para meu prato vazio e preciso concordar. O combo feijão tropeiro e arroz carreteiro nunca foi tão bom! Na verdade, tudo o que Isis preparou até agora tem gosto de casa e comida feita com amor.

Assim que chegamos a Morretes, fomos recebidos com abraços apertados e uma mesa farta de café da manhã. Chegamos a parar no meio do caminho para tomar café na rodovia, mas é impossível resistir à comida boa servida em meio a conversas animadas e sorrisos calorosos. E basicamente é isso que fizemos desde que chegamos: conversamos, comemos e demos risada.

Ainda sinto a tensão emanando entre Laura e os avós. Ela parece estar feliz por ter voltado para casa, mas, ao mesmo tempo, é como se estivesse caminhando em uma corda bamba.

— Vocês estão exagerando, mas sou uma mulher vaidosa, então podem continuar com os elogios. — Dona Isis sorri ao falar, e não consigo deixar de reparar em como o sorriso dela é igualzinho ao de Laura.

— Não está com fome, guria? — pergunta Silas para Laura.

Ele tem a pele marrom vários tons mais escuros do que a de Laura e um sorriso tão gentil quanto o dela. A covinha no queixo também é compartilhada, assim como o olhar afiado. Cinco segundos com ele na mesma sala e tenho certeza de que o avô de Laura já percebeu tudo o que sinto por ela.

— Acho que comi demais no café da manhã, vô.

Laura leva o copo de água aos lábios, e noto o leve tremor em suas mãos. Acho que não sou o único a perceber o quanto ela está no limite, porque de repente um silêncio desconfortável toma conta do ambiente.

Por mais que eu e Laura tenhamos conversado sobre várias coisas, não sei exatamente a extensão das mentiras que seus avós contaram para ela. Tainá me alertou para ficar atento aos sinais, deixando evidente que Laura poderia precisar de mim. Mas, vendo a apreensão ao redor de cada interação entre ela e os avós, é evidente que algo está por vir. Existem conflitos que podem ser adiados, mas não evitados.

— Pinhão já foi minha comida preferida — solto após alguns minutos, tentando dar fim ao silêncio constrangedor. — Na verdade, no começo eu odiava o gosto, mas me forçava a comer mesmo assim. Sempre gostei de explorar os parques que ficavam no fundo da casa dos meus pais. Em minha cabeça de garoto, eu achava o máximo como árvores gigantes como a araucária produzem um alimento tão pequeno. Passava horas colhendo as pinhas do chão e dias implorando para o pai Bernardo cozinhar para mim.

— E se ele comia uma era muito — complementa Jonas.

— Se existe um pesadelo maior do que descascar um pinhão eu desconheço, mas sempre fiz o que esse garoto queria. Perdíamos horas para preparar uma penca da semente, e ficava horrível. — Bernardo aponta para a tigela lotada de pinhão cozido. — Não sei que mágica você faz, Isis. Mas o pinhão que eu servia para o coitado do meu filho não tinha nada a ver com isso.

— Tive que aprender a gostar do pinhão que o pai Bernardo fazia na marra, eu gostava demais de colher pinhas para reclamar do sabor.

— E agora já sabe que sou ótimo na cozinha, mas péssimo preparando pinhão.

— O seu é melhor, pai — digo em tom de brincadeira, piscando para Isis com ar cúmplice.

— Posso preparar algumas marmitas para vocês. É sempre bom ter comida caseira no congelador.

— Não quero dar trabalho, dona Isis.

— Não vai ser trabalho algum, menino. — Ela corre os olhos pela mesa farta, franzindo o cenho ao ver o prato cheio de Laura. — Faz tempo que não temos a casa cheia, e sinto falta de cozinhar para as pessoas que amo.

— A culpa é minha, amor. — Ao falar, Silas toca de leve o ombro da esposa em um gesto tanto de conforto como de carinho. — A dieta dos moradores desta casa mudou nos últimos meses por causa de minha saúde. E, vamos combinar, cozinhar para um velho chato com várias restrições alimentares não é uma tarefa muito animadora.

— Diabetes? — chuto ao observar os alimentos em seu prato.

— Sim — confirma Silas, e escuto o arfar de Laura. — Estamos controlando os índices com exercício e dieta, mas o médico está preocupado com minha pressão alta depois do...

— Benzinho, por favor, não vamos incomodar as visitas com conversa médica. Téo deve estar cansado de ouvir os pacientes reclamando. — Isis tenta disfarçar, mas suas palavras saem carregadas de represália.

— O que aconteceu, vovô? Andam me escondendo mais alguma coisa?

Laura coloca os talheres na mesa com uma calma calculada. Com os olhos marcados pelo que imagino ser raiva, ela afasta a cadeira da mesa e gira para ficar sentada de frente para os avós. Olho para meus pais, e eles parecem tão perdidos quanto eu. É difícil saber como agir nessas horas, principalmente porque quero apoiar Laura, mas não quero parecer um intruso em uma conversa familiar que obviamente vai ser difícil.

— Diacho de menina! Se tivesse atendido às nossas ligações, ao menos saberia que seu avô teve começo de infarto e precisou fazer um cateterismo — responde Isis com a sobrancelha arqueada.

— Achei que íamos evitar falar desse assunto na frente das visitas, amor... — começa Silas.

A expressão no rosto de avó e neta deixa evidente que não vai adiantar de nada tentar intermediar ou evitar uma possível briga.

— Então vai ser assim? Vocês mentem para mim, e a culpa é minha por eu ter ficado brava? A culpa é minha se, da noite para o dia, todas as minhas certezas caíram por terra e precisei de um tempo para lidar com a dor? Nunca pedi para mentirem para mim, mas vocês seguem fazendo isso. Mentiram sobre Matilda e agora sobre o vovô estar doente... Daqui a pouco vou descobrir que nem neta de vocês eu sou de verdade.

Dona Isis arfa em choque, Silas encara a neta com horror e, pelo olhar perdido de Laura, dá para perceber que ela se arrepende de como as palavras foram ditas.

— É, bem, olha... Nós vamos desenformar o pudim — anuncia o pai Bernardo ao se levantar da mesa.

— Eu vou dar comida para o Beto — declara o pai Jonas. O cachorro escolhe o exato momento para começar a latir sem parar, como um ótimo álibi. — Ele deve estar com fome, tadinho.

— E eu vou lavar a louça — adiciono.

Eu me levanto da mesa e começo a recolher os pratos sujos.

— Por favor, não precisa se preocupar com isso. Visita não deve lavar a louça, pelo menos não no primeiro dia em casa.

Dona Isis tenta se levantar, mas Laura segura sua mão.

— Por favor, fica aqui comigo. Quero conversar com a senhora, vó.

Laura me encara, e vejo o tamanho da tristeza em seus olhos. Gostaria de abraçá-la, mas sei que neste momento tudo de que precisa é de um momento a sós com a avó.

— O senhor pode me ajudar? — peço a Silas, que me encara confuso por um minuto. — Eu lavo a louça, o senhor seca. E, de quebra, me conta mais sobre o caso de pressão alta. Foi isolado? Quais remédios está tomando? O quanto de sal costuma ingerir em suas refeições?

— Duas coisas que eu amo: interrogatórios e secar louça. — Ele revira os olhos, mas se levanta da mesa e começa a pegar os copos sujos. — Eu volto daqui a alguns minutos. Prometem que vão se comportar?

Laura e a avó assentem em um gesto idêntico. Silas encara as duas por mais alguns segundos e, parecendo parcialmente satisfeito com o que vê, vai até a cozinha. Antes de segui-lo, busco os olhos de Laura uma última vez.

Eles erraram, mas amam você, digo com os lábios sem emitir som.

Eu sei, sussurra de volta para mim e puxa a vó para um abraço apertado.

Antes de sair do cômodo, reparo em duas coisas: primeiro, acabei de conversar com Laura da mesma forma que ela fala com Tainá — sem de fato pronunciar as palavras. E, segundo, apesar da tristeza que sinto ao vê-la chorar nos braços da avó, o sorriso doce que Laura me dá antes que eu siga seu avô para a cozinha deixa evidente que não é apenas dor que está sentindo.

Laura e Isis vão se entender e, como em todas as relações nutridas pelo amor, vão encontrar uma forma de trabalharem juntas em busca do perdão.

eu caio, mas não me levanto
tento me agarrar aos resquícios de normalidade
mas eu estou aqui, você está aí
é assim que vai ser?

mergulho, mas não afundo
eu caio, persigo, morro aos poucos
e você sorri e caminha para longe de mim
por que é assim que precisa ser?

Matilda Marques

Capítulo 30

Laura

Jogo o corpo no sofá e encaro minha avó.

A sessão de choro na mesa da cozinha serviu para aplacar parte da raiva e cobrir os pontos práticos sobre nossos meses separadas. Falamos sobre o diabetes de meu avô, os cadernos e livros antigos de poemas da Matilda que não ficam mais expostos pela casa porque foram doados para a universidade local, os altos e baixos da minha mudança para o apartamento de Tainá e o desfecho de meu noivado com Ravi. Conversamos por uma hora e, ainda assim, não tocamos em nenhuma das perguntas difíceis martelando em minha mente.

Pontadas escuras atrás de meus olhos servem como um presságio para a dor de cabeça que logo deve me consumir, mas ignoro a dor física tanto quanto rejeito os gritos de sobrevivência que me pedem para sair correndo para o mais longe possível desta casa, desta conversa e das verdades dolorosas que *sei* que vou precisar escutar.

Não é porque decidi parar de fugir que seja fácil escolher ficar.

Pela janela da sala escuto os sons das conversas divertidas e do latido de Beto ecoando pelo quintal da casa e, não pela primeira vez, agradeço por não precisar enfrentar o passado sozinha. Pelo menos sei que, quando tudo isso acabar, vou poder contar com as piadas bestas de Tainá, as refeições preparadas com carinho por meus avós e os abraços apertados de Téo.

Eu não estou sozinha, repito sem parar em minha mente.

— Sinto muito, filha — diz minha avó ao usar a manga da blusa para secar o rosto marcado por lágrimas. — Eu te amo tanto, Laura. Não queria que minhas escolhas causassem tanto sofrimento. Proteger você de toda a dor sempre foi meu maior desejo, mas sinto que pesei a mão e a proteção virou uma prisão.

— Você quis dizer nossas escolhas. Tomamos essa decisão juntos e a verdade é que nós dois estávamos errados — Silas diz ao entrar na sala e se sentar ao meu lado no sofá. — Desculpa por termos mentido por tanto tempo, menina.

Algo em seu olhar arrependido diz que ele ainda não terminou, então apenas aguardo. Também preciso de um pouco mais de tempo para reunir toda a coragem necessária e dar voz às dúvidas que pesam em meus ombros.

— Quando sua mãe fugiu, nós dois decidimos que faríamos de tudo para que aquele bebê cabeludo e sorridente crescesse sabendo que era amado — revela Silas por fim. — Sei que deveríamos ter contado toda a verdade quando você passou a ter idade suficiente para entender as escolhas de Matilda, mas já era tarde demais. Seus olhos brilhavam ao falar dos poemas de sua mãe, e o amor que você sentia por ela era contagiante. Nos deixamos levar pela história feliz que inventamos. Sei que fomos egoístas, mas só queríamos apagar o passado e reescrever o futuro de uma vez por todas.

— É por isso que nunca iam visitar o túmulo de Matilda? — pergunto olhando de um para o outro.

— Nós entramos em luto assim que ela foi embora — fala dona Isis sem tirar os olhos do meu avô. Existe uma conversa silenciosa entre eles, como se estivessem buscando forças um no outro. — Para nós, Matilda morreu no instante em que nos deixou para trás sem uma palavra sequer. Era mais fácil acreditar que a filha que criamos e amamos durante dezessete anos havia morrido do que passar os dias esperando por qualquer notícia.

Ela olha com tristeza para os porta-retratos na estante da sala, vários deles com fotos antigas da bebê rechonchuda e sorridente que Matilda foi.

— Uma coisa que você não sabe é que passei os primeiros meses depois do seu nascimento chorando pela casa, aguardando uma ligação ou carta, e tentando descobrir onde minha filha estava por meio dos antigos amigos dela. — Vovó volta os olhos para mim, e preciso me segurar no sofá diante da emoção que vejo neles. — Foi seu avô que segurou as pontas. Ele fazia suas mamadeiras, levava você para passear pelo bairro e te ninava. Em troca, você fez Silas voltar a sorrir.

— Você também vomitou em todas as minhas camisas de ir à missa, mas eu não me importava — diz meu avô. — O cheiro de leite azedo, o choro de cólica e sua mania de sujar a fralda assim que eu te tirava do banho me lembravam que valia a pena estar vivo.

Engulo o nó que sobe pela garganta ao ouvi-los falar de nossos primeiros meses juntos. Agora entendo o porquê de o meu primeiro álbum só ter fotos minhas sozinhas ou no colo do meu avô. Tento imaginar se, no lugar de dona Isis, eu teria conseguido superar a partida de uma filha no prazo de um ano.

— Mas você não sentia o mesmo, não é? — pergunto para minha vó.

— Não, mas não é como você está pensando. — Ela alcança minha mão e aperta nossos dedos entrelaçados. — Hoje nós sabemos o que é depressão, mas naquela época ninguém conversava sobre doenças mentais. Eu não estava bem, mas havia prometido te proteger, e foi exatamente isso que eu fiz. Criei em minha mente a mentira de que Matilda havia morrido e simplesmente parei de esperar que ela voltasse. Quando recebemos o telefonema de Carlos avisando sobre o suicídio, estávamos cansados demais do luto para vivê-lo mais uma vez.

— Sinto muito, vó. Mãe nenhuma deveria passar pela dor de perder um filho.

— Foi doloroso, mas consegui sobreviver. Não da forma ideal, não é mesmo? Só espero que você entenda que mentir foi a única maneira que encontrei de seguir em frente. É por isso que, conforme você foi crescendo, simplesmente deixei as coisas fluírem. Era tão mais fácil lembrar das partes boas de Matilda que, quando dei por mim, havia ocultado os erros dela.

— Eu entendo, vó. De verdade.

Até pouco tempo atrás, eu nunca havia pensado nas marcas silenciosas deixadas pelo abandono, mas hoje posso dizer que ser deixado para trás dói muito mais do que a morte.

O luto de perder um bebê é brutal, mas ser rejeitado por um filho também é.

É por isso que entendo por que meus avós precisaram inventar uma mentira para conseguirem continuar a vida.

Não concordo, mas entendo.

— Eu sei que sim. — Ela me olha com pesar. — Matilda era uma boa menina, sabe? Antes de conhecer Carlos, ela vivia inventando histórias de amor e trazendo livros para casa. Um dia, a menina era um raio de sol saltitando pela casa, e no outro, de repente, tudo o que eu via quando olhava para ela era dor. Não soube lidar com as mudanças e me senti culpada por não ter visto os sinais. É culpa minha não ter percebido que Matilda precisava de ajuda. Os dias longos que ela passava trancada no quarto escrevendo, o rosto marcado pelas olheiras e o corpo cada vez mais fraco deviam ter me alertado disso.

Ela respira fundo, e seus lábios tremem diante da força que precisa fazer para não sucumbir ao choro.

— A culpa não é de ninguém, amor. — Apesar de suas palavras, consigo ouvir mágoa e arrependimento na voz do meu avô. — Por mais que a gente tente evitar, coisas ruins acontecem.

— Eu sei, mas ainda me sinto culpada. Eu me culpo por não ter ajudado Matilda, por não ter sido forte o suficiente para contar a verdade para Laura, por ter envolvido Ravi nisso... Ah, eu me culpo por tanta coisa.

Dona Isis tampa o rosto com as mãos e chora.

Vê-la tão frágil e indefesa faz com que minha mente caminhe por locais perigosos.

— Como vocês fizeram tantos sacrifícios em nome de um bebê indesejado? Não seria muito mais fácil ter aceitado o desejo de Matilda e ter me deixado em um lar adotivo?

As dúvidas escapam de meus lábios de uma única vez, mas no final das contas é exatamente isso que preciso perguntar.

Desde minha conversa com Téo, não consigo parar de pensar nas escolhas de Matilda e no fato de que ela nunca me quis. É por isso que todos os seus poemas falam sobre estar presa e querer partir. É também por esse motivo que ela assinou o termo de entrega voluntária antes de me deixar sozinha na maternidade. Se a enfermeira de plantão não fosse amiga de infância da minha avó, eu teria sido encaminhada para algum lar adotivo da região. E, considerando a cor da minha pele — clara demais para ser preta, escura demais para ser branca —, duvido que eu teria sido adotada.

Ela não me queria nesta casa, e a vida teria sido muito mais fácil para meus avós caso eles tivessem acatado o desejo da filha.

Sinto que já parei de considerar Matilda como minha mãe faz tempo, mas, quando fecho os olhos, sou assombrada por uma dúzia de palavras teimosas e dolorosas:

Se minha própria mãe não me quis, por que qualquer outra pessoa seria capaz de me amar?

— Laura Alvez Marques, como é que você tem a *indecência* de fazer uma pergunta dessas?

A voz agitada de minha avó afasta meus devaneios, e volto a encará-la.

A dor que vejo em seus olhos é a mesma que sinto rasgar meu peito toda vez que respiro.

— Por acaso, em algum momento dos seus 29 anos, eu e seu avô demos a entender que não desejamos você? Nós te amamos desde o dia em que descobrimos que nossa filha adolescente estava grávida. Nós te amamos nos meses que sua mãe passou trancada dentro do quarto sem nos dirigir a palavra. Nós te amamos quando Matilda fugiu do hospital só com as roupas do corpo. E, mesmo ao descobrir que nossa única filha havia tirado a própria vida, nós te amamos mais. Amar é uma escolha, e nós sempre escolhemos você, filha.

Meu coração acelera, e vovó me puxa para um abraço.

Não choro, porque aparentemente derramei todas as lágrimas que possuía, mas, quando enterro o rosto no pescoço de dona Isis, a sensação que tenho é de que estou expelindo todos os espinhos que o abandono de Matilda fincou em mim.

— Por que dói tanto, vovó? Por que não consigo parar de pensar que minha própria *mãe* não me quis? Quando sei que Matilda foi tudo para mim, menos uma mãe.

Escuto várias maldições, e de repente meu avô está sentado ao nosso lado no sofá. Ele não me diz nada, mas segura uma das minhas mãos e começa a murmurar frases que imagino serem uma oração.

Sua voz baixa e cadenciada acalma meu coração agitado.

— Perdoa a gente por ter mentido por tanto tempo, por termos ajudado a criar essa visão falsa do papel que Matilda desempenhou em sua vida — diz dona Isis enquanto acaricia minha cabeça apoiada em seu ombro. — Talvez as coisas fossem diferentes se eu tivesse tido a coragem de te contar a verdade antes, mas, independentemente das escolhas certas e erradas que eu possa ter feito, tem algo de que nunca me arrependi.

Ela vira o corpo e segura meu rosto.

Seus olhos me dizem o que meu cérebro tem tido dificuldade para acreditar.

Não sou fruto das escolhas de Matilda, mas sim do amor incondicional que esses dois me ofereceram todos os dias de minha vida.

— Você foi a melhor coisa que nos aconteceu, Laura. Eu te amo desde o momento em que descobri que eu seria avó. — Ela sorri, como se lembrar daquele dia trouxesse uma lembrança feliz e não triste. — Ter você ao nosso lado nos salvou. Ninguém tem a obrigação de ser bote salva-vidas de ninguém, mas foi isso que você foi para mim e para seu avô. Uma segunda chance de amar e ser amado.

Fecho os olhos e lembro da primeira vez que me senti amada.

Eu devia ter uns 6 anos no dia em que caí de bicicleta e abri um berreiro por causa de um arranhão minúsculo. Meu avô acolheu meu choro, trouxe-me no colo até este mesmo sofá e chamou a vovó com um grito. Os dois se sentaram ao meu lado, me acalmaram e, depois de ganhar um beijo cura-machucado de dona Isis, voltei a brincar no quintal.

— Acha que vai conseguir nos perdoar um dia? — pergunta meu avô.

— Já os perdoei faz tempo, vô. — Abro os olhos e envolvo seu Silas e dona Isis em um abraço apertado. — Desculpa por ter ficado afastada por todos esses meses. Eu...

Respiro fundo e encaro os porta-retratos espalhados pela sala com fotos de minha infância, juventude e até do dia em que me formei na faculdade.

Deixo que as lembranças dos momentos felizes que vivemos juntos inundem minha mente até que eu internalize o quanto fui amada, desejada e cuidada ao longo dos meus 29 anos. A dor do abandono e da rejeição ainda queima — e, muito provavelmente, sempre queimará —, mas pelo menos ela não é mais capaz de apagar tudo de bom que vivi ao lado das pessoas que amo.

— Eu perdoei vocês porque finalmente entendo as escolhas difíceis que precisaram fazer. Quando olho para trás, tudo o que importa de verdade é o amor que recebi de vocês dois. Só precisei de tempo para lidar com toda a raiva e medo antes de seguir em frente — afirmo. A vovó balança a cabeça, e meu avô me dá um dos seus sorrisos mais brilhantes, aqueles que só recebo quando sei que ele está orgulhoso. — Sinto que resolvi as coisas com Matilda, ou pelo menos estou caminhando para isso. Hoje eu a vejo como a mulher que me gestou, não como a mãe que amei durante todos esses anos.

Vejo a tristeza nos olhos de Isis, mas também sei que ela compreende a verdade por trás de minhas palavras.

— A senhora é a mãe que eu sempre quis ter — falo para minha vó. — Foi com você que aprendi o que significa ter uma família, dona Isis. Então é lógico que te perdoo. Desculpa por duvidar do amor que sente por mim.

Volto os olhos para meu avô mais uma vez, e ele me abraça ainda mais apertado.

— Na verdade, me desculpa por ter duvidado do amor dos dois.

— O abandono faz isso, menina. Ele tira nossa fé no amor — declara Silas.

Tenho muito mais o que falar e ouvir, mas por enquanto estar nos braços deles e me sentir amada é tudo o que eu poderia querer.

as cicatrizes brilhantes em minha pele não mentem
o amor machuca
mas olha como as marcas brilham!
o amor machuca
mas olha como ele me faz bem!

Matilda Marques

Capítulo 31

Laura

— Oi — cumprimenta Téo ao se sentar no balanço paralelo ao meu.

— Oi. — Giro o balanço e fico de frente para ele. — Cadê a Tainá?

— Ajudando sua avó a reservar o restaurante para o almoço de amanhã. Eu as peguei conversando por mensagem com meus pais e tenho quase certeza de que os quatro estão aprontando algo, só não consegui descobrir o que é ainda.

Jonas e Bernardo seguiram viagem algumas horas atrás, logo depois de Tainá chegar. Não conversamos sobre o que aconteceu, mas para minha sorte ela percebeu que eu estava precisando de um tempo sozinha e resolveu ocupar dona Isis com os planejamentos da visita que faremos ao centro histórico de Morretes. Foi assim que acabei sozinha no quintal pelas últimas duas horas, acalmando meu coração e deixando para trás tudo o que ainda me machuca.

— Meus avós adoraram você.

Téo sorri e impulsiona o balanço para a frente. Consigo ver as perguntas em seus olhos, mas uma das coisas que mais gosto em sua personalidade é como ele sempre respeita meu espaço. Téo já compartilhou tanto de si comigo, mas sigo guardando vários dos meus segredos a sete chaves, e mesmo isso não nos impede de estar cada vez mais próximos.

— E Jonas e Bernardo, será que gostaram do almoço?

— Tá brincando? Antes de seguirem para o litoral, eles marcaram de voltar para o feriado do dia 7 de setembro. Pai Bernardo prometeu ensinar sua avó a fazer fatia húngara e Silas vai levar Jonas para pescar. Se tem algo que Jonas odeia mais do que palavras abreviadas é pescar, mas ele pareceu feliz com o convite, então vamos ver no que vai dar.

— Que bom... Depois vou mandar mensagem pedindo desculpa por toda essa confusão. Sei que vocês estavam preparados para o drama, mas não imaginei que eu fosse explodir no meio do almoço.

Em minha cabeça, eu havia planejado toda a conversa que teria com meus avós: almoçaríamos, apresentaríamos o terreno para Jonas e Bernardo antes que eles seguissem viagem, Tainá chegaria para fazer companhia para Téo e, só então, eu me sentaria no sofá de minha avó, seguraria sua mão e conversaria sobre o passado. É óbvio que meu plano desmoronou assim que escutei que meu avô ficou internado e precisou passar por um procedimento de risco enquanto eu estava longe demais para ajudar.

O mais engraçado é que, antes de tudo ruir, eu me orgulhava de ser uma pessoa perfeitamente controlada. Nunca me exaltava, sempre escutava e ponderava os dois lados de uma história, racionalizava minhas escolhas por meio de listas de prós e contras, sem contar que raramente chorava em público. Agora sou exatamente o oposto disso, um caos emocional que segue desgovernado, mas que ainda assim é mais sincero do que qualquer versão minha que já existiu.

— Ei. — Téo para o balanço e fica de frente para mim. Suas mãos envolvem meu rosto, e só então percebo o quanto estou com frio. — Todo mundo que estava naquela mesa sabia que não ia ser fácil para você voltar para casa. É preciso coragem para expressar nossas emoções, principalmente as mais feias. Você foi corajosa por ter escolhido voltar. E, se quer saber, eu também perderia a cabeça ao descobrir que alguém que amo está com a saúde comprometida.

Ele engole em seco e olha para o pomar atrás de nós. A noite começou agora, mas, diferente do que encontramos na cidade, o céu está limpo e completamente estrelado. Amo o fato de que essa casa já foi um sítio agrícola e que meu avô, ao herdar o terreno, transformou-o em uma chácara com cara de lar. Perdi as contas de quantas vezes corri por meio das árvores frutíferas, escondi-me na copa das goiabeiras e fiquei me balançando neste mesmo lugar.

Triste ou feliz, era aqui que eu gostava de passar o tempo livre.

— Cê sabe por que escolhi cursar medicina?

— Por que seu sonho sempre foi salvar pessoas? — chuto.

— Mais ou menos. — Ele fecha os olhos, mas mantém os movimentos circulares dos polegares em meu rosto. — Na verdade, meu sonho era salvar meus pais. Quando eu acordava de madrugada perdido em meio ao pânico, a única coisa que me tirava da espiral de pensamentos ansiosos era imaginar formas de lutar contra a morte. Foi assim que decidi cursar medicina. Escolhi a geriatria como especialidade porque durante a faculdade fui bombardeado com milhares de informações sobre todas as formas que uma pessoa idosa poderia morrer. E só me convenci a mudar de área anos depois, usando como desculpa o fato de que doenças neurológicas são agravadas com a idade. Amo o que faço, mas cada uma de minhas escolhas foi feita pelo medo de perder meus pais.

Sem saber o que falar, simplesmente inclino o corpo no balanço e o abraço.

— Como médico, sei que não há tratamento no mundo capaz de parar o relógio da vida. Mas, como um garoto machucado pela solidão, morro de medo de perder aqueles que me acolheram. Não acho que eu vá suportar a dor de vê-los partir e, vez ou outra, acabo preso no redemoinho de pensamentos obcecados, sofrendo por condições hipotéticas criadas pela minha mente.

— E você falando que eu sou corajosa. — Um vento gelado bagunça meu cabelo, e me aconchego o máximo que consigo nos braços de Téo. A posição não é confortável, mas o calor de seu abraço espanta o frio e dissolve o nó em minha garganta. — Obrigada por compartilhar seus medos comigo, por estar aqui quando mais preciso e por... Não sei, é errado eu querer agradecer por *você ser você*?

Ele ri e me puxa para seu colo. O movimento é desajeitado, mas aconchego a lateral do corpo em seu tronco e apoio a cabeça em seu ombro, deixando que seus braços me envolvam em um casulo de proteção. Por um tempo, tudo o que importa é aproveitar a calmaria do início da noite e o som reconfortante da respiração de Téo.

— O vovô fez esses balanços de pneu quando eu tinha 7 anos. Eu amava passar as tardes aqui, inventando histórias encantadas ou lendo revistas antigas. — Respiro fundo, tomando coragem para compartilhar com Téo a história de Matilda. — Eu vinha aqui sempre que queria ficar sozinha ou quando sentia saudade da minha *mãe*. — A palavra tem um gosto agridoce, mas, por mais que eu saiba que ela não merece o título, ainda é confuso chamá-la de outra coisa. — Consegue ver o que tem naquele ipê que divide o terreno?

Aponto para a direção correta, e Téo assobia ao avistar a casa na árvore que um dia foi de Matilda. Não entro nela há anos, mas sei o que vou encontrar lá: almofadas coloridas, uma coleção de cinzeiros, fotografias em preto e branco, cadernetas com capas de couro e uma centena de poemas. Quando herdei a casa na árvore, fiz o máximo para manter as coisas dela em seus exatos lugares, como um santuário para a mãe que nunca conheci.

— Matilda amava ipês amarelos, e meu avô queria que a filha pudesse ficar próxima das flores que tanto adorava, então passou meses construindo uma casa na árvore para ela. Cresci ouvindo que aquela pequena casa de madeira virou uma espécie de refúgio, um local para onde Matilda ia estudar e escrever poemas.

— Não deve ter sido fácil crescer tão perto e, ao mesmo tempo, tão longe da própria mãe. — Téo acaricia minhas costas, e deixo que o conforto de seu toque me mantenha no presente. — Quantos anos você tinha quando sua mãe morreu?

Eu sabia que uma hora ou outra essa pergunta seria feita. Foi para isso que toquei nesse assunto para início de conversa, mas isso não significa que seja fácil revelar toda a verdade para Téo.

— Eu cresci acreditando que minha mãe morreu no parto — digo por fim.

— Por que eu sinto que vem um "mas" por aí?

— O grande "*mas*" da minha vida é que descobri no começo do ano que Matilda morreu quando eu tinha pouco mais de 1 ano. Ela deu à luz, me deixou sob responsabilidade do hospital após dar início ao processo de entrega voluntária e fugiu com o amante para a Argentina. Meses depois, foi encontrada morta na banheira de um hotel.

Ele me abraça ainda mais apertado, e enlaço os braços ao redor de sua cintura.

— Sinto muito, deve ter sido muito doloroso lidar com as escolhas de Matilda depois de tantos anos. Como cê descobriu a verdade?

— Fui intimada a participar da leitura do testamento de meu genitor, o amante que minha mãe seguiu para fora do país. Ele nunca me quis, mas o câncer mudou suas resoluções e, no final da vida, resolveu assumir minha paternidade — explico. Téo xinga baixinho, mas estamos próximos o suficiente para eu sentir sua raiva. — Imagine chegar ao escritório de advocacia e escutar de um desconhecido que sua vida toda foi uma mentira? Agora pense ouvir isso e, só de olhar para a expressão culpada de seu ex-noivo, perceber que foi enganada pelas pessoas que amou.

— Como é que Ravi descobriu a verdade?

— Ele ouviu meus avós conversando sobre o assunto alguns anos atrás. O vovô queria aproveitar a oportunidade e me contar a verdade de uma vez por todas, mas minha avó não deixou. — Respiro fundo, aconchegando-me ainda mais no abraço de Téo. — Eles fizeram um acordo para manter a farsa e só fui descobrir toda a verdade por causa da leitura de um testamento... Foi nesse ponto que tive um acesso de raiva, terminei o noivado, mudei de casa e parei de falar com meus avós.

— Era seu direito. — Téo beija o topo da minha cabeça, e ficamos assim por alguns segundos, apenas absorvendo o peso do que foi dito em meio ao silêncio da noite. — O bom é que a raiva passa, mas o amor sincero sempre fica. Seus avós te amam. Fico feliz em ver que está pronta para os perdoar.

— Ainda dói pensar no que fizeram, mas me sinto mil vezes mais leve só de estar aqui. Eles são minha referência de maternidade, e não vou deixar minha decepção com Matilda me roubar isso.

Olho mais uma vez para a casa na árvore que por muito tempo foi meu lugar favorito no mundo. Não sei como vou me sentir ao entrar nela, mas quero mais esse fechamento. Essa casa é tão minha quanto foi de Matilda e, em vez de um santuário para a mãe que nunca tive, quem sabe um dia eu consiga transformá-la em um castelo de contos de fadas para a mãe que quero ser.

— Então esse é o seu lugar favorito? — questiona Téo ao acompanhar meu olhar saudoso. — Aquele que você disse que ia me mostrar quando chegássemos aqui?

— Pensei em ir lá agora. — Pulo de seu colo e ofereço a mão para Téo em um convite. — Vem comigo?

— Lógico. — Ele se levanta do balanço, tira a jaqueta de couro e a coloca em meus ombros, e só então me dá a mão. — Faz quanto tempo que não entra na casa?

— Uns dois anos, acho.

— Então esse é o momento perfeito para eu avisar que sou aracnofóbico e que só de pensar em entrar em uma casa de madeira, no meio de um pomar, fechada há dois anos, tô me tremendo todo.

— Para sua sorte, seu Silas limpou a casa esta semana — digo ao guiá-lo pelo pomar em direção ao ipê amarelo. — Meu avô não consegue ficar quieto em casa, vive arrumando o que fazer, então nos últimos dias ele resolveu instalar um aquecedor e passar uma nova mão de tinta na casa. Ou seja, nada de aranhas.

— Graças a Deus — murmura Téo, e solto uma gargalhada. — Entendo que não teria lógica visitar seu lugar favorito depois que descobriu a verdade sobre sua mãe, mas e antes disso? Por que evitou a casa na árvore por tanto tempo?

— Você quer a resposta padrão ou prefere a versão completa?

— A essa altura, espero que já tenha ficado claro que vou sempre preferir a versão completa, a verdade, por mais dolorosa que ela seja. — Téo vira o rosto em minha direção, e seus olhos esverdeados brilham sob o luar. — Aceito o que quiser me oferecer, mas só para constar: vou sempre implorar por mais.

Chegamos ao ipê amarelo, e me apoio na escada de madeira. Téo me olha com uma intensidade que deixa evidente o real significado deste momento — a conversa sincera, a queda de minhas barreiras e o fato de ele estar aqui comigo.

— Passei os últimos anos imersa no trabalho — respondo sem tirar os olhos dos dele. — Sempre surgia algo mais importante para fazer do que visitar meus avós, então ou eles iam para Curitiba, ou vínhamos para Morretes apenas para almoçar. Eu estava sempre correndo contra o tempo, sempre fugindo do que pudesse me machucar, e passar tanto tempo ignorando tudo só fez com que eu me afastasse do que realmente importava.

— Por que subir aqui te machucava?

— Acho que... — paro para pensar por um segundo, tentando entender todos os motivos que me mantiveram distante —... entrar nesta casa fazia com que eu me sentisse inadequada. As coisas com que sonhava enquanto passava as tardes aqui, lendo e ouvindo música, já não faziam mais sentido, e isso acabava comigo. Perdi a esperança de virar mãe depois de meu primeiro aborto espontâneo, e ao longo dos anos meu relacionamento com Ravi virou algo assustadoramente superficial. Subir aqui só me fazia lembrar dos contos de fadas que idealizei, mas nunca realizei.

— Você perdoou seus avós e deixou o passado para trás, mas e o Ravi? — Téo deixa nítido seu nervosismo ao fugir do meu olhar e passar a mão pelo cabelo. — Ele é importante para você e cometeu um erro. Vocês ainda podem recomeçar e lutar para realizar os sonhos que passaram anos almejando.

— Nós podemos fazer tudo isso, mas não queremos — respondo. O desconforto de Téo me faz ponderar se vou ter coragem de assumir para mim mesma os novos sonhos que rodeiam minha mente. — E eu definitivamente não preciso de um príncipe encantado para voltar a sonhar. Talvez eu possa aproveitar a companhia de um bandido charmoso e invasor de quartos.

— Amo quando você usa os filmes da Disney para falar em códigos. — Dá para ouvir o alívio em seu tom, apesar da brincadeira.

Olho para a casa que foi meu refúgio por tantos anos e enrosco as mãos de Téo nas minhas.

— O conceito de final feliz é superestimado, não acha? Você pode ser feliz e, ainda assim, ter um dia de merda. Você pode perder um bebê, ter medo de engravidar novamente e, mesmo assim, ficar feliz ao sonhar em construir uma família. Você pode sentir o peito rasgar ao descobrir que foi abandonada pela mãe e, *mesmo assim*, sentir o coração transbordar de alegria ao lembrar que foi acolhida pelos melhores avós do mundo. A felicidade não está escondida no ponto-final de uma história de contos de fadas. É o que vem depois das quedas e sorrisos partidos que define nossa capacidade de sermos ou não felizes.

A emoção que vejo nos olhos dele me faz querer ir além. Escolho desnudar minha alma porque neste instante não só quero que ele me conheça por inteiro, como também não tenho medo de mostrar o quanto estou perdida.

Demorei para aprender que o caos também é digno de dar e receber amor.

— Subir nesta casa na árvore, ver os poemas antigos da minha mãe, relembrar todos os dias que passei aqui tentando me conectar com ela vai ser doloroso — fico na ponta dos pés e enlaço os braços em seu pescoço —, mas estar aqui com alguém que me enxerga por inteiro? Ah, Téo, isso me deixa feliz. Você, seu ladrão sorrateiro de corações, me deixa feliz.

E então o beijo.

corpos emaranhados
verdades desnudas
você me vê por inteiro?
ou só enxerga o que deseja?

Matilda Marques

Capítulo 32

Laura

Subimos a escada rindo como dois adolescentes. As mãos de Téo estão entrelaçadas às minhas, e sua respiração agitada atinge a lateral do meu pescoço de uma forma que faz meu coração acelerar.

Abro a porta da casa na árvore e sinto a nostalgia me dominar. Acendo a luz (a única lâmpada instalada muitos anos atrás) e fico surpresa ao ver que o lugar parece ser exatamente o mesmo de minha adolescência e, ainda assim, tudo está completamente diferente de como eu lembrava.

— Engraçado, em minha cabeça esta casa era mil vezes maior — digo ao parar no centro do cômodo.

— A casa é linda. Dá para ver por que você gostava de se refugiar aqui.

Corro os olhos pelo ambiente, observando os detalhes novos e antigos colidindo. Os poemas de Matilda não estão mais presos às paredes, mas sim empilhados em uma pequena mesa de madeira. No chão, as almofadas coloridas ganharam como companhia tapetes felpudos feitos de patchwork e, além do aquecedor, avisto meu antigo aparelho de som ligado a uma tomada que tenho quase certeza de que é nova.

Ao contrário do que pensei, não sinto dor. Não sou mais aquela garota ansiosa por conhecer cada pedaço da mulher que me deu a vida. Hoje entendo mais sobre o amor e, pela primeira vez, sinto-me *verdadeiramente* amada. Não existe mais um vazio me puxando para o passado e para Matilda, apenas um espaço que clama por mais da vida.

— Mudei de ideia, não quero pensar no passado. — Vou até o aquecedor, dando graças quando o aparelho solta um ruído e liga. — Quero lembranças novas, Téo.

— Que tipo de lembrança, linda?

Escuto sua voz atrás de mim e sinto a pele queimar em antecipação.

— Todas que quiser me dar.

A resposta de Téo é puxar meu corpo ao encontro do seu e mergulhar o rosto em meu pescoço. Com movimentos ágeis, ele retira sua jaqueta de couro que estou vestindo, segura meu cabelo com uma das mãos e curva minha cabeça para trás, reivindicando acesso completo à pele sensível de meu pescoço.

— Seu cheiro me deixa louco. — Téo mordisca o lóbulo da minha orelha, e um gemido me escapa. — Eu adoro esta sua tatuagem. O que significa?

Ele beija o desenho desbotado em minha nuca e enrosca uma das mãos em minha cintura, fazendo todo o meu corpo colidir com seu peito firme.

— É um baralho.

Téo puxa meu cabelo com um pouco mais de força, e um gemido de pura rendição me escapa.

— Você tatuou o baralho da Rainha de Copas na nuca?

— Eu falei que reli *Alice no País das Maravilhas* por causa de você, mas o que não falei é que fiquei completamente viciada na história. Quando descobri que estava grávida de uma menina, decidi que o nome dela seria Alice. — Minha voz sai embargada, mas até a dor de lembrar da minha bebê é diferente. — O baralho é uma lembrança do que poderia ter sido, mas também de que ela sempre estará em seu próprio País das Maravilhas.

Téo gira meu corpo para ficarmos frente a frente e me abraça com força. Meus olhos estão marejados, e o coração dele bate acelerado. As emoções não são só por causa do passado, mas por eu finalmente ter colocado para fora todas as partes atormentadas de mim mesma. Ele sabe de tudo e, mesmo assim, permanece aqui, oferecendo-me seus braços como refúgio.

— Acho que ainda quero ser mãe. Definitivamente não quero gestar, mas ainda sonho em ser mãe. — Enfio o rosto em seu peito e simplesmente deixo que todas as verdades saiam como uma torrente. — Quero descobrir do que mais andei fugindo.

Téo ergue meu queixo com delicadeza e sorri daquele jeito que só ele sabe fazer: covinhas aparentes, íris brilhosas e pequenas rugas de expressão ao redor dos olhos. Tão lindo, tão gentil e tão meu.

Engulo em seco, mas não fujo do sentimento.

Dessa vez, entre correr para longe e decidir ficar, definitivamente vou ficar.

— Tenho mais uma confissão. — Enlaço os braços em seu pescoço e me ponho na ponta dos pés para que nossas bocas fiquem separadas por milímetros de distância. — Quero ser amada, Téo. Faz amor comigo?

O gemido agoniado que escapa dele é tudo de que preciso para esquecer as máscaras e as barreiras que construí ao redor de meu coração.

— Não sei ao certo se acredito ou não em destino. — Téo distribui beijos gentis por todo o meu rosto, demorando-se em algumas das pintas marrons que tenho perto das orelhas e na base do pescoço. — Mas de uma coisa tenho certeza...

Ele segura meu rosto com ambas as mãos e fixa o olhar no meu.

De alguma forma, sei o que ele vai me dizer.

E, contra todas as probabilidades, não sinto medo.

Não mais.

— Estou apaixonado por você, Laura. — Ele beija a lateral da minha boca, e já estou derretendo em seus braços. — Se você deixar, vou gravar meu amor em cada centímetro de sua pele. Vou amar cada ferida não cicatrizada, cada lembrança triste ou feliz, cada sonho velho ou novo. E, se precisar, vou sonhar por nós dóis até seu coração encontrar o caminho que o meu vai construir dia após dia.

— Me mostra — sussurro em seus lábios. — Mostra para mim o quanto pode ser bom.

Sua resposta é atacar minha boca. O beijo começa lento e explorador, mas em poucos segundos somos consumidos pelo frenesi. Meus sentidos são dominados por seu cheiro e pela força com a qual seus dedos se afundam em minha cintura. Por vários minutos, não consigo pensar em mais nada a não ser na respiração entrecortada de Téo tocando meus lábios, a língua brincando com a minha e a batida acelerada de seu coração ecoando contra minha pele.

Téo envolve minha mandíbula com as mãos e mordisca os contornos de minha boca, saboreando meus lábios e tornando o beijo um presságio para algo muito maior.

Passo as mãos por seu cabelo bagunçado, pelos ombros largos e enfio as mãos por dentro de sua camisa para correr os dedos pelos músculos de suas costas. Sinto o corpo incendiar de desejo quando seus movimentos espelham os meus e passeiam pela lateral de meu rosto, contornam meu pescoço e descem até meus seios. Um som indecoroso me escapa, e recebo um murmúrio de aprovação de Téo, que deixa rastros quentes por toda a minha pele com seus lábios, língua e dentes, antes de perguntar:

— Posso?

Seus dedos pairam na barra do meu suéter.

Assinto, e logo a peça se junta à jaqueta no chão. Téo dá um passo para trás e encara meu colo exposto com uma fome que me tira do prumo por completo. Reconheço o desejo, mas são as outras emoções brilhando em seus olhos verdes que me convidam a mergulhar cada vez mais fundo nele, no que sinto quando estamos juntos e na esperança que voltou a dar as caras. E talvez seja pela certeza de que este momento é um divisor de águas que deixo o desejo inflado de senti-lo por inteiro me dominar.

Também dou um passo para trás e, sob o olhar faminto dele, tiro primeiro a calça jeans e depois — com movimentos deliberadamente lentos — abro o fecho do sutiã e o deixo cair no chão. Fico apenas de calcinha e sorrio para ele que, exatamente como imaginei que faria, avança em minha direção.

— Porra, cê é tão perfeita.

Em menos de um segundo Téo me segura pela parte de trás das coxas para me erguer, obrigando-me a envolver as pernas ao redor de sua cintura. Ele me beija com tudo o que é, explorando, mordiscando e roçando o corpo no meu até eu me sentir mole em seus braços. Só então seus lábios descem pelo meu pescoço, ombro e colo.

É uma tortura maravilhosa sentir sua barba por fazer tocando as partes mais sensíveis de minha pele, e a agonia só piora quando ele mordisca um de meus mamilos.

— Ah, as coisas que quero fazer com você — murmura antes de abocanhar o outro mamilo, e nós dois gememos.

Sinto sua pelve me pressionar e, sem um pingo de vergonha, eu me esfrego nele, arrancando sons desconexos e extasiantes de nós dois. Puxo seu cabelo e trago sua boca para mim. Cada beijo consegue ser ainda melhor que o anterior, e sinto que estou afundando nele e na promessa de tudo o que podemos ser.

Eu me assusto ao perceber que minha nova versão é capaz de desfrutar do presente ao mesmo tempo que pensa no futuro. Mas, muito além de qualquer espanto ou insegurança, são as mãos de Téo explorando meu corpo, seu sorriso leve ao distribuir beijos por minha pele e o amor por trás de cada palavra sussurrada ao pé de meu ouvido que me fazem aceitar todas as versões esquecidas de mim mesma.

É libertador viver *apesar* do medo.

Por mais que eu tenha passado os últimos meses negando quem sou, é o amor às causas perdidas que me define e, sendo o amor digno de contos de fadas uma utopia ou não, vou continuar acreditando que existem histórias reais sobre amores arrebatadores que são dignas de serem contadas.

Se eu tiver sorte, a minha e a de Téo vai ser uma delas.

— Eu quero ver você, Téo.

— Você já vê, linda. — Seus olhos encontram os meus, e a emoção que vejo neles reflete a minha. — Você sempre me viu exatamente como eu sou.

Com o olhar colado no meu, Téo me leva até as almofadas estrategicamente arrumadas no canto da casa na árvore e me deita com cuidado, aproveitando para passar as mãos por toda a extensão de meu corpo inflado pelo desejo. Decidido a acabar com minha sanidade, ele apoia minha perna direita em seu ombro e distribui beijos demorados por toda a pele exposta, começando pela canela e seguindo até a parte posterior de minha coxa. Seus dedos se demoram de forma provocadora na borda de minha calcinha, mas Téo volta a atenção para minha outra perna, torturando-me por vários minutos com beijos molhados.

— Quero tatuar meus beijos em sua pele — sussurra com os lábios na parte interna da minha coxa. — Sabe quantas noites pensei em provar seu gosto e te ouvir gritar meu nome?

— Eu também pensei em você, mas a realidade é infinitamente melhor.

— E eu nem comecei ainda, linda.

Ele afasta minha calcinha com os dedos e toca onde mais preciso dele. Seus lábios e língua se juntam à tarefa de me fazer perder a cabeça, e sinto o mundo explodir em cores e sensações que me levam rápido demais ao precipício. A forma como ele me prova e testa meus limites faz minha pele se arrepiar de antecipação, mas são seus gemidos que acabam comigo.

Sustento o corpo para encarar seus olhos e sinto uma nova onda de desejo surgir da ponta de meus pés e me dominar por completo. Eis uma imagem que vou manter gravada em minha mente para sempre: seus lábios, dedos e corpo em cima de mim.

— Não goza ainda.

— Cara, você quer me deixar louca?

— Não, linda. — Ele enfia dois dedos em mim e com a outra mão desabotoa a camisa, e é só por isso que mantenho os olhos abertos. — Eu quero me enterrar tão fundo em você para que nunca esqueça que eu pertenço a você.

Gemo ao ouvir suas palavras, sentindo o sangue queimar como lava. Perco o fio da meada, puxo seu rosto em minha direção e o beijo até que seu fôlego fique tão sem ritmo quanto o meu. Toco todo o seu corpo e, quando canso de esperar, abro o botão de sua calça e o ajudo a tirar a peça.

Já vi Téo de cueca antes, mas desta vez é diferente.

Inclino-me para trás e absorvo cada detalhe de sua pele exposta, mas não adianta, é sempre para a profundeza de seus olhos que acabo atraída. Ele ri ao pegar a carteira do bolso da calça jeans, retirar uma camisinha de lá e jogar a peça para longe.

— Me toca como se eu sempre tivesse sido seu — pede antes de pegar minhas mãos e as colocar em seu abdômen.

Levanto o corpo e me ajoelho para poder explorar cada pedaço de sua pele. Corro os dedos por seus ombros e braços ao mesmo tempo que beijo seu pescoço, mandíbula e peito. A tatuagem perto de seu coração me atrai e mordisco a pele, arrancando um suspiro dele. Deixo as mãos descerem por seu tórax e fazerem todo o caminho até a parte dele que preciso desesperadamente dentro de mim.

A urgência de tê-lo só não é maior do que a certeza de que o quero por mais do que um momento, e isso faz minhas mãos tremerem e o ar me faltar.

— Téo. — Exploro seu corpo e sinto seu gemido correr como lava por meu sangue. — Por favor, eu preciso de você.

— Você é tudo o que eu mais quero. Sabe disso, né? — Ele me beija mais uma vez, roubando meu ar e fazendo meu corpo clamar pelo seu. — Eu quero cada parte sua, Laura. Quero tudo o que quiser dividir comigo. Desejo cada caminho que decidir seguir, desde que me deixe estar ao seu lado.

Téo afasta minhas pernas e finalmente se deita sobre mim.

— Não me sinto mais perdida — confesso em um sussurro.

— Ainda vamos nos perder várias vezes ao longo do caminho da vida. — Ele leva uma das minhas mãos aos lábios e, após dar um beijo nela, coloca-a na altura de seu coração acelerado. — Mas vale a pena se perder em nome do amor.

Nos conectamos em um misto de sensações, gemidos e toques. Vibro em sua boca várias vezes e, quando finalmente se dá por vencido, Téo coloca a camisinha e entra em mim com um gemido. Rapidamente encontramos um ritmo só nosso, perdendo-nos entre beijos, toques e estocadas.

Ele suspende meu quadril, acessando um ponto dentro de mim que me leva mais uma vez ao precipício. Abandonar o passado, meus medos e inseguranças nunca foi tão fácil. E, quando caio em um mundo de sensações poderosas e libertadoras, Téo acelera seus movimentos, leva os dedos até meu centro sensível e me convida a um novo salto.

— Eu sou seu, Laura.

E eu quero ser sua.

Grupo dos Safados

Tainá: É hora de acordar, pombinhos! Logo os avós da Laura vão levantar e não acho que vcs vão querer fazer a caminhada da vergonha na primeira noite que passam aqui.

Laura: Então agora temos um grupo de família. Amei!

Téo: Achei o título bem sugestivo.

Laura: A nossa cara ☺

Tainá: PAREM DE FLERTAR NO MEU GRUPO.

Laura: Foi você que resolveu nos acordar no meio da madrugada.

Tainá: Madrugada? Já são quase seis da manhã.

Laura: Ou seja, madrugada!

Tainá: Tô tentando ajudar, sua ingrata! Ou vão mesmo contar para a dona Isis que dormiram na casa na árvore?

Laura: Relaxa, a vovó só acorda depois das oito nos domingos.

Téo: Isso significa que ainda temos duas horas sozinhos?

Laura: Pois é! Alguma sugestão de como podemos preencher esse tempo livre?

Tainá: Seus pervertidos, parem com isso!

Tainá: Dez minutos e não me responderam ainda. Vão me deixar no vácuo?

Tainá: Estão se pegando agora, né?

Tainá: Como é que eu vim parar aqui? Isso é carma, só pode.

Capítulo 33

Téo

— Acho que vou levar uma dessas de presente para os pais — anuncia Tainá após experimentar o que imagino ser a quinta dose de cachaça artesanal do dia.

— Se você não comprar, eu mesma compro. Essa cachaça de Cataia virou minha nova bebida favorita, certeza que eles vão gostar. — Laura encara o rótulo colorido da bebida artesanal com um sorriso levemente embriagado. — Vocês têm algo sem álcool por acaso?

— Um licor de araucária. Quer experimentar? — responde a atendente simpática.

— Quero, por favor.

Ela prova uma dose pequena da bebida, e meus olhos teimosos ficam presos nos movimentos de seus lábios. Agora que sei exatamente qual é seu gosto, está mais difícil resistir ao desejo de beijá-la a cada segundo. O que é uma tortura, considerando que não ficamos sozinhos desde o minuto que saímos da casa de seus avós.

Eu, Laura, Tainá, Silas e Isis estamos o dia todo andando por Morretes. Já visitamos o centro histórico, provamos o melhor barreado da cidade, experimentamos sabores variados de sorvetes artesanais enquanto andávamos pelo calçadão construído ao redor das pontes que cruzam o rio Nhundiaquara e agora estamos vagando pela feirinha e gastando dinheiro com produtos locais.

Sei que deveria estar aproveitando para curtir o fato de que peguei folga no final de semana depois de sei lá quanto tempo, que o céu está azul e o clima ameno, e que a cidade ao redor — com os casarões antigos, pontes arqueadas e araucárias de cinquenta metros de altura espalhadas por todo lado — é linda e aconchegante, mas não tem como evitar concentrar toda a atenção em Laura.

Desde a hora em que acordei, só consigo pensar em seu cheiro, na sensação de sua pele na minha, no sorriso safado que ela me dá ao me flagrar encarando seu corpo e na maneira como seus olhos brilham ao falar com os avós. A alegria que vejo neles é tão nova que é impossível ignorar a forma como o rosto de Laura se transforma ao ouvir a avó contar alguma fofoca ou quando Silas para o passeio para apontar um ponto histórico.

Eu nunca a tinha visto assim, tão... *inteira.*

Talvez seja por isso que eu não consiga tirar os olhos dela.

— Téo?

— Oi? — falo após alguns segundos, percebendo tarde demais que Laura estava falando comigo.

— Eu perguntei se quer provar o licor. É sem álcool e feito de folha de araucária. Não sei como, mas é bom.

Olho para o copo de bebida que ela me estende e depois volto os olhos aos seus lábios. Merda, estou tão ferrado. Não quero apressar as coisas, principalmente por estarmos na frente de seus avós, mas também não sou forte o suficiente para passar o dia todo sem a tocar.

— Quero sim, moça, mas com uma condição.

Pego o copo de sua mão e a puxo em minha direção, envolvendo sua cintura. Laura arqueja de surpresa, mas não demora um segundo para me abraçar de volta. Ela apoia o queixo no meu peito e me encara com um sorriso sacana no rosto.

— Qual condição, cara?

— Só se eu puder provar a bebida direto de sua boca gostosa — falo em seu ouvido em um tom que é metade flerte, metade brincadeira.

Por isso, não nego que fico surpreso quando Laura pega o licor da minha mão, vira a bebida de uma só vez e me puxa para um beijo. É um toque leve de roçar de lábios, mas o suficiente para me deixar feliz — sensação que só aumenta quando ela envolve os braços em minha cintura e me aperta com força.

— Cacilda, filha, larga o rapaz um pouco.

Laura dá um pulo ao escutar a voz da avó.

— Se conta de alguma coisa, foi Téo quem começou — retruca ela e cutuca minha costela

Solto uma gargalhada.

— Não conta, guria. — Silas ri ao se aproximar e me entrega uma sacola de papel pardo. — Compramos algumas coisas para vocês levarem para casa. Tem pão caseiro, vina temperada, café para moer, doce de abóbora, uma penca de banana...

— Vô, o senhor sabe que temos banana em Curitiba, né?

— Eu sei, assim como você sabe que as frutas daqui são mil vezes melhores do que as da capital.

— Olha no fundo da sacola — orienta dona Isis para Laura, apontando. — Compramos um presente para vocês três. Algo para marcar o momento que estão vivendo, morando juntos e recomeçando suas vidas.

Laura espia a sacola, fuçando entre as coisas com um olhar curioso, mas, do nada, seu rosto perde completamente a cor.

— Não precisava, vó. — Sua voz carrega uma emoção que me deixa preocupado e curioso ao mesmo tempo.

Primeiro ela parece desesperada, depois radiante e, por fim, envergonhada.

Eu me aproximo para tentar ver por cima de sua cabeça o que foi que lhe arrancou essa reação, mas Laura bloqueia minha visão ao puxar a sacola para o lado.

— Você me conhece, menina. Para mim, essa é a forma perfeita de lembrarmos para sempre da importância do dia de hoje. — Isis sorri para Laura e depois pisca para mim de maneira conspiratória. — Quero lembrar do dia em que todos nós deixamos o passado para trás e decidimos seguir em frente.

— Eu também ganhei presente? O que tem aí dentro, no final das contas? — questiona Tainá, só não pegando a sacola das mãos de Laura porque seus braços estão equilibrando as próprias compras.

Ficando na ponta dos pés, Laura enfia a mão no saco de papel pardo e tira de dentro dele uma caneca colorida e estampada.

— Acho que essa é sua — comenta.

Ela entrega a caneca para Tainá, que encara a figura estampada na porcelana com uma expressão que raramente vejo em seu rosto.

— Tem coisas do passado que nunca vamos conseguir explicar. O importante é continuar a nadar — fala dona Isis ao abraçar Tainá de leve.

— Eu amei. Muito obrigada.

— Qual é a do peixinho azul? — sussurro no ouvido de Laura.

— Nós definitivamente precisamos fazer uma maratona de filmes da Disney, cara. Essa é a Dori. Você vai gostar dela. — Ela pisca para mim e aponta para a sacola. — Vai, vê se você reconhece a sua.

Afasto as compras e sinto um sorriso surgir em meu rosto assim que vejo as outras duas canecas no fundo. Coincidência ou não, dona Isis acertou em cheio no presente. Uma das canecas traz uma princesa loira no alto de uma torre; o bônus é que ela está com uma frigideira em punhos. Já a outra tem um aviso de procurado acima de um retrato de um figurão de nariz torto e cabelo preto.

— Uai, pelo visto eu definitivamente não tenho cara de príncipe encantado.

— Já pensou em deixar crescer um cavanhaque? Precisamos testar a teoria de que você é a cara do Flynn Rider.

Rio e volto a olhar para a sacola. A felicidade que estou sentindo o dia todo só cresce. Sei exatamente o que essas canecas significam, então é impossível não me sentir acolhido pela família de Laura.

Para alguns é só uma caneca, mas para dona Isis é um símbolo de amor.

— Muito obrigado, dona Isis. Eu adorei o presente — falo com a voz um tom mais grave do que gostaria. — Vou levar a caneca para o trabalho.

— Nós que agradecemos. — Ela pega minha mão e depois envolve a mão livre no braço de Tainá. — Vocês cuidaram e acolheram minha menina quando nossa família mais precisou, e nunca vou me esquecer disso. Lembrem que nosso lar é o lar de vocês, então, sempre que precisarem de nós, Silas e eu estaremos aqui para ajudar.

Antes que eu ou Tainá possamos falar algo, Isis nos solta com um aperto gentil e vai até Laura.

— Você voltou a ser minha menina sonhadora. — Isis para a poucos centímetros da neta, usando a mão trêmula para colocar uma mecha de cabelo atrás da orelha de Laura. — Estava sentindo falta de seu senso de humor afiado, de seus picos de atenção com informações completamente aleatórias e de te ver usando essas camisetas com estampas de princesa. Qual foi a última vez que usou uma delas?

Laura olha para sua camiseta estampada com uma princesa baixinha que não reconheço — uma menina de cabelo preto, olhos grandes, conjunto de moletom verde e uma medalha pendurada no peito. Nunca a vi usando algo tão informal antes. A blusa branca de manga longa foi cortada na cintura para deixar a barriga à mostra, e a calça é de um modelo bem parecido com as que ela usa para trabalhar, mas a cor, um rosa vibrante, deixa a peça mais jovial. O tênis All Star branco evidencia sua altura — ou melhor, a falta dela.

Para mim, ela nunca esteve tão linda.

— Fico feliz que finalmente tenha parado de esconder as partes menos óbvias de você, porque é isso que a torna uma mulher independente, competente e única, Laura. Nunca deixe que o mundo e os rótulos te afastem do que a faz feliz. A vida é curta demais para perdermos tempo agradando aos outros e esquecendo de nós mesmos.

Isis abraça a neta ao terminar de falar, e vejo os olhos de Laura lacrimejarem. Na verdade, está bem nítido para mim que todo mundo nesta roda está segurando as emoções.

— Comprei algo para vocês também, além das bananas, quero dizer — adiciona Silas ao parar do meu lado.

Ele está rindo, mas tem algo em seus olhos que me deixa desconfiado.

Ergo a sacola, afasto as compras, levanto as canecas que ganhamos e... Caralho, isso é mesmo o que eu estou pensando que é?

— Precisei pedir ajuda à atendente da farmácia. Sabe como é, já sou velho e não entendo mais os gostos da gurizada.

Encaro o pacote preto brilhoso e o tubo roxo sem saber como reagir.

Sei que estamos no meio de uma calçada lotada e que ele está medindo minha reação, mas não consigo segurar uma gargalhada. O som é espalhafatoso, e preciso curvar o corpo, mas é a reação mais sincera que eu poderia ter neste momento.

De todos os possíveis presentes que achei que Silas poderia comprar, nunca imaginei que ele escolheria um pacote de camisinha e um tubo roxo de lubrificante.

— Vou interpretar isso como um sinal de que você gostou. — Ele dá um tapinha gentil em meu ombro e aponta para um estabelecimento do outro lado da rua. — Agora vamos ali tomar um café e conversar. Quero trocar uma palavrinha com você antes de voltarem para a capital.

O café em que entramos é mais um boteco do que qualquer outra coisa. Tem coxinha, risoles, pão com bolinho, caranguejo empanado, cerveja gelada e uma mistura caótica de várias pessoas falando ao mesmo tempo. Laura, Tainá e Isis estão sentadas em banquetas altas e, com as mãos apoiadas na bancada, não param de flertar com o atendente barbudo e musculoso. Parte de mim queria estar ao lado delas para descobrir o que tem de tão engraçado nas tatuagens que ele fica exibindo, mas desde que chegamos não consegui desviar a atenção de Silas.

Passei a última meia hora respondendo a um interrogatório que vai desde meus sonhos profissionais até se eu prefiro cachorro ou gato (uai, como se eu precisasse escolher um só!). Ele também quis saber sobre meu gosto musical, minha última namorada e como está sendo morar sob o mesmo teto que Tainá e Laura. Responder a tantas perguntas me deixou com dor de cabeça, mas entendo seus motivos. Silas quer ter certeza de que eu estou à altura da neta, e, como quero passar nesse teste tanto quanto quero fazer parte do futuro de Laura, respondo o interrogatório com um sorriso besta na cara.

— Como assim você não vai voltar hoje?

A música do boteco diminui, o que faz a pergunta de Laura ecoar pelo lugar. Tainá brinca com o pote de amendoim no balcão antes de responder.

— Resolvi tirar uma semana de férias. Por isso a reunião de ontem era tão importante. Fechei o projeto, convenci minha gerente a assumir meus compromissos e resolvi passar uns dias no litoral com meus pais. Vou encontrá-los amanhã na praia.

— Por essa eu não esperava! — Laura sorri ao dar um soco de leve no ombro de minha irmã. — Você não tira férias desde que nos conhecemos. Merece mesmo um tempo para desacelerar.

— Não vai ser fácil, mas os pais vão me ajudar a desligar a mente. — Tainá bebe a água com gás e limão de uma só vez e olha em minha direção. — Só tem um problema: não vou poder dar carona para vocês na volta, já que vou direto daqui para a praia.

— Relaxa, posso voltar de ônibus. — Pego o celular e abro o aplicativo de passagens, procurando as melhores opções. — Preciso estar no hospital amanhã cedo, mas você pode ficar, Laura. Por que não pede um dia de folga para sua chefe?

— Amanhã tenho reunião de pauta às nove — informa ela. — Posso pegar o primeiro ônibus para Curitiba e ir direto para o trabalho.

— Tenho uma ideia melhor. — Dona Isis abre a bolsa, retira algo que parece um ingresso e entrega para Laura. — É um presente nosso para vocês. Sei o quanto gostava desse passeio quando era mais nova, mas faz anos que não anda de trem pela serra. Escolhemos dois lugares no vagão de luxo. Tenho certeza de que vai ser uma ótima forma de voltar para a cidade.

— São quatro horas de trem de Morretes a Curitiba. — Silas olha para o relógio e chama o garçom para pedir a conta. — Se sairmos daqui agora, temos tempo de buscar as malas de vocês e ainda visitar os vagões novos antes de os dois voltarem para casa.

— O que acha, Téo? — Laura me entrega os ingressos com animação. — Topa voltar de trem? Se ficarmos do lado certo nos assentos, vamos conseguir ver a Serra do Mar. Você vai amar os paredões de pedra, as cachoeiras, as represas... E as pontes estreitas? Lindas e assustadoras ao mesmo tempo.

Ela começa a tagarelar sobre a maria-fumaça datar do século XIX, a ferrovia ter sido inaugurada pela princesa Isabel e pelo próprio Morretes (que não faço a mínima ideia de quem seja), e que a fundação de tudo remete ao ano de 1733. Coloco um sorriso besta no rosto e tenho vontade de beijar essa boca faladeira só de ver a empolgação com a qual ela despeja esse monte de informação.

Olho para Tainá, que levanta os polegares em um gesto nada discreto. Silas pisca para mim, deixando nítida sua aprovação, mas são os olhos esperançosos de Isis que fazem meu coração apertar. Finalmente entendo o que eles estão fazendo.

— Nunca andei de trem antes, mas algo me diz que vou amar — respondo e procuro pelo olhar de Laura. — Eu vou aonde você for. — digo só para ela, apesar de saber que todos me escutam.

Ela sorri, e um rubor lindo demais sobe por sua pele quando vem até onde eu estou, senta-se em meu colo e me beija.

Laura pode não ter dito em palavras o que sente, mas, neste momento, escolher-me na frente de toda a nossa família é o suficiente para eu ter certeza de que estamos os dois prontos para começar essa viagem juntos.

"Meu maior erro foi associar gestação a amor incondicional. O problema de tal alegação é que ela limita o significado da palavra 'maternar': um coração bondoso que escuta e cuida também é mãe; quem adota e ama incondicionalmente também é mãe; avós presentes e prontos para alimentar os sonhos de uma criança também são mãe. O amor incondicional pode vir de todos os lugares, então espero que em algum ponto aprendamos a falar de mãe como título de honraria. Uma mãe não nasce após o parto, mas sim no amor gratuito de quem escolhe abrir seu coração dia após dia. Porque mãe é adjetivo, não sujeito."

Laura Marques, revista Folhetim

Capítulo 34

Laura

— Parabéns, você conseguiu.

Jordana entra na sala com um sorriso no rosto e coloca em cima da minha mesa a edição-piloto da próxima *Folhetim*. Pego o exemplar e sinto o coração apertar de orgulho ao ler a manchete de capa. Eu fiz isso — venci minhas amarras, revirei o passado e trabalhei em algo pelo qual me sinto honrada.

Já vi a edição na versão on-line, mas sempre rodamos um piloto antes de autorizar a impressão em lote para ter certeza de que tudo está no lugar certo, então é emocionante folhear as páginas que resumem meses de esforço de uma equipe de quinze pessoas que se desdobraram para fazer o seu melhor. Na capa, a visão de várias mãos sustentando uma criança de 6 anos sorrindo para a nova família vai sempre me fazer pensar no real significado de maternar. Assim como vou carregar a importância que esse trabalho desempenhou em minha vida para onde quer que eu vá — porque não importam meus medos, sei que quero seguir vivendo.

Deixo a felicidade transbordar ao ler a matéria principal da revista pela milésima vez. Não tenho dúvidas de que a sinceridade brutal por trás de cada palavra desse artigo foi o que me libertou. É por causa dele que finalmente aceitei que está tudo bem deixar quem nos machuca para trás.

Precisamos abrir mão de toda a dor causada pelo passado para erguer a cabeça e seguir buscando novos espaços e braços para chamarmos de lar. E se lar é uma pessoa, quanto mais amor oferecemos e recebemos, mais refúgios encontramos durante a vida.

— Laura?

— Desculpa. Fiquei emocionada — digo ao voltar o olhar para Jordana.

— Já indiquei seu nome para a vaga de diretora e inscrevi seu texto para os maiores prêmios de jornalismo do país. Acho que em um mês receberemos o resultado de pelo menos um deles.

— Obrigada, Jordana. — É tudo o que digo.

Muita coisa mudou desde o dia em que escrevi o artigo e, surpreendentemente, a forma como vejo minha carreira foi uma delas. Não me importo nem um pouco com a possibilidade de ganhar ou não um prêmio. Consegui chegar aonde queria, e ser reconhecida ou não por uma bancada de críticos não vai mudar o resultado: meu crescimento pessoal.

Agora, as coisas são bem diferentes quando penso na vaga de diretora de comunicação de todo o Grupo Folhetim.

Ao longo do processo de escrita do artigo, finalmente aceitei outro pedaço de minha alma que mudou ao longo dos dois anos. Antes, escrever era minha maior paixão, agora meu amor está em mais do que lotar páginas vazias com palavras repletas de significado. É por isso que ser diretora deixou de ser apenas uma possibilidade para o futuro.

Não só quero o cargo, como sei que o mereço.

— Em seu lugar, eu não teria sido capaz de cavar tão fundo. — Jordana se senta na cadeira em frente à minha mesa e fixa os olhos nos meus. — Quando eu tinha mais ou menos sua idade, descobri que era estéril. Décadas atrás, um casamento sem filhos era sinônimo de incompetência. E foi assim que passei a me sentir toda vez que conversava com meu marido ou via os olhos tristes de minha sogra que nunca foi capaz de ser avó.

Sua voz embarga, e ela corre os olhos pela sala, disfarçando o tamanho de sua vulnerabilidade. É estranho conhecer essa faceta de Jordana. Trabalho com ela há anos, e todas as partes que vi dela podem facilmente ser definidas como fortes, determinadas e realizadas. E isso me leva a pensar em como todos nós vestimos inúmeras máscaras e lutamos para passar ao mundo uma impressão de força só porque acreditamos que é disso que precisamos para sermos respeitadas.

— A infertilidade me roubou muito mais do que a capacidade de ser mãe, Laura. Ela me tirou a vontade de viver e de fazer as coisas que amo.

— Então foi por isso que parou de escrever?

Finalmente entendo que a mudança de carreira de Jordana foi motivada por questões muito maiores do que aquelas comentadas pelos corredores da revista.

— Quando meu marido morreu, nossa relação já estava por um fio. A frustração de não conseguir gestar desgastou nosso casamento e a dor do luto só aumentou a ferida. Saber que ele morreu sem conseguir realizar o sonho de ser pai acabou comigo. E... digamos que não consegui ser forte o suficiente para enfrentar todas as minhas dores e voltar a escrever. — Jordana alcança minha mão do outro lado da mesa, e preciso segurar a emoção ao entender o quebra-cabeça por trás da mulher em minha frente. — Quando te vi desmoronar depois da reunião com o advogado da herança, percebi que não ia te deixar cometer os mesmos erros. Eu queria que você descobrisse que ainda era capaz de amar, de escrever sobre os temas mais dolorosos e tudo isso enquanto não deixava morrer em seu coração o sonho de ser mãe. Não queria que você ficasse como eu, sozinha e vazia demais para viver.

— Agora eu entendo por que me forçou a escrever a matéria — falo.

— Você foi muito corajosa ao escrever esse texto. — Ela ajeita a postura, solta minha mão e se levanta da cadeira. — Estou muito orgulhosa. Não vejo a hora de ler seu próximo artigo, Laura.

Assimilo tudo o que foi dito e, principalmente, as implicações subentendidas em nossa relação de trabalho.

Considerando minha relação com Matilda, não é de se surpreender que a vontade de agradar à minha chefe permeie cada uma de minhas decisões profissionais. Enquanto sempre vi Jordana como uma figura inspiradora, ela enxergou em mim uma versão mais nova de si mesma. Entender isso me faz perceber que segui caminhos profissionais que não queria apenas para ser quem Jordana gostaria que eu fosse. No final, minha chefe ter me arrancado da zona de conforto foi o melhor que poderia ter acontecido, mas isso não significa que vou seguir aceitando escrever sobre coisas que me machucam só porque ela vê meu potencial.

Não preciso mais de sua aprovação para saber do que sou capaz.

— Eu agradeço tudo o que fez por mim, Jordana. Sempre serei grata pelas oportunidades que me deu.

Volto os olhos para a revista uma última vez, reunindo coragem suficiente para ser sincera com minha chefe, uma das mulheres que mais admiro profissionalmente.

— É por isso que preciso ser sincera e dizer de uma vez por todas que não quero voltar a escrever — revelo. Ela me encara com olhos confusos e afiados, mas não vou voltar atrás. — Sinto muito por suas perdas e decepções, mas não somos iguais. Eu gosto de escrever, mas amo muito mais editar e coordenar projetos. Meu coração pulsa pelas palavras, mas o que me motiva é participar de todas as etapas do processo editorial. Escrever essa matéria me ajudou de inúmeras formas, mas também revelou feridas que muito provavelmente nunca serão cicatrizadas. Então sim, foi libertador, mas eu não estava preparada para lidar sozinha com toda essa dor.

Eu me levanto da mesa e vou até ela.

— Eu quero o cargo de diretora de comunicação do Grupo Folhetim mais do que tudo, mas não vou seguir na empresa se o custo for voltar a escrever. — Balanço a cabeça e olho para Jordana sem recorrer a qualquer máscara. — Sei que, se você fez tudo isso por mim, vai entender e apoiar minha decisão.

A sala cai em completo silêncio. Jordana me encara como se estivesse buscando por sinais de fraqueza em meu rosto, mas não vai encontrar.

— Não imagino como foi para você descobrir a infertilidade. — Toco a tatuagem em minha nuca e penso nas minhas próprias perdas. — Por muito tempo, achei que nunca fosse me sentir inteira novamente, e de certa forma é verdade. Perder os bebês dilacerou uma parte de minha alma que nunca mais vai voltar a ser como antes. Mas é isso, os sonhos que me foram arrancados são só parte de tudo o que sou ou serei. Você ainda pode voltar a escrever e, se quiser, pode ser mãe. O tempo de realizar nossos sonhos é agora.

Ela respira fundo e, por um segundo, todas as suas dores ficam visíveis.

A dor que vejo em seus olhos é mil vezes maior do que a que via nos meus, mesmo nos meus dias mais difíceis. Penso que a diferença entre nós duas é que Jordana passou pelo deserto da vida sozinha, enquanto eu tive ao meu lado pessoas prontas para me apoiar.

Seguro suas mãos e, em um impulso, abraço-a. É algo desengonçado e rígido, mas cumpre o objetivo.

— Eu te admiro e respeito, Jordana, e acho que o mundo precisa escutar sua voz. Sei que tem muito a contar.

Ela me dá um tapinha no ombro e sai de nosso abraço desajeitado.

— Você é especial, querida. Seja qual for o caminho que escolher, nunca deixe de seguir seu coração. Ele sempre sabe aonde te levar.

— E eu espero que você faça o mesmo, Jordana.

Meu celular apita assim que termino de aprovar um artigo para o portal on-line, mas decido ignorar a mensagem. Agora que a edição de junho da revista já está pronta para ser impressa, preciso começar a pensar no tema que trabalharemos na próxima. Só vamos decidir os detalhes do projeto de setembro na reunião de pauta que vai acontecer daqui a alguns dias, mas quero estar munida de uma lista variada e intensa de assuntos. Geralmente, as revistas desse mês giram em torno do tema da independência, mas cansei de assuntos genéricos.

Quero trabalhar com histórias que desafiem toda a equipe da revista, por isso não vou sair do escritório até encontrar opções que mereçam ser apresentadas na reunião de pauta. Fora que não tenho nada de importante para fazer em casa: Téo tem plantão e só vai voltar para casa amanhã de manhã, Tainá ia sair para conversar com Josi e, apesar de Mari e Renato terem me chamado para jantar, considerando os sorrisinhos que os dois não param de trocar pelos corredores, não estou no clima para ficar de vela.

Completamente focada no trabalho, coloco uma música para tocar, abro dezenas de páginas de pesquisas e simplesmente ignoro o celular que não para de vibrar.

— Ei, tem uma chamada para você. — Mariana enfia a cabeça na porta da sala e aponta para o telefone sem fio. — Não faço ideia de quando foi a última vez que alguém ligou para o número fixo da revista.

— Quem é? — pergunto com um suspiro resignado.

Pelo visto não vou conseguir terminar as pesquisas de pauta hoje.

— É a Tainá. — Mari tamborila as unhas na porta de vidro e franze o cenho. — Acho melhor atender logo, parece ser urgente.

As coisas com Tainá sempre são urgentes, então atendo o telefone preparada para receber algum convite irrecusável ou para escutar um plano mirabolante que gira em torno de me convencer a fazer algo que definitivamente não quero, mas que vou fazer mesmo assim só porque amo minha amiga.

— Oi — falo ao pegar o telefone.

— Consegue vir para o hospital?

Eu me levanto da cadeira de pronto.

Tainá raramente demonstra emoções, mas mesmo através do telefone consigo reconhecer que tem algo de errado. Meu coração começa a palpitar. Odeio hospitais e a sensação de perda que sinto toda vez que coloco o pé em um deles.

— Para qual hospital eu devo ir?

— Estou no HC.

É o hospital em que Téo trabalha, o que significa que ela não está sozinha.

Respiro fundo, tentando organizar as emoções.

— Se o trânsito ajudar, chego aí em vinte minutos — falo ao olhar o relógio na tela do computador. — O que aconteceu? Você está bem?

— É meu pai. Ele...

E então Tainá cai no choro.

Não penso em mais nada, apenas pego a bolsa e caminho apressada até o elevador. Nessa hora a merda do sinal da ligação começa a falhar, o que me lembra que estou usando um telefone sem fio que não é meu celular.

— Preciso desligar. Estou no telefone da empresa.

— Não quero ficar sozinha, Laura.

A dor em sua voz quase me paralisa.

— Você não está sozinha. Eu estou aqui.

Em poucos segundos, desligo a chamada, explico para Mari o que aconteceu e peço um carro de aplicativo. Assim que entro no veículo, ligo para Tainá — que atende à ligação na primeira chamada — e começo a tranquilizá-la.

— Vai ficar tudo bem, amiga. Vai ficar tudo bem.

Passo o trajeto todo repetindo essas palavras na esperança de que elas se tornem realidade.

Capítulo 35

Laura

Abraço Tainá assim que entro na sala de espera do hospital.

Ela chora em meu ombro enquanto meus olhos procuram por Bernardo e Téo, mas não os avisto em lugar nenhum. As paredes frias do hospital tentam me sufocar, mas são os lamentos resignados dos desconhecidos ao meu redor que fazem minha mente girar.

Odeio estar aqui, mas odeio ainda mais amparar o corpo trêmulo de minha amiga.

— Cadê todo mundo?

— Meu irmão deve estar na triagem com o pai Bernardo. A pressão dele caiu no caminho para o hospital.

Ela se afasta de meu abraço e seca com as costas das mãos as lágrimas.

— E o que aconteceu com Jonas? — pergunto em um tom neutro, mas por dentro estou desesperada.

Não consegui entender muito do que Tainá falou no telefone, mas, pelo visto, ele vai precisar passar por uma cirurgia.

— Caiu e bateu a cabeça na escada. — Preciso segurar um arquejo. — Téo puxou a ficha médica do pai e descobriu que ele estava investigando o motivo por trás das crises de enxaqueca. O neurologista não chegou a encontrar uma causa para elas estarem cada vez mais fortes, mas listou possíveis desmaios como efeitos colaterais da medicação indicada.

Xingo baixinho e puxo Tainá para um novo abraço.

— Como posso ajudar? Quer comer algo? Ou talvez tomar um café?

— Não estou com fome, mas tenho que ir ao banheiro e depois fazer uma ligação. Beto ficou sozinho, e preciso arranjar alguém de confiança para pegar o cachorro. Pode ficar aqui até o Téo aparecer?

— Lógico, eu te aviso caso surja alguma novidade.

— Já volto — diz Tainá ao seguir para a porta de saída.

Abro o celular e mando uma mensagem para Josi. Não sei se minha amiga lembrou de avisá-la, mas tenho certeza de que Tainá vai precisar de todo o apoio possível. Também escrevo para meus avós — muito mais em busca de conforto do que qualquer outra coisa — e tento ligar para Téo, mas o celular dele só dá caixa postal.

Passo uns bons dez minutos encarando o teto monótono do hospital e, quando não aguento mais esperar sentada por notícias, começo a andar de um lado para o outro pela sala de espera lotada. Tento imaginar os melhores cenários, mas minha mente teimosa segue listando tudo o que poderia dar errado.

— Laura?

Eu me viro e vejo Téo parado na entrada da sala de espera.

A rigidez em seus ombros indica que ele está tentando não sucumbir à dor, mas a vermelhidão em seus olhos o denuncia. Sei o quanto Téo tem medo de perder quem ama, então simplesmente corro até ele e o abraço. Não tem muito mais que eu possa fazer a não ser oferecer conforto e rezar pelo melhor.

— Vai ficar tudo bem, seu pai vai ficar bem — digo ao abraçar sua cintura.

— Eu sabia que tinha algo de errado. Os sinais estavam todos lá, mas eu os ignorei. Se eu tivesse prestado mais atenção, poderia ter evitado tudo isso. Se eu tivesse forçado meu pai a conversar comigo, talvez as coisas fossem diferentes. Sou a porra de um médico formado e não consegui ajudar quem eu amo! — Suas palavras saem em um tom baixo e controlado, mas a raiva e a impotência por trás delas são perceptíveis.

— Ei, nada disso é sua culpa. — Afasto o rosto para encará-lo, mas mantenho nossos corpos unidos. — Trate todos esses pensamentos como um vírus indesejado, ignore tudo o que os monstros em sua mente repetem sem parar e não siga para a beira do precipício, Téo. Simplesmente *não* vá por esse caminho, entendeu? O passado está no passado. Então precisamos nos concentrar no presente.

Ele respira fundo, mas não responde.

— Só fica comigo, lindo. Não quero te perder para a sua mente.

Ele relaxa aos poucos e apoia a testa na minha em um gesto que interpreto como rendição.

— Fala como posso te ajudar. O que posso fazer para manter seus pensamentos no presente?

Aguardo seu tempo, passando os dedos por suas costas em um ritmo lento e tranquilo. Coloco uma das mãos em cima de seu coração acelerado, e Téo fecha os olhos para iniciar um exercício de respiração.

— Ouvir sua voz ajuda — responde ele após alguns segundos.

— Então conversa comigo. Eu estou aqui e não vou a lugar nenhum.

Téo interrompe nosso abraço, mas segura minha mão antes de nos guiar até duas cadeiras vazias no fundo da sala de espera.

— Pai Bernardo está estável. Foi só um caso isolado de queda de pressão causado pelo estresse — conta assim que nos sentamos. — O plantonista receitou um ansiolítico para mantê-lo calmo até a cirurgia acabar.

Fico aliviada por saber que Bernardo está bem.

— E Jonas, o caso dele é muito grave?

— Ele deslocou o ombro na queda e vai precisar operar, mas é a batida na cabeça que me preocupa. O resultado da tomografia deve sair daqui a meia hora, então só resta aguardar. Tudo depende do nível de atividade cerebral e se o cérebro sofreu ou não lesões. Não quero nem pensar no tipo de sequelas que uma queda como essa pode causar.

Entendo o conceito por trás do mapeamento cerebral, mas não conheço o procedimento para saber como as análises realmente funcionam. E, no desespero, resolvo usar a ignorância para guiar os pensamentos de Téo até um terreno parcialmente seguro.

— Então me fala como as tomografias são feitas. Quero saber passo a passo. — Eu me viro na cadeira, sentando-me com as pernas cruzadas e seguro as mãos dele. — O que exatamente é uma tomografia? O que o exame procura? Como os resultados são analisados? Quero todos os detalhes nos quais conseguir pensar, Téo.

Ele assente, provavelmente ciente do que estou tentando fazer.

Alguns minutos depois, Tainá se junta a nós.

Meia hora mais tarde é a vez de Josi entrar pela porta da recepção correndo e puxar Tainá para um abraço.

Duas horas depois, são meus avós que se sentam ao nosso lado na sala de espera e começam a rezar em silêncio, apenas oferecendo suas presenças como bálsamo.

As horas passam, e Téo e eu ainda estamos esperando notícias. Com as mãos entrelaçadas, sigo fazendo perguntas sobre a rotina do hospital, e Téo continua falando sobre procedimentos que não fazem sentido algum para minha mente, mas cumprem o objetivo de nos manter focados no aqui e no agora.

— Teodoro Dias? — Uma enfermeira aparece na recepção, e Téo se levanta do banco com um salto. — Vem, a dra. Meneses quer falar com você.

Sinto alívio, medo, tristeza, pavor e esperança... tudo ao mesmo tempo.

E, no final das contas, é a fé em um final feliz que me mantém de cabeça erguida.

Sinto sua agitação antes mesmo de acordar.

Seu corpo treme e a respiração fica acelerada, mas são os braços apertando minha cintura em um minuto e no seguinte me soltando como se tivessem virado chumbo que me deixam em alerta.

Hoje faz uma semana que Jonas está na UTI. Ele precisou passar por uma cirurgia para conter o início da hemorragia interna em uma das regiões de seu cérebro. Desde então, o pai de Téo está em coma induzido para que o corpo possa levar o tempo que for preciso para se curar. O problema é que, a cada dia dormindo, maior o risco de ele acordar com alguma sequela — ou, no pior dos cenários, não acordar e ficar completamente dependente de uma máquina.

Téo passa o dia todo no hospital e nas poucas horas que consigo tirá-lo de lá tento fazê-lo dormir comigo, na proteção de meus braços. É por isso que já me acostumei a acordar no meio da madrugada com seus pesadelos. Às vezes sou despertada por gritos, outras vezes é um choro baixo que me deixa desnorteada. Ou, em dias como hoje, ele apenas me aperta contra si até retomar a consciência.

Beto pula na cama e se deita do outro lado do corpo de Téo. Estamos cuidando do cachorro desde o acidente (considerando que Bernardo está praticamente acampando no hospital) e minha cama virou seu lugar preferido, principalmente quando Téo está aqui.

— Acordei vocês de novo. — Sua voz rouca me faz suspirar de alívio.

— Eu não me importo. E tenho certeza de que Beto também não.

O cachorro parece concordar, porque solta um ronco baixo e cola o focinho na curva do pescoço de Téo.

— Quer me contar sobre o pesadelo?

— Nada de novo. Eu estava no hospital, e estavam desligando os aparelhos de meu pai. Retomei a consciência quando Beto pulou na cama, mas não consegui voltar para a realidade — conta. Giro na cama para ficar de frente para ele. — Odeio acordar paralisado dessa forma. Ver o sonho dar lugar à realidade com uma lentidão atordoante e ainda assim não conseguir me mexer é... assustador, tudo isso é assustador... Estou quase chegando ao meu limite, Laura.

Sinto o momento exato em que ele vai desabar, então puxo seu rosto para meu colo e passo os dedos por seu cabelo. Eu queria tanto ser capaz de arrancar toda essa dor dele, mas sei que, enquanto o pai não melhorar, Téo não vai pensar em procurar ajuda para lidar com as crises de ansiedade. Só posso esperar o momento chegar e, até lá, servir de apoio para tudo que ele precisar.

Além de terror noturno, Téo também tem tido alguns episódios de paralisia do sono. Não faço ideia de como funciona, mas noite retrasada acordei com ele gritando, os olhos abertos e o corpo completamente preso à cama. Só de lembrar tenho vontade de chorar, mas é apenas quando estou no banho que deixo a água quente lavar todas as lágrimas.

— Cê não merece essa merda toda. — Téo tenta se afastar, mas continuo o abraçando apertado. — Não é justo te fazer passar por tudo isso. Você merece estar com alguém inteiro e... Olha para mim. Eu estou um caos, Laura.

— Tem razão, você está um caos.

Deixo que Téo se afaste e me levanto da cama, parando no caminho apenas para acender a luminária. Procuro o livro certo na prateleira e, quando o encontro, volto para a cama.

— Estar um caos é totalmente diferente de ser um caos. — Empurro Beto para o lado e me sento com as costas apoiadas na cabeceira da cama. — Toda essa dor e escuridão vão passar porque tudo isso é temporário, Téo. Precisamos ter fé de que é só mais uma fase difícil.

Bato com a mão no espaço vazio entre nós na cama e, com um gesto resignado, ele se aproxima. Beto imediatamente deita a cabeça em meu colo e apoia as patas nas pernas de Téo.

— No meio dessa confusão toda, acho que não tive tempo de deixar explícito o que sinto por você. — Ignoro seus olhos propositalmente porque não quero perder a coragem de assumir o que sinto por ele. — Você faz parte da minha família, Téo. Então não adianta me manter longe, porque eu não vou a lugar nenhum.

— E eu am...

— Não. — Eu me viro para ele e coloco a mão em seus lábios. — Você só vai usar essa palavra quando seu pai sair do hospital e as coisas voltarem aos eixos. Porque, quando usar a palavra com a, eu quero pensar apenas no que sinto por você e no futuro que vamos construir juntos. Entendeu?

— Cê usou a palavra "futuro" para falar de nós dois — murmura ele ao acariciar os pelos de Beto.

— Eu tenho centenas de palavras guardadas para você, Téo. Mas, por enquanto, vamos nos contentar em usar as palavras de outra pessoa.

Ele sorri ao ver o livro em minha mão. Abro o exemplar ilustrado e começo a ler a história em voz alta.

Após alguns minutos, Téo suspira e apoia a cabeça em meu ombro. Eu sinto sua respiração ritmada, o que me faz imaginar que aos poucos a nuvem da ansiedade está evaporando.

Enquanto leio *Alice no País das Maravilhas* em voz alta, torço para que a coragem da Alice ajude Téo a enfrentar seus medos — exatamente como ela ajudou o garoto que ele foi um dia e a mãe em luto dentro de mim que mantive cativa por tanto tempo.

Grupo da Família Dias

Laura: Oi, lindo. Está tudo bem?

Téo: Adoro quando cê me chama de lindo.

Laura: Não muda de assunto! Como você está?

Téo: Estou bem. Tiraram a sedação do pai Jonas agora de manhã. É bem provável que ele acorde a qualquer instante nas próximas duas horas.

Laura: Me avisa quando ele acordar?

Téo: Pode deixar.

Téo: Ei, tem mais algum episódio do podcast gravado?

Téo: Preciso de uma distração.

Laura: Você não enjoa de ouvir minha voz, não?

Téo: Não.

Laura: Vou te mandar mais um episódio que gravei para a nova temporada. Ainda não está finalizado, mas...

Téo: Eu vou amar. Amo tudo em você.

Laura: A palavra com a ainda é proibida, cara.

Téo: Cê disse que eu não podia falar, não falou nada sobre escrever.

Capítulo 36

Téo

Eu me sento na cadeira ao lado do leito em que meu pai está e aguardo.

Jonas finalmente saiu da UTI, o que é um bom sinal. Além disso, ele tem respondido bem aos testes de resposta cerebral, o que faz todos os médicos acreditarem que os danos serão mínimos; no máximo, meu pai vai perder parte da visão do olho direito, mas nada comparado ao que poderia ter acontecido.

Enquanto o espero acordar, coloco o fone de ouvido e dou play no episódio que Laura enviou. Escutar sua voz sempre me acalma, mas sei que não posso depender dela para enfrentar toda a confusão em minha mente. Os terrores noturnos estão cada vez mais frequentes, e não posso ignorar que essa é a forma que meu corpo encontrou para dizer que estou muito perto do limite, mas no momento tudo o que importa é ter meu pai de volta.

Para mim, é fácil me preocupar com os outros — faz parte de quem eu sou sempre estar analisando a necessidade das pessoas ao redor —, mas, quando o assunto é minha saúde mental, sempre encontro desculpas para ignorar os sinais. Está na cara que a mudança de casa, a nova residência, a saúde dos meus pais e até mesmo a forma como Laura entrou em meu coração e bagunçou minhas certezas sobrecarregaram minha mente ansiosa. E não vou mais ignorar que preciso de ajuda para lidar com essa confusão.

Com uma mão seguro a do meu pai, e com a outra pauso o podcast e começo a procurar no celular um terapeuta na cidade. Preciso retomar o acompanhamento se quero voltar a ter uma noite tranquila de sono sem acordar com os olhos preocupados de Laura me avaliando.

— Finalmente achei você.

Levanto a cabeça e encaro o batente da porta, um sorriso sincero surgindo.

— Nó, o que cê tá fazendo aqui?!

— É assim que cumprimenta os amigos, seu ingrato?

Eu me levanto bem a tempo de receber o abraço de Augusto, que larga a mochila no chão e me aperta como um urso. Meu amigo nunca foi do tipo que abraça com tapinhas, muito pelo contrário, ele ama demonstrações exageradas de afeto. Portanto, quase não fico surpreso quando ele me ergue do chão.

— Cê tá me sufocando.

— Aff, tava com saudade dessa sua cara feia.

Ele encerra o abraço depois do que parecem horas e, ainda me segurando pelos ombros, encara meu rosto com atenção.

— Fala a verdade, como você está?

— Estou melhor. Não estou recuperado cem por cento, mas vou chegar lá.

— Que bom, meu chapa.

Augusto caminha até o leito em que meu pai está e, depois de ler o prontuário pregado na base da cama, checa seus sinais vitais e o soro caindo em uma de suas veias.

A familiaridade por trás de seus movimentos me acalma. Estou sentindo falta da rotina corrida como residente e odiando cada segundo que passo como acompanhante. Esses dias que fiquei com meu pai no hospital só provaram minha teoria de que, não importa a situação, um bom médico precisa estar atento às necessidades dos acompanhantes e familiares de seus pacientes.

É assustador ficar o dia todo olhando quem você ama prostrado em uma cama sem poder fazer nada, e ainda sem receber nenhuma informação ou atualização.

— Ele vai ficar bem, Téo — fala Augusto após alguns minutos.

— Eu sei — respondo com toda a certeza que carrego dentro de mim.

Antes de meu pai sair da UTI, eu estava totalmente desacreditado, mas as coisas mudaram de perspectiva quando seu corpo passou a respirar sem a necessidade de uma máquina. Ver meu pai deitado nessa cama ainda é um de meus piores pesadelos, mas nas últimas horas consegui recuperar parte da racionalidade e enxergar que seu corpo forte está reagindo ao tratamento. Acompanhei dezenas de casos assim durante minha residência em Minas e sei que a probabilidade está a nosso favor.

Pai Jonas vai acordar e se recuperar totalmente.

E, depois disso, vai escutar um belo de um sermão do filho médico.

— E então, considerando que vamos ficar aqui até seu pai acordar, que tal me contar sobre a famosa Laura? Ultimamente todas as suas mensagens giram em torno do nome dela. Já estou ficando com ciúme.

Augusto apoia o corpo na cama e me olha com a sobrancelha erguida.

— Quanto tempo você vai ficar em Curitiba? — pergunto.

— Ainda não sei. Tudo depende de você. Por quanto tempo precisa que eu fique?

Relaxo o corpo na cadeira e cruzo os braços.

— Como vai ficar por tanto tempo assim, pega uma cadeira no corredor. Vou contar de Laura e, se tivermos a sorte de o meu velho acordar antes do jantar, podemos sair para comer alguma coisa. Ela vai adorar conhecer você.

— Então esse lance entre vocês é realmente sério?

— Nós estamos morando juntos, dormindo juntos e viajando em família — respondo. Depois de um momento de hesitação, digo: — Acho que me apaixonei por ela na primeira vez em que a vi.

A confissão sai em um tom baixo, mas tenho certeza de que Augusto ouviu, porque ele começa a gargalhar.

— Nó, não acredito que o doutor bonzinho finalmente se apaixonou! Vai, desembucha, conta logo a história toda.

Eu o xingo, mas conto tudo mesmo assim.

É bom pensar em algo que não seja a morte apertando meu coração toda vez que fecho os olhos.

A primeira coisa que sinto ao abrir os olhos é um peso em cima do peito me prendendo à cadeira fria do hospital.

A segunda é o desespero de não conseguir mexer o corpo.

Agoniado, avisto uma névoa cinzenta e espessa atravessar a porta do quarto frio. Como uma raiz grossa explorando o solo, ela se enrosca por meus tornozelos, sobe por minhas pernas, aperta meu tronco na cadeira e ganha peso ao circular meu pescoço. Meu batimento cardíaco acelera, e sinto a respiração falhar. Estou sufocando e, por mais que me esforce para o corpo reagir, só consigo controlar os movimentos dos olhos, que tentam absorver a escuridão densa ao redor.

A névoa vira uma espiral, e, de repente, estou preso a uma cadeira no meio de um furacão. Vejo os rostos tristes de quem amo passando pelas brechas do vento, escuto meu nome e me inclino na direção da voz, mas duas mãos assustadoras me seguram no lugar. Unhas envelhecidas e afiadas sobem por meus pulsos imobilizados, rasgando a pele que não sangra, e grito.

Grito de desespero, de raiva e de impotência, mas, por mais alto que eu clame por ajuda, ninguém me escuta. Ninguém *nunca* me escuta.

Seja em minha mente ou na vida real, tudo o que menos tenho é controle.

Repito sem parar que as alucinações são apenas delírios de uma mente estressada, mas, em meio à paralisia do corpo e da alma, não consigo fazer mais nada a não ser gritar sem emitir som enquanto aguardo o pesadelo passar.

Essa é a parte mais difícil: esperar a função cerebral acordar do sono agitado e voltar a comandar meus músculos. Já aprendi que não adianta lutar contra os episódios de paralisia do sono, mas, por mais racional que eu tente ser, sempre caio nas artimanhas da minha mente quando acordo preso a um redemoinho de dor. Existem formas de evitar a paralisia do sono, mas nada que nos ensine a sair dela.

Paciência é o remédio e, ao mesmo tempo, o veneno.

E, quanto mais aguardo, mais perdido em pensamentos sombrios fico.

Fecho os olhos quando unhas afiadas rasgam minhas bochechas. Estou chorando, mas, em vez de sentir as lágrimas escorrendo pela pele, sinto choques causados pela escuridão. Sigo gritando, preso em minha própria mente. Então a escuridão me larga e segue até o leito ao meu lado.

É meu pai que está naquela cama, lutando pela própria vida, e, por mais que eu saiba que Jonas está seguro e que a ilusão é fruto de um pesadelo, o medo frio de o perder fica a cada segundo mais insuportável. A névoa o leva para longe, e nada que eu faça é capaz de trazê-lo de volta.

Realidade e fantasia se mesclam com os demônios escondidos no fundo da minha mente. Paro de gritar depois do que parecem horas, e finalmente os bipes do frequencímetro me alcançam. Falta pouco agora, apenas mais alguns segundos e esse pesadelo vai terminar.

Respiro fundo e tento mover o corpo — primeiro os dedos das mãos, depois as pernas trêmulas e, por fim, o tronco preso à cadeira. Cinco segundos depois meu cérebro acorda de vez, e volto a ter controle total dos meus músculos.

É neste momento que encontro os olhos cheios d'água do meu pai.

— Filho?

Sua voz é apenas um eco fraco em meio ao quarto, mas é o suficiente para me fazer levantar da cadeira em um salto. Minhas pernas falham, mas me forço a seguir até ele. Enlaço seus dedos frios nos meus e engulo o choro ao ver a dúvida e a tristeza em seu rosto.

Mas ele está vivo.

O alívio que sinto é quase forte demais para meu corpo cansado aguentar.

Passei tanto tempo preso no pesadelo de ver Jonas morrer que não me preparei para o cenário de tê-lo aqui, comigo, avaliando-me como se fosse eu que tivesse passado os últimos dias internado e não ele.

— Você voltou para mim — falo ao correr os olhos por seu rosto em busca de sinais de qualquer sequela.

— Nem na morte eu seria capaz de te abandonar, filho — responde, a voz fraca e falha.

— Por favor, não force demais, pai. Seu corpo e cérebro ainda estão retomando o controle após o trauma e coma induzido.

Teimoso, ele tenta se sentar. Logo ajusto seu travesseiro, verifico a dosagem do remédio intravenoso e pego um copo de água com canudo. E, enquanto Jonas resmunga, aperto o botão na lateral da cama para chamar o neurologista de plantão.

— Logo o médico vai estar aqui. O senhor precisa passar por uma avaliação motora para averiguarmos possíveis sequelas. Quanto antes avaliarmos os sinais cerebrais, menor o risco de deixarmos passar algum detalhe. — Ele aperta minha mão e, de olhos fechados, encosta a cabeça no travesseiro. — Você ficou uns dias na UTI após a cirurgia. O coma induzido ajuda seu cérebro a se curar, mas só os exames vão dizer quais serão os próximos passos. Depois temos que pensar nas causas por trás da sua enxaqueca. Gostaria que tivesse me falado que não estava bem, pai. Eu teria ajudado, não só nas consultas, mas nas contraindicações das medicações. Não entendo por que o senhor não me contou. E se tivesse sido pior? E se não...

— Téo — interrompe.

Respiro fundo, aproveitando que ele está de olhos fechados para secar as lágrimas teimosas que escorreram por meu rosto.

— Oi, pai.

— Você está bem?

Não entendo o que ele quer dizer com a pergunta e fico em silêncio, então pai Jonas abre os olhos e volta a avaliar meu rosto. Sei o que ele vai ver, e não me orgulho do caos em minha expressão.

— Não é hora de falarmos de mim — digo após alguns segundos de silêncio.

— É sempre hora de cuidarmos de nós mesmos, filho.

Fujo de seu olhar avaliador, mas sei que não vai adiantar.

— Você voltou a ter pesadelos? Voltou a sonhar com a morte? — Ele tosse, e lhe dou um pouco mais de água. — Você está bem?

Ele repete a pergunta, e sinto sua dor refletir a minha.

Eu queria ser capaz de mentir, mas fiz tanto isso nos últimos meses que sinto a força se esvair. Realmente achei que já houvesse superado essa parte da minha história, mas, por mais que as palavras tatuadas em minha pele queimem toda vez que luto para manter a cabeça erguida e para não deixar o medo me roubar a vontade de acreditar no amanhã, existem dores que força de vontade alguma é capaz de controlar.

Quero ser forte sozinho, mas não consigo mais.

Balanço a cabeça em negação e deixo as lágrimas rolarem livremente.

— Você já enfrentou isso uma vez, filho. Se assumir que precisa de ajuda, vai conseguir passar por isso novamente.

Ele dá um puxão fraco em minha mão, seguido de um tapinha no espaço minúsculo ao lado da cama.

— Não sou mais um menino precisando de colo, pai.

— Que pena, porque é exatamente isso que você vai receber desse seu velho. Então trate de se sentar aqui logo antes que o médico chegue.

Cansado demais para argumentar, sento-me ao seu lado e apoio a cabeça em seu ombro.

— O dia em que vi você entrar inconsciente em uma sala de cirurgia foi o pior dia da minha vida. — A verdade escapa.

— Desculpa não ter contado para você e Tainá a respeito das consultas. Eu não queria sobrecarregar vocês com algo que eu nem sabia ainda o que era. — Ele vira o rosto para fixar os olhos nos meus. — Sei que agi errado, porque você está fazendo a mesma coisa, filho. Está me mantendo afastado de sua dor porque acha que precisa enfrentar tudo sozinho. Só que somos uma família, nossa força é estarmos juntos, principalmente nos momentos mais difíceis.

— Faz tempo que não me sinto mais dono de mim mesmo. Voltar para casa, mudar de residência e conhecer Laura ajudaram, mas ainda vou dormir com medo de acordar e tudo não passar de um sonho.

— Tudo o quê, filho?

Sei que ele sabe a resposta, mas também entendo por que me força a falar com todas as letras.

— O amor. — Engulo em seco e deixo que seus olhos sejam meu guia. — Tenho medo de acordar e descobrir que todo o amor que recebi de vocês não passou de um sonho.

Tantos anos depois, e ainda preciso lidar com os medos e as dores daquele menino solitário abandonado em um lar adotivo. Ele perdeu tudo para a morte e, por causa disso, quanto mais feliz fico, mais sinto que o mesmo vai acontecer comigo. Em minha cabeça, a morte sempre vai encontrar uma forma de me lembrar que o amor que me move é emprestado.

— Vamos fazer uma promessa, filho?

— Que tipo de promessa?

Avisto a equipe médica cruzando o corredor com Augusto na dianteira. Não faço ideia de como em menos de um dia ele já está usando roupas hospitalares e andando com os plantonistas, mas agradeço ao encontrar seu olhar atento. Pela forma como meu amigo me encara, sei que vou ganhar ao menos mais alguns minutos para aproveitar o refúgio das palavras sussurradas por meu pai.

— Vou aceitar sua ajuda e, em família, vamos descobrir a melhor forma de enfrentar o que quer que seja que está causando minhas enxaquecas.

Não achei que isso fosse algo negociável, mas apenas balanço a cabeça em concordância e espero ele terminar de falar.

— E você vai procurar ajuda médica para descobrir como enfrentar os picos de ansiedade e vai fazer tudo isso sem afastar quem te ama. — Ele beija o topo da minha mão e sorri. — Nós te amamos, filho. Esse tipo de sentimento não acaba com doença, morte ou dor. Nosso amor está dentro de você, e ninguém vai ser capaz de arrancá-lo daí. E, se precisar, vou passar todos os dias te lembrando o que significa ser amado, exatamente como você faz comigo, com seu pai, com sua irmã e com todos os que estão ao seu lado.

Não tenho tempo de responder porque a equipe médica entra no quarto.

Ainda assim, pela expressão determinada no rosto de meu pai, sei que ele consegue ler a resposta em meus olhos.

Eu, que falo tanto em ajudar quem amo, demorei demais para aceitar que *sempre* vou precisar de ajuda.

Pelo menos não vou precisar passar por isso sozinho.

Não mais.

Capítulo 37

Laura

Sinto as mãos tremerem ao retocar o batom vermelho. Encaro o reflexo no espelho manchado do banheiro e experimento um misto de emoções. Os primeiros meses do ano foram um caos, mas finalmente lançamos a edição de junho da *Folhetim*. A tiragem não só foi um sucesso, como meu artigo foi finalista para dois prêmios jornalísticos. Ter meu nome na mídia trouxe mais visibilidade para a revista e, por sua vez, para o trabalho que faço nela — talvez seja por isso que recebi duas propostas de emprego nos últimos cinco dias.

Também é por esse motivo que, apesar de ainda não ter tido resposta sobre o cargo de diretora, já não me sinto mais ansiosa sobre meu futuro profissional. Tenho outras opções em meu caminho e sei que todas elas serão ótimas para minha carreira, e, como não tenho que tomar nenhuma decisão hoje, permito-me soltar a corda do futuro e focar as energias na festa de comemoração que está rolando fora das paredes deste banheiro.

Ajeito o cabelo e desamasso os vincos inexistentes do vestido preto. O modelo midi e justo ressalta minha cintura e, junto à sandália de salto, faz com que eu pareça vários centímetros mais alta. Estou linda, mas não é só a aparência que conta. Tem algo na forma como meus ombros estão eretos e os olhos parecem brilhantes que me faz parecer mais dona de mim, e não há nada mais bonito do que alguém que sabe qual é seu lugar no mundo.

Saio do banheiro e atravesso o pátio sorrindo para meus colegas de trabalho. Depois do sucesso da edição, convenci Jordana a fazermos um coquetel de lançamento. Minha desculpa foi que a equipe da revista precisava comemorar a finalização desse trabalho e que a festa seria a oportunidade perfeita para angariarmos novos patrocinadores. É por isso que meu time está espalhado pelo salão de festa do prédio bebendo, rindo e conversando com vários empresários da região.

Giro pelo lugar, feliz com o resultado da decoração providenciada por Mariana, e fico dividida entre seguir até o bar ou me juntar à turma cantando no palco. Nem acredito que conseguimos alugar um karaoke. Esta noite quero cantar até perder a voz!

Estou tão concentrada que levo um susto ao vê-lo caminhando em minha direção com um sorriso leve e contagiante no rosto.

— Oi, Laura — cumprimenta meu ex-noivo. Apesar de surpresa, aceito de bom grado a taça de espumante que Ravi me oferece. — Parabéns pelo lançamento. Sua matéria ficou incrível.

— Obrigada. — Olho para ele, lendo os detalhes em seu rosto em busca da confirmação de que está bem. — Não sabia que você viria.

— Sua avó me mandou o convite. Espero que não tenha problema.

— Tá louco? Fico feliz em te ver aqui, estava com saudade — digo ao bater o ombro no dele.

Ravi ri ao beber um gole do espumante.

— Fui visitar seus avós algumas semanas atrás. Eles me convidaram para almoçar, pediram desculpas por toda a confusão e — ele foge de meu olhar, dando um indício do próximo assunto — também comentaram sobre Téo. Quer dizer, na verdade falaram sem parar sobre terem um médico na família. Sua avó me mostrou foto e tudo. Acho que eles estão felizes.

Ravi volta a me encarar, dessa vez fazendo o mesmo que eu e procurando em meu rosto as respostas de perguntas que não faremos.

— Você parece feliz. — Ele segura minha mão livre e sorri. — Você está feliz, Laura?

— Sim, estou.

— Que bom.

— E você?

— Eu também.

Ficamos em silêncio por vários minutos, falando com o olhar tudo o que precisa ser dito. Nós nos encontramos, mas nos perdemos. Eu errei, ele errou. O que o tempo curou, nossos diálogos fizeram cicatrizar. Mas, apesar de toda a dor, encontramos uma forma de seguir adiante.

— E então, quando é que vou conhecer o sortudo? — questiona Ravi ao terminar a bebida e correr os olhos pelo espaço lotado, provavelmente procurando por rostos conhecidos.

— Ele deve estar chegando. Passamos algumas semanas intensas, e Téo está com a agenda de plantões mais lotada que minha estante de revistas velhas.

Juro que sinto a presença *dele* no instante em que termino de falar.

— Estava falando de mim? — questiona Téo e dá um beijo em minha testa, depois abraça minha cintura.

— Oi.

Olho para ele e fico de queixo caído.

É a primeira vez que o vejo de blazer, e a visão é de tirar o fôlego. O corte ajustado do paletó favorece seus ombros, já o tom azul-marinho destaca o verde-escuro de seus olhos. Os óculos de armação moderna completam o visual Clark Kent, e a barba por fazer me derrete toda.

Ravi tenta disfarçar uma risada, mas o som malcontido serve para me trazer de volta ao planeta Terra.

— Téo, esse é Ravi — digo após alguns segundos babando. — Ravi, esse é Téo. Meu...

Deixo no ar e espero ansiosa por sua resposta. Já conversamos sobre várias coisas envolvendo nosso relacionamento, mas até o momento não colocamos um rótulo no que estamos vivendo. Não que eu precise de um título para ter certeza do que sentimos um pelo outro, mas quero ouvir o que ele tem a dizer.

Téo leva apenas alguns segundos para compreender minha intenção e, com um sorriso faceiro no rosto, me abraça ainda mais apertado.

— Namorado, eu sou o namorado dela. — Ele oferece a mão livre para Ravi, que a segura com firmeza. — É um prazer te conhecer. Silas não para de falar de você, sabia? Para a infelicidade dele, não sou fã de história da arte nem de futebol.

— Não gostar de história eu até entendo, mas de futebol?

— Pois é, ninguém é perfeito — digo a Ravi com um tom zombeteiro que faz Téo rir. — Mas ainda não perdi as esperanças. Ele aceitou ir comigo ao próximo jogo do Coritiba. Vamos ver o que vai achar.

— Provavelmente vou odiar, mas toda relação exige seus sacrifícios — diz Téo.

O palhaço coloca as mãos no peito e faz uma reverência curta, como se estivesse se entregando para o abate.

— Por falar em sacrifícios, você vai subir comigo naquele palco e cantar Engenheiros do Hawaii, né?

Aponto para o karaoke do outro lado do salão e escuto Ravi bufar.

— Eu sei, cara, mas ela me tem na palma da mão — fala Téo para Ravi, que sorri em resposta.

— Fico feliz. É exatamente isso que Laura merece. Não o lance de te ter nas mãos, mas alguém que faça questão de cantar com ela. — Meu ex-noivo e antigo melhor amigo me encara com uma expressão resoluta, e sinto que este é de fato um adeus entre nós. — Enfim, foi bom encontrar vocês. Desejo toda a felicidade do mundo aos dois.

Ravi se despede com um aceno e segue na direção de Renato. Acompanho seus passos decididos por alguns segundos antes de me virar para encarar Téo. Ele me olha com uma expressão curiosa e, talvez, com um pequeno toque de ciúme.

— Oi, cara — digo mais uma vez, abraçando-o pela cintura.

— Oi, linda. — Ele desliza o olhar pelo meu corpo, e sinto uma onda de calor subir por minha espinha. — Não vejo a hora de ver você subir na moto com esse vestido.

— Você é um safado, sabia?

— Eu sei, e é por isso que você me ama.

Antes que eu possa pensar em responder, Téo segura meu rosto entre as mãos e beija meus lábios com delicadeza.

— Vem. É hora do show. — Ele segura minha mão e me leva até o palco. — Vamos descobrir se combinamos no karaoke tão bem quanto combinamos em todas as outras coisas que importam.

Só largamos o karaoke quando Jordana manda alguém vir me chamar.

Meu cabelo gruda na nuca por causa do suor, mas só me importo com a euforia que toma conta do meu coração. Além de cantar, Téo me fez dançar e encenar várias músicas com ele no palco. Não faço a mínima ideia de quando foi a última vez que me senti assim, tão *leve*, então não reparo no olhar ferino de minha chefe enquanto desço do palco.

— Boa noite, Laura. — Seu tom de voz grave afasta um pouco da minha alegria.

— Boa noite, Jordana. — Entrelaço a mão na de Téo e aponto para ele. — Esse é Teodoro, meu namorado.

Juro que sinto malditas borboletas dançando em minha barriga ao pronunciar a palavra "namorado".

— Teodoro da matéria? — questiona. Confirmo com a cabeça e vejo um sorriso verdadeiro surgir em seu rosto. — É um prazer conhecê-lo. Muito obrigada por ter aceitado participar desta edição.

— O prazer foi meu. — Ele me encara com uma pergunta no rosto, mas estou entorpecida demais pela sensação libertadora de passar meia hora cantando músicas antigas para interpretar o significado dela. — Quer que eu busque um pouco de água? Pelo jeito vocês têm algo importante para conversar.

— Não precisa sair, serei rápida — interrompe Jordana. — Não quero atrapalhar sua noite de comemoração, mas achei que gostaria de saber que o conselho já ponderou a respeito da vaga de diretor, Laura.

— E?

As borboletas saltitantes voltam, mas dessa vez a sensação é de que estou prestes a desmaiar. Téo parece perceber minha agitação e passa o braço por meus ombros, deixando que meu corpo use o seu como apoio.

— Infelizmente eles escolheram um nome de fora — revela Jordana, enfim. Penso em camuflar minha decepção, mas não preciso mentir para minha chefe; ela sabe o que essa vaga representava para mim. — Mas a boa notícia é que a unidade de São Paulo quer que você gerencie as próximas edições da revista de lá. O cargo é temporário, seis meses como coordenadora de projetos. Só que, pelo que entendi, eles estão buscando alguém para assumir o posto de gerente-geral do grupo de comunicação a longo prazo, então esse primeiro contrato seria um teste para descobrir se você é qualificada ou não para o trabalho.

Abro a boca, mas me faltam palavras.

Trabalhar na unidade de São Paulo nunca nem passou por minha cabeça. O Grupo Folhetim da maior metrópole do país é três vezes maior do que o de Curitiba, o que significa que eu seria responsável por uma equipe robusta, acompanharia a impressão em escala duplicada de uma revista extremamente reconhecida e viveria dezenas de experiências únicas no trabalho.

Sem contar que conheço três jornalistas que fazem parte do time da revista de lá, e dizer que elas são talentosas chega a ser desrespeito com a grandiosidade do trabalho que fizeram para a comunidade.

— Não precisa me responder agora, querida. — Jordana toca meu ombro. — Pense com calma e me comunique sua decisão até o final da semana. Vou mandar as informações por e-mail. Acho que você vai gostar de saber que o salário é proporcional à mudança.

Alguém chama minha chefe para um brinde, mas, antes de se despedir, ela me encara uma última vez, provavelmente percebendo minha expressão perplexa.

— Eu sei que não quer voltar a escrever e respeito sua decisão, Laura. Então, se quiser ir para São Paulo, tem meu apoio. Mas, se preferir pensar em outras soluções na região, me diga. Eu posso e quero te ajudar a construir a carreira dos seus sonhos.

Com um sorriso discreto, despede-se e segue para o outro lado do salão. Permaneço plantada no lugar, digerindo o peso das palavras e tudo o que significam. Até então, enfrentar uma nova mudança não passava por minha cabeça, mas a oportunidade de trabalhar em um dos maiores veículos de comunicação do Brasil abala minhas certezas.

Tenho 29 anos e só morei em Morretes e em Curitiba. Nunca fui além da minha zona de conforto e agora, graças ao trabalho, tenho a oportunidade desafiadora de descobrir mais versões de mim.

Será que vou ter coragem de escolher ir?

— Consigo ver a decisão em seu rosto, linda.

As palavras de Téo me trazem de volta à realidade.

Por mais que eu queira esse trabalho, não posso aceitar. Minha família está aqui, e não vou deixar nenhum deles para trás. Tainá ainda está se curando das feridas pós-divórcio, meu avô vez ou outra tem uma recaída com o diabetes, Jonas ainda está usando uma tipoia imobilizadora, e Téo dorme enroscado em mim todas as noites e virou a pessoa com quem mais me importo em todo o mundo.

— Ei, pode parar com esses pensamentos — pede ele.

Téo segura minhas mãos e me força a encará-lo. Vejo nele todo o amor que sente por mim, e exatamente por isso me sinto incapaz de partir. Acabei de descobrir que o amor pode ser algo leve, e não estou disposta a abrir mão desse sentimento por um motivo tão egoísta.

— Não posso ir, Téo. Não posso simplesmente abandonar as pessoas que amo.

— Lógico que pode ir. Cê pode tudo o que quiser. — Ele me abraça apertado, e sinto as emoções acelerarem meu coração. — Você pode ir e, ao mesmo tempo, decidir permanecer. Não é presença física que define amor, mas sim a entrega diária.

É nessa hora que as coisas começam a fazer sentido. Não quero aceitar ir para São Paulo porque em algum nível isso faz com que eu me sinta como Matilda, que, em nome dos próprios sonhos, virou as costas para todo mundo que a amava.

— Sinto que, se eu escolher ir para São Paulo, vou estar abandonando você e todos os outros que amo — sussurro com o rosto enfiado em seu peito.

Téo ri.

— Que hora para dizer que me ama, hein?

Como é que ele pode permanecer tão calmo quando estou quase entrando em curto-circuito?

— Seis meses não são nada para quem esperou anos para encontrar esse tipo de amor, moça. — Téo beija minha testa e enlaça nossas mãos. — Desde que você esteja feliz, nós vamos dar um jeito.

— Não importa o que diga, não vou te deixar para trás.

— Mesmo que você escolha morar no canto mais distante da Terra, ainda vou estar com você, Laura.

Ele ergue nossas mãos entrelaçadas na altura do coração enquanto analiso seu rosto em busca de respostas para as perguntas que não sei como fazer.

— Vem, vamos para casa conversar até encontrar uma forma de fazer isso dar certo.

Capítulo 38

Laura

Conto até cinco e clico em publicar. O som do arquivo upado na plataforma de streaming faz meu coração dar um salto e, só porque posso, levanto-me da cadeira e começo a dançar pelo quarto vazio. Crio uma música qualquer em minha cabeça e deixo que a melodia conduza meus passos. Depois de longos meses gravando, apagando, editando e ensaiando desistir, finalmente publiquei o primeiro episódio da nova temporada do *Causas Perdidas* — um episódio que carrega minha voz real, que fala de meus erros e acertos e que diz muito sobre sonhos frustrados e falta de esperança.

Acho que só tive coragem para retomar o projeto porque estou longe de casa há exatos oito meses — alguns deles ótimos, outros nem tanto. Desde o dia em que aceitei a vaga de emprego em São Paulo, precisei de tempo para colocar a vida em dia: mudança de casa, emprego novo, saudade de quem amo e equilíbrio mental para lidar com o medo irracional de ser igual a Matilda. O lado bom é que enfrentar esse turbilhão de emoções me lembrou dos motivos que me fizeram começar o *Causas Perdidas* e, de repente, voltar a gravar simplesmente pareceu natural.

Hoje sei que amor não é uma reta infinita intitulada "felizes para sempre". O sentimento é puro movimento, dias fáceis e difíceis, fé no outro e no futuro, companheirismo e mais decepções do que gostaríamos de experimentar. Por isso, o formato do podcast segue o mesmo, mas eu sou outra pessoa.

Nos últimos meses virei não só alguém capaz de confiar no amor, mas alguém que busca crescer e curar as próprias feridas sem precisar fugir das emoções conflitantes da vida. Eu precisava de tempo para que meu coração cicatrizasse e, mesmo longe fisicamente das pessoas que amo, consegui fazer isso com eles ao meu lado — seja por mensagens de texto trocadas no grupo da família, chamadas de vídeo nos intervalos dos plantões médicos de Téo ou visitas esporádicas, mas especiais.

Beto cansa de me ver dançando sozinha e pula da cama para se juntar a mim. Não esperava vir para São Paulo com um cachorro, mas simplesmente pareceu certo quando Jonas e Bernardo decidiram dividir a guarda do bicho comigo. Os primeiros meses na cidade foram difíceis e solitários, então me apeguei ao cachorro peludo como se ele fosse o elo entre mim e as pessoas que amo que ficaram em Curitiba.

Para a alegria de Beto, nossa dança desajeitada é interrompida pelo som da campainha do apartamento.

— Espera aqui, amigão.

Calço a pantufa e vou até a porta.

Parte dos móveis do apartamento ainda está coberta com lençóis brancos. Demorei a aceitar que a melhor opção seria passar a temporada no apartamento que herdei de meu genitor, mas no final das contas a balança da racionalidade falou mais alto. Não havia lógica em gastar com aluguel quando eu tinha um espaço bem localizado e mobiliado a minha disposição. Passei bons meses aqui, mas nunca me senti completamente à vontade sabendo de quem era o apartamento — a verdade é que um lugar luxuoso e bonito não compra conexão.

— Boa tarde, Jorge — digo para o gentil porteiro do prédio.

Seus olhos calorosos e cabelo branco me lembram o avô Silas.

— Boa tarde, Laura. Desculpe incomodar, mas chegou uma encomenda para a senhorita.

Ele me entrega uma caixa de papelão e pede para que eu assine a comanda de entrega em uma prancheta.

— Obrigada. — Reconheço a logo na caixa e, animada, assino o papel o mais rápido possível. — Tenha uma boa tarde.

— A senhorita também.

Levo a encomenda até a mesa da cozinha e, com uma faca de corte, abro a caixa de papelão suspirando de alegria ao ver as revistas empilhadas. Os exemplares representam meus oito meses à frente do setor de publicação de periódicos da revista *Folhetim* de São Paulo.

Sinto o orgulho explodir no peito ao ver a concretização de meu trabalho. No total, mediei quatro publicações. A primeira tratou sobre a influência, nem sempre positiva, que contos de fadas idealizados podem gerar em nossa sociedade. O periódico seguinte focou no sistema de saúde do Brasil (óbvio que fui influenciada por Téo ao escolher essa pauta). E as outras revistas trataram, respectivamente, de disfunção de imagem alinhada aos padrões de beleza impostos pela mídia e do papel fundamental dos professores na construção da nossa sociedade. Acredito nesses temas com tudo o que sou, por isso, vejo cada uma dessas edições como um meio de transformação.

Tiro as revistas da caixa e, no fundo, encontro um bilhete escrito por meu chefe temporário no papel timbrado chique. Pascal é um homem bonitão de 48 anos que reúne mais prêmios por seus artigos jornalísticos do que tenho de anos de vida. Trabalhar com ele é uma honra, por isso sinto minhas certezas bambearem ao ler seu bilhete.

Chegou aos meus ouvidos que seu contrato temporário expira no final do mês. O que precisamos fazer para que decida ficar? Estou disposto a negociar uma contratação efetiva. Compartilhe comigo quais são seus planos para o futuro. Quero a oportunidade de negociar.

Jogo o corpo no sofá e observo a janela grande que faz vista para os prédios antigos de São Paulo. Para minha sorte, há um pequeno jardim em frente ao prédio, o que garante uma paisagem perfeitamente equilibrada entre pontes, trânsito e árvores centenárias. Beto pula no assento ao lado do meu e coloca a cabeça em meu colo. Faço carinho em seu pelo escuro e penso nos prós e contras de aceitar a proposta de Pascal. Meu contrato inicial com a revista era de seis meses, mas acabei alongando a proposta para poder participar da edição de junho. E, apesar de amar meu trabalho atual e me ver crescendo dentro da empresa, ainda não descobri se estou no lugar *certo para mim* e para o que desejo construir no futuro.

Meu celular vibra com uma notificação, e sinto um sorriso se formar no rosto ao ler o comentário. Apesar de o usuário não ter foto e seguir apenas três exatas contas — a minha, a do podcast e a de Tainá —, sei exatamente quem é o senhor "alicenomundodasmaravilhas3089".

Ligo para o número que sei de cor, e ele atende no quarto toque.

— Oi, linda.

Escuto uma porta fechando e imagino que Téo esteja na sala de repouso dos plantonistas.

— Estou com saudade. — É a primeira frase que sai da minha boca.

— Eu também — responde. Se eu fechar os olhos, quase consigo fingir que ele está ao meu lado. — Como estão as coisas por aí? Vi que publicou o episódio novo do podcast. Ainda não consegui escutar o capítulo inteiro, mas estou adorando. Fora que a qualidade do som está sensacional.

— Não quero me gabar, mas ganhei um microfone novo do meu namorado.

— Esse é para casar, hein. O cara definitivamente tem bom gosto. — Ele rebate minha gracinha com uma risada, e, em vez de a saudade diminuir, sinto ainda mais sua falta.

— E no hospital, está tudo bem? Augusto já se acostumou com o emprego novo?

— Odeio quando você ignora minhas deixas nada sutis sobre casamento, linda.

Bufo, e ele gargalha, já acostumado com minhas evasivas quando o assunto é casamento.

— Os plantões estão exaustivos. Isso sem mencionar a quantidade absurda de artigos em inglês que preciso ler sobre Parkinson, Alzheimer e outras doenças com nomes mais difíceis do que lidar com o mau humor de meu amigo. Cê tem que ver o Augusto. Ele está adorando trabalhar aqui no HC, mas, em compensação, ainda não se acostumou com o clima instável de Curitiba.

— E a terapia? — pergunto como quem não quer nada.

— A frequência diminuiu, agora vou a cada quinze dias. Também aprendi algumas técnicas novas para lidar com a ansiedade e o remédio tem ajudado a regular o sono. Não tive mais terrores noturnos.

Um sorriso de orgulho toma forma em meu rosto.

— Só sinto falta de escutar o ronco da minha namorada dormindo.

— Cara, já falamos sobre isso. Eu não ronco. — Ele ri e sinto o peito apertar. — Também estou com saudade de dormir com você.

— Eu sei. — A linha fica silenciosa por um segundo antes de ele voltar a falar. — Ei, tenho uma boa notícia, seu avô entrou para a academia.

— Sério? Não acredito!

A saúde do meu avô era um dos grandes empecilhos para minha mudança para São Paulo. Mas, antes que eu viesse, Téo prometeu acompanhar o caso dele de perto. Na verdade, meu namorado prometeu visitar seu Silas e dona Isis sempre que pudesse e lotar minha caixa de mensagens com fotos dos três passeando por Morretes — promessa que ele cumpre com louvor.

Téo foi um dos primeiros a apoiar minha decisão de aceitar o cargo novo. Junto com Tainá, ele criou um plano perfeito para que nossa relação não fosse afetada pela mudança. Ganhei uma agenda on-line compartilhada com programação de ligações diárias, lista de obrigações afetivas (como mandar fotos dele deitado sem camisa em minha cama king size lotada de almofadas peludas) e escala de visitas a cada vinte dias. No fundo, tudo não passou de uma forma eficaz de manter minha mente concentrada no fato de que, apesar de eu estar partindo, não estava abandonando o amor.

— Pai Bernardo começou a treinar com seu avô nessas viagens pelo litoral que os quatro andam fazendo — conta ele. — Silas realmente tomou gosto pela coisa e foi a semana toda na academia. Estou tentando não fazer muito alarde, mas estou muito feliz por ele.

— E Jonas, como está?

— Novinho em folha, linda. Estamos monitorando a enxaqueca e cuidando dos pinos no ombro.

— Que bom. Eu me sinto em paz por saber que vocês estão bem.

— Mais que bem, se os barulhos que ouço do quarto de Tainá todas as noites são algum indicativo — adiciona. Arquejo de surpresa, e ele começa a xingar. — Merda! Não era para eu ter contado, ela vai me matar! Acho que ela queria te falar que está namorando em nossa próxima visita.

— Sério que Tainá pretendia me enrolar por duas semanas? Pois é agora que vou lotar aquela safada de mensagens só para ver o quanto sua irmã vai conseguir me ignorar.

— Quer tentar adivinhar com quem ela está namorando?

— Não faço ideia. É alguém conhecida?

Ele gargalha, e sinto a curiosidade aflorar.

— Digamos que é alguém com quem ela já foi casada.

— Não acredito!

Dou um pulo no sofá, e Beto bufa para mim.

— Pois é. Ela e Josi estão bem, mas ao mesmo tempo... não sei. Só o tempo para dizer se elas vão conseguir superar esse lance de ter filhos ou não.

— Uai, por essa eu não esperava.

— Amor, você acabou de falar "uai"?

— Você também não deixa passar uma, né? — Jogo o corpo no sofá, e um suspiro dramático sai de meus lábios. — Tô com saudade do seu cheiro, do seu toque e dessa sua língua safada.

— Eu também estou com saudade. Cê não faz ideia o quanto. Tô até dormindo com aquela sua camiseta horrível do Coritiba.

Alguém grita o nome de Téo, e ele xinga do outro lado da linha.

— Merda, vou ter que desligar. Já disse que a médica chefe da neuro é assustadora, né? Semana passada ela jogou o celular de um residente na parede e o fez pedir desculpas pelo incômodo de ter que recolher os restos do telefone espalhados pelo corredor.

— Cara, eu amo essas histórias aleatórias.

— Ama, é? — Sua voz assume um tom caloroso que faz meu sangue ferver. Sinto falta de seu toque, de seus sorrisos e de passar a madrugada acordada assistindo a filmes de animação. — O que mais você ama em mim? Não, espera, não responde. Quero que me fale pessoalmente.

— Faltam catorze dias — digo, com a contagem regressiva para nosso encontro gravada na cabeça. — Quando você chegar, prometo falar tanto em sua cabeça que nunca mais vai sentir falta de minhas tagarelices.

— Vou cobrar essa promessa, amor.

Capítulo 39

Laura

Fico checando a tela do celular sem parar, torcendo para receber uma notificação dele. Estou ansiosa porque era para Téo ter chegado duas horas atrás, mas até agora só recebi seu silêncio. Estou ansiosa para vê-lo. Além da saudade costumeira, passei os últimos dias pensando no futuro. Pesei as opções, pesquisei novas vagas de emprego e, depois de considerar por dias, finalmente decidi entre ficar em São Paulo ou voltar para Curitiba. É por isso que estou tão ansiosa, preciso conversar com Téo o mais rápido possível, antes que eu perca toda a coragem.

Atualizo o celular, mas nada de novas ligações ou mensagens. Em contrapartida, as notificações no perfil do Instagram do *Causas Perdidas* não param de chegar. O episódio da nova temporada foi muito bem recebido pelo público. No final das contas, eles realmente queriam *me ouvir* — mesmo eu sendo essa versão caótica e bagunçada da mulher que um dia sonhei ser.

Precisando de uma distração, sento-me na beirada do sofá com o maior cuidado possível para não estragar o visual devidamente planejado, e abro as mensagens dos ouvintes. Recebi uma chuva de depoimentos, mas tem um ouvinte em especial que me mandou dez mensagens. Com medo de ser bombardeada com fotos não solicitadas de partes íntimas masculinas, considero ignorar, mas minha curiosidade fala mais alto e abro as mensagens. Dou play no áudio e quase caio de bunda no chão ao reconhecer a voz.

"Oi, meu nome é Teodoro e sou residente de medicina. Estou na segunda residência, na verdade, mas isso não vem ao caso. O que está rolando é que tô perdidamente apaixonado por uma mulher incrível. Ela

apareceu na minha vida anos atrás, e, quando nos reencontramos, senti que havia um motivo para isso. Desde o começo, sempre fomos sinceros um com o outro, o que sem dúvida fortaleceu nossa relação. Somos amigos, conversamos sobre tudo, gostamos da companhia um do outro, temos uma família que vive grudada e, honestamente, nossa química é de milhões. Só de pensar em sua boca perco o juízo, Laura."

O áudio é interrompido, e sinto o peito apertar de saudade ao pressionar a mensagem da gravação seguinte. O que é que esse homem está aprontando?

"Desculpa, me empolguei. Voltando ao cerne da questão. Morei com a mulher da minha vida por alguns meses que se provaram perfeitos. Nessa época, eu dormia no sofá e ela em uma cama chique cheia de frufrus porque só éramos amigos. E, então, quando passamos a ser muito mais do que amigos, ela se mudou de cidade. No começo, ela não queria ficar longe de mim e de seus familiares. Então, apesar de estar morrendo de medo de perdê-la, fiz de tudo para que ela confiasse em mim o suficiente para seguir seu coração. O resultado é que estamos morando em cidades diferentes há quase nove meses. Acordo com saudade, vou dormir com saudade e passo o dia todo pensando em sentir seu cheiro, tocar seu cabelo e provar seu sabor. Eu posso falar dessas coisas aqui, Laura? Ou é proibido falar que cê é gostosa pra caralho?"

Gargalho e choro ao mesmo tempo. Ouvi-lo falar tão abertamente sobre seus sentimentos faz com que eu tenha ainda mais certeza de que tomei a decisão certa. Aperto o terceiro áudio com o coração acelerado.

"Fizemos funcionar esse lance de namoro a distância, mas cansei de não poder compartilhar com ela as pequenas coisas do dia a dia. Eu te amo com todo o meu ser, Laura. Amo você com tudo o que sou e com tudo o que eu gostaria de ser. Do seu lado não me sinto mais perdido, muito pelo contrário, sinto-me corajoso. Graças ao seu amor, parei de ter medo da morte. Agora o que me apavora é não ter você caminhando ao meu lado. Quer construir sua história comigo, linda? Se sim, vem me encontrar na garagem de seu prédio. Vou te esperar por quanto tempo for preciso, seja hoje, amanhã ou depois de amanhã. O presente é nosso, mas meu futuro é todo seu."

— Merda — digo ao secar uma lágrima e ver a maquiagem borrada em meus dedos. — Vou te matar, Teodoro Dias.

Saio de casa apressada e aperto o botão do elevador. Para minha sorte, o prédio está vazio a essa hora; assim não preciso lidar com olhares curiosos. Ando de um lado para o outro dentro do elevador, sentindo o coração acelerar e minha pele pinicar de calor.

Salto para fora do elevador assim que as portas apitam e, mesmo de longe, vejo a lataria vermelha reluzente da Benedita. Corro até a Kombi e, assim que avisto Téo, pulo em seus braços. O único problema é que, quando faço isso, esqueço-me completamente de como estou vestida.

— Laura.

Ele interrompe meu abraço apenas o suficiente para me olhar nos olhos.

Levando em consideração o calor, a corrida desnecessária, o choro de emoção e a maquiagem borrada, devo estar um caos. Mas não me importo porque Téo está aqui e ele me ama.

— Você estragou minha surpresa, cara — acuso. Ele me olha, assombrado. — Sabe quantos dias precisei para fazer meu discurso? Cinco! Fora as quatro horas assistindo a tutoriais nas redes sociais para reproduzir essa maquiagem. E isso que não vou nem entrar no mérito de como essa roupa pinica minha bunda.

Téo dá um passo para trás e avalia minha roupa. Um sorriso lindo nasce em seus lábios no instante em que ele percebe o que está acontecendo.

— Você é a coelhinha mais linda que eu já vi. — Ele segura meu rosto parcialmente coberto por uma máscara branca e beija meus lábios pintados de rosa. — Quer fazer o discurso agora, amor?

Assinto e dou um passo para trás. Ajeito as orelhas felpudas e uso uma das mãos para segurar as calças largas demais dessa fantasia improvisada de coelho. Escolhi essa roupa por um motivo especial, porque decidi abrir meu coração para Téo e enfrentar meu medo de amar de uma vez por todas.

— Recebi uma nova proposta de emprego — começo, apressada. — Meu chefe tentou me efetivar no cargo de gerente sênior na filial de

São Paulo, mas eu disse não. Eu disse não até mesmo quando ofereceram dobrar meu salário anual. — Observo as reações de Téo, tentando ler suas emoções por meio das entrelinhas de seu rosto. — Também não aceitei voltar para meu antigo trabalho em Curitiba, pelo menos não por enquanto. Não quero ficar presa na mesma rotina de edição, revisão e aprovação de pauta. — Coloco a mão no coração, tentando acalmar as batidas aceleradas. — Eu quero subir um degrau. Por isso, entrei em contato com vários veículos de mídia e me candidatei para três vagas de gerência. Ainda vamos marcar as entrevistas de emprego e talvez não dê em nada e eu fique desempregada por um tempo, mas quero tentar.

Antes que Téo possa falar algo, levanto a blusa da fantasia e mostro minha nova tatuagem.

— Fiz na costela porque Tainá jurou que não ia doer, o que é uma grande de uma mentira! Mas, enfim, eu só queria tatuar na pele o exato momento em que você, vestido de coelho branco, mudou minha vida.

— "Entenda os seus medos, mas jamais deixe que eles sufoquem os seus sonhos" — murmura Téo ao correr os dedos pelo texto em minha pele.

— E tem mais — acrescento. O brilho de emoção em seus olhos me dá coragem para continuar. — Eu quero voltar para casa, Téo. Meu lugar é ao seu lado. Eu não aguento mais ficar longe da nossa família. Conversei com meus avós hoje de manhã e, por eles, posso passar um período em Morretes até encontrar um lugar em Curitiba para alugar. Já cumpri o aviso prévio no trabalho, despachei a mudança e fiz as malas. Se você quiser, podemos voltar hoje mesmo.

Fico na ponta dos pés e envolvo o pescoço dele com os braços. A máscara atrapalha um pouco o movimento, mas ainda consigo unir nossos lábios em um beijo delicado.

— O que estou tentando dizer é que eu te amo, Téo. — Beijo sua bochecha, a ponta do nariz, a lateral do pescoço e todo o contorno dos lábios. — Viu? Eu prometi que lhe falaria todos os sentimentos que mantive guardados durante essas últimas semanas. Tá certo que precisei montar esse circo todo e vestir uma fantasia como armadura, mas pelo menos consegui falar a temida palavra.

— Fala de novo, por favor — sussurra em meus lábios.

— Eu te amo.

Téo me beija com devoção, e, a cada suspiro, repito em seus lábios que o amo e que preciso dele ao meu lado.

— Cê também acabou com minha surpresa. — Ele me abraça apertado, e, mesmo através das camadas de roupa, sinto seu coração retumbando. — Pega o papel no meu bolso, por favor.

— Por acaso essa é alguma artimanha barata para eu colocar as mãos em você, Téo? Porque, convenhamos, não precisamos desse tipo de brincadeira. Estou vestida de coelho e, ainda assim, consigo sentir seu corpo incendiar o meu. Se eu falar tudo o que estou pensando em fazer com você neste exato momento, acho que é capaz de você voltar correndo para Curitiba.

— Meu Deus, mulher. O que é que tá passando nessa cabeça linda? — A risada dele faz cosquinha na lateral do meu pescoço. — Mas tô falando sério, pega o papel em meu bolso e lê.

Sem sair do conforto de seu abraço, alcanço o papel no bolso de sua calça jeans e o desdobro com atenção. A primeira coisa que noto é o símbolo da USP, depois vejo o nome de Téo ao lado da palavra "aprovado".

— Isso é o que eu acho que é? — pergunto ao encarar o papel.

— Aproveitei os últimos meses para me candidatar à prova de residência em neurologia na USP. A concorrência é absurda, então não passei de primeira. Usei as folgas do plantão me matando de estudar e ontem recebi o resultado de que eu havia sido selecionado. — Téo me prende ainda mais forte em seu abraço, e me aconchego no sentimento de paz que me domina toda vez que seus braços estão ao meu redor. — Essa era minha surpresa, amor.

— Eu não acredito que passou esses meses todos estudando para uma nova prova.

— Você vale a pena, Laura. O amor vale a pena. — Ele me pega no colo e segue comigo até o elevador. — Se você quiser ficar em São Paulo, vamos ficar os dois em São Paulo. Se quiser voltar para Curitiba, vamos os dois para Curitiba. Para onde você for, se quiser minha companhia, eu vou.

— Você é louco, Téo.

— Sim, eu sou louco por você.

Nós nos beijamos enquanto esperamos o elevador chegar. Torço para o espaço estar vazio só para eu poder me enroscar ainda mais em Téo, mas não tenho essa sorte, então preciso segurar meu desejo (e fingir não ver os olhares curiosos que recebo por causa da minha roupa). Ele me coloca no chão e me olha com um sorriso safado de quem sabe exatamente o que estou sentindo. Ao entrarmos no elevador, sinto seus braços ao meu redor, puxando-me para descansar em seu peito forte. É um gesto casto, mas meus pensamentos não são.

O elevador mal abre e já estou o empurrando pela porta do apartamento.

— Calma, moça, não precisamos seguir à risca a fantasia — fala no exato instante em que o empurro no sofá.

— Eu quero você, amor.

— Amor?

Seus olhos procuram os meus enquanto arranco a máscara de coelho, chuto as calças felpudas, arranco o blusão mais quente que escalda-pés e puxo o corpo de Téo para o meu.

Não respondo, apenas me sento em seu colo e o beijo como se minha vida dependesse disso. Eu me perco em seu gosto, em sua força, na luz que emana de seus olhos e no amor que transborda de meu peito. Sinto-me inebriada por seu gosto, cheiro, lábios e pelas mãos que exploram toda a minha pele.

— Eu te amo, Laura — diz ele em meio ao beijo.

— Eu te amo, coelhinho.

Nunca vou esquecer a expressão em seu rosto.

Ele tira a camiseta. Eu deslizo o sutiã pelos ombros.

Ele arranca o sapato, a calça jeans e a boxer preta. Eu me apresso em retirar a calcinha de renda.

Quando nossas peles finalmente se encontram e nossos corpos se tornam um, percebo que pouco me importo com o futuro, desde que eu e Téo possamos construí-lo juntos.

Grupo da Família

Silvas: *Selfie com Silas, Isis, Bernardo e Jonas em uma praia aleatória*

Tainá: Eita, que família linda!

Bernardo: Faltou você, filha.

Tainá: Na próxima viagem eu vou com vcs, prometo.

Laura: Eu também! Tô precisando de umas férias.

Jonas: Mas, querida, você acabou de voltar de lua de mel.

Téo: Ela desempacotou três caixas da mudança e já está cansada, pai. Isso que nem começamos a abrir os caixotes com nossa coleção de canecas.

Isis: Infelizmente, a tortura real vai começar quando vocês começarem a desembalar as revistas antigas.

Laura: Socorro! Preciso de ajuda.

Tainá: Se essa é sua forma de pedir minha companhia, saiba que estou ocupada.

Téo: Fazendo o quê, posso saber?

Tainá: Batizando os móveis novos da minha colega de apartamento.

Laura: Por favor, não vai traumatizar a pobre mulher.

Tainá: E se eu falar que a ideia foi dela?

Téo: S.O.S

Epílogo
Seis anos depois

Téo

Coloco a última caixa no chão do quarto e uso a barra da camiseta para limpar o suor do rosto. Todo mundo disse para fazermos a mudança antes do casamento, dessa forma voltaríamos da lua de mel com as tralhas devidamente organizadas no apartamento novo, mas era isso ou adiar a data do casamento novamente.

A vida real é que só consegui dez dias de folga no hospital, então nos casamos em um domingo de manhã e no mesmo dia partimos para a Itália. Queríamos aproveitar o máximo possível do sol da região da Toscana sem nos preocupar com casa, trabalho ou qualquer outro tipo de obrigação típico da vida real.

Achei que depois de terminar a residência a rotina ficaria mais calma, mas nos últimos dois anos assumi um cargo de chefia no Hospital Mackenzie, aceitei participar de dois projetos acadêmicos e comecei a mexer os pauzinhos para financiar minha futura clínica. Estou longe de realizar esse sonho, mas ao menos estou caminhando até ele ao lado da pessoa com quem escolhi dividir a vida.

Estou casado com minha melhor amiga e isso é perfeito *pra um trem*.

— Sério, ainda não acredito que você me convenceu a comprar uma cama tatame, Téo. — Laura me abraça por trás, envolvendo os braços em minha cintura e esfregando o rosto em minha pele como um gato manhoso. — Pelo menos ficamos com a banheira de chão. Tenho ótimas lembranças dela, sabe?

— E logo também terá ótimas lembranças de nossa cama nova.

Pego Laura no colo e a jogo no meio da cama, rindo de seus gritos desesperados diante de meu ataque de cócegas. Parte das almofadas felpudas espalhadas pela cama vai parar no chão, o que obviamente atrai a atenção de Beto, que não pensa duas vezes antes de se deitar em uma delas.

— Sério, parece que eu estou no chão — resmunga.

Ela puxa a borda da minha camiseta e arranca a peça de uma vez só. Seus dedos ávidos exploram toda a pele, demorando-se no cós de minha bermuda de corrida.

— Cê tá deitada em um lençol metido a besta, com pillow top no colchão, almofadas fofinhas espalhadas ao redor e ainda está reclamando.

Desabotoo seu vestido florido só o suficiente para exibir a pele de seu colo. Beijo sua mandíbula, a lateral do pescoço e dou uma atenção especial para as pequenas pintas marrons que salpicam sua pele. Em poucos segundos, estamos os dois suspirando, mas quero ir com calma e aproveitar o momento.

— Quando foi que minha esposa virou uma mulher tão exigente?

— A culpa é do meu marido, ele me mima demais.

— Mimo mesmo. E, pelas minhas contas, vou continuar mimando por muitos anos.

Ataco sua boca, banqueteando-me com seu gosto e amando os pequenos suspiros de desejo que lhe escapam. Termino de desabotoar seu vestido e avanço na missão de explorar sua pele. Distribuindo beijos molhados por seu queixo, pelo topo dos seios, pelas tatuagens na costela e parando na altura de seu umbigo, provocando seus sentidos até sentir mãos em meu cabelo.

— Espera. — Ela puxa minha cabeça para cima e sorri para mim. — Esqueci de avisar, nossa documentação chegou.

— Que documentação? — pergunto sem querer fazer alarde.

Faz tempo que estamos nos preparando para *este momento*, mas já tivemos dois processos interrompidos, então não quero criar falsas esperanças mais uma vez.

Laura se senta na cama em um rompante e puxa a bolsa de trabalho que jogou na mesa lateral. Como sempre, ela tira tudo da bolsa antes de encontrar o que quer: tablet, planner, caderneta, garrafa de água vazia, uma dúzia de canetas azuis e, finalmente, um envelope branco que faz meu coração acelerar.

— É isso mesmo? Fomos aprovados? — questiono.

Laura abre o envelope e me entrega o formulário.

Vejo nossos nomes e documentos entrelaçados à solicitação de inclusão no Sistema Nacional de Adoção e sinto a porra do coração apertar de alegria. Pode ser que demore anos para sermos designados para uma criança, mas o primeiro passo já demos, e meus olhos lacrimejam só de pensar em ver nossa família crescer.

— Será que estamos prontos para cuidar de uma criança? — pergunto com a voz embargada.

— Acho que só vamos descobrir quando a hora chegar. — Laura corre os dedos por meu cabelo e me puxa para um abraço. Acabamos os dois embolados na cama, próximos o suficiente para respirar o ar um do outro e para sentirmos os corações acelerados. — Você vai ser um pai incrível, Téo. E eu sei que vou ser uma ótima mãe. Graças a você, descobri que tenho amor de sobra em meu coração.

Ela espalha beijos curtos por todo o meu rosto, e trago seu corpo para cima do meu. Corro os dedos pelas mechas de seu cabelo, toco seu pescoço, ombro, braços... explorando com calma toda a pele exposta até alcançar sua calcinha. Livrando-a da peça, encaixo nossos corpos da melhor e mais perfeita forma possível.

E, enquanto nos perdemos um no outro, murmuramos votos de esperança em nome do futuro que desejamos construir juntos:

Peço um lar repleto de amor.

Ela deseja um porto seguro.

Clamo por dias alegres sob a luz do sol.

Ela pede por banhos de chuva.

E, após surfarmos nas ondas da paixão, Laura adormece em meus braços, ouvindo-me agradecer por todas as vezes que precisamos nos perder, só para nos encontramos exatamente aqui: nos braços um do outro.

NOTA DA AUTORA

Convivo com alguém que foi abandonado pela mãe, então posso dizer que vi de perto esse trauma aprisionar um coração de forma permanente – e, se querem saber, não foi uma visão bonita. É por isso que, de certa forma, a história da Laura e do Téo são pessoais para mim. Eu acredito que família é sinônimo de amor, mas também *sei* que família não é apenas aquela construída por laços sanguíneos.

Uma das lições mais valiosas que aprendi ao longo dos anos é que herança de sangue não tem nada a ver com amor.

Passei vários dias refletindo em como a minha vida teria sido diferente caso *ela* não tivesse virado as costas para o seu marido e filhos na ânsia de construir uma família nova longe de tudo o que a machucava. Também pensei em como seria diferente se essas crianças, tão pequenas e solitárias, tivessem sido criadas de outra forma: E se elas acreditassem que a mãe havia morrido? E se houvessem sido adotadas? E se *ele* não fosse tão violento? E se...

Definitivamente foram os "e se" da vida que me fizeram escrever *Amor às causas perdidas*.

Espero que saibam que tudo o que escrevi sobre adoção, entrega voluntária, abandono parental, ansiedade e paralisia do sono foi embasado em pesquisas. Ainda assim, reitero que essa é uma obra de ficção que nasceu do meu coração imperfeito e sonhador.

O mesmo vale para o funcionamento de um hospital e as típicas adversidades da residência médica – passei semanas lendo tudo o que encontrava na internet a respeito do assunto e incomodando um colega médico sobre os detalhes da rotina de um residente, mas sou falha (e obviamente tenho uma tendência a romantizar as coisas). Portanto, queridos médicos e leitores, tenham em mente que me empenhei em trazer realidade para esse romance, mas tudo não passa de ficção.

No final das contas, por mais real e triste que alguns aspectos desse romance sejam, se apeguem ao final feliz. Porque mesmo que você esteja perdido, tenho certeza de que uma hora ou outra o amor vai te encontrar.

AGRADECIMENTOS

Depois de passar praticamente quatro anos sem escrever e de ter pensado em abandonar a carreira de escritora milhares de vezes, eu finalmente escrevi o meu primeiro romance contemporâneo – e obviamente não fiz isso sozinha. Sempre serei grata às pessoas que fizeram parte da minha vida durante os últimos anos e que me ajudaram a não desistir.

Essa história só existe por causa da minha família, dos meus amigos e todos os leitores que encontrei em eventos nos últimos anos e que, com um abraço apertado e sorriso no rosto, disseram que minhas histórias os transformaram de alguma forma. Obrigada por acreditarem em mim e no poder das palavras que transbordam do meu coração.

Quero agradecer particularmente ao meu marido. O Manoel esteve presente em cada minuto desses anos difíceis e apoiou minhas escolhas de todas as maneiras possíveis. Ele ouviu meus medos, mas não me deixou sucumbir a eles. E, além de ser um grande suporte emocional, cuidou da nossa filha (praticamente em período integral por meses!) para que esse livro ganhasse vida. Ter alguém ao seu lado que *escolhe* apoiar seus sonhos é, sem dúvida, o segredo por trás do amor que perdura.

Também preciso deixar meu muito obrigada à minha filha. A Júlia vai demorar um bom tempo para ler isso, mas não posso deixar de agradecer a vida da minha filha sorridente e serelepe. Esse livro só nasceu porque ela me mostrou o que realmente significa ser mãe. Sempre tive medo de não saber amar por inteiro, então a Júlia apareceu na minha vida e mostrou todo amor que estava escondido dentro de mim.

Minha irmã sem dúvida merece um abraço apertado por todas as mensagens de encorajamento que me enviou ao longo do processo de escrita. Quando eu estava surtando com os prazos, ela me escutou, apoiou e me ajudou a encontrar um equilíbrio entre trabalho e vida real. Obrigada por todo apoio e coragem que você dedica a mim, Gabi.

Mais do que emocional, precisei de muito apoio técnico para esse livro ganhar vida. Passei tanto tempo acostumada a escrever histórias de época que, sinceramente, achei que não ia dar conta de mudar de gênero literário. Mas, como sempre, tive ao meu lado várias profissionais atenciosas, carinhosas e – como diriam a Laura e dona Isis – talentosas pra cacilda!

Alba, minha agente querida, obrigada por saber ouvir os apelos do meu coração (mesmo aqueles que eu não soube como vocalizar) e lutar por meus sonhos. Admiro demais sua força e a maneira como você sempre me enxerga e apoia.

Julia, minha editora brilhante, a forma como você trabalhou nesse romance mudou minha maneira de ver o processo de produção de um livro. Você soube inspirar o melhor da minha escrita e dos personagens e, sem dúvida nenhuma, deixou essa história mil vezes mais sincera do que eu imaginei ser capaz de torná-la. Agradeço de coração a você e a toda a equipe Harlequin por me acolherem e por lutarem pela literatura romântica.

Por último, sou grata a Deus por ter colocado o amor no meu caminho e por ter me dado o dom de falar, escrever e lutar por esse sentimento. Foi através dEle que eu conheci o poder transformador desse sentimento, por isso, sou grata por poder falar daquilo que me fez chegar tão longe. Tudo o que eu quero é ser instrumento de luz na vida das pessoas porque eu sei que, nos momentos mais difíceis, podemos *sim* encontrar suporte em livros clichês.

Você que está lendo isso também merece um agradecimento especial, então lá vai: muito obrigada por ter chegado até aqui! Espero que essa história tenha sido uma boa companhia e que ela tenha feito transbordar de seu coração a alegria, a esperança e a fé no amanhã.

Com amor,
Pah

Este livro foi impresso pela Cruzado, em 2023, para a
Harlequin. O papel do miolo é pólen natural 70g/m², e o da
capa é cartão 250g/m².